U0129385

民國時期中學生的
新文學接受研究

羅 執 廷 著

民國文學與文化系列論叢
文史哲出版社印行

國家圖書館出版品預行編目資料

民國時期中學生的新文學接受研究 / 羅執
廷著. -- 初版 -- 臺北市：文史哲出版社，
民 110.06
　　頁；　公分（民國文學與文化系列論叢；11）
ISBN 978-986-314-553-0（平裝）

1.中國文學　2.現代文學　3.中學生

820.908　　　　　　　　　　　11008086

民國文學與文化系列論叢　11

民國時期中學生的
新文學接受研究

著　　者：羅　　　執　　　廷
出 版 者：文　史　哲　出　版　社
　　　　　http://www.lapen.com.tw
　　　　　e-mail：lapen@ms74.hinet.net
登記證字號：行政院新聞局版臺業字五三三七號
發 行 人：彭　　　正　　　雄
發 行 所：文　史　哲　出　版　社
印 刷 者：文　史　哲　出　版　社
　　　　　臺北市羅斯福路一段七十二巷四號
　　　　　郵政劃撥帳號：一六一八〇一七五
　　　　　電話886-2-23511028・傳真886-2-23965656

定價新臺幣五二〇元

2021 年（民一一〇）六月初版

民國時期中學生的
新文學接受研究

目　　次

總序 一

民國文學史觀的建構
—— 現代文學研究的新思維與新視野

張堂錡

一

　　「民國文學」是有關中國現代文學學科研究歷史進程中，繼「中國新文學」、「中國現代文學」、「20 世紀中國文學」、「百年中國文學」之後，近期出現並開始受到重視與討論的一種新的學科命名與思維方式。它的名稱、內涵與意義都還在形成、發展的初始階段。類似的思維與說法還有「民國史視角」、「民國視野」、「民國機制」等。這些不同的名稱，大抵都不脫一個共同的「史觀」，那就是回歸到最基本也最明確的時間框架上來進行闡釋。陳國恩〈關於民國文學與現代文學〉即明確指出：「作為斷代文學史，民國文學中的『民國』可以是一個時間框架。就像先秦文學、兩漢文學、魏晉南北朝文學、隋唐文學和宋元明清文學中的各個朝代是一個時間概念一樣，民國文學中

的民國，是指從辛亥革命到 1949 年中華人民共和國成立這一時段。凡在這一時段裡的文學，就是民國文學。」這應該是大陸學界對「民國文學」一詞較為簡單卻完整的解釋。

北京師範大學的李怡則提出「民國機制」的說法，他在〈民國機制：中國現代文學的一種闡釋框架〉中也認為：「民國機制就是從清王朝覆滅開始，在新的社會體制下逐步形成的推動社會文化與文學發展的諸種社會力量的綜合」，然而，「隨著 1949 年政權更迭，一系列新的政治制度、經濟方式及社會文化氛圍、精神導向的重大改變，民國機制自然也就不復存在了。中國文學在新的機制中發展，需要我們另外的解釋。」當然，他們也都注意到了「民國」從清王朝－中華民國－中華人民共和國的線性時間概念之外的更豐富意義，例如陳國恩提到了民國的價值取向；李怡也強調必須「從學術的維度上看『政權』的文化意義，而不是從政治正義的角度批判現代中國的政治優劣」，他認為這樣的「民國文學」研究是「對一個時代的文學潛能的考察，是對文學生長機制的剖析，是在不迴避政治型態的前提下尋找現代中國文學的內在脈絡。」

面對大陸學界出現的這些不同聲音，在台灣的現代文學研究者已經不能再視而不見，如何在一種學術交流、理性互動、嚴謹對話、多元尊重的立場上進行對相關議題的深入討論，應該說，對兩岸學者都是一次難得的「歷史機遇」。台灣高喊「建國百年」，大陸記念「辛亥百年」，一個「民國」，各自表述。但不管怎麼說，「民國」開始能夠被大陸學界接受並引起討論熱潮，這本身就是一種試圖突破既有現代文學研究框架的努力，也是大陸學界在意識型態方面對「民國」不再刻意迴避或淡化的一種轉變。正是在這種轉變中，我們看到了中國現代文

學研究的新契機。

二

　　民國文學不是單一的學術命題，不論從研究方法或視野上來看，它都必須涉及到民國的歷史、政治、經濟、教育、法律、文化、社會與思想等諸多領域，它必然是一個跨學科、跨地域、跨國別的學術視角，彼此之間的複雜關係說明了此一命題的豐富性與延展性。

　　必須正視的是，台灣對「民國」的理解是以「建國百年」為前提，而大陸學界則是以「辛亥百年」為前提，如此一來，大陸對「民國」的解釋是一個至 1949 年為止的政權，但台灣則是主張在 1949 年之後「民國」依然存在且持續發展的事實。拋開歷史或政治的解釋權、主導權不論，「民國」並未在「共和國」之後消失，這是不爭的事實。因此，在討論民國文學與文化之際，就會出現 38 年與 100 年的不同史觀。箇中複雜牽扯的種種原因或現實，正是過去對「民國文學」研究難以開展的限制所在。而恰恰是這樣的分歧，李怡所提出的「民國機制」也就更顯得有其必要性與可操作性。他說 1949 年政權更迭之後，民國機制不復存在，指的是「中華民國在大陸」階段，共和國機制在 1949 年之後取代了民國機制，但是「中華民國在台灣」階段，要如何來解決、解釋，「民國機制」其實可以更靈活地扮演這樣的闡釋功能。

　　「民國文學」的提出，並不是要取代「現代文學」，事實上也難以取代，因為二者的側重點不同，前者關注現代文學中的「民國性」，後者關注民國文學的「現代性」，這是一種在相

互參照中豐富彼此的平等關係。現代性的探討，由於其文學規律與標準難以固定化，使得現代文學的起點與終點至今仍是一種遊移的狀態，從晚清到辛亥，從五四到 1949，再由 20 世紀到 21 世紀，所謂文學的「現代化」與「現代性」都仍在發展之中。「民國性」亦然。從時間跨度上，現代文學涵蓋了民國文學，但在民國性的發展上，它仍在台灣有機地延續著，二者處於平行發展的狀態，不存在誰取代誰的問題。

在大陸階段的民國性，是當前大陸「民國文學」研究的重心，它有明確的歷史範疇與時間框架，但是在台灣階段的民國性，保留了什麼？改變了什麼？在與台灣在地的本土性結合之後，型塑出何種不同面貌的民國性呢？這是兩岸學者都可以認真思考的問題。

民國文史的參照研究，其重要性無庸置疑，而其限度與難度也在預料之中。「民國文學」作為一個學術的生長點，其意義與價值已經初步得到學界的肯定。現代文學的研究，在經過早期對「現代性」的思索與追求之後，發展到對「民國性」的探討與深究，應該說也是符合現代文學史發展規律的一次深化與超越。在理解與尊重的基礎上，兩岸學界確實可以在這方面開展更多的合作機會與對話空間。

三

為了呼應並引領這一充滿學術生機與活力的學術命題，政大文學院與北京師範大學於 2014 年幾乎同時成立了「民國歷史文化與文學研究中心」，四川大學、四川民族大學也相繼成立了類似的研究中心；政大中文研究所於 2015 年正式開

「民國文學專題」課程；以堅持學術立場、文學本位、開放思想為宗旨的學術半年刊《民國文學與文化研究》，在李怡、張堂錡兩位主編的策劃下，已於 2015 年 12 月在台灣出版創刊號；由李怡、張中良主編的《民國文學史論》、《民國歷史文化與中國現代文學研究》兩套叢書則分別由花城出版社、山東文藝出版社出版，在學界產生廣泛的迴響。規模更大、影響更深遠的是由李怡擔任主編、台灣花木蘭出版社印行的《民國文化與文學研究文叢》，自 2012 年起陸續出版了五編七十餘冊，計畫推出百餘冊，這套書的出版，對現代中國文學研究打開了新的學術思路，其影響力正逐漸擴大中。

對「民國文學」研究的鼓吹提倡，台灣的花木蘭出版社可以說扮演了積極推動的重要角色。自 2016 年 4 月起，由劉福春、李怡兩人主編的《民國文學珍稀文獻集成》叢書第一輯 50 冊正式發行，並計畫在數年內連續出版這套叢書上千種，這真是令人振奮也令人嘆為觀止的大型學術出版計畫！

從 2016 年 8 月起，文史哲出版社也成為民國文學研究的又一個重要學術平台，除了山東文藝出版社授權將其出版的《民國歷史文化與中國現代文學研究》叢書 6 本交由文史哲出版社出版之外，其他有關民國文學研究的學術專著也將列入新規劃的《民國文學與文化系列論叢》中陸續出版，如此一來，民國文學研究將有了一個集中展現成果、開拓學術對話的重要陣地，這對兩岸的民國文學研究而言都是一個正面而積極的發展。文史哲出版社是台灣學術界具有代表性的老字號出版社，經營四十多年來，出版過的學術書籍超過三千種以上，對兩岸學術交流更是不遺餘力，彭正雄社長的學術用心與使命感實在讓人欽佩！這次願意促成這套叢書的出版，可說是再一次印證

了彭社長的文化熱忱與學術理念。

　　我們相信，只要不斷的耕耘，這套書的文學史意義將會日益彰顯，對民國文學的研究也將會在這個基礎上讓更多人看見，並在現代文學領域產生不容忽視的影響力。對於「民國文學」的提倡與落實，我們認為是一段仍需持續努力、不斷對話的過程，但願這套叢書的問世，對兩岸學界的看見「民國文學」是一個嶄新而美好的開始。

2016 年 7 月，台北

總序 二

民國歷史文化與中國現代文學研究的新可能

李 怡

　　中國現代文學發生發展的社會歷史背景是「民國」，從民國歷史文化的角度考察中國現代文學，既是這一歷史階段文化自身的要求，也是中國現代文學研究新的動向。

　　中國現代史上的「中華民國」是現代中國歷史進程的重要環節，無論是作為「亞洲第一個共和國」的歷史標誌，還是包括中國共產黨人在內的全體中國人都曾為「民國」的民主自由理想而奮鬥犧牲的重要事實，「民國」之於現代中國的意義都是值得我們加以深究的。與此同時，中國現代文學的「敘史」也一直都在不斷修正自己的框架結構，從一開始的「新文學」、「現代文學」到 1980 年代中期的「二十世紀中國文學」，每一種命名的背後都有顯而易見的歷史合理性，但同時又都不可避免地產生難以完全解決的問題。「新文學」在特定的歷史年代拉開了與傳統文學樣式的距離，但「新」的命名畢竟如此感性，終究缺乏更理性的論證；「現代文學」確立了「現代」

的價值指向，問題是「現代」已經成了多種文化爭相解釋、共同分享的概念，中國之「現代」究竟為何物，實在不容易說清楚；「二十世紀中國文學」確立的是百年來中國文學的自主性，但是這樣以「世紀」紀年為基礎的時間概念能否清晰呈現這一文學自主的含義呢？人們依然不無疑問。正是在這樣一種背景上，關於中國現代文學「敘史」的「民國」定位被提了出來，形成了越來越多的「民國文學史」命名的呼籲。

　　「民國文學」的設想最早是從事現代史料工作的陳福康教授在 1997 年提出來的[1]，但是似乎沒有引起太多的注意；2003 年，張福貴先生再次提出以「民國文學」取代「現代文學」的設想，希望文學史敘述能夠「從意義概念返回到時間概念」[2]，不過響應者依然寥寥。沉寂數年之後，在新世紀第一個十年即將結束的時候，終於有更多的學者注意到了這個問題，特別是最近兩三年，主動進入這一領域的學者大量增加。國內期刊包括《中國社會科學》、《文學評論》、《中國現代文學研究叢刊》、《文藝爭鳴》、《海南師範大學學報》、《鄭州大學學報》、《現代中國文化與文學》都先後發表了大量論文，《文藝爭鳴》與《海南師範大學學報》等還定期推出了專欄討論。張中良先生進一步提出了中國現代文學研究的「民國史視角」問題，我本人也在宣導「文學的民國機制」研究。在我看來，「民國文學」研究的興起十分正常，它們都顯示了中國現代文學研究在經歷了半個多世紀的探索之後一次重要的學術自覺和學術深化，並且與

1　陳福康：《應該「退休」的學科名稱》，原載 1997 年 11 月 20 日《文學報》，後收入《民國文壇探隱》，上海書店出版社 1999 年。

2　張福貴：《從意義概念返回到時間概念 —— 關於中國現代文學的命名問題》，香港《文學世紀》2003 年 4 期。

在此之前的幾次發展不同，這一次的理論開拓和質疑並不是外來學術思潮衝擊和感應的結果，從總體上看屬於中國學術在自我反思中的一種成熟。

當前學界的民國文學論述正沿著三個方向展開：一是試圖重新確立學科的名稱，進而完成一部全新的現代文學史；二是為舊體文學、通俗文學等「新文學」之外的文學現象回歸統一的文學史框架尋找新的命名；三是努力返回到歷史的現場，對民國社會歷史中影響文學的因素展開詳盡的梳理和分析，結合民國文學歷史的一些基本環節對當時的文學現象進行新的闡述和研究。在我看來，前兩個方向的問題還需要一定時間的學術積累，並非當即可以完成的工作，否則，倉促上陣的文學史寫作，很可能就是各種舊說的彙集或者簡單拼貼，而第三個方面的工作恰恰是文學史認識的最堅實的基礎，需要我們付出扎實的努力。

從民國歷史文化的角度研究中國現代文學，可以為我們拓展一系列新的學術空間。

例如民國經濟形態所造就的文學機制，民國法制形態影響下的文學發展，民國教育制度的存在為文學新生力量的成長創造怎樣的文化條件、為廣大知識分子的生存提供怎樣的物質與精神的基礎等等，還有，仔細梳理中國現代作家的「民國體驗」，就能夠更加有效地進入他們固有的精神世界與情感世界，為我們的中國現代文學提出更實事求是的解釋。

當然，討論中國現代文學的「民國」意義，挖掘其中的創造「機制」絕不是為了美化那一段歷史。在現代中國文化建設的漫長里程中，在我們的現代文化建設目標遠遠沒有完成的時候，沒有任何一段歷史值得我們如此「理想化處理」，嚴肅的學

術研究絕不能混同於大眾流行的「民國熱」。今天我們對歷史的梳理和總結是為了呈現 20 世紀上半葉中國文學發展的一些可資借鑒的機制，以為未來中國文學的生長探尋可能 ── 在過去相當長的歷史中，我們習慣於在外國文學發展的歷史中尋找我們模仿的對象，通過介紹和引入西方文學的各種模式展開自己。殊不知，其中的文化與民族的間隔也可能造成我們難以逾越的障礙。如今，重新返回我們自己的歷史，在現代中國人自己有過的歷史經驗和智慧成果中反思和批判，也許就不失為一條新路。

　　呈現在讀者諸君面前的這一套「民國文學與文化系列論叢」，試圖從不同的方向挖掘「以歷史透視文學」的可能。這裡既有新的方法論的宣導 ── 諸如「民國」作為「方法」或者作為「空間」的含義，也有不同歷史階段的文學新論，有「民國」下能夠容納的特殊的文學現象梳理 ── 如民國時期的佛教文學，也有民國文學品種的嶄新闡述。它們都能夠帶給我們對於歷史和文學的一系列新的感受，雖然尚不能說架構起了民國歷史文化現象的完整的知識結構，卻可以說是開闢了文學研究的新的可能。但願我們業已成熟的中國現代文學研究，能夠因此而思想激蕩、生機勃發。

　　　　　　　　　　　　　　　　　2014 年 6 月，北京

緒　論

一、中學生是新文學最大的受眾群體

　　因為胡適、陳獨秀、劉半農等人以「文學革命」為口號的鼓吹和炒作，新文學運動很快引起新舊知識界的注意。但當時新知識界的陣營還是比較弱小的，一個不爭的事實是，新文學在產生以後的很長一段時期內，至少是在進入 20 世紀 30 年代之前，其受眾範圍還是很有限的，大體只限於新知識界及學生群體。直到 30 年代，才隨著新式教育的開花結果以及上海、北京等少數地域的都市化進程而擴展到一般受過教育的社會中等階級，如公務員、職員、技工階層。而屬於社會中上階層的舊式文人、知識份子及官僚們則始終崇古不化或附庸風雅，只尊崇舊文學而對新文學百般抵觸甚至是加以貶低；屬於社會下層的農民、販夫走卒、學徒、工人、士兵等等，要麼偏愛《水滸》《封神演義》《說唐》《說岳》等舊通俗文學，要麼喜讀鴛蝴、黑幕、武俠、偵探之類新式通俗小說，對於新文學也是很少問津的。在新文學的主要受眾群體——新式教育體系下的學生群體中，小學生在學期間通過教材、課堂及課外學習和校園活動接觸新文學的頻次也不會太多，畢業後進入社會謀生，更可能

從此與新文學閱讀無緣；只有中學生[1]和大學生，他們在學期間會接觸到大量新文學，畢業後參加工作也多可能投身於文教事業，繼續與新文學的緣分，他們才是新文學最主要和最穩定持久的受眾群體。

如果進一步細分的話，新式教育體系下的中學生群體和其畢業生，其數量又遠遠多於高等學校在校生和畢業生。據中華教育改進社的統計，1923 年全國高等學校學生共 34880 人，中等學校在校生人數則為 182804 人[2]，數量相差五、六倍。據民國政府教育部編的《第二次中國教育年鑒》統計，1928－1947年全國高等學校與中等學校的在校學生數為[3]：

---

1 本書所指的「中學生」係「中等學校學生」之簡稱。民國初年繼承的是晚清學制，即日本式學制，這種學制下，由低級到高級依次定名為國民學校（初小）、高等小學（高小）、中學堂、高等學堂、大學等。中學堂採四年制，是正宗的中等教育，而高等學堂則帶有大學預科的性質。1922 年 11月，《學校系統改革案》公佈，新學制正式誕生，史稱壬戌學制。在新學制系統中，中等教育按類別分為三類學校：普通中學（初中三年、高中三年）、師範學校（又分為高中級別的師範和初中級別的鄉村師範、簡易師範、簡易鄉村師範）、職業學校（分農業、工業、商業、家政等專科）。本書所指中學生包括舊學制下的中學堂學生和新學制下所有中等教育系統學校的在校生。

2 舒新城：《中學生的將來》，呂達、劉立德主編：《舒新城教育論著選》上冊，北京：人民教育出版社，2004 年，第 329 頁。

3 據《全國專科以上學校之學生數（二十一至三十五學年度）》和《元年度至三十五學年度全國中等學校概況》，教育部教育年鑒編纂委員會編：《第二次中國教育年鑒》第 4 冊，上海：商務印書館，1948 年，第 1412、1428頁。

學年度	高等學校在校學生數	中等學校在校學生數
1925		185,981
1928	25,198	234,811
1929	29,123	341,022
1930	37,566	514,609
1931	44,167	536,848
1932	42,710	547,207
1933	42,936	559,320
1934	41,768	541,479
1935	41,128	573,262
1936	41,922	627,246
1937	31,188	389,948
1938	36,180	477,585
1939	44,422	622,803
1940	52,376	768,533
1941	59,457	846,552
1942	64,097	1,001,734
1943	73,669	1,101,087
1944	78,909	1,163,113
1946	129,336	1,878,523

　　比較起來，1928－1946 年間，在校中學生的數量 7－16 倍
於在校大學生的數量。顯然，中學生這個群體更龐大，通過人
人必修的國文課程和課外閱讀等途徑，他們成為新文學最大的
受眾群體。

正是由於中學生群體人多勢眾，新文學的宣導者們很早便意識到了應該通過他們來傳播和推廣新文學。1918 年 4 月，胡適在與盛兆熊討論「文學改革的進行程式」時便提出，白話新文學普及的關鍵在「學校教育」，即將「新文學」引入中小學校的國語教科書。[4]胡適主張從中小學的國文教科書編纂入手來「普及」新文學的思路很快引起反響。《新青年》6 卷 2 號發表了一篇讀者來信，主張「鄙見以為從速編新文學教科書，正是改革新文學的急務」。錢玄同則在回信中說：「編新文學教科書一事，同人都有此意，現在方在著手進行。」[5]錢玄同這裡所指的就是北京孔德學校正在編寫的教科書《國語讀本》。新文學的開創者們為了將新文學推廣到中小學國文教育之中，施展了渾身解數，如胡適就曾發表《中學國文的教授》(1920)、《國語文法概論》(1921) 等長文指導中學的國文教學，還參與制訂並起草了 1923 年的高中國文課程標準；葉紹鈞則起草了 1923 年的初中國文課程標準。還有許多新文學家乾脆就投身於中學校，擔任國文教員，如朱自清、劉大白、許地山、孫俍工等等。他們的活動都有助於在中學生中宣傳和推廣新文學。

相較於中學生群體，大學生不僅數量少很多，而且還不必人人修習國文課程[6]，對於理、工、醫、農、商甚至法政等文科專業的大學生和大專生來說，新文學並非他們必須修習的課程。

4　盛兆熊、胡適：《論文學改革的進行程式》，《新青年》第4卷第5號，1918年5月。

5　彝銘氏、錢玄同：《對於文學改革之意見二則》，《新青年》第 6 卷第 2 號，1919 年 2 月。

6　民國的高等學校長期都未開設面向所有學生的通識教育性質的國文課程，直到 20 世紀 40 年代才在西南聯大等高校的國文教育家們的推動下，統一開設「大一國文」這門課程。

即使是文學專業的大學生和大專生也未必全都需要修習新文學。由於保守勢力和「國故」「國粹」等文化思想的長期存在，眾多高等學校長期在課程設置等方面對新文學持輕視或有意忽略的態度。整個 20 世紀 20 年代，沒有一所中國的高等學校專門設置過關於新文學的課程或在課堂上正式講授過新文學的內容。直到 30 年代，才在清華大學、武漢大學、青島大學等少數幾所大學開設了有關新文學的課程，而這又是朱自清、楊振聲、蘇雪林、沈從文等新文學作家努力的結果。而且，「雖然清華大學、燕京大學、輔仁大學、武漢大學開設過新文學課程，但也是阻力重重，無法作為常設課在大學講堂上站穩腳跟，更遑論與古代文學抗衡了」[7]。高等學校的課程設置門檻和新舊文學的壁壘森嚴，讓中國新文學長期不能以課程和課堂等法定的形式進入大學，而只能通過大學生的課外閱讀、校園活動等方式存在。

　　而在同一時期的中等學校裡，新文學不僅廣泛存在於學生的課外閱讀和校園文藝活動中，更是按國家的中學校令和課程綱要等法定的要求，早早進入了國文教材[8]與國文課堂。20 年代初，教育部下令小學課程改「國文」為「國語」，小學國語教材廢除文言改用語體文，中學裡文言文和語體文教學並重。這就以政府法令的形式將包括新文學作品在內的語體文設定為中小學國語、國文的主要教材。對於這一改革，著名學者錢理群評價說：「它不僅是中國現代漢語發展史，更是中國現代文學發

---

7 王彬彬主編：《中國現代大學與中國現代文學》，上海：上海人民出版社，2011 年，第 325 頁。

8 此處的「教材」是狹義的用法，專指供師生在課堂上共同使用的教本，俗稱「課本」或「教科書」。廣義的「教材」還包括市面上流通的供學生自學用的輔助性教材，俗稱「教輔」。本書大多時候採用狹義的「教材」概念，偶爾也使用廣義的「教材」概念，視具體情況而定。

展史上的一個劃時代的事件。」因為「五四文學革命所創造的現代文學是通過進入中小學教科書而真正在國民中紮根的」[9]。從教科書開始,再延伸到課堂教學、課外閱讀和校園文藝活動,新文學就這樣與民國的中學生群體締結了不解之緣。

中學國文教材大量選入新文學作品及與新文學相關的知識性文章,這對於中國新文學的社會性傳播和自身的發展壯大意義非凡。國文是每一位中學生必修的課程,國文教材也因此而具有較大的使用量,對於中國新文學的社會性傳播和接受至關重要。民國時期長期沒有全國統一使用的教材,而是由各書局組織編寫出版的教材自由競爭。當時公開出版發行的中學國文教材先後多達上百種,每種一版通常印 5000 冊,而由商務、中華、世界、正中等大書局出版的教材通常銷數很大,有的版次多達幾十上百次,其中所收錄的新文學作品被閱讀的次數便相當可觀,而這正是新文學能夠通過中學教育發揮其社會影響力的一個重要基礎。比如抗戰期間及抗戰勝利後由國民黨官方推行的所謂「國定本」教材《初級中學國文甲編》的發行量就十分驚人,其中上海白報紙本第六冊於 1945 年 10 月出第一版,至 1946 年 12 月已出至第 140 版。《初級中學國文甲編》各種版本的總發行量大到無法統計。當時,一般的新文學作品類圖書首版通常印 1500 冊,較知名的作家如魯迅每版次才印 3000 冊,絕大多數新文學書籍也就印一兩次或幾次而已,銷數不過幾千上萬冊。至於文學期刊,每期印數通常不過幾千冊,某些較受歡迎的雜誌如《論語》、《宇宙風》也不過每期印三、四萬冊。直到新文學出版特別繁榮的 1935 年時,葉聖陶還說:「我國是

---

9 錢理群:《五四新文化運動與中小學國文教育改革》,《中國現代文學研究叢刊》2003 年第 3 期。

一本文學書賣到二、三千冊已經算是銷數很好的國家，一種文學雜誌有一、二萬份的銷數，簡直可以封王了」[10]。他又曾說，「閱讀文藝創作只是一萬左右的人的事（新書銷數到一萬冊算是暢銷了）」[11]，這所謂的「一萬左右的人」大概是不包括中學生在內的。而如果新文學作品進入中學國文課本，讀者數量就陡然膨脹了許多倍。如商務印書館出版的《新學制初中國語教科書》自 1923 年初版到 1929 年已達 132 版，按每版印 5000 冊算，累積印數當在 60 萬冊以上，也就是說，一篇新文學作品如果進入此套教材，它至少會被超 60 萬人閱讀。再以魯迅的小說《故鄉》為例，它被收入小說集《吶喊》，而《吶喊》的單行本截止 1937 年共再版 24 次，總印數超過 10 萬冊，這樣的印數在當時已可謂暢銷書。但當《故鄉》作為中學課文被學生閱讀時，其傳播面就更為可觀了。據日本學者藤井省三估計，「通過教科書閱讀《故鄉》的讀者從 1923 至 1937 年的十五年間累計起來大概超過了一百萬。這個數量遠遠高於通過單行本《吶喊》閱讀《故鄉》的讀者數」[12]。

中學生的數量數倍乃至十數倍於大學生，中學生的教材和課堂大量接納被大學教材和課堂所拒的新文學，中學國文教材的可觀印數和銷數，這些事實都提醒我們，研究新文學在民國時期中學生群體中的接受情況是十分重要和必要的，某種意義上甚至比研究大學校園的新文學接受情況更加重要。

---

10 葉聖陶：《答願意獻身於文學的青年》，葉至善、葉至美、葉至誠編：《葉聖陶集》第 9 卷，南京：江蘇教育出版社，1990 年，第 116 頁。
11 葉聖陶：《創作不振之原因及其出路——答〈北斗〉雜誌問》，葉至善、葉至美、葉至誠編：《葉聖陶集》第 9 卷，第 114 頁。
12 [日]藤井省三：《魯迅〈故鄉〉閱讀史——現代中國的文學空間》，董炳月譯，南京：南京大學出版社，2013 年，第 54 頁。

二、中學生是新文學最理想的受眾群體

　　研究新文學在民國時期中學生群體中的傳播和影響情況之所以重要，還在於民國中學生這個群體的特殊年齡特徵和社會地位、社會影響力，從這個群體身上最容易看到新文學在培養現代國民素質方面的貢獻。我們都知道，中國新文學是一種思想啟蒙性質的文學，也是一種社會關懷性質的文學，而從舊時代過來的「老舊國民」和早已在社會上摸爬滾打的青壯年國民顯然不是新文學進行思想啟蒙和社會認知教育的合適對象。年齡太大則已有社會經驗和定見，不容易受新文學的影響和左右，小學生接受和消化新文學的能力又有限，而中學生正處於求知欲最旺盛、思想最活躍的年齡階段，也是世界觀、價值觀和人生觀形成的關鍵階段，新文學在影響他們的社會認知、人生態度和薰陶其情志等方面就特別容易見效和持久。通過中學生這個群體的心靈接受和轉化，新文學才真正在中國社會上站穩了腳跟，在國民精神生活中顯示了其價值。

　　民國時期國力貧窮、人民率多生活困苦，再加之新式教育初創，很不完備，「中學教育資源不能滿足教育需求的情況一直沒有得到改善」[13]。1931 年國際聯盟教育考察團在論及中國中等教育現狀時說：「中等學校名額過少因而投考落第之學生甚多，就社會對於中等教育之需要觀之，現有之中等學校，實屬供不應求。」[14]由於中等教育不發達，學生家庭貧困等等原因，

13　王倫信：《清末民國時期中學教育研究》，上海：華東師範大學出版社，2002 年，第 213 頁。
14　國聯教育考察團：《中國教育之改進》，國立編譯館譯，南京：國立編譯館，1932 年，第 113－114 頁。

民國時期許多地方(尤其是鄉村和小城鎮)學生入學普遍偏晚，中學生的年齡普遍較今日之中學生大出幾歲。如 1931 年的山東省平原縣立初級中學，初一學生「小者，年十三、四歲，大者，有至十八、九歲者」[15]，山東高密縣立初級中學某初三班級「年齡俱在二十歲以外」[16]。1933 年的江蘇省立南通中學，初中生從 12 歲到 21 歲，最集中的年齡段為 15－17 歲；高中生年齡從 15 歲到 25 歲，18－20 歲的人數最多，共 181 人，21 歲和 22 歲分別有 27 人和 13 人。[17]這還是 30 年代的情況，更早前的 20 年代，教育更不發達，中學生年齡參差不齊的情況更為普遍和突出。據臧克家回憶，20 年代前期山東濟南第一師範是小學師資的培養所，「學生年齡，比較大，況且又附設了 3 個專科，30 歲左右的學生為數不少」[18]。由於年齡普遍偏大，這些中學生在當時便被社會上稱為「青年」而非「少年」。

民國中學生的年齡特徵決定了他們接受新文學的興趣和能力不僅遠遠強於小學生，而且也要高於我們今天的中學生，這表現在他們的課外閱讀量、自學能力以及對文學作品的解讀能力和創作能力諸方面。以北平育英中學 1934 年 12 月出版的學生刊物《育英半月刊》第三卷第三期的「文藝短論」欄目來看，它登載了《目前中國文藝界幾個重要問題的探討》(微痕著)一文，介紹了當時文壇關於「大眾語文的提出和建立」「文學遺產

---

15 山東省政府教育廳編：《山東省縣私立中等學校國文教學概況》，1931年，第 604 頁。

16 山東省政府教育廳編：《山東省縣私立中等學校國文教學概況》，第 494頁。

17 《本校學生年齡統計（廿二年十一月）》，《江蘇省立南通中學校刊》，1933 年 11 月。

18 臧克家：《新潮澎湃正青年》，鄧九平編：《文化名人憶學生時代》上冊，北京：同心出版社，2004 年，第 419 頁。

的接受與整理」「中國目前為甚麼沒有偉大作品產生？」和「幽默、雜文、小品的風行」等熱點話題，又登載了《怎樣改進新詩？》《關於文學創作》《我們需要甚麼文藝？》等文，討論如何創造出好的或偉大的文學作品來。這期校刊還在「書報評介」欄目中登載《北國裡的文藝雜誌》（小草著）一文，介紹了楊振聲、李長之主編的《文學評論》，吳承仕主編的《文史》雙月刊，葉公超主編的《學文月刊》，以及提倡民族文藝的《華北月刊》《北強月刊》，小型文藝刊物《文藝戰線》（張少峰主編）、《細流月刊》（輔仁大學辦），等等。從這期校刊，我們就能看出當時中學生們對於文壇的熟悉程度和關注程度。翻閱了大量這類原始資料之後筆者確信：民國時期中學生對中國新文學的喜愛程度遠遠超過今天的中學生對於當代中國文學的喜愛程度，民國時期條件較好的中學校學生的新文學閱讀量是要高於我們今天的中學生的一般文學閱讀量的，民國時期大多數高中國文選修課所涉及的新文學知識都已接近今天一般大學中文系本科課程的水準，民國時期部分優秀高中生對於中國新文學的掌握程度已達到學術研究的層次。[19]這也是我們要重視民國中學生的新文學接受情況的一個原因。

　　因為「青年」這一身份，學識又相對較高，民國的中學生群體便受到國家和社會的矚目與厚望。民國時期教育界一直流行著「中學教育發達則其國強，中學教育不發達則其國弱」的

---

19 1932 年，孫俍工編選的初中和高中《國文教科書》由上海神州國光社出版，其中初中第五冊第一單元佈置了《新詩之我見》這道作文題，高中第四冊第五單元佈置了《普羅文學評議》、《論新浪漫主義》這兩道作文練習題。這幾道作文題都對中學生的新文學知識水準和閱讀面提出了較高的要求。如此專精的命題表明，當時中學生的新文學接受水平可能不亞于今天中文系本科生的水平。

信念和說法，人們紛紛把社會改造和強國保種的目光投向了中學生。1915 年，教育家、出版家陸費逵撰文《敬告中等學生》說：「國家之成立，必有一種人為其中堅。吾國昔時之中堅在士……（中略）他日國家社會，將以中等學生為之中堅，可斷言也。」[20]1918 年，教育家蔣夢麟在《建設新國家之教育觀念》一文中主張中學以培養社會領袖為己任，應注重培養學生的愛國心和服務國家、社會的意識與能力。他說：「夫中學者，養成初級領袖之機關也。初級領袖者，即教育總長湯君濟武所謂社會中堅是也。」[21] 1919 年 10 月，教育部召開全國中學校校長會議，提出「注意管理、訓練，養成學生為社會中堅之人物」的議題。這也充分顯示了政府所寄予中學生群體的厚望。教育家舒新城在 1924 年的某次演講中說：

> 中國有中學校的名稱，以一八九八年上海南洋公學的附屬中學為始，到現在不到三十年，時間上可算是很短。但中學生三字卻有了特別的意義，就是中學生為「社會中堅人物」。「中堅人物」四字，在一般人看來，有下列幾種意義。
>
> （1）有充分的學識，能主持社會上各種事業。
>
> （2）有良好的行為，能得社會上多數人的信仰，為多數人所依歸。
>
> （3）社會上發生事變時，能主持正義，指導群眾。

---

20 陸費逵：《敬告中等學生》，呂達主編：《陸費逵教育論著選》，北京：人民教育出版社，2000 年，第 151 頁。
21 蔣夢麟：《建設新國家之教育觀念》，曲士培主編：《蔣夢麟教育論著選》，北京：人民教育出版社，1995 年，第 48-49 頁。

（4）社會上有應興革的事情，能以身作則，竭力進行。

（5）無論何時，均能以公眾福利為前提，處處為公眾謀
　　幸福。

在中學生自身看來，除上述者外，還有幾種特殊的意義
如下：

（1）在學識上小學生知識較淺，不足以領導群眾，大學
　　生學識又太高，亦難為群眾所瞭解而使之遵從，只
　　有中學生間於二者之間，上有瞭解專門學識的基礎，
　　下又足以使群眾瞭解其言行；民主國社會上的一切
　　活動，都當植立於民眾意志之上，中學生在一切活
　　動中當然為重鎮。

（2）現在社會上各種事業雖然趨重分工，但無論治何種
　　職業，都要有充分的常識，中學生受了較高深的普
　　通教育，常識自然充足，能擔任較高等的職業，在
　　職業界亦可為重鎮。

（3）中學生因受過相當的教育，對於世界潮流、國家事
　　變有相當的見解，並且係中產階級，有餘暇時間與
　　聞政治。以其識力與地位可以左右國家政局，在政
　　治上也可為重鎮。[22]

民國時期全國國民的絕大多數為文盲，受過教育的國民比
例極低，而接受過高等教育的又是鳳毛麟角，能接受中等教育
在當時已屬不易，中學生在當時的社會聲譽不低。所以當時社

22　舒新城：《中學生的將來》，呂達、劉立德主編：《舒新城教育論著選》上
　　冊，第 325-326 頁。

會上包括中學生自己都對中學生群體寄予厚望，期望他們成為改造社會和建設國家的「中堅」。1916 年 9 月 18 日，南開學校的負責人之一張彭春對修身班學生訓話說：「近日國事日促。內家既暗弱異常，外債復連綿不已。則累卵之險何啻今日。惟興亡之權，胥恃乎青年。於是勵同學以共相砥礪，以作中流砥柱為志。」這番訓話讓眾學生「大受戟（激）動」[23]。1922 年，張彭春又在其博士論文中指出：「中學，特別是那些在大的教育集中地區的中學是國家的有志青年們聚集的地方。在那些學校裡未來一代的領導者將產生或改變。」[24]民國的中學生們自身也有強烈的精英意識，喜談自身責任與使命，他們說：「中國今日，平均三百多個人中只有一個中學生。」「所以別的責任就要分到我們身上。」「所以我們每一個人都是三百多人的領袖。」[25]「在現在的教育尚未普及的中國，我們便是民眾的領袖呀！」[26]中學生群體的這種強烈的自我期許和使命感使得他們主要親近的是那種更多體現了社會責任感的新文學品種，而不是那種自娛自樂的新文學類型。我們從當時中學生的課外閱讀和讀書報告、文章寫作中大體可以發現，魯迅、茅盾、郭沫若等關心底層人民命運和國家民族前途，注重揭露社會問題和階級矛盾的左翼文學家最常被民國中學生們提及，而周作人、

---

23 張彭春：《國家興亡之權胥恃乎青年》，原載天津南開學校《校風》第 39 期（1916 年 9 月 25 日），據崔國良、崔紅編：《張彭春論教育與戲劇藝術》，天津：南開大學出版社，2003 年，第 6 頁。

24 張彭春：《論中國教育之現代化——鑒於國民生活的轉變對課程結構標準的研究，特別涉及中等教育》，董秀樺譯，崔國良、崔紅編：《張彭春論教育與戲劇藝術》，第 130-131 頁。

25 文清：《我國中等學校學生目前的責任》，北平育英中學學生自治會半月刊委員會編輯：《育英半月刊》第 4 卷第 1 期，1935 年 10 月。

26 王延壽：《話別》，北平育英學校年刊委員會編輯：《育英年鑒》，1929 年。

林語堂一派的閒適幽默小品則不僅很少被提及,而且常常遭到中學生們的鞭撻。

　　當然,視中學生為社會中堅和國家希望的觀念具有一定的理想化的成分,中學生畢業後在社會上落魄乃至毫無用處的個案也不少,但就整體情形而言,中學生群體確實在社會上發揮著重要的作用和影響力。這尤其表現在社會政治運動領域和教育領域,如當時全國性或地方性的學潮、抗日宣傳運動、政治民主運動都常常以中學生為主力軍。新加坡學者王賡武曾將現代中國的中學生類比於古代社會的「士」,高度評價了他們在社會上的地位和文化上的影響力。他說:「現代教育中的中學生、大學生承繼了中國培養『精英』之『士』的教育傳統,但是,這一新生力量人數更多、更集中於城市與大集鎮、腦子裡激蕩著的是從西方借來的嶄新觀念。」[27]馬俊江也指出,由於中學在當時教育體系中屬於精英階層,且中學生群體的自我身份認同也是「社會的精英」和「民眾的領袖」,民國年間的中學生便成為一個獨立的群體和社會勢力,「政治、文化、文學……舉凡現代中國社會的方方面面,都有著這一勢力群體參與的身影」[28]。民國時期中學畢業生所從事的職業如基礎教育、新聞出版即多是對國家和社會非常重要的行業。民國時期,中學畢業生除升學者外,以做小學教師者為最多,據舒新城在 20 年代初的調查,中學畢業生之服務於教育界者,除滬、甯、杭各地特殊的中學校外,「大概都達到未升學者總數二分之一上下」,此外則

---

27 轉引自馬俊江:《中學生與現代中國的文學運動》,《文學評論》2013 年第 4 期。
28 馬俊江:《中學生與現代中國的文學運動》,《文學評論》2013 年第 4 期。

是服務於行政機關和新聞出版界、工商業界。[29]中學生畢業後大多從事教育業或新聞出版業，這就讓他們在思想啟蒙、文化傳播和國民素質培養方面發揮著中堅作用。

　　總之，由於民國中學生的年齡特徵，他們便成為新文學理想的與合格的受眾，成為新文學發揮其思想啟蒙、社會教育功能的最佳中介。同時，中學生在社會上的「中堅」地位和畢業後從事的中小學教育、新聞出版等重要職業也使得中學生的新文學接受具有明顯的社會意義，使新文學在國民精神塑造等方面的積極價值更易得到傳遞。這是我們今天要研究民國時期中學生的新文學接受情況的又一個重要原因。

三、相關研究的現狀與本書的研究思路

　　迄今為止，關於民國時期中學生與新文學之關係的研究還不算多，從研究成果的數量和品質上看都遠不如關於民國大學生與新文學關係的研究。關於後者，已湧現出了大量關於北京大學、清華大學、南開大學、西南聯大等著名大學的新文學教學或校園文藝活動的研究成果，比如姚丹所著《西南聯大歷史情境中的文學活動》（2000）、張玲霞所著《清華校園文學論稿（1911－1949）》（2002）、陳平原所著《現代中國的文學、教育與都市想像》（2011）、季劍青所著《北平的大學教育與文學生產》（2011）、王彬彬所著《中國現代大學與中國現代文學》（2011）、李光榮所著《季節燃起的花朵──西南聯大文學社團研究》（2011）等專著。相較於大學校園和新文學關係的研究，

---

29 舒新城：《中學生的將來》，呂達、劉立德主編：《舒新城教育論著選》上冊，第 333、330 頁。

民國中學教育和新文學關係的研究比較後起。日本學者藤井省三的《魯迅〈故鄉〉閱讀史——近代中國的文學空間》（北京：新世界出版社，2002 年）第二章《教科書中的〈故鄉〉》即是這後一方面較早的代表性成果。錢理群先生的論文《五四新文化運動與中小學國文教育改革》（《中國現代文學研究叢刊》2003 年第 3 期）則是國內較早的和開風氣之先的成果，他比較細緻地梳理了五四新文化運動中胡適、劉半農等新文學家對於中小學國文教育的改革設想以及將新文學推廣到中小學國文教材中的諸多努力。此後出現的研究成果也都主要集中於中學國文課程、教材的考察方面，還很少完整地揭示民國中學生接受新文學的整體情況，比如中學生的課外新文學閱讀情況、文藝創作情況就很少有人研究。下面對相關選題領域的重要研究成果作一大致梳理：

王林的博士學位論文《論現代文學與晚清民國語文教育的互動關係》（北京師範大學，2004 年）從國文立科、學制與課程設置、課程綱要與課程標準等方面梳理了中國現代文學與晚清民國語文教育的互動關係。它主要採用的是邏輯推演與個案分析結合的模式，其弱點在於個案數量太少，很難全面反映當時中學國文教育的普遍狀況。比如該論文在談語文教育與現代文學「經典」的建構時，僅僅只以葉聖陶編輯的國文教材為討論的中心，又僅以朱自清的《背影》為個案來分析其被經典化的背景；在該論文的附錄部分僅僅列舉了 10 種中學國文教材的現代文學選目。這樣小的樣本量必然難以呈現當時具體、複雜且多變的國文教育情況。像王林這種以點帶面，只用少量個案來支撐的研究模式在目前新文學與中學教育關係的研究中比較普遍。它們多只注目於魯迅、朱自清、周作人等少數幾個著名

的新文學家在中學教育中的接受情形，或者只是以少量的國文課本為考察的對象，這樣的研究顯然很不全面，說服力也不足。

　　張偉忠的博士學位論文《現代中國文學話語變遷與中學語文教育》（山東師範大學，2005 年）「旨在探討現代中國文學與中學語文教育（主要是文學教育）的相互關係和相互影響，重點研究、解決以下問題：一，現代中國文學思潮、文學運動、文學作品、文藝理論形成了怎樣的文學話語，對中學語文教育產生了怎樣的影響；二，現代中國教育體制、教育觀念、教育方法、教育改革對現代中國文學的傳播、接受起到了怎樣的作用；三，文學發展與母語教育互動關係的連接點是什麼，二者如何在相互影響、促進的過程中共同走向現代化和全球化；四，新世紀文學話語和教育話語如何走向融合，中學文學教育應怎樣開展。」（見該論文《摘要》）不難看出其研究的宗旨是回應當代有關中學語文教育改革的思考，是「以史為鑒」的研究模式而非文學史的研究。作者將考察的範圍設定為從清末至 21 世紀初一百多年間，這種大跨度的宏觀勾勒導致其對民國時期的考察較為粗略。全文除緒言、結語外共九章，只用三章的篇幅分別勾勒了「五四啟蒙話語」「三十年代的大眾話語」「四十年代的革命話語」與語文教育的關係。這與我們所期待的回到歷史現場、專注於歷史細節的鉤沉和考辨的研究思路和效果還有一定的距離。

　　蔡可的博士學位論文《現代中學語文課程與文學教育的演變》（北京大學，2005 年）立足於語文教育學科而非中國現代文學學科，其研究目的是為了回應中學語文教學改革這一熱點話題。其《內容提要》中說：「希望在問題的探討中能為中學語文課程及文學教育的改革提供某些思考。」黃耀紅的博士學位

論文《演變與反思：百年中小學文學教育研究》（湖南師範大學，2008年）屬於「課程與教學論」這一專業的成果，它著眼於中小學文學教育的歷史、現狀和未來，「重點聚焦中小學文學教育的論爭，揭示中小學文學教育所面臨的理論與實踐困惑，在此基礎上，剖析當下中小學文學教育存在的突出問題。最後，面向未來，提出中小學文學教育的理念與策略」。（見該文《摘要》）李斌的博士學位論文《民國時期的中學國文教科書研究》（北京大學，2011年）也是語文教育學科的研究成果，其著眼點在於中學國文教材編寫的歷史經驗和教訓，而不在於中國現代文學研究。著者在《內容提要》中說：「本文以民國時期中學國文教科書的內容及效果為研究對象。通過對相關資料的搜集、整理、歸納、分析，我們描述了民國時期中學國文教科書的複雜面貌，提出了其發展演變的主要矛盾，並試圖回應近年來關於確定『語文教學內容』的探討。」在這篇論文中，新文學只是其中涉及的部分內容。像蔡可、黃耀紅、李斌這種以語文教育而非中國現代文學為出發點的研究成果還有很多，如劉浪的碩士學位論文《新國文・新文學・新國民──以民國時期葉聖陶國文教育思想為例》（華東師範大學，2006年），等等。

而真正從中國現代文學的傳播、接受與再生產這樣的視域出發來研究的成果主要有：林喜傑的《群體性解讀與想像──新詩教育研究》（博士學位論文，首都師範大學，2007年）、姚丹的《民國時期的新文學教育──以中小學教材為考察對象》（《河北學刊》2008年第4期）、馬俊江的《革命文學在中學校園的興起與展開──北方左聯與 1930 年代中學生文藝的歷史考察》（《中國現代文學研究叢刊》2012年第1期）和《中學生與現代中國的文學運動》（《文學評論》2013年第4期）、劉緒

才的《1920－1937：中學國文教育中的新文學》(博士學位論文，南開大學，2013 年）等。林喜傑的論文只涉及新詩在民國中學教育中的接受情況。姚丹認為民國教材中大量選入新文學作品，「明顯地有利於新文學的傳播，同時也培植出學生新的『文學感覺』與『文學觀』」「也有利於學生寫作時的模仿」[30]，但她並沒有就這後兩個論點展開論述。劉緒才的論文探討了新文學進入中學教育的背景，探討了新文學作品在國文教材中的選目變化情況，周氏兄弟作品被經典化的情況，魯迅的小說、朱自清的散文、胡適和劉大白的詩歌在國文課堂上被講授的情況，開明書店的新文學讀物出版情況，等等。劉緒才的研究只限於抗戰之前，而且只依據 20 多種國文教材來研究新文學選目，樣本數量太少，又只舉了魯迅小說、朱自清散文等少量的個案來談新文學的課堂教學情況，研究覆蓋面明顯不足。

　　以上列舉的是與本書相關或相近的已有學術成果中比較重要的，至於大量低層次的論文和一些零散的文章就不再一一介紹了。總體來看，立足於語文教育學科的研究尤其是關於民國國文教科書的研究已蔚為熱點，而立足於中國現代文學學科的文學接受研究還很不足，對民國時期中學生接受新文學的情況的研究還很不完整與深入。就以上梳理來看，現代文學學者已紛紛涉足新文學與國文教育的關係研究領域，但偏重的是新文學在中學課程體制和國文教科書中的地位以及新文學由此被傳播和經典化的情況，卻沒有或很少研究民國中學生的課外新文學閱讀、校園新文學活動、學生文藝創作等更豐富的內容。而且，已有的研究比較側重「制度」（課程）和「物」（教科書）

30　姚丹：《民國時期的新文學教育——以中小學教材為考察對象》，《河北學刊》2008 年第 4 期。

的層面，而沒有側重「人」（中學生）與「精神」的層面。它們大多只是將中學生當作新文學接受的被動客體，而沒有正視中學生的新文學接受還有其主體性選擇的一面，沒有從中學生的精神、心理等內面來考察其接受新文學的傾向和結果。而這正是本書要著力之處。在筆者看來，如果忽略了中學生接受新文學的具體情況和個體選擇，以及接受過程中的思想或情感反應等等，就很難深入揭示新文學接受的效果與產生的影響。同樣，如果沒有大量的有關中學生個體接受新文學情況的資料作為基礎，無論是宏觀的歷史梳理、邏輯推演，還是細緻的個案式的考察，都無法說清楚「中學生」作為一個群體或無數的個體接受的是什麼樣的新文學品種，接受的是新文學的哪些方面的東西和影響。

　　總之，回到民國的具體情境之中，回到民國的中學校園，注目於一個個具體的有名有姓的中學生，考察他們接觸新文學的途徑、狀態（思想、情感反應）以及對於新文學的主要精神的領會與轉化等等，是本書的主要思路和任務。鑒於前人相關研究的某些疏漏，本書打算以更多的原始材料為基礎，以更扎實的實證研究為目標，對民國時期中學生接受新文學的情況做更全面、細緻和深入的考察。而且，在民國特定的社會情勢下，新文學在中學教育體系中的角色主要是在於其國民素質培育功能，因此，我們這本書的落腳點也是新文學被民國中學生所接受並進而轉化為其思想和心理素質的情況。

上　編

觀念、體制與時代背景

　　晚清以來，以小說「新民」，以文學改造國民性和「立人」的思想深入人心，新文學因此背景而與新式學校教育關聯起來，受到知識界的重視。而在國語統一運動的影響下，以現代語體文作為中小學「國語」「國文」的主要教材的觀念也日漸流行，這樣，新文學以「語體文」的身份進入國文教材就具有了可能性。當然，新文學在國文教育中的地位、身份和具體樣態也受制於不同的國文教育思想的博弈並呈現出時代性和階段性的特點。

　　新文學進入中學教育還有其制度背景。首先，民國教育部下令中學國文教學要「文言文與語體文並重」，新文學以「語體文」的身份進入中學課本就有了制度保障。其次，教育部制訂的歷次中學國文課程綱要和課程標準基本都維護了新文學的地位。再次，教科書由民間自由編寫和出版，學校和教師自由選用的體制也有利於反映社會和時代的新文學作品迅速進入教材。最後，高中階段的國文選修課程使中學生有機會接觸到更專門和精深的新文學知識。

第一章　教育思想、文學觀念與
時代背景

　　文學作品在中國自古以來就是啟蒙教育和科舉教育的重要材料，但中國傳統上主要是大文學和泛文學的概念，所謂「文章」「辭章」「文辭」等等，直到清末才受西方的影響而產生了「文學」這一現代概念及學科命名。[1]同樣，私塾、縣學、府學、書院等在中國雖說是古已有之的東西，但現代意義上的分科設置多種課程的新式學校也還是清末洋務運動以後效法西方的結果。因此，探討民國時期中學生與新文學的關係也還是要追溯至清末的環境中去。要言之，清末以來的現代「文學」概念和意識的出現，文學觀念與實踐，教育改革與實踐，是民國中學生與中國新文學發生交集的前提和大背景。

一、文學「新民」說與國民教育思想的契合

　　1904年，林傳甲受聘於京師大學堂講授國文，為了配合大

---

1 日本學者藤井省三指出，現代漢語中的「文學」一詞，借用的是明治時期日本譯介「Literature」時所創造出來的譯語，是在清政府借鑒東京帝國大學等日本的大學制度而設立京師大學堂的時候接受這一概念的。（參見藤井省三：《華語圈文學史》，賀昌盛譯，南京：南京大學出版社，2014年，「前言」。）

學堂章程要求,講習「歷代文章源流義法」,就編成一本七萬餘字的講義,題為《中國文學史》。這本稍後出版的教材開宗明義即是:「我中國文學為國民教育之根本。」[2]當然,在清末頒佈的《奏定學堂章程》以及林傳甲所編教材中,所謂的「中國文學」還只是泛文學(即文章)的概念,並非現代意義上的純文學。而從現代「文學」概念的意義上談論本民族文學和國民教育之關係的首先還是嚴復、梁啟超、王國維等啟蒙思想家。清末以來關於文學與國民教育之關係,主要有嚴復、梁啟超等人的小說「新民」說,王國維、蔡元培的文學「美育」說,魯迅的「立人」說。

　　嚴復是中國近代較早注意到文學與國民教育之關係的一位啟蒙思想家,他提出,中國要富強,必須致力於「鼓民力、開民智、新民德」,造就一代新人。1897 年,嚴復、夏曾佑合撰的《本館附印說部緣起》一文可以說是開啟了以小說「新民」之思路的先河。此文的主旨是要用小說來開通民智和影響人心、風俗:「夫說部之興,其入人之深,行世之遠,幾幾出於經史上,而天下之人心風俗,遂不免為說部之所持。」[3]梁啟超於維新變法運動失敗後流亡日本,開始接觸大量西方資產階級啟蒙思想家的著作,眼界大開。他認真總結和反思了維新運動失敗的原因,深感提高國民素質的重要,寫成了著名的《新民說》。《新民說》指出:「苟有新民,何患無新制度,無新政府,無新國家?非爾者,則雖今日變一法,明日易一人,東塗西抹,學步效顰,吾未見其能濟也。夫吾國言新法數十年,而效不睹

---

2 林傳甲:《目次》,《中國文學史》,上海:科學書局,1914 年,第 24 頁。
3 嚴復、夏曾佑:《本館附印說部緣起》,陳平原、夏曉虹編:《二十世紀中國小說理論資料》第 1 卷,北京:北京大學出版社,1989 年,第 12 頁。

者何也？則於新民之道未有留意焉者也。」[4]梁啟超認為小說有「熏」「浸」「刺」「提」這四種能強有力地支配人心的力，「故今日欲改良群治，必自小說界革命始；欲新民，必自新小說始。」[5]梁啟超也將小說視作培養新式國民的利器。

　　與嚴、夏、梁等人著眼於「說部」這一特定文學品種不同，文藝理論家王國維在更高的層面上提出了文學的國民教育價值。他在 1904 年撰文《文學與教育》，開首即說：「生百政治家，不如生一大文學家。何則？政治家與國民以物質上之利益，而文學家與以精神上之利益。夫精神之於物質，二者孰重？且物質上之利益，一時的也；精神上之利益，永久的也。」[6]兩年後，王國維又撰《論教育之宗旨》，提出教育之宗旨在培養「完全之人」，即身體與精神兩方面能力俱全的人；而精神之中又分為知力、感情及意志三部，因此教育也應包括智育、德育（即意育）、美育（即情育）這三項。「要之，美育者一面使人之感情發達，以達完美之域；一面又為德育與智育之手段，此又教育者所不可不留意也。」王國維認為德育、智育、美育這三者不可分離而論，「有一科而兼德育、智育者，有一科而兼美育、德育者，又有一科而兼此三者」[7]。王國維認為，教育中某些學科（如音樂、繪畫、文學）是實施美育、德育和智育的途徑。王國維隱隱含有文學即美育，要為培養精神健全之國民服務的思想。

4　梁啟超：《新民說》，侯宜傑選注：《新民時代——梁啟超文選》，天津：百花文藝出版社，2002 年，第 45 頁。
5　梁啟超：《論小說與群治之關係》，陳平原、夏曉虹編：《二十世紀中國小說理論資料》第 1 卷，第 37、33 頁。
6　王國維：《文學與教育》，傅傑編校：《王國維論學集》，北京：中國社會科學出版社，1997 年，第 371 頁。
7　王國維：《論教育之宗旨》，傅傑編校：《王國維論學集》，第 373-375 頁。

　　與此同時或梢後，未來的新文學旗手魯迅也開始思考國民性改造問題。在 1907 年撰寫的《文化偏至論》中，魯迅提出，中國要「生存兩間，角逐列國是務，其首在立人，人立而後凡事舉」，「人既發揚踔厲矣，則邦國亦以興起」[8]。魯迅對改造國民性之重要意義的深刻認識，促使他自覺地肩起了以文藝重塑國民靈魂的歷史重擔。他在《吶喊》自序中說，他早年棄醫從文為的就是以文藝來啟蒙民眾，從精神上拯救愚弱的國民：「我們的第一要著，是在改變他們的精神，而善於改變精神的是，我那時以為當然要推文藝，於是想提倡文藝運動了。」[9]

　　可以說，到清末民國之交，文學與國民素質改造的邏輯關係已眾目昭昭。然而當時的實際情形是，鴛蝴派小說、黑幕小說、偵探小說之類通俗文學大行其道，翻譯的小說中偵探類也占一半以上的比例。而同樣是翻譯，嚴肅認真，寄託著譯者「轉移性情，改造社會」希望的《域外小說集》則門可羅雀。可見，清末民初的小說並不能真正起到「新民」或「立人」的效果，文學「新民」要真正落實，還是得靠新文學的發生及其與青少年學生的結合。因為：一則，老舊的國民根本不看新文學，二則，老舊國民的「劣根性」根深蒂固，不容易甚至不可能改造得了。「文學」的所以「新民」，所以「立人」，也就只能坐實到青少年學生這裡。陳獨秀當時就曾敏銳地提出，首先應當從提高青年的素質入手來提升國民素質，因為「青年之於社會，猶新鮮活潑細胞之在人身」，國家和民族的命運，「惟屬望於新鮮

8　魯迅：《文化偏至論》，《魯迅全集》第 1 卷，北京：人民文學出版社，2005年，第 58、47 頁。
9　魯迅《〈吶喊〉自序》，《魯迅全集》第 1 卷，第 439 頁。

活潑之青年」[10]。同樣，當魯迅在《狂人日記》的結尾寫上「沒有吃過人的孩子，或者還有？救救孩子……」之時，他實際上也像陳獨秀一樣，「惟屬望於」青少年，將這一群體設定為文學啟蒙的首要目標。

再從學校教育這一方看。梁啟超很早就注意到了開辦新式學校與開啟民智的關係，他在 1896 年發表的《變法通議》系列文章中大講興學校育人才之事，認為言自強須「以開民智為第一義」，而開民智又「歸於學校」。這種通過新式學校教育來「新民」的思想主張很快就變成國家的教育方針或政策，清政府在苟延殘喘中開始興辦學校，雖然其規定的中小學堂的教學內容還偏重於讀經之類的陳腐的東西，但其發展國民教育的政策是堅實的。後繼的民國政府在重視開辦學校和發展國民教育方面則更上一層樓，還專門設置了教育部、教育廳、教育局這一專門的行政機構體系。而且，民國肇造，臨時政府即於 1912 年 1 月 19 日發佈了《普通教育暫行辦法通令》，明確要求全國廢止有礙國民精神健康的「讀經」等科目，以國文課取代讀經課。1912 年 5 月，蔡元培以民國首任教育總長的身份向參議院宣佈政見，主張民國的新教育應分為普通與專門兩類：普通教育「務順應時勢，養成共和國民健全之人格」，專門教育「務養成學問神聖之風習」[11]。在教育部當年公佈的《中學校令》中也明確：「中學校以完足普通教育、造成健全國民為宗旨」。為了培養健全的共和國民，蔡元培提出了軍國民教育、實利主義教育、公

---

10 陳獨秀：《敬告青年》，《青年雜誌》第 1 卷第 1 號，1915 年 9 月。
11 蔡元培：《向參議院宣佈政見之演說》，高平叔編：《蔡元培教育論著選》，北京：人民教育出版社，1991 年，第 11 頁。

民道德教育、世界觀教育、美育這「五育並舉」[12]的教育方針。1912 年 7－8 月，全國臨時教育會議召開，會議接受了蔡元培的「五育並舉，以德育為首」這一意見，討論並通過了民國教育方針，並於 9 月 2 日由教育部以《教育宗旨令》公佈實施，其內容為：「注重道德教育，以實利教育、軍國民教育輔之；更以美感教育完成其道德。」[13]這裡規定了「美育」是道德教育這一主要目標的實施途徑或達成手段。按照這一邏輯，「文學」教育作為美育之一種，自然是道德教育的實施途徑，其地位帶有某種基礎性。

　　蔡元培是著名教育思想家，也是民國的首任教育總長，其教育思想對民國中學教育影響深遠。在蔡元培的教育思想中，「美育」居於核心地位。他在 1912 年發表的《對於教育方針之意見》中提出了通過「美育」來實施世界觀教育的主張：「……世界觀教育，非可以旦旦而聒之也。且其與現象世界之關係，又非可以枯槁單簡之言說襲而取之也。然則何道之由？曰美感之教育。美感者，合美麗與尊嚴而言之，介乎現象世界與實體世界之間，而為津梁。」[14]在蔡元培的觀念中，美育是世界觀教育的手段和途徑（「津梁」），這是對王國維的「美育」觀的一個呼應。王國維和蔡元培的「美育」說都並非孤立地強調美育的重要性，而是將美育視作一種工具性（「津梁」）的東西，用以輔助德育、智育，因為寓教於樂效果更好。「美育」說實際上是抬高了文藝在現代教育體系中的地位。雖然王國維、蔡元培

12　蔡元培：《對於教育方針之意見》，《東方雜誌》第 8 卷第 10 號，1912 年 4 月。

13　見《教育雜誌》第 4 卷第 7 號，1912 年 10 月。

14　蔡元培：《對於教育方針之意見》，《東方雜誌》第 8 卷第 10 號，1912 年 4 月。

所指的「美育」包括音樂、美術、舞蹈、戲劇等多種，但文學也應屬於其中之一。這樣，以文學作品作為學科教材，通過「涵養文學興趣」來實施德育、智育、軍國民教育，就成了「美育」說的一項重要內涵，且因為蔡元培這樣的教育界權威人物的作用和影響而化為了民國初期帶共識性的一種教育理念。這樣的「美育」觀一方面是有利於加強文學在學校教育中的地位和分量，另一方面也基本釐定了文學作品在民國教育體系中的特殊身份和功用，即人們重視的是文學作品的德育、智育等功效，文學本身的專業身份和學科價值並非關注的重點。

二、國文教育改革與新文學的歷史機遇

文學在「新民」「立人」這些目標與功能上與中學教育相契合，這只是說明了兩者間發生交集的邏輯可能性。從邏輯可能性到事實則還有賴於在白話運動這一大背景下「文學革命」與國文教育改革的合流這一歷史契機。國文教育離不了文學，本民族的優秀文學作品無疑是最好的國民教育的材料。但相對於有幾千年的積累和光輝傳統的古代文學而言，新文學不過是個才呱呱墜地的嬰兒，從邏輯上說似乎也不應輕易地將這些還未經時間檢驗的粗糙的試驗品選作教材。但歷史的機遇恰恰是在於「國語教育」的應急需要。

清末民初的中小學國文，課本上和課堂上基本都是文言文。文言是出了名的難學難教，少年兒童學這些不切於生活日用而又繁難的文言，無論如何也是不經濟的事情，也難以體現「啟發民智」的效果。其實，早自清末以來，因為許多有識之士的提倡與實踐，中國已逐漸形成了頗具聲勢的白話或俗話運

動。這一運動嘗試統一各地口音，嘗試各種給漢字注音以便教
學的方法，主張用淺近而又接近生活日用的俗話、白話文來教
育童蒙和平民，使稚齡童子和販夫走卒之類下層民眾也能識字
看書，擴大見聞，啟發心智。白話運動首先通過創辦各種白話
報刊而獲得很好的社會效果，隨著運動的發展，以白話和白話
文作為中小學教材的主張就提上了議事日程。1916 年 8 月，教
育界的一些著名人士發起了「國語研究會」，並於 1917 年 2 月
開會討論進行方法，決定學會的宗旨是「研究本國語言，選定
標準，以備教育界之採用」，學會的事務中較重要的一項是「用
標準語編輯國民學校教科書及參考書」。國語研究會的同人們發
現全國各地報章「用白話文體者，其銷售之數，較用普通文言
者，加至數倍」，而且各地方官署凡欲使一般人民皆能通曉，則
「大率用白話」發佈文告。他們由此醒悟到要普及教育就必須
改用淺俗的白話文來教學，「國民學校之教科書必改用白話文體，
此斷斷乎無可疑者」[15]。

　　而「新文學」的提倡和鼓吹也是在清末以來的白話運動的
大背景下發生的。1917 年 1 月初，《新青年》2 卷 5 號發表胡適
的《文學改良芻議》，主張白話「為將來文學必用之利器」。緊
接著，陳獨秀在《新青年》2 卷 6 號發表《文學革命論》以響
應，同期的《新青年》還發表了胡適的白話詩八首，以為文學
改良的嘗試和示範。之後，《新青年》又相繼發表方孝岳的《我
之改革文學觀》、劉半農的《我之文學改良觀》、胡適的《歷史
的文學觀念論》等等。這些文章和書信都強調或支持「白話文
學為將來中國文學之正宗」。《新青年》在鼓吹「白話文學」的

15　《國語研究會討論進行》，《新青年》第 3 卷第 1 號，1917 年 3 月。

同時也注意到了教育界的國語運動並且表示支持，它在第三卷第一號的「國內大事記」欄中刊登了「國語研究會討論進行」這一條消息。胡適、錢玄同、劉半農等謀求從白話入手創造中國新文學，國語研究會則爭取中小學教科書以白話文代替文言文，新文學運動和國文教育改革運動就在白話運動這一大背景下發生了交集。錢玄同、劉半農、胡適等新文學界中人也贊同國語研究會關於國文教育改革的意見，紛紛加入這一組織。

　　國語研究會以「研究本國語言，選定標準，以備教育界之採用」為宗旨，其思路是先研究和制訂國語（白話）在語音和文法等方面的標準，然後再推行到教育中去。胡適的思路卻更高明一籌，提出先要有用國語（白話）試作的文學作為範例，然後才有通行的國語，因為從古今中外的實例來看，國語並不是由政府的權力規定的，也不是由語言學家們製造和規定出來的，而是由文學家造成的，「中國將來的新文學用的白話，就是將來中國的標準國語。造中國將來白話文學的人，就是制訂標準國語的人」[16]。沿著這一思路，胡適提出了以白話文學作為中小學國文主要教材的觀點，這比當時用「白話文體」編國文教科書的見識更進了一步。1918 年 8 月，胡適在談論文學革新問題時說：「現在各處師範學校和別種學校也有教授國語的，但教授的成績可算得是完全失敗。失敗的原因，都只為沒有國語的文學，故教授國語沒有材料可用。沒有文學的材料，故國語班上課時，先生說，『這是一頭牛』，國語班的學生也跟著說，『這是一頭牛』；先生說，『砍了你的腦袋兒！』那些學生也跟著說，『砍了你的腦袋兒！』這種國語教授法，就教了一百年，也不

16 胡適：《建設的文學革命論》，《新青年》第 4 卷第 4 號，1918 年 4 月。

會有成效的。」[17]沒有文學性材料（白話文學作品），光靠「這是一頭牛」式的簡單的口語教學，既不能全面學習語法，又難以引起學生的興趣，是學不會國語與國文的,「國語沒有文學，便沒有生命，便沒有價值，便不能成立，便不能發達。」[18]胡適關於白話文學與國語教育之關係的揭示極具說服力，後來也產生了廣泛的影響，從而開啟了民國國文教育與新文學的因緣之旅。

因為文學革命運動和國語運動的合力作用，中小學國文改革運動便加速進行。1918 年春，蔡元培召集孔德學校教員舉行教育研究會，會上許多人提出了修訂教科書的問題。其中馬幼漁提出文言之弊，當改為白話，初等小學和高等小學的國文教材都應改為白話；錢玄同則提出中等以上學校國文「亦可用白話，無論理之深淺，均以白話為是。古人用古語，今人自然當用今語……」[19]稍後，《新青年》5 卷 2 號在劉半農的《南歸雜話》文後發表錢玄同的「附言」:「國文科必須改為國語科。十歲以內的小孩子，絕對應該專讀白話的書，什麼『古文』，一句也用不著讀」。接著，胡適又在《新青年》5 卷 3 號的「通信」中提出:「現在的一切教科書，自國民學校到大學，都該用國語編成。」「國民學校全習國語，不用『古文』。」「中學堂『古文』與『國語』平等。但除『古文』一科外，別的教科書都用國語的。」[20] 1919 年 4 月，主要由新文學界與教育界人士組成的國

---

17 胡適:《附答黃覺僧君〈折衷的文學革新論〉》,《新青年》第 5 卷第 3 號, 1918 年 9 月。
18 胡適:《建設的文學革命論》,《新青年》第 4 卷第 4 號,1918 年 4 月。
19 蔡元培:《教育研究會討論修訂教科書問題的記錄》,高平叔編:《蔡元培教育論著選》,第 147 頁。
20 胡適:《附答黃覺僧君〈折衷的文學革新論〉》,《新青年》第 5 卷第 3 號, 1918 年 9 月。

語統一籌備委員會召開成立大會。劉半農、周作人、胡適、錢
玄同、朱希祖等在這次會議上提出了一個《國語統一進行方法
的議案》:「統一國語既然要從小學校入手,就應當把小學校所
用的各種課本看作傳播國語的大本營,其中國文一項尤為重
要,如今打算把《國文讀本》改作《國語讀本》,國民學校全
用國語,不雜文言,高等小學酌加文言,仍以國語為主體;國
語科以外,別種科目的課本,也該一致改用語體文。」[21]此項
議案在大會通過並呈交教育部。教育部接受了國語統一籌備會
的建議,於 1920 年 1 月通令全國:「自本年秋季起,凡國民學
校一二年級,先改國文為語體文,以期收言文一致之效。」同
年 4 月,教育部又發出通告,截至 1922 年止,凡用文言文編的
教科書一律廢止,各學校要逐步採用經審定的語體文教科書。[22]
在 1920 年 1 月的那次全國通令中,教育部下令將全國國民學校
(初級小學)的「國文」科目改名為「國語」。「國文」改「國
語」,一字之改意味著白話和語體文作為法定語言和教材的地
位的確立。1922 年,教育部又復函國語統一籌備會,同意中學
的國文教學要「文言文與語體文並重」[23]。教育部的這番命令
為白話文(語體文)在中小學教育中爭得了至關重要的地位,
同時也為新文學以白話文的身份進入中小學教材創造了條件。

　　教育部的命令因為順應民心而得到了各地學校的積極回應,
不一年間,大江南北各小學的國文教材都更換為語體文,連初
級中學也受到裹挾,紛紛使用語體文作教學材料。大量篩選淺

---

21 轉引自王建軍:《中國近代教科書發展研究》,廣州:廣東教育出版社,
　　1996 年,第 252 頁。
22 參看王建軍:《中國近代教科書發展研究》,第 252-253 頁。
23 黎錦熙:《國語運動史綱》,上海:上海書店,1990 年,第 119 頁。

近的語體文進入中小學課本和課堂就成了一時潮流。初期新文學的水準和技藝雖然幼稚和粗糙，但就形象性、生動性和美感這些方面而言還是強於一般的白話議論文、說明文、應用文的。因此，就在急需語體文而已經創作出來的成熟語體文又並不多的情況下，剛剛誕生未幾的新文學作品就開始以「語體文」的身份堂而皇之進入中小學課本和課堂了。當時，不僅小學通通改「國文」為「國語」，連中學都有改「國文」為「國語」的提法，如 1923 年由教育部頒佈的新學制中學課程標準綱要——《初級中學國語課程綱要》《高級中學公共必修的國語課程綱要》。小學語文教學本重說話和口語，命名為「國語」是實至名歸，而中學的教學任務已不是口語而是文章，這時還被有些人命名為「國語」而非「國文」，可見當時的國語運動和小學改「國文」為「國語」潮流的波及面之大、影響之巨。

小學改「國文」為「國語」，選材由古文變成純粹的白話和語體文，這還比較容易獲得共識。而中學階段的國文如何選材卻很難獲得共識。1922 年教育部致「國語統一籌備會」的復函中只規定了中學國文教學要「文言文與語體文並重」，並沒有具體規定語體文的比重和類別，這就留下了很大的爭議和操作空間。20 年代初期的中學國文課堂主要還是由舊式科舉體制培養出來的舉人、秀才、私塾先生以及深受舊學影響的教員把控著，他們大多是「國故派」和「國粹派」，對於新興的語體文是不屑一顧的。他們的做法通常是，你自規定文言與語體並重，我卻依然故我，只講我擅長和喜好的舊文學和國故。就連梁啟超、黎錦熙這樣的新文化界名人和國文教育家都主張中學應偏重文言文。1922 年夏，梁啟超在東南大學暑期學校講演時說：「我主張高小以下講白話文，中學以上講文言文，有時參講白話文。

做的時候文言白話隨意。因為辭達而已，文之好壞，和白話文言無關。」[24]梁啟超兩次對束世澂說：「中學作文，文言白話都可；至於教授國文，我主張仍教文言文。因為文言文有幾千年的歷史，有許多很好的文字，教的人很容易選得。白話文還沒有試驗的十分完好，……」[25]而據胡適1922年7月5日日記，在中華教育改進社第一次年會期間，語言學家黎錦熙也提出了一個議案：中等各校講讀應以文言文為主，作文仍應以國語文為主，願意學習文言文者可聽其自由。這一「以文言文為主」的教學主張受到胡適的堅決抵制。[26] 1924年，針對當時國文教育界的某些反動論調，如「國語文無價值呀」「國故應該整理呀」「中學應該教古文呀」等等，新文藝家孫俍工特意撰文《從文藝的特質上解釋國語文的價值》，認為以文藝的五種特質——「能感動人」「永久」「普遍」「個性的表現」「時代的表現」——為標準，國語文明顯優於古文。他還斷言：「古文在現代是沒有價值的無用的廢物了。國語在今日實在是我們創作文藝，發表思想的最好的工具。」[27]

隨著新文化運動的擴張和發展，新觀念的影響力日漸擴大，而與新文化運動相伴而生的新文學也有很大發展，國文教育改革的話題就由「國語」推進到了「國語的文學」階段。如常乃德認為，小學畢業生就已經能做白話文了，如果中學還要教學

---

24 衛士生、束世澂筆記：《梁任公先生講中學以上作文教學法》，上海：中華書局，1925年，第53頁。

25 見衛士生、束世澂：《〈中學以上作文教學法〉序言一》，衛士生、束世澂筆記：《梁任公先生講中學以上作文教學法》，「序言一」，第1-2頁。

26 參見陳平原：《八十年前的中學國文教育之爭——關於新發現的梁啟超文稿》，《中華讀書報》2002年8月7日。

27 孫俍工：《從文藝的特質上解釋國語文的價值》，《學生雜誌》第11卷第7號，1924年7月。

白話文，應將「重點放在文學上」，因為「中學校所造就的是普通的人民，普通的人民若對於文學的興味一點沒有，則結果必造成乾燥無味的社會」[28]。孫俍工也認為「在中等學校底國文課裡純文學應該占十分之六、七」[29]。除了觀念上的宣傳，許多新文學作家也憑藉擔任中學國文教員的機會將新文學向中學滲透。如孫俍工不僅在中學教國文，還編選出版了初中國文教材，在其中率先大量選入新文學作品，其比重高得驚人。而葉聖陶、朱自清、劉大白等人 20 年代初期在江浙各地的中學課堂上已有意識地介紹新文學和選講新文學作品，還在課外熱情指導幫助學生從事新文學的閱讀和創作活動。所以，在 20 年代前半期，當新文學還不夠成熟且在社會上還沒有得到廣泛接納和承認的時候，新文學界在將自身推廣到中學校園時是很積極和主動的。其結果是培養起了中學生們對於新文學的興趣，反過來又逼保守的舊式國文教員添講新文學，甚至是逼校方辭退舊式國文教員而迎聘新文學家為教員。20 年代中期起，許多此前參加了新文化運動和受新文學運動影響的大學畢業生（包括高師畢業生）和高中畢業生紛紛成為中學教師，他們自然也會利用課堂內外的機會向學生灌輸新文學的知識和內容。

　　總之，由於國語運動和國文教育改革這一「天時」，以及各方面的「人和」──首先是蔡元培、胡適等有影響力的新式知識份子的輿論鼓吹和政策運作，其次是葉聖陶、朱自清、孫俍工等眾多新文學家和新文學的擁護者在中小學教師任上的努力，

28　常乃德：《中學校國文教授之我見》，《中等教育》第 2 卷第 1 期，1923
　　年 3 月。
29　孫俍工：《文藝在中等教育中的位置與道爾頓制》，《教育雜誌》第 14 卷
　　第 12 號，1922 年 12 月。

新文學先是以「語體文」的身份悄悄進入中學國文教材和課堂，隨後就是以獨立的「新文學」的身份而存在了。到了 1931 年，山東一位國文教師感歎說：「不知怎的十數年來，一般人對國文的觀念，大多數都縮小到文學的範圍上去，於是任中學國文教員的，也多無疑的認為自己當了國文教員，就是負了宣講文學的使命，翻過來講一篇小說，翻過去講一篇戲劇，總之文藝作品是唯一的教材，教材大部分是文藝。」[30]這裡所謂的「小說」「戲劇」和「文藝作品」主要是就新文學而言。新文學畢竟是進步思潮與文化的代表，是在逐漸發展和成熟中的，而且是與現實生活緊密相關的，所以它獲得的支持越來越多，在中學國文課程和中學師生心目中的位置也越來越穩固。

三、國文教育的時代演進與新文學接受

新文學以語體文的身份而獲得教育制度保障得以進入中學國文教材，許多著名的新文化界人士和教育界人士也努力在為新文學爭取其在中學國文中的地位，但這還並不能完全決定實際的中學國文教學中新文學以多大的比重和什麼樣的形態呈現。這要受制於各種國文教育思想與主張博弈的結果。整個民國時期，在新文化與「國故」，新文學與舊文學等等不同趣味與傾向博弈的複雜環境下，中學師生對待新文學的態度也比較複雜，許多人也經過了一個由排斥、懷疑到逐漸適應的過程。所以新文學在中學國文中的位置總體上看是日趨穩固的，是越來越沒有爭議的，只是其所占比重由於復古思潮的影響而在某些時段

---

30 山東省政府教育廳編：《山東省縣私立中等學校國文教學概況》，第 222 頁。

有所下降罷了。至於新文學在中學國文教育中呈現的面貌和情態，也因不同國文教育思想的博弈而具有某些共時性的地區差異和歷時性的變化。大體上可以說，民國時期主要存在著社會本位派、語文技能本位派和文學本位派這三種國文教育觀念，它們對於新文學的態度和處理方式是有所差異的。

社會本位派是民國時期持續時間最久、影響力最大的一派。這一派注重對學生進行社會認知教育，力圖幫助學生儘快瞭解社會，使其具有將來適應社會所需的素質或是改造社會的意願和能力。如沈仲九在 1919 年說：「國文研究的材料，以和人生最有關係的各種問題為綱，以新出版各種雜誌中，關於各問題的文章為目。這種問題和文章，要適合學生的心理，現代的思潮，實際的生活，社會的需要，世界的大勢，而且要有興味。」[31]這可以說是大致代表了社會本位派的國文教育觀。1923 年，教育家兼出版家舒新城提出初中國文教學所應依照的四條原則，其第一條就是社會認知方面的（「使學生多與社會接觸以擴充其經驗，使研究問題時判斷正確，發表思想時材料豐富」），第二條是語文能力方面的（「多予學生以練習的機會，養成其迅速明確的習慣──練習語言與文字並重」），第三條是美育方面的（「多選文學作品，養成學生美感」）。對於第一條原則，舒新城解釋說：「許多人教國文，都只注意於形式上練習而忽視擴充學生的經驗。形式的練習本不當輕視，然而學生經驗不豐，對於社會上各種問題第一是不能感觸；即偶然感觸到了，也無意見表示。所以徒為形式上之練習，實在沒有用處……（中略）我們應當改弦更張，先從擴張學生的經驗入手，所以有第一條原

31　仲九：《對於中等學校國文教授的意見》，《教育潮》第 1 卷第 5 期，1919年 10 月。

則。」[32]舒新城所提出的第三條原則也頗值得重視，這種觀點承認了文學有其獨立的審美情感價值，但它畢竟位於第一條原則之後，所以文學作品首先應該是用來擴充中學生的社會經驗和訓練其思想能力的材料。按沈仲九、舒新城所代表的這種社會本位的國文教育觀，新文學中能夠反映社會問題和有助於傳授社會經驗的類型和品種才是最受青睞的。這種偏重社會價值取向的國文選材觀也得到了 1929 年 8 月教育部修訂後頒佈的新的課程標準的支持，這個初級中學國文課程標準規定，選用教材的內容標準應為「合於現實生活的」「含有改進社會現狀的意味的」等，另外還明確「作文題材取有關於現實生活的」。[33]

語文技能本位派強調以讀寫技能為國文教育的首要目標，這一派的思想誕生很早，但在 20 年代的國文教學實踐中還很少收到實效，直到 30 年代才隨著國文教育的成熟而成為思想潮流並得到廣泛實踐。穆濟波早在 20 年代就提出了偏重於讀寫能力的國文教學目標。他認為普通國文教學應有如下目的：A.養成適應相當需要的能力：1.普通言語文字能充分運用自如，2.社會慣用的文章法式能充分瞭解與應用。B.養成自由發展思想的能力：1.情意的活動能充分表現，2.情意的活動能自由潛發。C.養成觀察與批評現實生活的能力：1.最近的環境與時代趨勢的瞭解，2.人生的欣賞與眷注。D.養成自由讀書的能力。[34]穆

---

32 舒新城：《道爾頓制功課指定概說》，呂達、劉立德主編：《舒新城教育論著選》上冊，第 262-263 頁。

33 《初級中學國文暫行課程標準（1929 年）》，課程教材研究所編：《20 世紀中國中小學課程標準·教學大綱彙編·語文卷》，北京：人民教育出版社，2001 年，第 283 頁。

34 轉引自朱劍芒：《初中國文教學法》，朱劍芒編：《初中國文指導書》第 1冊，上海：世界書局，1931 年，第 7-8 頁。

濟波首先重視的就是「言語文字」的運用能力和「文章法式」，其次才是思想能力訓練和社會認知等目標。朱自清也提出了自己的主張：「我以為中學國文教學的目的只需這樣說明：(1)養成讀書思想和表現的習慣或能力；(2)發展思想，涵育情感。」「這兩個目的之中，後者是與他科相共的，前者才是國文科所特有的；而在分科的原則上說，前者是主要的。」[35]他所謂「表現的習慣或能力」是就寫作、演說、辯論等而言。與朱自清一樣，葉聖陶也不同意將過多的教育目標和使命壓到國文教學肩上，而是主張國文教學應偏重語文知識與寫作技能的培養這一首要目標。葉聖陶在 1932 年發表了《國文科之目的》，其中說：「在這裡，頗有問一問國文科的目的到底是什麼的必要。我們回答是『整個的對於本國文字的閱讀與寫作能力的教養』。換一句話說，就是『養成閱讀能力』、『養成寫作能力』。」[36]這一流派在 30 年代的壯大還得益於中學會考制度的支持。1932 年，教育部公佈了《中小學學生畢業會考暫行規程》，要求以會考的方式檢驗各地方、各學校的教學水準以及學生的學習效果，「非各科皆能及格不得畢業」。會考主要考文言文翻譯、作文和語法、文法知識，其中作文是重頭戲，這自然也逼著中學國文教學走向偏重語文（作文）技能訓練的方向。在強調讀寫技能的傾向下，新文學作品常常是作為文章法式的範例而被教學的。

在強調社會經驗的國文目標和強調語文技能的目標之外還

---

35 朱自清：《中等學校國文教學的幾個問題》，朱喬森編：《朱自清全集》第 8 卷，南京：江蘇教育出版社，1993 年，第 390-392 頁。
36 劉國正主編：《葉聖陶教育文集》第 3 卷，北京：人民教育出版社，1994 年，第 32 頁。

有第三種思想流派，即強調文學的審美性和情感性價值的文學本位派。如常乃德認為，中學教學白話文應將「重點放在文學上」，因為「鑒賞和辨別文學作品的能力是不可缺的。中學校所造就的是普通的人民，普通的人民若對於文學的興味一點沒有，則結果必造成乾燥無味的社會」[37]。孫俍工也認為「在中等學校底國文課裡純文學應該占十分之六、七」，應當「把文藝的意義闡明到真確」，「把文藝底生命」擴張到人們全體。[38] 20年代的國文教育界已開始接受西方的文學教育理論，重視起新文學的獨特教育價值來。如周銘三、馮順伯在其合著的《中學國語教學法》（1926）一書中專設了「文藝教學法」這一章，指出文學作品的教學法不同於「文字的教學法」「文學的學習……在形式方面注重美的要素；在實質方面注重社會道德的要素；在閱讀習慣方面注重修養消遣的要素。」[39]這種純文學趣味的國文教學觀點一度很有勢力，二、三十年代出版的一些國文教材就熱衷於大量選擇朱自清、俞平伯、冰心、蘇梅、徐蔚南、孫福熙等人的審美性較強的散文小品。針對這種審美化的純文學教學傾向，有人曾表示不滿並批評說：「現代中學文學的教學，大都有傾向休閒目標而忽略社會目標的趨勢。」[40]

　　上述三種國文教育觀念對待新文學的態度是有所區別的：社會本位派強調通過新文學作品來增進學生的社會知識和社會

37　常乃德：《中學校國文教授之我見》，《中等教育》第 2 卷第 1 期，1923年 3 月。

38　孫俍工：《文藝在中等教育中的位置與道爾頓制》，《教育雜誌》第 14 卷第 12 號，1922 年 12 月。

39　周銘三、馮順伯：《中學國語教學法》，上海：商務印書館，1926 年，第 173 頁。

40　程其保：《初級中學課程標準之討論》，《教育雜誌》第 23 卷第 9 號，1931年 9 月。

經驗;語文技能派則強調新文學作品在語文技能學習上的價值,希望通過新文學作品來訓練學生的閱讀和寫作能力;文學本位派則強調文學本身的審美性和獨立價值。這三派大體反映了新文學作品在當時中學國文中的使命和教學方式:作為社會問題和社會經驗的載體,作為語體文寫作訓練的示範,作為對學生進行審美薰陶和涵養其文學興味的材料。這三個面向在整個20－40年代的國文教學中都是存在的,只不過是在同一時段有聲勢大小的差異,在不同階段有此消彼長的演變罷了。大體上說,20年代是這三種傾向都能自由發展的狀態,社會本位派與文學本位派大體平分秋色,都很有人氣,語文技能派則顯得很弱勢。到了三、四十年代,隨著國內社會問題的頻出、各種矛盾的加劇和戰爭動亂的環境——如帝國主義商品傾銷導致的農村破產、工商業蕭條,地主與農民,工人與資本家之間矛盾的加劇,日本帝國主義加緊侵略中國,抗日戰爭,國共內戰,等等——國文教育中的社會本位派勢力與文壇的左翼文學、國防文學、抗戰文學等潮流同頻共振,其聲勢明顯蓋過了文學本位派。而隨著國文教育日益走向成熟,重視語文技能訓練的教學傾向也在潛滋暗長中穩步發展,對新文學的教學也日趨注重其語文技能層面,因此三、四十年代中學生的寫作能力明顯高於20年代的中學生。而自抗戰以後,由於戰爭形勢和社會問題的層出不窮,文學本位派也就長期失勢了。

但需要強調指出的是,語文技能派和文學本位派雖然是與社會本位派分庭抗禮的國文思想流派,但他們同樣都不否認新文學的社會意義和價值。這是由於新文學所處的民國這個時代和社會的現實所致。比如文學本位派的周銘三、馮順伯之所以

重視「國語文的文藝作品」的教學價值，首先就因為它們「是代表現在社會的時代精神的；中學生當被引導進入時代精神的作品裡」[41]。所謂「現在社會」「時代精神」不也是要把新文學作品當作反映時代和社會的材料麼！而語文技能本位派的代表性人物葉聖陶則在《國文百八課》第二冊「文話一　記敘文與小說」中解釋說：「據實記錄的記敘文以記敘為目的，只要把現成事物告訴大家，沒有錯誤，沒有遺漏，就完事了。出於創造的小說卻以表出作者所看出來的一點意義為目的。」[42]他又在《開明國文講義》第一冊「文話四　小說」中進一步說明：「小說的目的卻在表達出作者所見於人生的、社會的某種意義」「必須敘述文裡含著作者所見於人生的、社會的某種意義（主要在『含著』，明白說出與否倒沒有關係），方才是小說。」[43]如此反覆強調小說要含有「人生的、社會的某種意義」，與社會本位派看待新文學的眼光並不矛盾。

　　除了國文思想和觀念的差異，新文學在中學教育中的處境還要受到時代演變與社會政治環境的影響。下面我們再就國文教學在時代發展演變中的情形以及新文學在其中的狀態作一大致的勾勒。

　　20年代的新式國文教育雖屬草創期，但基本呈現出相當自由和活潑的面貌，各種思想觀念自由交鋒，人們自由探索和實驗各種教學理念與方法。有的人提倡美育，有的人鼓吹軍國民教育，有的人則主張社會教育，還有的人強調以讀寫技能為主，

41　周銘三、馮順伯：《中學國語教學法》，第180頁。
42　劉國正主編：《葉聖陶教育文集》第5卷，第250頁。
43　同上，第456頁。

也還有人鼓吹「國家主義」的文學教育目標 [44]。20 年代，新文學就是在這種自由思想自由實驗的寬鬆的氛圍中大舉侵入中學國文領域的，反映在當時出版的各種國文教材上，不僅是新文學作品的比重很高（相較於古文和實用文），而且是各種題材、主題和風格的新文學作品都可以入選，各種思想派別（如勞工神聖派、社會問題派、唯美藝術派等等）的新文學作品都能在教材或課堂中佔有一席之地。

　　從 30 年代起則情形為之一變。國民黨和日偽政權分別在國統區和淪陷區大搞黨化教育或奴化教育，它們的實質和共同點都是教育統制，都以復古教育為手段，使得作為新文化之主要載體的新文學在中學國文教育中的地位大為降低。而在教育基礎薄弱的中共抗日根據地和解放區，學生文化水準和政治功利主義也讓新文學在中學國文中的地位邊緣化，形象殘缺化。

　　國民黨一方面大搞黨化教育，用大量的黨八股擠佔新文學的教學地位，另一方面又極力配合蔣介石發動的新生活運動，大舉復古忠孝禮義廉恥等傳統倫理道德，還由教育部制訂了新的國文課程標準以實施上述政治目標，結果就讓 30 年代的國文教育受到嚴重干擾。當時國文教學中的國粹、國故傾向甚囂塵上，新文學的比重在國文課本中被壓減，而且還由於嚴苛的「不違背黨義」「不挑撥階級矛盾和社會衝突」等政治標準而受到清洗，很多左翼作家的作品都被清出課本。與官方的黨化思想和復古思想相呼應，國粹、國故派教育思想和謬論再次興起，它們不滿國文教學中實際已經形成的普遍重視語體文（尤其是新

---

44 如胡雲翼撰寫了《國家主義的教育與文學》（《中華教育界》第 16 卷第 5 期，1926 年 11 月）一文，大肆鼓吹國家主義的文學教育，說國家主義的教育最適合通過文學一科來實行。

文學）的現象，大搞文言復辟運動。它們故意拿中學生文言文
寫作水準下降的事實做文章，籠統和誇大地宣傳中學生國文程
度的低落，以圖影響社會視聽。而葉聖陶等國文教育界的有識
之士則針鋒相對地指出，中學生國文程度的低落僅僅只是表現
在文言文寫作方面，但在閱讀能力、語體文寫作方面則未見有
何低落的事實。從 1934 年底到 1935 年 5 月，葉聖陶在其主編
的《中學生》雜誌上發起了一場「中學生國文程度的討論」，他
自己也撰寫了《中學生的國文程度低落嗎？》等三篇文章。他
認為，就算是中學生作文能力差，也是因為學校只知選用不合
時代要求的文言古文的緣故。他強調說：「國文科的目標在養成
閱讀能力跟寫作能力，閱讀跟寫作又須切近現代青年的現實生
活。」「切近不切近現代青年的現實生活，才是國文教學成功跟
失敗的分界標。」[45]葉聖陶以平實的說理和充分的事實證據對
於國文教育中的復古逆流予以阻擊。

　　抗戰起，國民黨政府加強黨化教育和「民族意識」教育，
由教育部統一編選所謂的「國定本」《初級中學國文甲編》並從
1942 年起逐漸在國統區強制推廣使用。「國定本」充滿著復古
與黨化教育的氣味，對於其偏重文言的傾向，當時就有人批評
其脫離學生實際：「現在初中一年級的學生，已經不容易找到舊
式私塾出生的人物，和所謂的『書香世家』的子弟了；至於剛
由新制小學畢業出來的，他們一向就沒有講習過文言文，一跨
進初中的教室，就要他們捧著一本文言文佔有大半的課本，這
不但是學習上的災難，有時我們甚至覺得有點兒殘酷。」[46]抗

---

45 葉聖陶：《讀了〈中學生國文程度的討論〉》，劉國正主編：《葉聖陶教育
　　文集》第 3 卷，第 43-44 頁。
46 林舉岱：《國定初中國文甲編第一冊商榷》，《國文雜誌》第 3 卷第 1 期，

戰勝利後國民黨政府繼續強制推廣使用所謂的國定本教材，其中充斥著國民黨達官貴人的文稿和講話，遭到了國文教育界和學校師生的普遍不滿和抵制。當時人批評這套國文課本說，這些文章多由官員的幕僚或部屬代為捉刀，「應制」為文，「既無真知灼見，更少熱誠和靈感，敷衍成篇，聊以塞責」「濫調陳言味同嚼蠟」「使一般初中學生終日誦習些這等文字，勢將使其思路日益窘澀，觀念日益模糊，性靈日益汩沒，流弊之大，何堪設想？」[47]由於黨化教育思想和所謂民族意識、抗戰意識等的限制，這種所謂的「國定本」教材事實上是不可能重視作品的審美藝術性的，也不可能選入與國民黨政權為敵的左翼作家的作品。

　　抗戰以後以所謂「國定本」為代表的國文教育中復古傾向和黨八股、抗戰八股肆意排擠新文學的情況讓朱自清、余冠英、李廣田等圍繞在《國文月刊》周邊的國文教育家們實在是看不下去了。余冠英特意撰文《坊間中學國文教科書中白話文教材之批評》，批評國文教科書中文學篇目太少，並強調：「中學國文教本正該將文藝作主要的教材。文藝作品應該在選文裡占大多數。據說中學生對於課本中的語體教材興趣比較好些，尤其偏重在文藝方面，這樣正順應學生的愛好，教學更容易收效。」[48]李廣田則痛批當時流行的兩本高一國文教材——中華書局版《新編高中國文》第一冊和正中書局版《高級中學國文》第一冊，前者按文學史順序來編選古文，後者以學術思想

1944 年 4 月。

47　鄧恭三：《我對於國文教科書的控訴》，轉引自龔啟昌：《中學國文教學問題之檢討》，《教育雜誌》第 32 卷第 9 號，1948 年。

48　余冠英：《坊間中學國文教科書中白話文教材之批評》，《國文月刊》第 17 期，1942 年 11 月。

性文章為主——說：「這些教材，高則高矣，試問，這適合於現代青年的接受能力嗎？這是現代青年所需要的嗎？這會引起學生的興趣嗎？這可以作中學生作文的範文嗎？」[49]稍後他又撰文《論中學國文應以文藝性的語體文為主要教材》，認為「文學的閱讀可以實現中學教育中社會公民的目的，因為文學使閱讀的人有更多的人間經驗」「積極的文學作品，可以增強中學生的意志，可以鼓勵他們的奮鬥精神」「而這又是教條式的教訓，任何空論，以及實用教材所不能辦到的」。[50]朱自清曾是較重視寫作技能和應用文體教學的一派，曾經表示過對中學國文教學偏重文學篇目卻忽視語文技能的擔心，但到了 40 年代，他也有針對性地提出了重視文藝教學的主張。他撰文說：「文藝增進對於人生的理解，指示人生的道路，教讀者漸漸悟得做人的道理。這就是教育上的價值。文藝又是精選的語言，讀者可以學習怎樣運用語言來表現和批評人生。國文科是語文教學，目的在培養和增進瞭解、欣賞與表現的能力，文藝是主要的教材。」[51]余冠英、李廣田、朱自清等在四十年代中後期集中發聲提倡重視新文學作品的教學，是在與當時黨化和復古化的國文教育歧路進行抗爭。

在「九一八」事變和「七七」事變之後的淪陷區，日本殖民者和其扶植的偽政權也在加強教育統制，大搞奴化教育和復古教育，以泯滅中國人民的民族意識和國家觀念，培養服從於日本侵略和殖民統治的順民。「九一八」事變後，日寇先是在東

---

49 李廣田：《中學國文程度低落的原因及其補救辦法》，《國文月刊》第 28、29、30 期合刊，1944 年 11 月。
50 李廣田：《論中學國文應以文藝性的語體文為主要教材》，《國文月刊》第 31、32 期合刊，1944 年 12 月。
51 朱自清：《中學生與文藝》，《中學生》第 187 期，1947 年 5 月。

北發動憲兵，對學校、圖書館、書店中有「排日」記事的書籍悉數加以「押收」和「燒卻」，對小學校以上的教科書加以搜查和檢閱，對其中排日的章句加以削除或是「墨塗」，接下來則是用「滿洲國」版的教科書加以替代。[52]當時在吉林北山小學就讀的陳尊三回憶：「所有的課本中魯迅的、茅盾的，甚至冰心的文章都被剪子剪掉了。其實魯迅的文章是散文《風箏》，這篇文章並沒有反日傾向，但這也不行，不能讓青少年知道魯迅。」[53]而在「七七事變」之後，華北「臨時政府」和華東「維新政府」這兩個日寇扶持起來的傀儡政權搞「南北政府の教育一元化」，制訂了統一的教育方針，如「青年教育的根本方針是：排日教育的徹底的排除和親日思想的促進這兩點」[54]。偽政權成立專門的教科書編審機構，如華北「臨時政府」組織的「初等教育研究會」「中等教育研究會」和「教育總署編審會」，南京「維新政府」組織的「國立編譯館」，它們一方面加強對舊教科書的審查和檢定，要求其修改或刪削之後才發行，另一方面也以「消除排日意識，促進日支親善」為宗旨，新編和出版中小學教科書，並強制各地使用。比如在教科書檢定方面，南京市教育局於 1940 年 9 月公佈的教科書審查表顯示，許多國文教科書都應該修改、刪削。具體有：（1）朱劍芒主編《初中新國文》（世界書局 1939 年 4 月版）要求刪去十餘篇課文，另外第六冊第四十

---

52 據[日]川島真：《日中外交懸案としての教科書問題：一九一〇～四〇年代》，並木賴壽，大里浩秋，砂山幸雄：《近代中國‧教科書と日本》，東京：研文出版，2010 年，第 376-377 頁。

53 朱林林：《抗戰時期的淪陷區教科書》，《鍾山風雨》2013 年第 5 期。

54 [日]大里浩秋《『日華學報』に見る「親日政權」下の教科書檢定の動き》，並木賴壽，大里浩秋，砂山幸雄：《近代中國‧教科書と日本》，第 507-508 頁。

課中與「一二八事變」有關的一段要修正；（2）蔣伯潛主編《蔣氏初中新國語》（世界書局 1938 年 5 月版）應刪除《在雪夜的戰場上》《戰地的一日》《抗戰受傷的追憶》《濟南城上》《川原中尉戰斃記》《第八支隊》《南口喋血記》《明史戚繼光傳》等與抗日有關或易於激發愛國熱情的課文；（3）葉楚傖主編的《初級中學國文》（正中書局 1934 年版）也應刪除十多篇課文；（4）傅東華主編的《復興初中國文》（商務印書館 1938 年 10 月版）除應刪除某些課文外，還應消除「五四事件」「反抗精神」等字句。[55]初時日占區還允許使用經檢定與削除、「修正」後的舊教材，稍後便是全面強制使用華北偽教育總署編審會編的《初中國文》（新民印書館 1938－1939 年初版，1941 年修正）和《高中國文》等教科書。比如，1939 年 5 月，華北偽政府發現天津市英法租界內的各中小學校還在使用國民政府時代的舊教科書，大為不滿，特別發出訓令，強制各學校使用新民印書館的教材，且對舊教科書實行「徹底的に排除」[56]。此外，殖民統治者及其走狗也大搞復古，在新編國文課本中大肆宣傳國故與國粹，妄圖用傳統的封建思想和倫理道德觀念來麻醉中國學生。日寇扶持的偽南京「中華民國維新政府」教育部制訂的教育「根本方針」即：「推廣東亞固有文化，矯正錯誤（惡）思想，養成青年子女健全的思想。」[57]所謂「東亞固有文化」，不外乎日本的軍國主義文化和中國舊有的封建文化和道德，諸如皇權思想、忠孝思想、王道樂土之類。學校當局和國文教員為了避免政治迫害，也只能被動地配合殖民者。比如，洪光儀於 1941

---

55 同上，第 537-541 頁。

56 同上，第 513

57 同上，第 505 頁。

年夏進入杭州中學（高中）讀書，那時校中教國文，不用課本，用的是教師選印的文篇。為了取材便利，又不致抵觸政治，所選的文章，差不多全是《古文觀止》上的」[58]。

　　在國統區和淪陷區之外，中共領導下的抗日根據地和解放區，也呈現出教育統制化的苗頭，但並沒有導致嚴重的後果。因為抗日根據地和解放區基本都是鄉村、山區和小城鎮，中等教育在很長時期內都很貧弱，學校數量和學生人數很少，師資、課本、課外讀物等都很匱乏，國文教育水準也可想而知。直到解放戰爭時期，解放區的中等教育才有所壯大。總體看，新文學在抗日根據地和解放區國文教育中的地位並不高：其一，正式出版和使用的中學國文課本不多，抗戰時期大概只在延安出版過一兩套，直到解放戰爭時期才在各解放區陸續編寫和翻印了一些，但數量也不算很多，更談不上系統；其二，因為學生水準和實用主義所致，課本偏重故事、通訊、報告等普通文和應用文，不重視純文學，新文學篇目所占比例很低；其三，課本中新文學的選目呈現很強的政治色彩，主要是魯迅作品、解放區作家的作品和少量左翼作家的作品。

58　洪光儀：《我學習國文的經過》，《中學生》第 183 期，1947 年 1 月。

第二章　中學¹體制和相關政策

　　如前所述，新文學之與民國中學生發生交集，既有文學「新民」「立人」之類的國民教育思想背景，又有中小學國文教育改革這樣的制度背景。從中學生所身處的學校這一主要生活空間來看，他們主要是通過課堂和課外活動來接觸中國新文學的，於是，民國時期中學的課程體制和校園環境就成為中學生接受新文學的重要背景條件。這裡所謂的中學課程體制主要是指政府規定的「國文」課程設置和相應的教學標準，也包括與國文直接相關的選修類課程，它們對於中學生的新文學接受具有很大的影響力。與課程問題緊密相關的還有一個教科書的編寫和使用問題，這當然也屬於國家教育政策層面的問題。所謂校園環境，則主要是指以寄宿制為主體的中學格局，寄宿制下普遍實行的晚自習制度和因寄宿而形成的豐富的校園活動，此外，民國教育行政當局和學校當局所支持的學生自治和大力發展學生社團以訓練學生能力的政策等，也使得與新文學相關的學生社團活動和校園文化活動十分豐富，這都有助於增進中學生與新文學的關係。關於民國中等學校的寄宿體制、學校當局的校園管理政策及相應形成的校園生活氛圍等問題，我們留待後面

---

1 本書所指「中學」系「中等學校」之簡稱，指 1922 年之前舊學制下的四年制中學堂和 1923 年以後新學制下所有的中等教育系統的普通、師範和職業學校。

的章節再展開，本章我們專門探討中等學校的課程體制、教科書編寫使用體制和相關問題。

一、課程設置、課程標準與新文學的位置

　　新文學在民國中學教育中的位置主要歸屬於「國文」這門課程，而「國文」這個課程名稱發端於清末。以《欽定學堂章程》（1902）和《奏定學堂章程》（1903）為標誌，清政府仿照日本學制，陸續設計並頒佈了「王寅—癸卯學制」，規定在初等小學堂設「中國文字」科，「其要義在使識日用常見之字，解日用淺近之文理」[2]；在高等小學堂設「中國文學」科，「其要義在使通四民常用之文理，解四民常用之詞句，以備應世達意之用」「兼使學作日用淺近文字」[3]；在中學堂設「中國文學」科，首要任務是「作文」「次講中國古今文章流別、文風盛衰之要略，及文章於政事身世關係處」[4]。「中國文字」「中國文學」科的設立是「國文」科的前史。1907 年，清政府頒佈了《學部奏定女子小學堂章程》，其所列學科中無「讀經」而有「國文」，國文科「其要旨在使知普通言語日用必須之文字，能行文自達其意，且啟發其智慧」[5]。這是中國依據政府教育法規採用「國文」學科名稱之始。民國成立後基本沿用「國文」這一名稱，直到 1920

2　《奏定初等小學堂章程》（1904），舒新城編：《中國近代教育史資料》中冊，北京：人民教育出版社，1961 年，第 420 頁。

3　《奏定高等小學堂章程》（1904），舒新城編：《中國近代教育史資料》中冊，第 435 頁。

4　《奏定中學堂章程》（1904），舒新城編：《中國近代教育史資料》中冊，第 509 頁。

5　舒新城編：《中國近代教育史資料》下冊，第 802 頁。

年1月教育部下令將全國國民學校（初級小學）的「國文」科改名為「國語」，但中等學校基本還是沿用「國文」這個名稱。

　　1912年9月，民國政府教育部公佈《中學校令》，同年12月在其《施行規則》中開列學科為修身、國文、外國語、歷史、地理、數學等14門，廢除了清末《欽定學堂章程》中規定的「讀經」「詞章（文學）」等與國文相關的科目。民國政府教育部規定「國文」科的要旨「在通解普通語言文字，能自由發表思想，並使略解高深文字，涵養文學之興趣，兼以啟發智德」，並規定「國文首宜授以近世文，漸及近古文」[6]。這項規定把「涵養文學之興趣」的地位抬得很高，成為國文教學的要旨之一，而「啟發智德」不過是從「涵養文學之興趣」中派生出來的次等目標。這條看似悖謬的規定背後反映的是深受西方現代學術分科思想影響的中國新式知識份子們的主張和利益。蔡元培、王國維等深受中國傳統文學薰陶，又受到西方學科體制的啟發，重視「文學」的教育價值，主張通過文學教育來實施「美育」，並視文學為國文科的主要材料。蔡元培說：「國語國文之形式，其依准文法者屬於實利，而依准美詞學者，屬於美感。其內容則軍國民主義當占百分之十，實利主義當占其四十，德育當占其二十，美育當占其二十五，而世界觀則占其五」[7]。「美育」在其中的比重相當高。重視國文材料的「美感」和「美育」功能，這為後來新文學進入中學國文課程提供了理論支援。

　　民國建立後最初沿用晚清的日本學制，設四年制的中學堂，

6　顧黃初、李杏保主編：《二十世紀前期中國語文教育論集》，成都：四川教育出版社，1991年，第8頁。

7　蔡元培：《對於教育方針之意見》，《東方雜誌》第8卷第10號，1912年4月。

國文是其必修課程。1923 年起，全國學校系統改為歐美學制，史稱「壬戌學制」，其中中等教育階段包括初中三年和高中三年，另外將普通中學、師範學校和職業學校分設，但無論是在哪種學校，國文都是核心的必修課程。當然，民國時期的中等學校體系比較複雜，不僅有公立的學校系統，還有規模龐大的私立學校系統，其中還包括由國外勢力（比如教會、海外華僑）控制的學校系統。比如教會系統的學校就一度（在民國政府沒有收回教育權之前）擁有相當的辦學自主權，對於國文課程的重視程度甚至是教學目標都不一定同於公立學校。即便是公立的中學校系統也並不是鐵板一塊，職業學校就遠不如普通中學和師範學校那樣重視國文[8]。而且，由於長期存在政權分立的情形，事實上很難有全國統一的國文課程制度。比如日本侵佔中國東北後，把日本語列為「國語」，把中國語改成「滿語」課程，教材中充滿日本的歷史、文化、人物方面的文章，日文好壞成為衡量學生成績的最重要的指標。全面侵華之後，在華北、華東等佔領區，日偽強行把日語定為各級學校的必修科目，並不斷增加學時，以前的國文課時則遭到壓縮以為日語課讓路。但總體來看，在民國的絕大部分時空裡，國文還是中等學校的主要課程，即便是淪陷區也沒有完全停止國文課程，而且自 20 年代起，新文學已成為中學國文課程中的重要內容。

　　自從新文學運動與國語統一運動合流並向中小學教育中滲透以後，新文學就開始以語體文的身份進入中學國文，然後又

---

8 當時的職業中學校分商科、化學、染織、金木工等專業，國文教授時間多寡不一。比如在 1931 年的山東省省立第一職業學校，商科三年的國文課時間為每週 7、7、6 課時，化學科、染織、金木工科只在前兩年有國文課，每週均為 3、2 課時。（王育傑：《山東省立第一職業學校國文教學概況》，《山東省縣私立中等學校國文教學概況》，第 415 頁。）

受到教育部頒佈的課程綱要和課程標準的保護。1923 年 6 月，全國教育聯合會公佈了《中小學課程綱要》，其中葉紹鈞起草的《初級中學國語課程綱要》規定「畢業最低限度的標準」是「能欣賞淺近文學作品」。所謂「淺近文學作品」應當主要是指白話文學和新文學。1923 年的這套初中、高中《國語課程綱要》分別要求國語教學以「引起學生研究中國文學的興趣」「培養欣賞中國文學名著的能力」為目標，這也是以制度化的方式保障了文學作品在中學國文教學中的地位。且看綱要規定的初中國文三個「段落」（年級）的精讀與略讀要求：

　　第一段落　精讀：傳記，小說，詩歌，兼及雜文，語體約占四分之三；取材偏重近代名著。

　　第二段落　精讀：記敘文，議論文，小說，詩歌，雜文。取材不拘時代。語體約占四分之二。

　　第三段落　精讀：記敘文，議論文，小說，詩歌，雜文，語體約占四分之一。餘同第二段落。

　　略讀書目舉例（三個段落同）：

　　（一）小說：1.《西遊記》。2.《三國志演義》。3.《上下古今談》（吳敬恒）。4.《俠隱記》（法國大仲馬原著，伍光建譯）。5.《續俠隱記》（同上）。6.《天方夜譚》（有文言的譯本）。7.《點滴》（周作人）。8.《歐美小說譯叢》（周作人）。9.《域外小說集》（周作人）。10.《短篇小說》（胡適）。11. 魯迅小說集。12.《阿麗思夢遊奇境記》（趙元任）。13. 林紓譯的小說若干種。

　　（二）戲劇：1. 於元明清詞曲內酌選其文詞程度為初中學生所能瞭解，而其意義無背於教育者，如《漢宮

秋》、《牧羊記》、《鐵冠圖》之類。2.於近譯西洋劇本內
酌選如《易卜生集》第一冊（潘家洵譯）之類。

　　（三）散文：甲.以著作人分類，例如梁啟超文選，
章士釗文選，胡適文選之類；乙.以文體分類，例如議論
文選本、傳記文選本、描寫文選本之類。丙.以問題分類，
例如文學革命問題討論集、社會問題討論集等。[9]

　　這個綱要始終強調以小說、詩歌為主要選材對象，而且在
略讀書目中推薦了胡適、周作人、魯迅等人著譯的大量語體文
學，還推薦閱讀關於文學革命問題的討論集。

　　1923 年的課程標準規定了初中國文教材中語體文至少占
一半的比例，這為新文學篇目以語體文的身份大量進入教材和
課堂奠定了基礎。在當時保守的「國故」勢力還很強勢的背景
下，課程綱要起草者葉紹鈞沒有公開提出對新文學的教學要求，
只是含混地提出讓學生「能欣賞淺近文學作品」。胡適則提出了
「國語文學」並將其置於和古文學並稱的地位上，要求文科高
中生瞭解國語文學，認識其歷史地位。他起草的《高級中學第
一組必修的特設國文課程綱要·〈二〉中國文學史引論》中要求
「使學生瞭解古文學與國語文學在歷史上的相當位置」，還在課
程中規定了要學習「革命與建設」這一新文學運動的內容。[10]在
胡適的高中文學史課程綱要中，新文學成為整個中國文學史的
第六個時期，至少佔有了 1/6 的分量。

9　《新學制課程標準綱要·初級中學國語課程綱要（1923 年）》，課程教材研
　　究所編：《20 世紀中國中小學課程標準‧教學大綱彙編‧語文卷》，第
　　275-276 頁。
10　課程教材研究所編：《20 世紀中國中小學課程標準·教學大綱彙編·語文
　　卷》，第 281 頁。

　　1929 年 8 月，國民政府教育部修訂的課程標準（《暫行標準》）頒佈，它除了規定國文教學的大目標外，還詳細地提出了包括「作業要項」「時間支配」「教材大綱」「教法要點」和「畢業最低限度」在內的多項內容，可以說是對國文教學進行了更細化和量化的規定和指引。《暫行標準》規定初中各年級文言文和語體文的比例依次為：第一年三比七，第二年四比六，第三年五比五，相較於 1923 年課程標準，明顯進一步增加了語體文的比重。在「略讀」的「選用讀物的標準」項下，除「國文知識和技能」「品性的涵養」「思想啟發」這三條外還列了「能使學生對於文學獲得最低限度的常識，或引起欣賞的興趣的」這一條。它重視「語體文」和「文學」，表明了對於新文學的支持態度。1929 年的初中課程標準還列了六條「選用教材的標準」：（1）包含黨的主義及策略，或不違背黨義的。（2）合於現實生活的；樂於社會生活的。（3）含有改進社會現狀的意味的。（4）合於學生身心發育的程式的。（5）敘事明晰，說理透闢，描寫真實的。（6）造句自然，音節和諧，能耐諷誦的。　[11]這六條標準中的第二、第三條明顯有利於新文學作品的入選，同時也暗示「含有改進社會現狀的意味的」新文學作品更應入選。此次的《高級中學普通科國文暫行課程標準》還在「作文練習」項下規定：「文學作品凡小說，詩歌，戲劇，各種散文，皆可令學生試作。其有特別天才者，當就其性情所近，指示他多讀名家作品，以作模範。」[12] 1932 年，教育部頒佈了正式審定的《課

11　《初級中學國文暫行課程標準（1929 年）》，課程教材研究所編：《20 世紀中國中小學課程標準‧教學大綱彙編‧語文卷》，第 282-285 頁。
12　課程教材研究所編：《20 世紀中國中小學課程標準‧教學大綱彙編‧語文卷》，第 288 頁。

程標準》。這次的國文課程標準對「目標」進行了相應的調整，增加了引導學生瞭解本國固有的文化、培養其民族精神的目標，且將其列為第一項，「敘事說理表情達意之技能」次之，「欣賞文藝之興趣」排到了第四位，即最末一位。《初級中學國文課程標準》規定教材選文要做到「含有振起民族精神，改進社會現狀之意味者」「合於現實生活及學生身心發育之程式，而無浮薄淫靡或消極厭世之色彩者」。這些規定都從實質上降低了純文學的地位，要求入選教材的新文學應具有思想道德教育或社會教育方面的內容，而不能只是純粹的審美品。但在「略讀」選材方面則放鬆了對於文學作品的內容限制，列舉了「古今名人遊記」「古今小品文及短篇小說集」「歌劇話劇之腳本」「適合學生程度之定期刊物」等選材對象。[13]《高級中學國文課程標準》規定教學目的有四：「使學生能應用本國語言文字，深切瞭解固有的文化，以期達到民族振興之目的。」「除繼續使學生能自由運用語體文外，並養成其用文言文敘事說理表情達意之技能。」「培養學生讀解古書，欣賞中國文學名著之能力。」[14]相比於此前的《暫行標準》，這套標準明顯強調了「固有的文化」的傳授和對文言文寫作技能的傳授，從而顯示出相當明顯的「國故」和復古傾向。這樣的課程標準當然會導致新文學作品在教材中比重的下降。當然，由民間自行編寫和出版的國文教材未必都遵循這種選文標準，實際的國文教學中師生也未必都按照《標準》來辦。

　　1932 年的初中高中課程標準都要求「選文材料中應注意加入下列各項之黨義文選：中山先生傳記、中山先生遺著、中山

---

13 同上，第 289-290 頁。
14 同上，第 293 頁。

先生演說詞、中國國民黨歷次重要宣言、中國國民革命史實、中國國民黨史略、革命先烈傳記、革命先烈遺著、黨國先進言論」。這一條規定在 1936 年的《初級中學國文課程標準》《高級中學國文課程標準》，1940 年的《修正初級中學國文課程標準》《修正高級中學國文課程標準》中都保存下來了，1940 年的標準中於黨義文選項下還新增了「總裁言論」。在這些課程標準影響下，30 年代以後國文課本中新文學的篇目比例呈下降趨勢，以便騰出篇幅加入這些「黨義文選」。1932 年的這個課程標準制定於日本加速侵華的「九一八」事變和「一二八」事變背景之下，因此增加了「民族精神」「民族振興」這些課程目標，也得到了一定程度的回應。福建省教育廳根據教育部課程標準而頒行了《福建省中學課程實施綱要》，特別說明：「關於文學藝術等課程必須注重發揚民族精神造成雄壯勇敢之風尚，一切浪漫墮落萎靡不振之文藝絕對禁止。」[15]這裡明顯是對國文科中的文學教學提出了有針對性的要求。強調愛國主義和民族主義的教育政策自然也反映到了這一時期國文教材的新文學選目上，《濟南城上》《國旗》《一月二十八夜》《街血洗去後》《五月卅一日急雨中》等抗日愛國和反帝國主義題材的作品普遍受到青睞。

　　由於國民黨政府進一步強化專制統治，而日本帝國主義的侵略行徑也越發猖獗，1936 年 6 月教育部又頒佈了新的《初級中學國文課程標準》。它提升了「瞭解固有文化」和「喚起民族意識並發揚民族精神」這兩條標準的重要性，而「欣賞文藝之興趣」則下降到第五位，也是最後一位。這種傾向顯然也改變

---

15 福建省教育廳秘書處編：《福建現行教育法規彙編》，1932 年 7 月，第56 頁。

著新文學作品在國文教學中的地位。1940 年頒佈的《修正初級中學國文課程標準》相較於 1936 年標準,將「欣賞文藝之興趣」從第五條提前到第三條,置於「瞭解固有文化」「喚起民族意識與發揚民族精神」之前。這一積極的變化是國文教育界努力爭取的結果,也是文藝抗戰取得積極效果的產物。抗戰初期,文藝所起到的巨大的宣傳和動員效果(比如戲劇入伍、戲劇下鄉)讓課程標準的制訂者們也重新認識到了文藝的力量。1940 年的《修正高級中學國文課程標準》相較於 1936 年標準也有積極的調整,即將「陶冶學生文學上創作之能力」提升到第三位次目標,居於「固有文化」和「民族意識」之前。[16] 1948 年頒佈的中學國文課程標準似乎又倒退了,其初中課程標準中乾脆就去掉了「欣賞文藝之興趣」這一目標而增加了「培養運用國語及語體文表達情意之能力,以切合生活上之應用」,高中標準中也去掉了「學生文學上創作之能力」這一條而增加了「能作切合生活上最需要應用最廣之文字」這一條。[17]相較於 1932、1936、1940 年的三個標準,政治標準雖然弱化了,語文技能標準又壓過了文學標準。

三、四十年代的幾個課程標準相較於 20 年代的課程標準有兩個突出的變化:其一是「復古」的傾向和政治化的傾向較強,這必然影響到國文課本的選材,使新文學的篇目在數量和比例上有明顯下降,而且由於種種政治性標準的設置,那種違背黨義和不承載傳統美德的新文學作品便很難入選。其二,更加重視讀寫能力的訓練,不僅要讀寫語體文,還要讀寫文言

16　參見課程教材研究所編:《20 世紀中國中小學課程標準·教學大綱彙編·語文卷》,第 304、309 頁。

17　同上,第 318、320 頁。

文，這對於新文學有兩種可能的影響，一是其比重和地位受到文言文的衝擊而有所下降，二是新文學作品的寫作示範價值得到提升，由僅供學生欣賞向供其寫作學習轉變。重視讀寫能力的訓練是一個進步，反映了國文教育的日漸成熟與回歸基礎和本位——讀寫。而復古和黨化、政治化，反映的是當時各種社會矛盾和思想衝突的交匯，對於國文教育的健康發展是有明顯的損害性的，可以說是國文教育史上的一股逆流。

必須注意的是，教育部頒佈的國文課程綱要和課程標準其實並不具有強制性的約束力，實踐中也不能避免不同學校和教師各行其是的紛亂情況。朱自清在 1925 年時即說：「舊部章固不在教師們的眼中，『新學制課程綱要』也還無約束的力量；所以現在的情形，只是各出心裁」[18]。紀子培更是明確地說：「雖然在十八年的秋天，教育部曾經頒佈過中小學課程標準；但是，誰又切實地奉行過呢？這責任固然應由各學校當局及各教員負擔；但是該課程標準本身之有缺陷和不適當處，恐怕也有問題的罷！」[19]實際上當時國文教育界對於國文課程的目標、宗旨等等的認識是有著明顯的分歧的。1931 年，山東省立第二師範學校的國文教員紀子培主張的國文教學目的為：初中（前期師範同）——甲、培植成迅速自由閱讀及寫作語體文的能力；乙、養成欣賞時代文藝及學術的興趣；丙、灌輸民生史觀的新思潮以培植成學生之正確的人生觀。高中（後期師範同）——甲、培植成充分瞭解時代文藝及學術的能力；乙、養成其寫作此種文藝及學術文字的能力；丙、養成略讀古書的能力並使之瞭解

---

18 朱自清：《中等學校國文教學的幾個問題》，朱喬森編：《朱自清全集》第 8 卷，第 389 頁。
19 山東省政府教育廳編：《山東省縣私立中等學校國文教學概況》，第 26 頁。

文藝的本質及演進。[20]紀子培特別強調了「時代文藝」的欣賞興趣和寫作能力,而其所謂的「時代文藝」隱然有追逐新文學時潮的意味。這種個人的觀點與當時教育部的課程標準並不一致,後者並未要求培養學生的文學寫作興趣和能力。國文教育宗旨分歧、觀點多樣,自然導致實際的教學五花八門,各有偏重,而且當時的國文教員在實際教學活動中是有相當的自由權和實驗的權力的。1931 年,山東省立第二師範學校的國文教員袁景修便聲稱,國文科範圍太廣、選材太難,各校情形又不同,「所以結果,雖然是教育部曾頒佈了中小學的課程標準,而實際上,每個學校是各自為政,而每一教員也是因人而異趣。」[21]邵燕祥回憶在 40 年代後期讀中學時的情況說:「當時我敬愛的幾位國文老師,可能自備教案,但顯然沒有依照什麼教學大綱,或因國民黨大樹將傾,他們的教育部顧不上『部頒』什麼統一的標準了。這就給了老師自然也給了學生們相應的自由空間。」[22]以上這些情況提醒我們,研究民國時期中學國文的教學情況,不能僅僅以課程標準、課程綱要之類的官方文件為準,這樣得出的結論可能與實際情形相差甚遠。

還應該注意高中情況的特殊性。在高中國文課程標準的影響下,坊間出版的高中國文教材確實普遍較側重文言文和學術文的教學,新文學作品的比重偏低。這也遭到有識之士的批評。徐中玉即指責商務版的《復興高級中學教科書·國文》第五冊「連一篇純文藝的東西也沒有!」[23]但由於課程標準不具備法律效

---

20 同上,第 27 頁。

21 袁景修:《山東省立第二師範學校國文教學概況》,山東省政府教育廳編:《山東省縣私立中等學校國文教學概況》,第 15 頁。

22 邵燕祥:《中學〈國文〉瑣憶》,《中學生》2007 年第 1 期。

23 徐中玉:《國文教學五論》,《國文月刊》第 67 期,1948 年 5 月。

力，且民間又有教材編寫的自由，所以仍然有少量的高中國文教材表現出對新文學的偏重。朱自清、葉聖陶、呂叔湘合編的《開明新編高級國文讀本》（1948）共三冊，除第三冊為古文外，第一、二冊中新文學作品就占了大半，其中小說和散文有《社戲》《駱駝祥子（節錄）》《華威先生》等十多篇，詩歌則有郭沫若《地球！我的母親》、艾青《城市》、田間《多一些》、魯黎《泥土》、何其芳《河》、臧克家《老馬》等十多首，還有曹禺的戲劇《蛻變》。在實際的高中課堂上，教師們也盡有不按部頒標準來選材教學的。吳奔星 1942 年在高中層次的廣西柳慶師範任教，校內國文教師所編講義「內中語體文占十分之九；且多系報紙副刊及文藝刊物上選下來的」，原因是學生程度和教師水準都很低，無法按部頒標準在高中講文學史、學術史之類的內容，所以實際上還是按初中國文的教學標準來辦。[24]龐翔勳談其教學經驗說：「我完全拋棄部頒高中國文課程標準的系統，不以文學源流或文學史為經，有一級用《國文百八課》的辦法來選材，先講文話，再講文選。有一級用培桂中學時的辦法，高中一側重記述文和應用文，高中二側重抒情文和說明文，高中三側重議論文和應用文。有一級採用《古文觀止》，根據各體文章選讀。」[25]可見，某些高中教師並沒有機械地遵從課程標準，而是實事求是地自選教材，這就使新文學作品在高中國文教學中仍然佔有了相當地位。

我們還須注意當時中學的選科制和選修課程。1923 年起實行「壬戌學制」以後，不僅師範學校和職業學校實行分科制，連普通中學也開始實行分科制和選修制，少數初中學校從三年

24 吳奔星：《中學國文教學法的出路》，《國文月刊》第 23 期，1943 年 8 月。
25 龐翔勳：《我的中學讀文教學經驗》，《國文月刊》第 25 期，1944 年 1 月。

級開始分文理科，而高中則包括普通科、師範科、農商科等，
普通科又細分為文史組、史地組、理科組，等等。在這種分科
選修制下，各科都有公共必修的國文課程，但同時又開設五花
八門的專業性必修或選修課程。一般地說，師範學校的國文科
和普通中學的文科生會接觸到比較多的與新文學有關的課程，
比如「文學概論」「文學史」「新文學」「中國現代文藝」，等等。
這些課程都走向專、深的方向，比較接近於我們今天大學中文
系本科的某些課程內容。高中階段，即便是各科公共必修的國
文，也可能包含比較專深的新文學內容。比如 1930 年左右的北
京私立明德中學，高一必修國文課程規定的閱讀書目為《白話
文學史》《歐洲文藝復興史》《新文學概論》《文學評論之原理》
《歐洲文學史》《西洋小說發達史》《文藝史概要》《近代文學十
講》《文藝論集》《新文藝評論》《戲劇短論》《宋春舫論劇》《詩
之研究》等，其中新文學的內容都很專深。

　　相較於公共必修的國文課，國文類選修課程就更顯得專深
了。1925 年前後，北京師範大學附屬中學高中部文科組開設的
7 門國文選修課程中有文學文、文學概論、文學史三門涉及新
文學的內容。其中，「文學文」在高一高二開設，每週 2 小時，
第一學年第一學期講「現代之詩歌，戲劇，小說」。「文學概論」
在高三上學期開設，每週二小時，內容為：「總論——什麼是文
學，研究文學的幾條路徑，文學概觀（文學之要素、文學與思
潮、文學與生活），文學之三方面（想像論、賞會論、形態論），
詩詞，小說，戲劇與童話，結論。」[26]「文學史」在高三開設，

26　《高級中學普通科第一部國文選修科課程標準》，國立北京師範大學附屬
　　中學校編：《國立北京師範大學附屬中學校一覽》，1926 年，第 34、37
　　頁。

每週 2 小時,將歷代文學劃分為十段,「現代文學(文、詩、新劇)」為第十段。1931 年,北平師範大學附屬中學高中《普通科國文選修科課程標準》中規定了 6 種選修課程,其中「文學概論」和「中國文學史」這兩種與新文學相關。「文學概論」的設科用意是:「使學生明瞭文學與人生之關係;認識文學與時代之影響;並指導學生對於文學之創作,鑒賞與批評。」其「教授內容」第三、四條規定:「對於新興文學之研究,務期明瞭所謂文藝政策之由來,及其時代之背景;加以嚴正之批評,及合理之指導。」「注重文學思潮之介紹,及建設批評之鵠的;不以一家一派之學說為限。(如溫齊斯特之《文學評論之原理》、韓德生之《文學研究導言》、廚川白村之《苦悶的象徵》、本間久雄之《新文學概論》,及晚近盧那卡爾斯基之《文藝與批評》等,各有其立場與觀點。)」[27]「中國文學史」一門則將中國歷代文學分為十段,「現代文學」為第十段。1928 年前後,上海中學高中部普通科文史地組國文設 3 門必修課和 2 門選修課,必修課中「文學史大綱」共 4 學分,略涉新文學;選修課中高一專設「新文學」2 學分。[28] 1929 年前後,南開中學高中甲組(文科)有選修課「文學概論」,每週三小時,該課程所指定的必讀書目包括:章錫琛譯《新文學概論》、魯迅譯《苦悶的象徵》、周作人著《自己的園地》、陳鐘凡著《文學批評史》、余上沅著《戲劇論集》、王希和著《詩學原理》和《西洋詩學淺說》,以及《小說法程》,等等,大都是與新文學相關的理論和知識。[29]

---

27 國立北平師範大學附屬中學校編:《國立北平師範大學附屬中學課程標準》,1931 年,第 46-47 頁。

28 江蘇省立上海中學校出版委員會編:《江蘇省立上海中學一覽》,1930 年 7 月,第 42、43 頁。

29 《各學科教學綱要說明・國文學科》,南開中學校編:《天津私立南開中

　　分科選修制使得學校在設置選修課程上有較大自由，也給了學生憑興趣選修不同課程的自由，而新文學因為得到中學生的喜愛，不僅在「文學史」「文學概論」這些選修課中佔有一定分量，甚至還常常獨立成課。如 30 年代初期的南開中學，高中設有四種國文選修課，其中就包括「現代文學」，後來成名的詩人穆旦當時即選修了這門課[30]。更早之前，周銘三、馮順伯在其編著的《中學國語教學法》（1926）一書中即設想了專門開設有關「新文學」的以評論和創作為主要內容的選修課程。他們主張以「選修學程」的方式教學生「評衡和製作」新文學，其主要理由是：（1）有一部分中學生在文字上已有充分的發表能力，就有在最近國語文學上自我表現的趨勢，我們當然要引導他們；（2）國語的文藝作品是平民的，非貴族的，當然要給中學生養成這種發表能力；（3）幫助中學生在文學上有充分的修養可以在情感生活上有發表的自由；（4）格外說明增進文字發表能力。[31]教育學者阮真也曾主張依據初中生畢業後的去向的不同而在初三階段就設置不同的選修課，如「中國現代文藝」和「普通應用文」，「性近文學的（學生）可以選修現代文藝，畢業後要就職業不能升學的可選修普通應用文」[32]。阮真設計的「中國現代文藝」這門初三選修課每週二小時，時期一年，定為四學分。其「教學目的」如下：1.教授現代各體各家的著名文學作品，使學生欣賞，引起其研究現代文學的興趣。2.培

學一覽》，1929 年 10 月，第 79 頁。

30　陳伯良：《穆旦傳》，杭州：浙江人民出版社，2004 年，第 14 頁。

31　周銘三、馮順伯：《中學國語教學法》，上海：商務印書館，1926 年，第 182 頁。

32　阮真：《中學國文各學程教學研究》，廣州：中山大學教育學研究所，1930 年，第 59-60 頁。

養讀書的習慣和能力。3.啟發一部分學生的文學天才，使為淺近作品的摹擬練習。4.使學生略知中國現代文藝派別的大概，為升高中時，進修文學源流、文學概論、西洋近代文藝、中國古代文藝等課程之預備。阮真為這門選修課設計的教材範圍包括：1.現代文學通論（胡適《五十年來中國之文學》《文學改良芻議》《建設的文學革命論》）；2.現代的新詩（胡適《嘗試集》，劉大白《舊夢》《郵吻》，康白情《草兒在前》《河上集》，劉半農《揚鞭集》，陸志葦《渡河》，俞平伯《冬夜》，汪靜之《蕙的風》，謝婉瑩《春水》《繁星》，郭沫若《女神》，徐志摩《志摩的詩》，白采《白采的詩》）；3.現代的散文小品（魯迅《熱風》《華蓋集》《華蓋集續編》，周作人《自己的園地》《雨天的書》《談虎集》，孫福熙《山野掇拾》《大西洋之濱》，鄭振鐸《山中雜記》，瞿秋白《新俄國遊記》，郁達夫《日記九種》，郭沫若《我的幼年》，冰心《寄小讀者》，田漢《薔薇之路》，田漢等《三葉集》）；4.現代的小說（魯迅《吶喊》《彷徨》，葉紹鈞《隔膜》《火災》《城中》，冰心《超人》，郁達夫《沉淪》，王魯彥《柚子》《黃金》，高長虹《光與熱》《時代的先驅》，王統照《春雨之夜》《黃昏》，廬隱《海濱故人》，蔣光慈《鴨綠江上》《少年漂泊者》，許欽文《故鄉》《毛線襪》，等等）；5.現代的戲劇（田漢《咖啡店之一夜》《湖上的悲劇》，侯曜《復活的玫瑰》《山河淚》《棄婦》，蒲伯英《闊人的孝道》《道義之交》，洪深《貧民慘劇》《趙閻王》，郭沫若《三個叛逆的女性》《棠棣之花》，歐陽予倩《潑婦》，宋春舫《槍聲》《朝秦暮楚》，徐公美《歧途》，丁西林《親愛的丈夫》《酒後》，王統照《死後的勝利》）；6.現代的文藝批評（孫俍工《新文藝評論》，郭沫若《文藝論集》，郁達夫《文藝論集》，台靜農《關於魯迅及其著作》，聞一多與

梁實秋合著《〈冬夜〉〈草兒〉評論》）。[33]

　　分科選修制的實行，使得以升學為目標的高級中學設置了相當多的國文類選修課程，幾乎把高中辦成了大學中文系。一般地說，由於師資及學生興趣等方面的原因，除職業學校外，普通中學和師範學校的文科所開設的國文類選修課程都較豐富。比如，師範學校多開設「兒童文學研究」「國音學」這類課程；普通高中的文科則大多開設「古籍選讀」「文字學」「文學概論」「中國文學源流」之類課程，甚至有「近代文學作品及批評」「外國近代文藝」這種選修課程。通常來說，文科師範生和文科高中生有更多接觸新文學的機會。據當時教育部的統計，1925年中等學校中普通中學、師範、職業學校的學生數分別為129,978、37,992、18,011 人，1931 年則分別為 401,772、94,683、40,393 人，1936 年分別為 482,522、87,902、56,822 人，1945年分別為 1,262,199、202,163、102,030 人。[34] 可以看出，普通中學和師範學校學生數始終占了大部分，而這兩類學校恰恰又是開設國文類選修課的主體。按此，有機會選修專門的文學課程的文科中學生、師範生的比例還是不小的，這都有助於增加他們接觸新文學的機會和加深對於新文學的瞭解。

　　以上主要是就民國時期中央政府治下的國文課程標準和課程設定情況而言，在日偽統治下的淪陷區，在中國共產黨治理下的抗日根據地和解放區，情形則有所不同。

　　「九一八」事變之後，日偽在東北淪陷區先是查禁和塗抹

33　同上，第 143-149 頁。

34　《元年度至三十五學年度全國中等學校概況》，教育部教育年鑑編纂委員會編：《第二次中國教育年鑑》第四冊，上海：商務印書館，1948 年，第 1428 頁。

教材，然後是重新編寫以古文為主體及宣揚皇權思想和「日滿一體」內容的國文課本，到 1938 年 1 月則開始施行新學制，將國語科變成了日語、滿語和蒙古語，日語課成為主體。此後的國文教材主要是日語和滿語，但也有一部分教科書是中國語（漢字）與日本語的對譯，或是中國語與日本語混合在一起的「協和語」教本。其中，除經、史、子、集類文章外，漢奸如鄭孝胥、羅振玉及日本反動文人的文章較多，魯迅、冰心、老舍的文章也偶爾有收錄。教材的主要內容是岳飛、文天祥的忠君愛國故事，誘導對溥儀的忠誠和對天皇的忠實，愛護滿洲國和親邦日本，以及《國民精神總動員論》《非常時期的貯蓄》等時事論文。[35]在「七七事變」後的其他淪陷區，日偽政權也加強了日語教育以排擠漢語教育，還加強了對中學國文教材的刪削和編審，以排除可能的反日抗日內容，實施復古和奴化教育。總之，在淪陷區，日偽一方面是在課程設置和課時安排方面打壓國文課，以便增加日語課時比重，或是僭稱日語、滿語、蒙古語為「國語」以取代漢語，另一方面則是「修正」或新編教科書。在經修改審定後的國文教材中，有關日本侵華、帝國主義、孫中山、三民主義、共產主義等內容或提法的文章都被刪除，而新編的所謂「國定教科書」則以鼓吹「建國精神、民族協和、王道樂土」和「大東亞共榮」等奴化教育思想為特色。日偽還曾特令中學加授中國古代的「四書」（《大學》《中庸》《論語》《孟子》），通過讀經復古麻痹學生反抗意識。

　　中共治下的抗日根據地和解放區非常重視國文課程，但其

35　王野平：《中等教育──侵略協力者の養成》，王智新編著：《日本の植民地教育·中國からの視點》，東京：（株式會社）社會評論社，2000 年，第175-180 頁。

課程內容和教學標準卻偏於時政性和實用性，與文學性無緣。
40 年代初，陝甘寧革命根據地按照黨的教育政策制定了《初中
國文課程標準草案》，對國文科的教學思想和教學目標作了如下
規定：「本科教學的全部活動，必須貫徹新民主主義革命的立場、
觀點、方法，以達到下列具體目標：提高學生對大眾語文和新
社會一般應用文字的讀寫能力，掌握其基本規律與主要用途，
獲得科學的讀、寫、說的方法，養成良好的讀、寫、說的習慣——
這是本科的基本目的。同時，適當配合各項課程，提高學生的
思想認識，增進其他各種認識。」[36]從此項規定看，解放區主
要強調識字、讀書和應用文寫作能力，以及思想政治教育，並
不重視文學的「美育」價值。40 年代末在解放區使用較廣的《初
中國文》便聲明其編寫目的：「使學生掌握語文的基本規律，提
高其閱讀、寫作能力；同時養成青年活潑的思想，增進社會、
歷史、自然各方面的知識，以樹立青年革命的人生觀與實事求
是的科學態度。」[37]另一解放區國文課本也聲稱：「選文內容，
力求切合新民主主義方針、精神，聯繫群眾革命生活和鬥爭」，
「至於徒供欣賞玩味的『美術文』，暫未選用。」[38]顯然，解放
區的國文教學並不重視文學欣賞的目標。

二、教科書編審、使用體制與新文學接受

　　與新文學進入中學國文密切相關的還有一個教材編寫、審
定和使用的問題。教科書的編、審和使用有其內在體制或規則，
這也是與中學生的新文學接受直接相關的一種體制性因素，它

---

36 轉引自李倩：《1940 年代末解放區語文教材中的魯迅作品》，《魯迅研究
　　月刊》2013 年第 8 期。
37 王食三等：《編者的話》，《初中國文》第 1 冊，北平新華書店，1949 年。
38 萬曼等：《編輯例言》，《高中國語》第 1 冊，開封新華書店，1949 年。

在很大程度上制約甚至是奠定了民國中學生接受新文學的基本格局。

　　民國成立後，在教科書政策上延續清末的審定制。1912 年 9 月，民國教育部頒佈了《審定教科用圖書規程》14 條，主要內容包括：初高等小學校、中學校、師範學校教科用圖書，「任人自行編輯，惟須呈請教育部審定」；各省組織圖書審查會，「就教育部審定圖書內擇定適宜之本，通告各校採用」[39]。實際上，最初一年多教育部沒有審定中學國文教科書，直到 1914 年才開始操作審定事務，而到了 1916 年後基本再無審查記錄。[40]國民黨政府時期也繼承了北洋政府的教科書審定制度，由教育部專責此事。常常出任審查委員的是蔡元培、黎錦熙、胡適、朱經農、經亨頤等開明人士，因此各書局所出版的國文教科書大都順利通過了審查，很少有被槍斃的命運。許多教材即使沒有完全遵照「綱要」或者「標準」的規定來編，也能通過審查，因為教材審查者與教材出版商常常關係密切，為其大開綠燈。

　　這種教科書由民間自行編選並出版發行的體制對於新文學進入中學教育具有明顯的積極意義。民營出版發行就意味著必然會有競爭出現，各教科書出版商對於作為主要利源的教科書都投入主要精力和財力，教科書的五花八門和趨新求變也成了普遍現象，商務、中華、世界、開明這幾家主要教科書出版商都反覆推出過好幾種版本的國文課本。教科書的五花八門和不斷更新具有多方面的意義：其一，有利於國文教育思想的自由

---

39 《教育部公佈審定教科用圖書規程令》，《教育雜誌》第 4 卷第 7 號，1912 年 10 月。

40 李斌：《民國時期中學國文教科書研究》，北京大學 2011 年博士學位論文，第 30 頁。

探討和教學實踐上的自由探索;其二,有利於及時地將反映新
的社會現實和思想文化潮流的文章(包括新文學作品)收入教
材;其三,有利於針對教學實踐的回饋而不斷對教科書修改調
整,精益求精。而自新文化運動和五四愛國運動以後,整個新
知識界和青年學生界都彌漫著一股求新、求變和愛國、進步的
理想主義氛圍,都普遍存在著喜愛新文學的情況。在這種氛圍
之下,各教科書出版商自然也樂於因應時勢推陳出新,不斷將
新面世的體現了新的時代內容和精神的新文學作品選入課本之
中。這是市場對中學國文教材編寫的影響。

　　更為重要的是,學校和教員們可以不選用這類經審定的教
材,而是自己編選教材或印發講義。1925 年初,江蘇省中等學
校國文教學委員會調查各校國文教學實施狀況,收到回饋的 46
校中,用書的 16 校,自編教材的 30 校。用書各校中,採用商
務印書館《新學制初中國語教科書》的有 10 校,採用中華書局
版《初級古文讀本》的有 6 校。其中,江蘇八中的報告說:「坊
間國文讀本夥矣。然選材標準,是否適當,排列次序,是否合
宜,在編者且難自信。何況學校教法,貴能順應時期;或利用
偶發事項,俾生徒有直接的觀察與覺悟,徒取刻板文字,挨次
講授,直敷衍教室時間而已。」[41]這很可代表自編教材者的態
度。1931 年,山東沈孜研聲稱自己此前四年先後在三個學校任
教,「一校全用課本,一校純由教員自選,一校則用國文活頁」[42]。
當時山東省立第三職業學校就沒有為學生訂課本,而是由學校
油印講義,教師自行選材,隨講隨印。1930－1931 年,張文昌

---

41 孟憲承:《初中讀書教學之研究》,光華大學教育系、國文系編:《中學國
　　文教學論叢》,上海:商務印書館,1927 年,第 35 頁。
42 山東省政府教育廳編:《山東省縣私立中等學校國文教學概況》,第 221 頁。

調查了全國 88 所中學（高中 38 校，初中 50 校），包括廣東 10 校、福建 4 校、浙江 17 校、江蘇 35 校、山東 4 校、河北 18 校。調查發現，初中使用自編國文講義的有 39 次，使用中華書局《新中華國語與國文》的 33 次，使用世界書局版《初中國文》的 26 次，使用商務版《新學制國語教科書》的 18 次，使用中華版《新中學初級國語讀本》的 16 次，使用《開明活頁文選》的 13 次，使用商務版《現代初中國文》的 12 次，其餘零星使用的教材不多。而高中學校中，使用自編講義的 52 次，使用《開明活頁文選》的 19 次，使用世界書局版《高中國文》的 19 次，使用中華書局版《新中學高級古文選讀》的 13 次，其餘教材都是零星使用。[43]從上述教材使用情況調查可以看出，當時使用自編講義的情形一直非常普遍。

　　正規出版和發行的國文課本要經過教育部的審定，國民黨政府又有不允許違背「黨義」、不允許宣傳偏激思想和挑唆社會矛盾之類的選材禁制，還要照顧到「國故」與「國粹」之類，所以往往十分呆板，很不討師生喜歡。這便為各出版商推出眾多的「中學國文補充讀本」之類的書籍提供了契機。這些教輔圖書的編者們評論正規教科書的弊病說：「一般教科書式的國語讀本是不大有益於學生的。因為這些書局出版國語教科書是有許多顧忌的。一則要給審定，二則要迎合舊社會和教員先生們的心理，既不敢選一篇思想激烈一點的文章，也不敢選一篇描寫戀愛過火一點的文藝。總之，他們的國語教科書只是一些

---

43 張文昌：《中學教本研究》，李文海主編：《民國時期社會調查叢編（二編）·文教事業卷（二）》，福州：福建教育出版社，2014 年，第 238–239 頁。

『平凡的詩文』，絕難啟發學生的思想和感情的變化。」[44]當時的國文教員或是嫌書局出版的教科書程度太深、文言語體比例不當、編排不科學，或者認為其編印品質欠佳（有知識錯誤和印刷錯漏等），或者認為這些課本不合自己理解的教育理念，採用這類課本的意願普遍不強。山東省立第七中學的教員劉君復公開表示：「就現行教育部審查的國文教本說，沒有一種真正能合用的教本。無論中華、商務所出的國語教科書，以及開明、北新出版的活葉文選，無不各有所短，他們所選取的材料，不是失之太深，就是過於濫雜。因為他們是營業的性質，所取的教材並要適宜於每個教員的合用，有的教員相信詩詞歌賦的，有的教員相信文言文的，有的相信語體文的，因此，他們所出版的教本，是牛溲馬渤，兼收並蓄，所以這種教本只宜選擇不宜盡用。其次更要注意到學生的程度，每班學生至少四十人，在此四十人中，學識程度一定是高低參差不齊……顧到這各〔方面〕的困難辦法，唯一的〔辦法〕只有教員選印講義，即是說國語教材的選用，應該以選印講義為主，各家出版的教本為輔。」[45]當時甚至有教員主張選用教員本人所「範作」的文藝作品供學生學習，以豐富「死氣沉沉」的課本：「自來教師以所作文藝，教授學生者甚少，因特提出，蓋學生未有不對教師作品感受興味者，乘機教讀一二，效力定當十倍於死氣沉沉之教科書也。」[46]

　　正規教科書眾口難調，便一方面催生了活頁文選這種國文

---

44 江南文藝社編：《現代中國散文選·序》，上海：江南文藝社，1930 年。
45 山東省政府教育廳編：《山東省縣私立中等學校國文教學概況》，第 204頁。
46 同上，第 167 頁。

教材出版方式——中華書局、開明書店、北新書局都推出過各自的活頁文選，以方便師生按自己所需自由選用和搭配課文，一方面也使得國文教師自編自印教材的熱情高漲。教師依據自己的閱讀經驗和教學理念，自選文章編印（油印）成國文講義以供教學之用，這種情況在民國時期隨處可見。這些由師生自編自印的臨時教材不對外出版和發行，也不須教育部審定，完全跟著師生的興趣走，常常很好地滿足了他們對於新文學的熱情。當然，更多時候是正規教材與自選教材參用的局面。1931年，山東省立第四鄉村師範學校的教員姜鴻儒雖然採用中華書局版《新中華國語與國文》作教材，但因「一般學生的心理，是好新的，課本上的文章是呆板的；欲變換其心理，振作其精神，所以選授了葉紹鈞的《義兒》和魯迅的《社戲》兩篇」[47]。山東東平縣立初中某教員雖採用中華書局版《國語與國文教本》，但嫌它不夠好，又從陳思編的《小品文甲選》一書中選擇作品作為補充教材，所選 20 篇補充作品都是新文學的散文、小品名作，如周作人、魯迅、朱自清等人之作。[48]其實，自選教材成風，補充教材盛行，這不僅是因國文教師的興趣和理念所致，有時乾脆就是學生自己提出的要求。山東平原縣縣立初中的一位國文教員說：「有時學生高興自己選點東西，或要求講點別的東西……即徵求多數的同意，大眾贊成，即按所指定的篇目，與之講解。」[49]當時的某些著名中學則普遍存在一種「校本教材」現象，如南開中學、東南大學附中、北師大附中、孔德學校等紛紛由自己的國文教員編選教材並出版。這種教材往往只

---

47 同上，第 160 頁。

48 同上，第 645 頁。

49 山東省政府教育廳編：《山東省縣私立中等學校國文教學概況》，第 611頁。

在學校內部使用而不對外發行，它們不像商務、中華、世界、開明等出版商推出的國文課本那樣暢銷，卻更顯示出個性與特點，也更符合該校師生的實際需要與水準。在沒有強制推行所謂部編「國定本」教材之前，各地中學校自選自編教材已是常態。直到四十年代後期，雖然教育部已強制推行所謂「國定本」初中國文教材，某些地方的學校，尤其是私立學校，依然是「國文課本，各校並不統一」[50]，初中國文教學呈現出「國定本」、書局本和自印補充本並行不悖的教科書使用局面。至於高中國文的教學，因為沒有推出過「國定本」，所以一直處於書局課本和自選教材並行的局面當中。林煒彤回憶四十年代末期的高中教學時說，「當時，各校乃至各人所用的教材、教法都不一致，可以選定一種教科書，也可以自選，只要不選為當局『禁忌』的文章，學校也不大過問。」[51]於是他自選了許多新文學作品作教材，如李大釗的《今》，魯迅的《狂人日記》《藥》等。

　　政府並非不想統一教材，而是限於行政效力之低而遲遲無法如願。早在 1934 年，教育部就曾「組織教科用書編輯委員會，從事中小學教科用書之編輯，先後特約部外專家若干人，分別執筆。各書多數完成，其中一部分並經印行試用」[52]。1935 年11 月 23 日發佈的國民黨第五次全國代表大會宣言第三綱「弘教育以培民力」中第一目即為「實行教科書之統一與改良」[53]。

---

50 張隆華：《鑒往察來》，劉國正主編：《我和語文教學》，北京：人民教育出版社，1984 年，第 227 頁。

51 林煒彤：《在實踐中不斷探索》，劉國正主編：《我和語文教學》，第 287頁。

52 國立編譯館主編：《初級中學國文甲編·編輯經過》第 1 冊，重慶白報紙本，1946 年。

53 《中國國民黨第五次全國代表大會宣言》，中國第二歷史檔案館編：《中華民國史檔案資料彙編·第五輯第一編·政治（二）》，南京：江蘇古籍出版社，1994 年，第 483 頁。

1938 年，國民黨臨時全國代表大會通過的《戰時各級教育實施方案綱要》指出：「對於各級學校各科教材須徹底加以整頓，使之成為一貫之體系而應抗戰與建國之需要，尤宜儘先編輯中小學公民、國文、史地等教科書及各地鄉土教材，以堅定愛國愛鄉之觀念。」[54]同年，蔣介石手諭教育部「令即改編中、小學國文、史地、常識諸科教科書」[55]。於是，教育部組織人員開始編輯，隨後改組教科用書編輯委員會，於 1942 年 1 月擴大國立編譯館的組織，在其中專設教科用書組，主持中、小學教科書編輯。這個編輯組先後編出公民、國文、歷史、地理等科目的中、小學課本的暫行本、修訂本、標準本，都在重慶出版，統一由「國定中小學教科書七家聯合供應處」[56]印刷供應。1943 年 11 月，在上述教科書編輯出版達到一定規模後，教育部命令各省市「必須採用部編課本」，以前「所有各書局編印同類教科書之版本」「均一律停止發行」[57]。當時國文一科只編出了《初級中學國文甲編》，高中部分未見編出。抗戰勝利後，「國定本」《初級中學國文甲編》又出修正標準本，並在上海出版。

但即便是已經強制推行了所謂「國定本」教材的情形下，仍然有不少中學校的國文教師在國定本之外另選教材。孫紹振回憶說：「抗戰勝利以後，國民政府規定了所謂的《國定教科書》，那是很枯燥的。現在只記得蔣介石給蔣經國的信，開頭是『經

---

54 中國第二歷史檔案館編：《中華民國史檔案資料彙編‧第五輯第二編‧教育（一）》，南京：江蘇古籍出版社，1997 年，第 14 頁。

55 國立編譯館主編：《初級中學國文甲編‧編輯經過》第 1 冊，重慶白報紙本，1946 年。

56 系由正中書局、商務印書館、中華書局、世界書局、大東書局、開明書店、文通書局按不同比例合組的教科書供銷機構。

57 《教育部訓令》（1943 年 11 月 8 日），載重慶《教育部公報》第 15 卷第 11 期，1943 年 11 月 30 日。

兒知之』。但是，我的語文教師卻是非常好的。」「她不大理睬
『國定教科書』，常常把冰心的《寄小讀者》成批地印發給我們，
有的還當作『說話』課的教材。」[58]向錦江也回憶說，抗戰後
期他任中學教員，看到教育部欽定的中學國文課本，「實在叫人
生氣，至少有一半課文我不願教。於是自選一些文章和作品作
為教材，油印發給同學學習」。「人民解放戰爭時期，我仍然不
用國民黨教育部規定的國文課本。選用了開明書店出版，葉聖
陶、朱自清、呂叔湘三位先生編輯的國文課本」[59]。程力夫 1946
年秋在福州某著名私立中學教國文時課本有兩套：明的是當時
的「國定本」，暗的採用《開明國文讀本》和自選讀物。因為「國
定本」教材中多令人生厭的「偉人」文章和深奧的古文，程力
夫有意將《馬凡陀山歌》《華威先生》《在其香居茶館裡》等較
新的新文學作品都選成了課文。[60]張壽康則回憶說，1948 年他
在北平女一中教初三，課文上沒有白話文，他就選教了魯迅的
《秋夜》和一些雜文，結果受到校方的警告。[61]另一方面，無
論是抗戰期間還是抗戰勝利之後，由於國定中小學教科書七家
聯合供應處的經營不善（缺乏印刷資金、設備不足、交通困難
等），國定教科書並未能做到普遍供應，在某些地方仍然由戰
前各書局編印的教材或其翻版在支撐局面。[62]

　　總之，民國的大部分時間內一直實行的是由民間自行編選

---

58 孫紹振：《我學語文的根本經驗：著迷》，錢理群、孫紹振：《對話語文》，
　　福州：福建人民出版社，2005 年，第 115 頁。
59 向錦江：《關於中學語文教員工作的回憶》，劉國正主編：《我和語文
　　教學》，第 90-91 頁。
60 程力夫：《回顧與探索》，劉國正主編：《我和語文教學》，第 366 頁。
61 張壽康：《學習・教學・編輯》，劉國正主編：《我和語文教學》，第 186 頁。
62 參見賀金林：《「七聯處」與 1940 年代的教科書發行》，《廣東社會科學》
　　2010 年第 1 期。

國文教材，經官方審訂後公開出版發行的政策，而所謂的審訂又往往是走過場，這就使得官方制訂的帶黨化色彩和復古反動性質的課程標準對於國文教科書的不良影響受到限制，使得當時各民營書局出版的國文教科書大體能免於黨化和復古思想的毒化。更重要的是，各學校和其國文教員在很大程度上擁有選用正規教科書或自選自印教材的自由，除了 40 年代曾強制推行「國定本」初中國文課本，其他時候的初中國文和高中國文教學都呈現為各書局出版的教材和各學校、教員自編自印教材並存的局面。教材編寫、使用的自由極其有利於新文學進入中學課堂。比如 1920 年代初在新文學的成績還很單薄的時候，由於自編自用教材的風氣，某些新文學家和新式國文教員便大膽地將還顯稚弱的新文學作品紛紛選進課本和課堂。曾在浙江一師、上海吳淞中學等地任教的國文教員沈仲九與曾在漳州第二師範、湖南一師、吳淞中學等處任國文教員的孫俍工，便率先聯手推出了市面上最早的以新文學為重心的初中國文教科書——《初級中學國語文讀本》（民智書局 1922－1923 年版）。這本教材「裡面沒有一篇文言文，盡是『五四』以來的白話論文、詩歌和小說」，它「對於傳統思想的改造有很大的作用，對於新文學的學習也有很大的影響。」[63]由此開端，重視新文學的國文教材越來越多。此外，在復古和黨化色彩嚴重的三、四十年代，自編自用教材的盛行也常常有利於中學生接觸更多的新文學作品。

---

63 胡山源：《文壇管窺：和我有過往來的文人》，上海：上海古籍出版社，2000 年，第 206 頁。

中　編

接受的途徑、方式和對象

　　民國中學生接觸新文學的途徑有教材、課堂、課外閱讀、校園文藝活動等，不同途徑下的接受對象、方式和效果是有所不同的。

　　從現存百餘種國文教科書的新文學選目、編排和注解、習題等情況來看，新文學主要不是以純粹「文學」的身份，而是作為社會問題、階級意識、愛國主義和民族意識的載體出現的，主要承擔的是思想道德教育和社會認知教育方面的使命。

　　民國時期的國文教師常常在課堂上自由選講新文學，某些新文學潮流如革命文學、普羅文學、國防文學也都曾迅速地波及國文課堂。20 年代的國文課堂盛行社會問題演講和討論式的新文學教學，三、四十年代則更注意對於新文學的精讀教學和審美教學。

　　民國時期的中學校大都是寄宿制學校，學生日常起居都在學校，有較多的課外閱讀時間和校園活動機會。新文學是大部分中學生課外閱讀的首選對象，而緊貼社會現實的作品又是他

們的最愛。與此同時,文學社團、校園刊物、演劇活動也是中
學生接受和轉化新文學的重要途徑。

第三章　國文教材與新文學的接受

　　日本著名教育學者唐澤富太郎認為，義務教育階段的教育造就出實際社會中對應的人，這個人的一生都會受到這種教育影響的支配，而義務教育的施行則是以教科書為中心的，「教科書不只是一部分國民必須接受的書，而是給予廣大的一般民眾每個人以很大的影響」的書，因此，教科書的歷史就是庶民的教育史、國民的形成史。[1]他在系統研究了明治以降的各種教科書之後發現，它們與日本人的心性之間有很大的關係，具體從權威主義、極端概念的使用、劃一主義等思維方法，從家族主義、立身處世主義、精神主義、悲劇愛好性等社會表現來看，教科書對日本人的心性的形成都具有很強的作用。[2]確實，「教材特別是教科書是培養人、造就人的，其作用非同尋常，它可能是一個人一生中所接觸的最重要的讀物，它的力量可能影響著受教育者一生的思想和行動」[3]。民國時期的國文教科書也可作如是觀。1912 年 2 月 23 日，《申報》刊登一則由陸費逵撰寫

---

1 [日]唐澤富太郎：《教科書の歷史──教科書と日本人の形成（上）・序》，《唐澤富太郎著作集（第六卷）》，東京：株式會社ぎょうせい，1989 年，第 3 頁。
2 [日]唐澤富太郎：《教科書の歷史──教科書と日本人の形成（下）》，《唐澤富太郎著作集（第七卷）》，東京：株式會社ぎょうせい，1990 年，第 281 頁。
3 朱紹禹：《導語》，《中學語文教材概觀》，北京：人民文學出版社，1997 年，第 1-2 頁。

的簡短文字廣告《中華書局宣言書》:「……立國根本,在乎教育;教育根本,實在教科書。」這種斷言大致符合清末民初實情,即在出版業不發達和人民的文化消費力很低的時期,教科書通常是平民子弟僅有的少量讀物中最重要者。而且,教材要在課堂上講授和課外溫習,還要考試,其中內容給予學生的印象要比其他讀物深刻得多。換言之,學生對教科書的接受是一種深度接受,不同於一般的課外讀物。國文教育家黎錦熙曾如此評價民國時期國文教科書的歷史地位:「站在教育的立場上說,須知這些書的勢力,把二十多年以來青年們對於本國文字與文學的訓練,和關於本國文化學術的常識,都給支配了,這是他們必須讀而又僅讀的書,簡直是取從前《四書》《五經》的地位而代之。」[4]鑒於教科書的重要性,我們詳細考察其中的新文學選目及編排處置情況就非常必要,從中當能瞭解當時中學生群體接受新文學的一般情況。

一、國文教材及其新文學選目概況

新文學進入中學國文教材始於 1920 年。這年 4 月,教育部發出通告,截至 1922 年止,凡用文言文編的國文教科書一律廢止,要求各學校逐步採用經審定的語體文教科書。這一規定因為順乎民意,很快便得到民間回應,自當年起,以白話文為主體的國文教科書便紛紛湧現,新文學作品便日漸成為中學(尤其是初中)國文教材中的重要存在。綜觀 20－40 年代的中學國文教材,初中已普遍選入新文學作品,區別只是新文學作品的

---

4 黎錦熙:《三十年來中等學校國文選本書目提要‧引言》,北平師範大學《師大月刊》第 2 期,1933 年 1 月。

比重和具體篇目的差異罷了；高中國文教材則仍以古文、學術文為主，新文學作品的比例普遍較低。為較全面地反映民國中學生通過教材接受新文學的情況，我們不妨詳細敘錄目前所見教材的新文學選目情況：

1.洪北平、何仲英編選：《白話文範》（全四冊），上海商務印書館 1920 年初版。

這大概是民國時期第一本有意識地選入新文學的教材。因為初期新文學創作不發達，所以入選的篇目並不多，主要有鳴劍的《早晨的社會》，沈仲九的《自決的兒子》，傅斯年的詩《深秋永定門城上晚景》，周作人的詩《兩個掃雪的人》，沈尹默的詩《生機》，胡適的《許怡蓀傳》、《李超傳》，另有遊記 8 篇（梁啟超《歐遊心影錄》、周作人《遊日本雜感》和《游日本新村記》、李哲生《東行隨感錄》等）。這套教材的第一冊在不到一年時間內就印到第六版。

2.孫俍工、沈仲九編：《初級中學國語文讀本》（全六冊），上海民智書局 1922－1923 年初版。

按當時人說法，「裡面沒有一篇文言文，盡是『五四』以來的白話論文、詩歌和小說。」[5]包括中國新文學作品和翻譯的外國文學作品。按作者統計，周作人 19 篇（著 10 篇、譯 9 篇），魯迅 17 篇（著 14 篇、譯 3 篇），胡適 16 篇（著 12 篇、譯 4 篇），蔡元培 8 篇，梁啟超、李大釗、葉紹鈞、郭沫若、俞平伯各 5 篇，沈玄廬、錢玄同、劉複（半農）、鄭振鐸各 4 篇，冰心、劉大白、戴季陶、朱自清、任鴻雋各 3 篇。魯迅作品包括《孔乙己》《藥》《故鄉》《風波》和 8 篇隨感錄。這本教材比較重視

---

5 胡山源：《文壇管窺：和我有過往來的文人》，第 206 頁。

新詩，收郭沫若、俞平伯、田漢、劉半農、徐玉諾、劉大白、宗白華等人的詩多首。

3.范祥善、吳研因、周予同、顧頡剛、葉紹鈞編：《新學制初中國語教科書》（全六冊），上海商務印書館 1923 年初版。

這是 1920 年代使用極廣的一套教材，到 1929 年時已達 132版。教材共 259 課，其中白話文 123 課，內有小說 11 篇，如魯迅的《孔乙己》《故鄉》《鴨的喜劇》，葉紹鈞的《伊和他》《阿菊》《祖母的心》，有胡適等人新詩 9 首，有周作人、徐志摩、葉紹鈞等人散文 11 篇。從內容上看，有胡適的《威權》、鄭振鐸的《我是少年》、洪白蘋的《天亮了》等勵志性作品，有劉延陵的《在柏林》、謝寅的《希望》等反戰主題作品，有周作人的《一個鄉民的死》《賣汽水的人》，汪敬熙的《雪夜》，葉紹鈞的《阿菊》《寒曉的琴歌》等反映底層生活的篇目。

4.秦同培編：《中學國語文讀本》（全四冊），上海世界書局1924 年初版。[6]

新文學篇目較多，如魯迅的《故鄉》《藥》《孔乙己》《風波》，胡適的《人力車夫》《鴿子》《老鴉》《一念》《新婚雜詩》，周作人的《一個鄉民的死》《賣汽水的人》，葉紹鈞的《隔膜》《母》，冰心的《超人》，玄廬的《李成虎小傳》，鄭振鐸的《自由》《荒蕪了的花園》，等等，大多是勵志性或關涉社會問題的作品。

5.沈星一編：《新中學教科書·初級國語讀本》（全三冊），上海中華書局 1924 年初版。

選五四小說 16 篇、新詩 29 首、小品文與遊記等 13 篇，包括魯迅的《孔乙己》《故鄉》，周作人的《自己的園地》，冰心的

---

6 該書目前能看到的最早版本是 1924 年 6 月第 3 版，其初版何時印行不得而知。

《煩悶》《去國》《超人》《一個軍官的筆記》《到青龍橋去》，朱自清的《匆匆》等。冰心的作品就選了 7 篇，也比較偏愛新詩，有劉半農的《一個小農家的暮》，沈尹默的《生機》《三弦》，胡適的《一顆星兒》，周作人的《小河》《歧路》《兩個掃雪的人》，郭沫若的《天上的市街》，沈玄廬的《十五娘》等。

6.錢基博編：《新師範講習科用書‧國文》（全二冊），中華書局 1924 年初版。

為歷代文選，其中「當代文」14 篇，中間新文學篇目有：胡適的詩《人力車夫》《鴿子》，劉靖裔的詩《紅樹》《秋意》，李哲生的遊記《東行隨感錄》，梁啟超散文《歐遊心影錄‧楔子》。

7.國立北京師範大學附屬中學校選輯：《初級中學用‧國文讀本》（全三冊），本校 1925 年自印。

收錄的新文學作品不多，主要有：魯迅《孔乙己》，朱自清《匆匆》，葉紹鈞《隔膜》《一個朋友》，冰心《笑》《夢》《迎春》《一個軍官的筆記》，李大釗《今》，鳴劍《早晨的社會》，晨曦《疑問》，梁啟超《歐遊心影錄‧楔子》《威士敏士達寺》，王統照《黃昏》，周作人《思想革命》，謝寅《希望》等。

8.穆濟波編：《新中學教科書‧高級國語讀本》（全三冊），中華書局 1926 年初版。

有沈雁冰的《五月三十日的下午》，葉聖陶的《五月三十日》，黎錦明的《店徒阿桂》《小黃的末日》等少量新文學作品。收入兩篇反映「五卅慘案」的作品，以引導學生關心國事。

9.孔德學校編：《北京孔德學校初中國文選讀》（全十一冊），1926 年出版。

第一至第四冊為古文、古詩詞，第五冊為新詩，第六冊今人論文，第七冊今人白話小說，第八、九冊翻譯名家小說，第

十冊翻譯戲劇，第十一冊為托爾斯泰《兒童的智慧》[7]。筆者僅見第九冊。據陳漱渝先生主編的《教材中的魯迅》一書所言，孔德學校這套教材在第七冊選錄葉紹鈞、魯迅、周作人、徐志摩、冰心、朱自清、陳獨秀等 7 位作家的 26 篇小說，第八、九冊選入 30 篇翻譯小說，其中魯迅有 6 篇創作和 6 篇翻譯[8]，包括《風波》《故鄉》《鴨的喜劇》《社戲》等。[9]

10.胡懷琛、陳彬龢、湯彬華編：《新時代國語教科書（初級中學用）》（全六冊），商務印書館 1928 年 1 月初版，1929 年 3 月第 25 版。

有陳衡哲的《運河與揚子江》，胡適的《上山》《威權》，鄭振鐸的《我是少年》，鳴劍的《早晨的社會》，許地山的《落花生》等勵志作品，有劉大白直指社會不公的新詩《金錢》，有冰心反映軍閥混戰與士兵問題的《到青龍橋去》，有魯迅的《故鄉》，葉紹鈞的《母》，冰心的《笑》等。

11.朱文叔編：《初級中學用新中華教科書·國語與國文》（全六冊），上海新國民圖書社 1928－1929 年初版。

有魯迅的《聰明人和傻子和奴才》《鴨的喜劇》《風波》《風箏》，有胡適的《威權》《四烈士塚上的沒字碑歌》，成仿吾的《不朽的人豪》，陳西瀅的《哀思》等悼念革命烈士的作品，有《夢見媽媽》《龍潭之役》等寫北伐革命的作品，有楊振聲的《濟南城上》，胡雲翼的《支那婦人》，冰心的《赴敵》，葉紹鈞的《倪

7　據黎錦熙：《三十年來中等學校國文選本書目提要》，北平師範大學《師大月刊》第 2 期，1933 年 1 月。

8　參見陳漱渝主編：《教材中的魯迅》，福州：福建教育出版社，2013 年，第 3-4 頁。

9　參見陳漱渝主編：《教材中的魯迅》，福州：福建教育出版社，2013 年，第 3-4 頁。

煥之》，朱自清的《白種人——上帝的驕子》等抗日反帝情緒的作品，有冰心的《寄小讀者通訊（十七）》，沈尹默的《生機》《爭光》，劉大白的《西風》《回頭來了的東風》，陳衡哲的《運河與揚子江》，朱自清的《匆匆》等寓樂觀進取精神的作品，有葉紹鈞的《籃球比賽》與陳西瀅的《管閒事》等表合作互助精神的作品。

12.朱劍芒編輯：《初中國文》（全六冊），上海世界書局1929年初版。

有胡適的《上山》、陳衡哲的《運河與揚子江》、鄭振鐸的《我是少年》等勵志文，有王世穎的《虎門》、盛炯的《夢見媽媽》等愛國題材，有反映婦女問題的《這也是個人嗎？》與《苦鴉子》，有鼓勵勤勞精神的《兩個掃雪的人》與《勞工之神》，有教導珍惜時間的《天亮了》與《匆匆》，有反映底層人物的《孔乙己》，有反映五卅慘案的《五月卅一日急雨中》和《街血洗去後》，另有《聰明人和傻子和奴才》《鴨的喜劇》《烏篷船》《寄小讀者》等。

13.張弓主編：《初中國文教本》（全六冊），上海大東書局1930年初版。

收葉紹鈞《伊和他》《小蜆的回家》，冰心《蓮花》，陳西瀅《成功》，朱自清《背影》，豐子愷《憶兒時》等表現家庭和親情的作品；收沈尹默《生機》，胡適《威權》，冰心《迎春》，鄭振鐸《我是少年》等勵志文；收葉紹鈞《母》《潛隱的愛》《寒曉的琴歌》，余上沅詩「愛的神呵」後篇》等表示「愛與美」的作品；收胡適《李超傳》等關於婦女解放問題的作品；收葉紹鈞《隔膜》，魯迅《示眾》，周作人《我們的敵人》等關於「社會建設」的作品。

14.南開中學編：《南開中學初中國文教本》（全六冊），南開中學印，1930－1931年。

新文學篇目特別多，新詩、散文小品受到重視，包括魯迅的《故鄉》《聰明人和傻子和奴才》《雪》，周作人的《苦雨》《小河》《兩個掃雪的人》，朱自清的《槳聲燈影裡的秦淮河》《匆匆》《背影》《荷塘月色》，葉紹鈞的《藕與蓴菜》《小蜆的回家》《母》《寒曉的琴歌》《暮》，俞平伯的《陶然亭的雪》《西湖的六月十八夜》《槳聲燈影裡的秦淮河》，冰心的《去國》《笑》《夢》《到青龍橋去》《寄小讀者——通訊十七》等。初三部分下冊75篇課文中新文學就占了34篇，其中包括20多位詩人的近30首詩作，不乏《毀滅》《十五娘》《自己墓上的徘徊》《飄落》這樣的長詩。當時讀南開的穆旦、辛笛上課用的就是這套課本。這或許可以解釋何以從南開中學走出了兩位著名詩人。

15.趙景深編：《初級中學混合國語教科書》（全六冊），北新書局1930年9月初版，1932年5月出齊。

新文學作品比重很大，包括周作人的《烏篷船》《吃茶》《蒼蠅》《故鄉的野菜》《一個鄉民的死》《賣汽水的人》《人的文學》《平民的文學》《自己的園地》，魯迅的《風箏》《鴨的喜劇》《聰明人和傻子和奴才》《藤野先生》，朱自清的《白種人——上帝的驕子》《匆匆》《別》《背影》《荷塘月色》《綠》，葉紹鈞的《沒有秋蟲的地方》《籃球比賽》《伊和他》《藕與蓴菜》《五月卅一日急雨中》，俞平伯的《清河坊》《雪晚歸船》《西湖的六月十八夜》，鄭振鐸的《我愛的中國》《街血洗去後》等等。

16.莊適編：《現代初中教科書‧國語》（全六冊），商務印書館1930年10月初版。

新文學作品集中於第一、二冊，有陳衡哲《運河與揚子江》，

許地山《落花生》《蛇》，謝寅《希望》，冰心《笑》《到青龍橋去》，葉紹鈞《阿菊》《寒曉的琴歌》《伊和他》《祖母的心》，劉延陵《在柏林》，耿濟之《航海》，吳載盛《奉化人的海閭生活》，汪敬熙《雪夜》，梁啟超《歐遊心影錄·楔子》，洪白蘋《天亮了》等。

17.北平師大附中選訂：《初中國文讀本》（全六冊），北平文化學社 1931 年 7 月初版。

僅見第 3—5 冊，收錄魯迅的《藥》，朱自清的《匆匆》《白種人——上帝的驕子》《背影》《自然的微笑》《記畫》，葉紹鈞的《隔膜》《伊和他》，冰心的《笑》《國旗》《說幾句愛海的孩氣的話》《寄小讀者（通訊九）》，蘇梅的《扁豆》《收穫》，豐子愷的《從孩子得到的啟示》，楊振聲的《磨面的老王》，許地山的《愛流汐漲》，劉半農的《一個小農家的暮》等作品，新文學的篇目占比較高。

18.姜亮夫、趙景深主編：《初級中學北新文選》（全六冊），北新書局 1931 年 7 月初版。

新文學比重較大，有魯迅的《論雷峰塔的倒掉》《鴨的喜劇》《聰明人和傻子和奴才》《藤野先生》《狂人日記》，有周作人的《烏篷船》《吃茶》《故鄉的野菜》《苦雨》《一個鄉民的死》《賣汽水的人》《蒼蠅》《山居雜詩》，有朱自清的《綠》《匆匆》《白種人——上帝的驕子》，有葉紹鈞的《伊和他》《沒有秋蟲的地方》，有《笑》《我所知道的康橋》《蟬與紡織娘》《北京的空氣》等散文、話劇，更有《一個小農家的暮》《十五娘》《三弦》《太陽吟》《雨巷》等新詩。

19.江蘇省立中學國文學科會議聯合會主編：《新學制中學國文教科書·初中國文》（全六冊），南京書店 1931－1932 年初

版。

　　新文學作品較多，有魯迅的《聰明人和傻子和奴才》《風箏》《雪》，周作人的《苦雨》《蒼蠅》《爆竹》《先驅》，葉紹鈞的《阿菊》《藕與蓴菜》《母》《沒有秋蟲的地方》等等。文體上側重抒情寫景文，選了冰心的《祝你奮鬥到底》《迎春》《離家的一年》，徐蔚南的《初夏的庭院》《山陰道上》，王世穎的《如此湖山》，俞平伯的《陶然亭的雪》《眠月》，朱自清的《背影》《荷塘月色》《槳聲燈影裡的秦淮河》，劉大白的《生機》，徐志摩的《我所知道的康橋》，等等。

　　20.傅東華、陳望道編：《初級中學用基本教科書‧國文》（全六冊），商務印書館 1931 年 12 月初版。

　　這是一套使用較廣泛的課本，到 1933 年 2 月已印到第 51 版。收錄了魯迅的《風波》《孔乙己》，沈玄盧的《十五娘》，葉紹鈞的《倪煥之》《五月卅一日急雨中》等「暴露現實情狀」的作品。另有魯迅的《風箏》《鴨的喜劇》《聰明人和傻子和奴才》《娜拉走後怎樣》，周作人的《一個鄉民的死》《賣汽水的人》《兩個掃雪的人》，朱自清的《荷塘月色》《背影》，鄭振鐸的《蟬與紡織娘》，冰心的《寄小讀者》《一個軍官的筆記》《笑》，新詩《生機》《渴殺苦》等等。

　　21.《初中一年級國文讀本》（全六冊）、《初中二年級國文讀本》（全六冊）、《初中三年級國文讀本》（全六冊），北平文化學社 1932 年 1 月初版。

　　有魯迅的《故鄉》《風波》《社戲》《孔乙己》《藥》《聰明人和傻子和奴才》《雪》《鴨的喜劇》《端午節》《幸福的家庭》《好的故事》《維新與守舊》《北京通信》《日記二則》《羊與豬》（原題為《一點比喻》），周作人的《烏篷船》《喑辭》《祖先崇拜》

《畫家》《一個鄉民的死》《思想革命》《燕子與蝴蝶》《苦雨》，朱自清、葉紹鈞、鄭振鐸、冰心等人也選得較多，還有《十五娘》《一個小農家的暮》《威權》《生機》等新詩。這是一套選文量較大，新文學篇目占比很高的教材。

22.孫俍工主編：《初中國文教科書》（全六冊），上海神州國光社 1932 年初版。

收楊振聲《濟南城上》、李大釗《今》、周作人《人的文學》、冰心《超人》、魯迅《端午節》、胡適《終身大事》、徐志摩《海灘上種花》、芳草《被繫著的》等。

23.徐蔚南編：《創造國文讀本》（全六冊），世界書局 1932－1933 年初版。

重視周作人小品，共選入 11 篇，如《故鄉的野菜》《北京的茶食》《苦雨》等。還選入劉大白詩文 11 篇。「在徐蔚南這裡，編輯國文教科書成為展示自己立場和趣味的機會。他試圖通過《創造國文讀本》，抹煞魯迅為領導的左翼文學，引導學生親近周作人一派的文學趣味，並閱讀自己參與的『民族主義文藝』。」[10]

24.王伯祥編：《開明國文讀本》（全六冊），開明書店 1932－1933 年初版。

新文學作品比重較大，如周作人的《故鄉的野菜》《吃茶》《蒼蠅》《賣汽水的人》《烏篷船》《兩個掃雪的人》《小河》，魯迅的《秋夜》《孔乙己》《雪》，冰心的《到青龍橋去》《寄小讀者》《一個軍官的筆記》，朱自清的《荷塘月色》《匆匆》，葉紹鈞的《古代英雄的石像》《藕與蓴菜》，俞平伯的《西湖的六月

---

10 李斌：《民國時期中學國文教科書研究》，北京大學 2011 年博士學位
　論文，第 78 頁。

十八夜》《雪晚歸船》，還有《運河與揚子江》《賣布謠》《生機》
等。

25.張鴻來、盧懷琦等編：《初級中學國文讀本》（全六冊），
北平師大附中國文叢刊社 1932 年 8 月初版。

新文學作品比例不算高。收錄王世穎的《虎門》，鄭振鐸的
《蟬與紡織娘》，朱自清的《匆匆》《背影》，冰心的《笑》，楊
振聲的《濟南城上》，魯迅的《聰明人和傻子和奴才》《故鄉》，
葉紹鈞的《小蜆的回家》，陳西瀅的《管閒事》等，比較偏愛蘇
梅（綠漪）的小品，選其《扁豆》《收穫》《買絨線》《鴿兒的通
訊》《小湯先生》共 5 篇。

26.陳椿年編：《新亞教本‧初中國文》（全六冊），上海新
亞書店 1932 年 8 月初版。

偏重反映底層人民痛苦的作品，如《苦鴉子》《這也是個人
嗎？》《生命的價格——七毛錢》《寒曉的琴歌》《漁家》《渴殺
苦》《十五娘》《被系著的》《李成虎小傳》等，另有《鴿兒的通
信》《自由》《威權》《街血洗去後》《倪煥之》等。

27.石泉編：《師範教科書‧初中國文》（全六冊），北平文
化學社 1932－1933 年初版。

收新文學作品近 50 篇，主要有《聰明人和傻子和奴才》《論
雷峰塔的倒掉》《孔乙己》《風波》《鴨的喜劇》《烏篷船》《一個
鄉民的死》《賣汽水的人》《苦雨》《運河與揚子江》《寄小讀者
通信》《背影》《匆匆》《小蜆的回家》《伊和他》《倪煥之》《五
月卅一日急雨中》《威權》《渴殺苦》《一個小農家的暮》《我所
知道的康橋》《大澤鄉》《虎門》等。

28.周頤甫編：《基本教科書國文教本（初級中學用）》（全
六冊），商務印書館 1932 年初版。

　　新文學作品比重較大。主要有《落花生》《伊和他》《背影》《匆匆》《荷塘月色》《人力車夫》《我是少年》《兩個掃雪的人》《漁家》《勞工之神》《山居雜詩》《這也是個人嗎？》《苦鴉子》《一件小事》《笑》《運河與揚子江》等等。選蘇梅、冰心作品較多，均達 6 篇。

　　29.戴叔清（錢杏邨化名）編：《初級中學國語教科書》（全六冊），上海文藝書局 1933 年版。

　　幾乎大半選文都是新文學。第一冊包括徐志摩《泰山日出》，俞平伯《山陰五日記游》，郁達夫《一個人在途上》，鄭振鐸《蟬與紡織娘》，郭沫若《大鷺》（詩），胡適《南高峰看日出》（詩），馮至《遙遙》（詩），聞一多《故鄉》（詩），劉半農《稿子》（詩），魯迅《示眾》，葉紹鈞《隔膜》等。第二冊包括周作人《一個鄉民的死》《鄉村裡的戲班子》，石評梅《社戲》，魯迅《社戲》，郭沫若《芭蕉花》，徐志摩《我的彼得》，石評梅《恐怖》，冰心《紙船》（詩），俞平伯《夜月》（詩），徐志摩《山中》（詩），葉紹鈞《小銅匠》，魯迅《怎麼寫》《忽然想到》《夏三蟲》《恨恨而死》，田漢《南歸》。第三冊包括王統照《烈風雷雨》，葉紹鈞《遺腹子》，冰心《超人》，魯迅《風波》《故鄉》。第四冊有魯迅《〈吶喊〉自序》《過客》，周作人《自己的園地》《故鄉的野菜》，葉紹鈞《藕與蓴菜》，郁達夫《燈蛾埋葬之夜》，徐志摩《我所知道的康橋》，豐子愷《伯豪之死》，石評梅《荒丘》等。第五冊有郭沫若《函谷關》《歧路》《煉獄》《十字架》等。

　　30.傅東華編：《復興初級中學教科書‧國文》（全六冊），商務印書館 1933 年初版。到 1934 年 4 月有的卷冊已印至第 75 版。

　　新文學所占比例達到一半，總數在 50 篇以上。主要有魯迅

的《風爭》《鴨的喜劇》《馬上日記》《秋夜》《聰明人和傻子和
奴才》，周作人的《愛羅先珂君》《賣汽水的人》《畫家》《金魚》
《烏篷船》《祖先崇拜》《喧辭》《自己的園地》，另有《沉默》
《生機》《運河與揚子江》《寄小讀者》《一個軍官的筆記》《街
血洗去後》《五月卅一日急雨中》等等，重視周作人、魯迅是這
套教材的一個特點。

31.馬厚文編：《初中國文教科書》（全六冊），上海光華書
局1933年初版。

收新文學作品比例較高，包括魯迅的《故鄉》《孔乙己》《秋
夜》《論雷峰塔的倒掉》《〈吶喊〉自序》，周作人的《一個鄉民
的死》《賣汽水的人》《兩個掃雪的人》，朱自清的《背影》《荷
塘月色》《月朦朧鳥朦朧簾捲海棠紅》，俞平伯的《清河坊》《雪
晚歸船》《陶然亭的雪》《西湖的六月十八夜》，葉紹鈞的《伊和
他》《寒曉的琴歌》《沒有秋蟲的地方》，冰心的《笑》《赴敵》，
鄭振鐸的《我是少年》，陳衡哲的《運河與揚子江》，等等。

32.羅根澤、高遠公編：《初中國文選本》（全六冊），北平
立達書局1933年初版。

收魯迅的《秋夜》《雪》《風箏》《故鄉》《鴨的喜劇》《父親
的病》《雜感二十五》，周作人的《兩個掃雪的人》《故鄉的野菜》
《自己的園地》《苦雨》，朱自清的《背影》《槳聲燈影裡的秦淮
河》，聞一多的《太陽吟》《口供》，冰心、葉紹鈞、許地山也各
有數篇入選，還有郭沫若的詩劇《棠棣之花》，詩歌《十五娘》
《威權》《樂觀》《一個小農家的暮》《繁星》等。

33.朱劍芒編輯：《朱氏初中國文》（全六冊），世界書局
1933－1934年初版。

特別偏重新文學作品，約占到一半以上，主要包括：蘇梅

《扁豆》《金魚的劫運》《禿的梧桐》《畫》，葉紹鈞《藕與蓴菜》
《沒有秋蟲的地方》《蠶兒和螞蟻》，許地山《落花生》《願》，
朱自清《背影》《秋》《匆匆》《梅雨潭》《荷塘月色》，魯迅《秋
夜》《好的故事》《臘葉》《雪》《最先與最後》，冰心《慈愛的結
束》《寄小讀者通訊》《寄冰弟信》《赴敵》《蓮花》，徐蔚南《我
們快活》《初夏的庭院》《快閣的紫藤花》《莫辜負了秋光》，鄭
振鐸《塔山公園》《雁蕩山之頂》《阿剌伯人》《小孩子》《蟬與
紡織娘》《我愛的中國》，周作人《故鄉的野菜》《思想革命》《祖
先崇拜》《關於三月十八日的死者》等等。新詩的分量很重，郭
沫若、朱湘、劉大白、康白情、俞平伯、胡適等人各有幾首選
入；注意新進作家，如王平陵的《獅子吼》《吳國才之死》《揚
子江的波濤》，鐘敬文的《錢塘江的夜潮》《水仙花》《談雨》，
羅黑芷的《鄉愁》《燈下》，馮至的《遙遙》。

34. 孫俍工編：《中學國文特種讀本》（全二冊），國立編譯
館 1933 年 9 月版。

係因「九一八」和「一二八」而編寫，目的是要喚醒「固
有民族精神」「抵抗外侮」「愛國思想」，收古文和普通文較多，
新文學作品只有楊振聲《濟南城上》、陳西瀅《哀思》、孫俍工
《復仇》（話劇）、羅家倫《軍歌——獻給前線抗日將士》（詩）、
張佐華《恥辱之夜》。

35. 杜天縻編：《國語與國文（師範用）》（全六冊），上海大
華書局 1933 年初版。

新文學占比不高，主要有周作人《故鄉的野菜》，楊振聲《漁
旗子稅》，許地山《落花生》《債》，蘇梅《扁豆》，胡適《健兒
歌》，鄭振鐸《我是少年》《苦鴉子》，羅家倫《軍歌》，葉紹鈞
《這也是個人嗎？》，劉半農《學徒苦》，冰心《祝你奮鬥到

底》，捺根工《勞工之神》等。

36.朱文叔編：《初中國文讀本》（全六冊），中華書局 1933－1934 年初版。

收魯迅《一件小事》《鴨的喜劇》，周作人的《烏篷船》《自己的園地》《苦雨》《志摩記念》，葉紹鈞的《糴米》，茅盾的《當鋪門前》，聞一多《青島》等，還有《春》《運河與揚子江》《虎門》《離別》《海燕》《我所知道的康橋》《海灘上種花》《被系著的》《濟南的冬天》《給亡婦》《海上的日出》等散文小品，以及《十五娘》《人力車夫》《渴殺苦》《生機》《繁星》《答客問》等新詩。

37.孫怒潮編：《初級中學國文教科書》（全六冊），中華書局 1934 年初版。

新文學篇目較多，注重抗日反帝題材如《濟南城上》《五月卅一日急雨中》《五月三十日的下午》《滬戰之第一夜》《戰地的一日》，收魯迅的《風箏》《鴨的喜劇》《秋夜》《〈爭自由的波浪〉小引》，胡適的《差不多先生傳》《東西文化的界線》，蘇梅（綠漪）的《鴿兒的通信》《小湯先生》《扁豆》，鄭振鐸的《我愛的中國》，朱湘的《少年歌》，郁達夫的《立秋之夜》，茅盾的《霧》，巴金的《海上的日出》，葉紹鈞的《小蜆的回家》等等。

38.江蘇省立蘇州中學初中部國文教學研究會沈榮齡等編：《實驗初中國文讀本》（全六冊），上海大華書局 1934 年初版。

收魯迅的《聰明人和傻子和奴才》，葉紹鈞的《小蜆的回家》《伊和他》《母》《藕與蓴菜》《這也是個人嗎？》《阿菊》，朱自清的《背影》《白種人——上帝的驕子》《生命的價格——七毛錢》，周作人的《苦雨》《兩個掃雪的人》《爆竹》，茅盾的《林家鋪子（節選）》，冰心的詩《赴敵》，徐志摩的《想飛》，彭家

煌的《喜期》等。較多揭示社會黑暗的作品如《學徒苦》《瀏河之戰（詩）》《苦鴉子》，還有《濟南城上》《一月二十八夜》《復仇》《虎門》等愛國抗日題材。

39.施蟄存、朱雯等編：《初中當代國文》（全六冊），上海中學生書局 1934 年初版。

新文學作品比例較高，計有魯迅《秋夜》《雪》《聰明人和傻子和奴才》，周作人《小河》《賣汽水的人》《一個鄉民的死》《蒼蠅》《苦雨》《山中雜信》，朱自清《荷塘月色》《背影》《槳聲燈影裡的秦淮河》《白種人——上帝的驕子》，葉紹鈞《藕與蓴菜》《母》《沒有秋蟲的地方》《五月卅一日急雨中》，冰心《到青龍橋去》《一個軍官的筆記》，另有《虎門》《街血洗去後》《濟南城上》《陶然亭的雪》《運河與揚子江》等。

40.江蘇省教育廳修訂國文科教學進度表委員會編注：《初中標準國文》[11]（全六冊），上海中學生書局 1934－1935 年初版。

收魯迅的《風箏》《聰明人和傻子和奴才》，冰心的《超人》《寄小讀者》，蘇梅的《扁豆》《禿的梧桐》，胡適的《鴿子》《四烈士塚上的沒字碑歌》《漫遊的感想》，葉紹鈞的《母》《籃球比賽》《地動》《小蜆的回家》《蠶兒和螞蟻》，豐子愷的《憶兒時》，朱自清的《匆匆》，楊振聲的《濟南城上》，鄭振鐸的《止水的下層》，向培良的《國旗》，陳衡哲的《運河與揚子江》等。

41.趙景深主編：《初中混合國語》（全六冊），上海青光書局 1934 年 5 月改版，1935 年 7 月第六版。

此版本與趙景深主編並由北新書局 1931－1932 年間出版

11　又名「中學標準教本・初中國文」。

的《初級中學混合國語教科書》選文大同小異。

42.夏丏尊、葉聖陶、宋雲彬、陳望道合編:《開明國文講義》(全三冊),開明函授學校 1934 年 11 月初版。

這套教材注重文體和文法教學,新文學作品所占比例不高,主要有小說《孔乙己》《大澤鄉》,散文小品《賣汽水的人》《烏篷船》《背影》《綠》《荷塘月色》《小雨點》《運河與揚子江》《康橋的早晨》《牽牛花》《蠶兒和螞蟻》,詩歌《三弦》《再別康橋》,戲劇《討漁稅》《北京的空氣》等。

43.《初級中學教科書·國文》(全六冊),北平崇慈女子中學校 1934 年版。

只見第二、四冊,收錄冰心《迎春》,陳學昭《清明日》,黃英(盧隱)《蓬萊美景》,冰心《離家的一年》,豐子愷《閒居》,周作人《尋路的人》《賣汽水的人》,魯迅《〈吶喊〉自序》等。

44.大東書局編:《新生活初中教科書·國文》,上海大東書局 1934 年版。

筆者所見冊數不全。收魯迅的《明天》《夏三蟲》等新文學作品。

45.葉楚傖主編[12]:《初級中學國文》(全六冊),南京正中書局,1934－1935 年版。

國民黨黨化色彩較濃,新文學作品比例不高,包括朱自清的《匆匆》《背影》《綠》《秋》《荷塘月色》,俞平伯的《夜月》《花匠》,徐志摩的《泰山日出》《我所知道的康橋》,周作人的《懷念愛羅先珂君》《北京的茶食》《烏篷船》等。偏愛朱自清、俞平伯、徐志摩、周作人、冰心、蘇梅、徐蔚南等人唯美風格

---

12 署名葉楚傖主編,周侯於、沈榮齡、汪定奕、張聖瑜、許夢因選注,汪懋祖複選、編校,孟憲承校訂。

的散文小品。基本不收魯迅、郭沫若、茅盾、田漢等左翼作家的作品。

46.葉楚傖主編[13]:《初級中學教科書‧國文》(全六冊),南京正中書局 1934 年 7 月初版。

與前一套由葉楚傖主編的《初級中學教科書‧國文》大同小異。前一套每冊選 40 篇,此套每冊 50 篇選文,絕大多數選目沒有變化,新文學的選目亦然。前一套教材版次較多,此套教材則未見再版,疑為試用版。

47.葉楚傖主編:《國文(師範用)》(全三冊),南京正中書局 1935 年初版。

選新文學作品極少,只有《寄小讀者》《濟南城上》等寥寥幾篇。

48.葉楚傖主編:《簡易師範學校及簡易鄉村師範學校國文》(全七冊),南京正中書局 1935－1936 年初版。

收徐蔚南《我們快活》《初夏的庭院》,冰心《寄小讀者》《赴敵》,楊振聲《濟南城上》,蘇梅《扁豆》,葉紹鈞《母》《籃球比賽》《蠶兒和螞蟻》《小蜆的回家》《沒有秋蟲的地方》,朱自清《荷塘月色》,袁昌英《遊新都後的感想》,李健吾《從軍》,葉楚傖《牛的覺悟》等,葉紹鈞選文最多。

49.何炳松、孫俍工編:《師範學校教科書甲種國文》(全六冊),商務印書館,1935 年 1 月初版。

收周越《漁村的火》、夏一粟《夜襲》、周近新《民族英雄》(話劇)、王獨清《吊羅馬》等抗日與民族主義主題的作品。重視新詩和兒童文學,如陳醉雲的詩《蜜蜂》《海峽之夜》《能否

---

13 據該書《附言》:由周侯於、沈榮齡、汪定奕三人分任選注,由汪懋祖、孟憲承兩人審校編訂,最後由葉楚傖鑒定付印。

帶找回去》《寒林》，劉大白的詩《賣布謠》，孫毓棠的《城》，
陳伯吹的兒童詩《春天歸來了》《一年四季都好看》《月亮的夜
裡》《警告》《夜姑娘》。

50.顏友松編：《新課程標準初中國文教科書》（全六冊），
上海大華書局 1935 年初版。

有魯迅《秋夜》《幸福的家庭》，周作人《蒼蠅》《烏篷船》
《苦雨齋之一周》《關於三月十八日的死者》，朱自清《背影》
《綠》《匆匆》《白種人──上帝的驕子》，葉紹鈞《母》《伊和
他》《地動》《藕與蓴菜》《五月卅一日急雨中》，另有《落花生》
《運河與揚子江》《荒蕪了的花園》《我是少年》《又是一年春草
綠》等散文小品和《虎門》《濟南城上》《戰地的一日》等反帝
題材。比較重視新詩，收冰心《春水》，郭沫若《春潮》《新芽》，
沈尹默《生機》，劉大白《自然的微笑》，還專設一單元收錄徐
志摩《滬杭車中》，周無《過印度洋》，劉大白《西湖秋泛》，李
大釗《山中落雨》，沈祖年《港口的黃昏》等詩。

51.馬厚文編：《標準國文選》（全六冊），上海大光書局 1935
年初版。

係由前述馬厚文所編《初中國文教科書》（上海光華書局
1933 年初版）改版而來。

52.顧名編：《基本國文》（全二冊），上海教育編譯館 1935
年 4 月初版。

文言文為主，收少量新文學作品：魯迅《二重思想》、周作
人《背槍的人》、朱自清《月朦朧鳥朦朧》、王統照《農家人生
活的一節》、王任叔《給破屋下的人們》。重視新詩，收沈玄廬
《十五娘》，徐志摩《夜鶯歌》《蘇蘇》，劉大白《雙紅豆》，胡
適《威權》，聞一多《洗衣歌》。

53.潘尊行編：《初中精讀國文範程》（全一冊），國立編譯館，1935 年 4 月初版。

收《我是少年》《上山》《路程》《笑》《想飛》《一月二十八夜》《濟南城上》《伊和他》等。

54.夏丏尊、葉聖陶編：《國文百八課》（全四冊），開明書店 1935－1938 年初版。

新文學作品比例不高，主要有魯迅的《孔乙己》《風箏》《鴨的喜劇》《秋夜》，葉紹鈞的《五月卅一日急雨中》《古代英雄的石像》，朱自清的《背影》《荷塘月色》，還有《寄小讀者通訊》《三弦》《一個小農家的暮》《我所知道的康橋》《十五娘》《賣汽水的人》《蘇州夜話》等。

55.朱文叔、宋文翰編：《初中國文讀本（增注本）》（全六冊），中華書局 1935－1936 年版。

係由朱文叔所編《初中國文讀本》（中華書局 1933 年初版）改版而來，抽換了個別篇目，即將《一月二十八夜》（翁照垣）、《一月二十九日》（王禮錫）換成《二漁夫》，將《長城外》（白薇）換成《柏林之圍》，將《赴敵》（冰心）換成黃遵憲的《軍中歌》《旋軍歌》，都是圍繞反抗侵略的文章在做精選和調整。

56.宋文翰主編：《國文讀本（新課程標準師範鄉村師範學校適用）》（全五冊），中華書局 1935－1936 年初版。

新文學作品比例不高，主要有葉紹鈞《母》《暮》《古代英雄的石像》，魯迅《幸福的家庭》，豐子愷《秋》，周作人《自己的園地》等散文小品。熊佛西話劇《臥薪嚐膽》，劉大白《賣花女》，周作人《小河》，徐志摩《蘇蘇》，聞一多《洗衣歌》，朱湘《採蓮曲》，陳夢家《鐵馬的歌》等新詩。

57.南開中學編：《南開中學初一國文教本》（上冊）、《南開中學初二國文教本》（上冊），南開中學 1935 年秋編印。

新文學作品較多，收錄冰心《雲岡》《赴百靈廟途中》《百靈廟》《蓮花》《雨夕》《寄小讀者通訊（一）》，葉紹鈞《藕與蓴菜》《小蜆的回家》《芳兒的夢》《伊和他》《母》《寒曉的琴歌》，蘇梅《扁豆》，朱自清《背影》《荷塘月色》，周作人《畫家》《若子的病》《苦雨》，徐志摩《車眺》《泰山日出》等。

58.盧冠六編：《國語模範讀本》（全一冊），上海三民圖書公司 1935 年 6 月初版，1936 年 2 月第 3 版。

收錄鄭振鐸《蟬與紡織娘》、朱自清《匆匆》、魯迅《馬上日記》、周作人《苦雨齋日記》、朱自清《荷塘月色》、徐蔚南《山陰道上》、郁達夫《燈蛾埋葬之夜》、冰心《一個軍官的筆記》、周作人《兩個掃雪的人》、劉半農《學徒苦》、沈尹默《生機》、冰心《寄小讀者》等眾多新文學作品。

59.盧冠六編：《國語精讀文選（初中小學國語科教學自修適用）》（全四冊），上海三民圖書公司，1936 年 1 月初版，1937 年 4 月第 6 版。

僅見第一冊，收錄有朱自清《荷塘月色》、劉半農《學徒苦》、沈尹默《生機》、冰心《蓮花》等新文學作品。

60.陳介白主編：《初中國文教本》（全三冊），北京貝滿女子中學 1936 年版。

新文學比重較大，包括魯迅《風箏》《秋夜》《鴨的喜劇》《孔乙己》，周作人《北京的茶食》《烏篷船》《賣汽水的人》《兩個掃雪的人》《故鄉的野菜》《蒼蠅》《自己的園地》，以及《荷塘月色》《西湖的六月十八夜》《夢》《寄小讀者》《生機》《三弦》《海灘上種花》等等。周作人作品最多。

61.吳拯寰編：《中學適用標準文選》（全三冊），上海三民圖書公司1936年1月初版，6月再版。

今僅見第一、二冊，收錄有朱自清《記畫——月朦朧，鳥朦朧，簾捲海棠紅》、田漢《春月的下面》（詩）、葉紹鈞《幾種贈品》等新文學作品。

62.朱劍芒編輯：《初中新國文》（全六冊），世界書局1936年12月初版。

這本教材是以朱劍芒所編《朱氏初中國文》（世界書局1933－1934年版）為基礎增刪而來，刪除了一些新文學篇目（新詩居多），增補的新文學篇目有：葉紹鈞《籃球比賽》《地動》《將離》《五月卅一日急雨中》《怎麼能》，綠猗《瓦盆裡的勝負》《小公雞》，周作人《金魚》，魯迅《鴨的喜劇》《雙十節》，冰心《笑》《歸來》，劉大白《自然的微笑》《雪》，茅盾《紅葉》，鐘敬文《黃葉小談》，豐子愷《憶兒時》《秋》，周作人《苦雨》《志摩記念》，俞平伯《西湖的六月十八夜》《陶然亭的雪》《春晨》，郁達夫《釣台的春晝》，朱自清《萊茵河》，郭沫若《五月三十日》，羅黑芷《春日》等。

63.大東書局編輯所：《分組編制自修國文講座》（全二冊），上海大東書局1937年4月初版。

收葉聖陶《伊和他》《小蜆的回家》《母》《隔膜》，朱自清《背影》，豐子愷《憶兒時》，冰心《蓮花》《迎春》，鄭振鐸《我是少年》，沈尹默《生機》，胡適《威權》《李超傳》，周作人《上下身》《自己的園地》，魯迅《老調子已經唱完》《雜感》等。

64.鄭育青、湯際亨編：《修正標準新式初中國文》（全六冊），北平科學社，1937年5月初版。

全書六冊，今僅見第一、三冊，其新文學選目有孫福熙《湖

上》，陳衡哲《運河與揚子江》，芳草《被系著的》，巴金《繁星》，葉紹鈞《沒有秋蟲的地方》《牽牛花》《糶米》，茅盾《紅葉》《當鋪門前》，綠漪《秋色》，冰心《母愛》，老舍《濟南的冬天》，王魯彥《雪》，鄭振鐸《離別》，魯迅《故鄉》《父親的病》《雜感二十五》[14]等。

65.夏丏尊、葉紹鈞合編：《初中國文教本》（全六冊），開明書店 1937 年 6 月初版。

新文學比重較高，如冰心《慈愛的結束》，豐子愷《從孩子得到的啟示》《小雞》，王魯彥《雪》，周作人《賣汽水的人》，朱自清《背影》《給亡婦》，陳衡哲《小雨點》，巴金《朋友》，俞平伯《山陰記游》，葉紹鈞《五月卅一日急雨中》等散文小品，以及魯迅小說《故鄉》，等等。重視新詩，兩冊共設四個詩歌單元，收沈尹默《三弦》、周作人《慈姑的盆》、郭沫若《天上的街市》、胡適《一個星兒》、何植三《采野菜的女孩》、劉半農《一個小農家的暮》、劉延陵《水手》、劉大白《春意》等。

66.宋文翰編：《新編初中國文》（全六冊），中華書局 1937 年 8 月初版。

收魯迅《故鄉》《秋夜》《好的故事》《鴨的喜劇》《雪》，冰心《寄小讀者通訊》《繁星》《夢》《笑》，朱自清《荷塘月色》《背影》《春》，葉紹鈞《糶米》《寒曉的琴歌》《籃球比賽》《蠶兒和螞蟻》，以及《一個小農家的暮》《落花生》《蒲公英》《禿的梧桐》《小河》《生機》《烏篷船》《想飛》《年關》等。

67.蔣伯潛編：《蔣氏初中新國文》（全六冊），世界書局 1937 年初版，1938 年 1 月重排，1938 年 10 月新 4 版。

---

14 原題為《隨感錄二十五》，發表於 1918 年 9 月《新青年》第 5 卷第 3 號，文章批評中國人只會生孩子卻不知道教育孩子。

新文學作品較多，主要有魯迅《秋夜》《聰明人和傻子和奴才》《雪》，胡適《差不多先生傳》，冰心《一個軍官的筆記》《赴敵》《夢》，朱自清《南京》《匆匆》，豐子愷《憶兒時》《華瞻的日記》，汪仲賢《好兒子》，蘇雪林《收穫》《溪水》等。書中收有抗戰題材的《第八支隊》《南口喋血記》，估計是在上海「孤島」區域內發行的教材。

68.楊蔭深編：《職業學校教科書‧初級國文》（全六冊），長沙商務印書館 1938 年 3 月初版。

今只見第二冊，收普通文較多，新文學作品較少，有朱自清《匆匆》、向培良《國旗》、周作人《烏篷船》、豐子愷《養蠶》。

69.中等教育研究會編：《初中國文》（全六冊），天津華北書局 1938 年。

由華北偽政權「臨時政府」教育部組織的中等教育研究會編寫，是淪陷區內最早使用的所謂「國定教科書」教材，其編選以杜絕「排日材料、滿洲國否認」，清除「三民主義」「親蘇容共」等內容以及宣揚「中國固有の道義」「時代の趨勢に順應」「中日滿の親善協力」等為宗旨。[15]現只見第二、六冊，收新文學作品《生機》《風箏》《烏篷船》《差不多先生傳》《糶米》等。從第二冊選目看，多系抄襲宋文翰編的《新編初中國文》（中華書局 1937 年版）而來，但刪除了有關反抗外國侵略的篇目（如李健吾的《從軍》）。

70.教育總署編審會編：《初中國文》（全六冊），新民印書館 1938 年 8 月初版。

---

15 [日]川島真：《日中外交懸案としての教科書問題：一九一〇~四〇年代》，並木賴壽，大里浩秋，砂山幸雄《近代中國‧教科書と日本》，第 382-383 頁。

這套《初中國文》借日寇強制之力，在華北、華東、華中、華南等日占區廣泛發行。這套教材系由宋文翰編的《新編初中國文》（中華書局 1937 年版）增刪而成，刪去了關於孫中山的選目如《孫中山先生的幼年時代》《祭中山先生文》，刪去了反映抵抗外國侵略的《亞美利加之幼童》《少年愛國者》《最後一課》《柏林之圍》《岳飛郾城之戰》等。新文學篇目中刪去了李健吾的《從軍》，但增加了胡適的《我的母親的教育》和魯迅的《孔乙己》。

71.孫俍工編：《抗戰時期中學國文選》（上、下冊），成都誠達印書館，1938 年 2 月初版。

多為通訊、記敘文，包含少量小說，戲劇作品：艾蕪《一傷兵》、黃源《俘虜》、駱賓基《我有右胳膊就行》、靳以《我們的血》、黎烈文《偉大的抗戰》、王統照《夜深沉》、高蘭《東北——我的母親》、蔣山青《盧溝曉月》。

72.王季思、趙建新等編：《初中國文講義》，（福建）南平國民出版社 1940 年 1 月初版，杭州國民出版社 1946 年 3 月第 7 版。

僅見第二、三冊，收錄有胡適《差不多先生傳》，魯迅《好的故事》《生命的路》，楊振聲《濟南城上》，以群《台莊一勇士》，陳西瀅《哀思》，葉紹鈞《養蜂》《蠶兒和螞蟻》，鄭振鐸《海燕》，朱自清《背影》《綠》，麗尼《江南的記憶》等新文學作品。

73.國立編譯館編：《初級中學國文甲編》（全六冊），重慶正中書局 1941 年初版。

這是抗戰時期在國統區使用較廣泛的一套教材，被稱為「部編本」或「國定本」，收《藕與蓴菜》《泰山日出》《禿的梧桐》

《白馬湖之冬》《風雪中的北平》《哀思》《想飛》《我所知道的康橋》《寄小讀者通訊》《地動》《籃球比賽》《荷塘月色》《落花生》《收穫》《紅海上的一幕》等，注重審美性的散文小品。

74.瞿世鎮、盧冠六合編：《中學國文讀本》（全六冊），上海春江書局 1941 年 8 月版，上海三民圖書公司 1947 年 8 月新 5 版。

僅見第 1、3 冊，收新文學作品不多，有郭沫若《新生活日記》、冰心《山中雜記》、胡適《南高峰看日出》、葉紹鈞《養蜂》、趙景深《雜耍》等。

75.譚正璧編：《國文入門》（全一冊），上海世界書局 1944 年 11 月初版。

抗戰時期在上海及周邊淪陷區發行的一本自修教材，收郁達夫《苧蘿村》、鄭振鐸《塔山看日出》、王統照《湖畔》、葉紹鈞《牽牛花》、黃英《雷峰塔下》、沈從文《給一個大學生》等。

76.譚正璧編：《國文進修》（全一冊），上海世界書局 1944 年初版。

收許地山《落花生》、黃炎培《溪口》、徐志摩《西湖日記一則》、冰心《寄母親》、陳源《聽琴》、胡適《歐遊道中》、魯迅《〈草鞋腳〉小引》等。

77.葉聖陶、郭紹虞、周予同、覃必陶主編：《開明新編國文讀本（甲種）》（全六冊），開明書店出版。其中第一冊於 1943 年 1 月出版，第二冊於 1946 年 11 月出版，第三至六冊於 1947 年出版。[16]

新文學比重很高，達一半以上，除收《孔乙己》《故鄉》《聰

---

16 版次資訊據劉國正主編：《葉聖陶教育文集》第 4 卷，北京：人民教育出版社，1994 年，第 45—50 頁。

明人和傻子和奴才》《風箏》《一件小事》《一個小農家的暮》《背
影》等抗戰前的老篇目外，大量收錄抗戰以來的新作，如蕭紅
《火燒雲》(《呼蘭河傳》之一節)，蘆焚《郵差先生》，艾青《太
陽的話》，夏衍《野草》，沈從文《辰州途中》《常德的船》，茅
盾《「拉拉車」》，卞之琳《垣曲風光》，葉聖陶《春聯兒》，冰心
《從昆明到重慶》《我的同班》，朱自清《飛》，茅盾《白楊樹》，
袁俊《萬世師表》，蕭乾《戰後訪阿爾卑斯》等。

　　78.朱廷珪、朱翔等編：《初中國文選讀》（全六冊），上海
土山灣印書館 1946 年 1 月初版。

　　收錄有朱自清《背影》《荷塘月色》，魯迅《故鄉》《鴨的喜
劇》《風波》《雪》，周作人《烏篷船》，黃英（廬隱）《蓬萊美景》，
胡適《差不多先生傳》《上山》，以及葉紹鈞、陳衡哲、鄭振鐸、
巴金、蘇梅的作品，冰心入選的作品最多。

　　79.汪懋祖編：《初中適用國文精選》（全六冊），正中書局
1948 年 1 月初版。

　　收新文學作品特別少，只有羅家倫《玉門出塞歌》、朱自清
《綠》、徐蔚南《快閣底紫藤花》、沈從文《辰州途中》、陳源《成
功》、徐志摩《泰山日出》、梁啟超《歐遊心影錄‧楔子》。

　　80.王任叔、宋雲彬等編：《新編初中精讀文選（語體文）》
（全六冊），文化供應社 1949 年 7－8 月初版。

　　收張天翼《蒼蠅們的關心》，蕭紅《火燒雲》，劉延陵《水
手》，魯迅《聰明人和傻子和奴才》《風箏》《一件小事》《記念
劉和珍君》《孔乙己》《故鄉》，鄭振鐸《海燕》，葉聖陶《糶米》
《蠶兒和螞蟻》，茅盾《當鋪門前》，朱自清《背影》，郭沫若《天
上的街市》，卞之琳《給修築飛機場的工人》，豐子愷《華瞻的
日記》《養蠶》，葉聖陶《赤著的腳》《春聯兒》，茅盾《白楊禮

贊》，曹禺《黃省三》(《日出》節選)，趙樹理《小二黑結婚》，以及《白毛女》等。

81.新時代編譯社編輯：《新國語文選（初級中學適用）》，世界書局 1949 年 8 月初版。

僅見第一冊，收馬凡陀《送軍糧》、史震林《散記》，豐子愷《憶兒時》，葉紹鈞《藕與蓴菜》《古代英雄的石像》，魯迅《聰明人和傻子和奴才》《雪》，朱自清《背影》，賀敬之《楊喜兒過年》，夏丏尊《自發的更新》，以及胡征《強渡黃河》等。這是上海解放初期因應政治形勢而編的，收入了一些解放區的作品。

以上考察的都是初中國文教材，高中國文教材大都以文言文和學術文為主，其中只有極少數教材較重視或不忽視新文學，主要是下面幾種：

1.吳遁生、鄭次川編輯：《新學制高級中學國語讀本·近人白話文選》（全二冊），商務印書館 1924 年 4 月初版，1929 年 9 月第 7 版。

收新文學作品較多，有周作人《悼愛羅先珂君》《遊日本雜感》，徐志摩《曼殊斐爾》，葉紹鈞《義兒》《雲翳》，冰心《夢》，盧隱《華嚴瀧下》，郭沫若《牧羊少女》等等；尤其重視新詩，收有 30 首，包括胡適《一念》《老鴉》《樂觀》《平民學校校歌》，俞平伯《春水船》，陳衡哲《鳥》，康白情《紫躑躅花之側》，沈尹默《生機》，劉半農《無聊》《鐵匠》《擬裝木腳者語》，劉延陵《水手》，徐志摩《西伯利亞》《哀曼殊斐兒》，聞一多《死水》《也許》，冰心《歧路》《安慰》《哀詞》《使命》《繁星》，汪靜之《我願》《海濱》，宗白華《流雲》《園中》，郭沫若《司春的女神歌》，雪峰《落花》，等等。

2.《高中一年級國文讀本》（全五冊），北平文化學社 1932 年版。

收聞一多《洗衣歌》，周作人《平民的文學》《愛的成年》，魯迅《死後》《過客》《吶喊・自序》，俞平伯《西湖的六月十八夜》，陳衡哲《洛綺思的問題》，鄭振鐸《記念徐志摩先生》，胡適《美國的婦人》《新思潮的意義》，徐志摩《海灘上種花》等。

3.羅根澤、高遠公編：《高中國文》（全六冊），北平文化學社 1932－1933 年版。

收《槳聲燈影裡的秦淮河》《十五娘》《故鄉》《海灘上種花》《西湖的六月十八夜》《洗衣歌》《娜拉走後怎樣》《壓迫》《赴敵》《Lobilicht 的塔》《夜鶯歌》。

4.杜天縻、韓楚原編：《高中國文》（全六冊），上海世界書局 1933 年 8 月初版。

收魯迅《狂人日記》《從百草園到三味書屋》，冰心《寄小讀者通訊》《山中雜記》，豐子愷《秋》，劉大白《賣花女》，丁西林《壓迫》，俞平伯《雪晚歸船》，茅盾《霧》，葉紹鈞《古代英雄的石像》，郭沫若《棠棣之花》。

5.天津南開中學編：《南開中學高一國文教本》（上下冊），1934 年秋印。

收俞平伯《潮歌》、胡適《南高峰看日出》、徐志摩《泰山日出》、鄭振鐸《蠶與紡織娘》等新文學作品。

6.朱自清、呂叔湘、葉聖陶、李廣田編：《開明新編高級國文讀本》（全二冊），開明書店 1948 年初版。

新文學比重極高，占到 80%以上，除收魯迅《社戲》《藤野先生》，郭沫若《地球！我的母親！》等抗戰前篇目外，更大量選入抗戰以來新作品，如葉聖陶《鄰舍吳老先生》、張天翼《華

威先生》、康白情《一封沒寫完的信》、朱自清《文人宅》、李廣
田《活在謊話裡的人們》、曹禺《蛻變》等。重視新詩也是這套
教材的一個特點。

另外，略略選入幾篇新文學作品的高中教材還有：（1）史
本直編《國文研究讀本》（全四冊，上海大眾書局 1933 年 6 月
初版），收魯迅《故鄉》《孔乙己》《秋夜》，胡適《不朽》。（2）
羅根澤、高遠公主編《高中國文選本》（全六冊，北平立達書局
1933 年 8 月初版），收丁西林《壓迫》、陳源《成功》等少量新
文學作品。（3）施蟄存、朱雯等編《高中當代國文》（全六冊，
上海中學生書局 1934 年 1 月初版），收胡適《漫遊的感想》、周
作人《吃茶》、魯迅《孔乙己》、葉紹鈞《古代英雄的石像》。（4）
宋文翰、張文治編《新編高中國文》（全六冊，中華書局 1937
年初版），收魯迅《幸福的家庭》、周作人《〈近代散文鈔〉序》、
熊佛西《臥薪嚐膽（第二幕）》，以及新詩四首（劉大白《賣花
女》、徐志摩《蘇蘇》、聞一多《洗衣歌》、朱湘《採蓮曲》）。（5）
（偽）教育總署編審會編《高中國文》（全六冊，北平新民印書
館 1939 年 12 月印行），基本由宋文翰、張文治所編《新編高中
國文》（1937）增刪而來，收新詩四首：劉大白《賣花女》，徐
志摩《蘇蘇》《哀曼殊斐爾》，朱湘《採蓮曲》。

總體來看，抗戰前的 30 年代是中學國文教材出版最為活躍
的時期，其中初中國文教材絕大多數都樂於選擇新文學作品，
很多時候選目都比較接近。魯迅、周作人、胡適、葉紹鈞、朱
自清、俞平伯、冰心、鄭振鐸、蘇綠漪等十多位新文學家是絕
大多數教材都會選到的，而且入選量都居於前列。魯迅的《故
鄉》《孔乙己》《鴨的喜劇》《風箏》《秋夜》《聰明人和傻子和奴
才》，周作人的《烏篷船》《賣汽水的人》《一個鄉民的死》《自

己的園地》，朱自清的《背影》《荷塘月色》《匆匆》等名篇都是常常被選的。從上面列舉的新文學篇目我們也大體可以看出二三十年代國文教材普遍的「社會本位」的傾向——偏愛反映社會問題、階級矛盾和底層困境的作品（如《十五娘》《故鄉》《賣汽水的人》《一個鄉民的死》），偏愛抗日反帝題材作品（如《虎門》《濟南城上》《赴敵》），等等。當然，與此同時也有一種純文學的趣味出現在一些教材中，它們大量選入朱自清、俞平伯、冰心、蘇梅、徐蔚南等人的唯美主義風格的散文小品，這大概是為了體現「美育」目標或「文學欣賞」目標。國文教育家余冠英曾批評這類教材說：「坊間教本裡的文藝作品，多數是抒寫小小情事的短篇，在形式和內容兩方面都該算作『小品』的東西。少有沉重的、強健的，關係到人生大問題的那一類。這樣會使學生誤會文藝就是這麼纖柔小巧的玩藝兒，養成的興趣便不會正確，影響當然是不好的。」[17]這說明在這一時期的中學國文教育觀念中，社會本位的傾向還是壓倒了文學本位的傾向。

　　以上考察的幾十種教材絕大多數都是民間編選和出版的。官方色彩的國文課本自 30 年代起陸續出現，雖然種數很少，但由於官方的力量，發行和使用範圍卻是不小。這類官方性質的教材包括由葉楚傖署名主編的幾本，以及由政府強制推行使用的所謂「國定本」《初級中學國文甲編》。葉楚傖掛名主編的《初級中學國文》（正中書局 1934－1935 年版）發行量比較大[18]。葉楚傖當時是國民黨中央宣傳部長，正中書局也是國民黨的官

17　余冠英：《坊間中學國文教科書中白話文教材之批評》，《國文月刊》第
　　17 期，1942 年 11 月。
18　其第 1 冊在一年多的時間內即已印至第 33 版。

辦書局，這種官方身份決定了其黨化教育面目。所以它們不僅迅速回應蔣介石發動的「新生活運動」，還大量收入孫中山、蔣介石、汪精衛等黨國要人的文章。新文學篇目中像《在雪夜的戰場上》（盛炯）、《遊新都後的感想》（袁昌英）、《龍潭之役》（徐鶴林）等歌頌國民黨的作品也很多，右翼文人如羅家倫、徐蔚南、蘇梅等人的作品紛紛被選，魯迅、郭沫若、茅盾等左翼作家則一篇不選。而所謂的「國定本」《初級中學國文甲編》是教育部按照蔣介石的手諭組織人員編輯的，於抗戰時期的重慶出版暫行本，抗戰勝利後又出修正標準本並在上海出版。它秉承國民黨文化復古思想和黨化教育思想，一方面完全遮罩了魯迅、郭沫若、茅盾等左翼作家和已作了漢奸的周作人等，另一方面則大選特選合乎蔣委員長提倡的「忠孝仁愛信義和平」等所謂民族傳統美德的作品，如胡適的《我的母親》、冰心的《寄小讀者通訊（十）》、葉紹鈞的《地動》、朱自清的《背影》、冰心的《南歸序引》等等。編者稱《寄小讀者通訊（十）》「就中寫母子之愛，極為摯切動人」[19]；《背影》令編者「倍覺親子之愛，高於一切」[20]，而《南歸序引》「抒寫母女間之感情，其為親子之愛則一也」[21]。

　　抗戰時期國統區的國文教材出版大致分三種情形：一是在抗戰初期幾年大量重版和翻印 30 年代商務、中華、世界、開明等書局出版的教材，二是在抗戰中後期大量推廣使用所謂的「國定本」《初級中學國文甲編》，三是在某些地區曾少量新編國文

---

19 國立編譯館主編：《初級中學國文甲編（第二次修訂本）》第 2 冊，上海：中華書局，1947 年，第 48 頁。
20 教育部教科用書編輯委員會編：《初級中學國文甲編》第 5 冊，國定中小學教科書七家聯合供應處印行，第 104 頁。
21 教育部教科用書編輯委員會編：《初級中學國文甲編》第 5 冊，第 105 頁。

教材，尤其是為抗戰服務的國文補充讀本，如孫俍工編的《抗戰時期中學國文選》（成都誠達印書館1938年2月）和《戰時初中國文》，廣州特種教育社出版的《戰時國語讀本》（1937年11月），汪馥泉編選的《戰時初中國文》（廣州救亡出版部1938年2月），趙景深編的《戰時初中文選》（廣州北新書局 1938年5月），葉聖陶編的《開明戰時活頁文選》（開明書店 1938年版），等等。它們大多圍繞抗戰主題和民族意識、愛國主義來選文，除古代作品外，語體文包括通電、通訊報導、時論、名人演講等，純正的新文學作品不算太多。有的國文補充教材「專選抗戰發動以後的作品」，以「使讀者得到現實之感」[22]。抗戰後期，國民黨政府壟斷教材出版，不許民營書局再自行編選和出版新的國文教材，而只是承擔「國定本」的印刷、發行任務。因為戰時物資匱乏，出版印刷能力所限，再加之政府的教材統制，在國統區只有個別地區如廣西省曾組織新編了國文教材《初中精讀文選》。這套教材由桂林文化供應社於1940年秋開始編寫，到1943年春季出齊六冊，供廣西一省中學教學之用。據編寫者之一葉蒼岑回憶，「除選入傳統的名家名篇外，還廣泛地翻閱了『七七』事變以來抗日戰爭前五年出版的報章、雜誌，選取了當時知名作家的新作，例如茅盾的《風景談》」[23]。

　　抗戰及解放戰爭時期的中共解放區也編寫出版了一些中學國文教科書，現在筆者所能看到的且選載有新文學作品的主要有：

　　1.《中級國文選》（全四冊），範文瀾、葉蠖生、齊燕銘等

---

22 葉聖陶：《選輯後言》，《開明戰時活頁文選》，上海：開明書店，1938年。
23 葉蒼岑：《我從事語文教學研究工作的三個階段》，劉國正主編：《我和語文教學》，第45-46頁。

五人編，新華書店 1942 年 3 月初版，1943 年 5 月訂正版，1943
年 9 月再版，另有山東新華書店 1944 年 4 月版，華北新華書店
1945 年版，冀南書店版等多種翻版。各版本先後收錄有魯迅《一
件小事》《魯迅自傳》《藥》，沈尹默《生機》《人力車夫》，鄭振
鐸《桂公塘》《荒蕪了的花園》，蘇雪林《禿的梧桐》，陳衡哲《運
河與揚子江》，巴金《海上的日出》，茅盾《當鋪門前》，葉紹鈞
《穭米》《古代英雄的石像》及抗戰通訊《一月二十八日夜》等
新文學作品。

2.《中等國文》（全三冊），陝甘寧邊區教育廳編，1945 年
5 月編成，有新華書店 1946 年 5 月版，華北新華書店 1946 年 5
月版、新華書店晉察冀分店 1946 年 6 月版等多種版本和翻印本。
重視應用文體，不重視文學作品，收入魯迅作品較多（11 篇），
包括《孔乙己》《一件小事》《阿 Q 正傳》《非攻》和《林克多
〈蘇聯見聞錄〉序》《我們不再受騙了》《大眾並不如讀書人所
想像的愚蠢》等雜文，另有茅盾《大地山河》等不多的幾篇新
文學作品。

3.《高中文選》（第 1、2 輯），合江省政府教育廳編審委員
會編審，東北書店 1946 年版。收草明《沙漠之夜》《馬老太太
之死》，白刃《爬雪山過草地》，李雷《記父親》（詩），丁玲《「海
燕」行》，舒群《歸來人》，李雷《記李春林》（詩），馮仲雲《抗
聯的父親——李老頭》等通訊報告、小說和詩歌。

4.《初中國語》（全六冊），膠東中學教材編委會編，膠東
區行政公署教育處審定，1945－1946 年出版。目前只見第二、
三、六冊，選魯迅的《阿 Q 正傳》（節選）、《沖》《中國語文的

新生》等[24]。

5.《國文（初級中學用）》。東北政委會編審委員會編，新華書店東北總分店 1947 年 11 月版，東北書店 1948 年版。僅見第二、四冊，收錄李大釗《今》，茅盾《大地山河》《風景談》，馮仲雲《抗聯的父親——李老頭》等少量新文學作品。

6.《中學國文選》（全三冊），關東公署教育廳編選，大連大眾書店 1948 年版。收魯迅《聰明人和傻子和奴才》《一件小事》、鄭振鐸《桂公塘》等。

7.《中等國文》（全六冊），王食三、韓書田、李光增等五人編，先後經晉察冀邊區行政委員會教育處、華北人民政府教育部審定，有新華書店 1948 年 3 月版，晉察冀新華書店 1948 年 3 月版，華北新華書店 1948 年 9 月第 3 版，冀魯豫新華書店 1948 年 12 月初版，天津新華書店 1949 年 3 月第 3 版等眾多版次和翻印本。收錄魯迅的《大眾並不如讀書人所想像的愚蠢》《給顏黎民的信》《一件小事》《不識字的作家》（《門外談文》節選），鄭振鐸的《桂公塘》，茅盾的《當鋪門前》，葉紹鈞《古代英雄的石像》，茅盾《大地山河》《五月三十日下午》，葉紹鈞《五月三十一日急雨中》，王希堅《被霸佔的田地》，趙樹理《地板》，周而復《諾爾曼·白求恩斷片》等。

8.《國語文選（中學課本及青年自學讀物）》，于敏、李光家、陳光祖等編，山東省政府教育廳審定，華東新華書店 1948 年 9 月初版。目前只見到 1－4 冊，選有魯迅的《鴨的喜劇》《孔乙己》，朱自清的《背影》，葉紹鈞的《古代英雄的石像》，趙樹理的《地板》，茅盾的《大地山河》，孔厥的《鳳仙花》，周而復

24據陳漱渝主編：《教材中的魯迅》，第 143—144 頁。

的《諾爾曼·白求恩斷片》等作品。

9.《國語文選（初級中學適用）》，于敏、李光家、陳光祖等編，中原新華書店 1949 年 3 月版，皖北新華書店 1949 年 7 月初版。基本上是以《國語文選（中學課本及青年自覺讀物）》為基礎稍作增刪而來，選文情況大體相同。

10.《初中國文》（全六冊），王食三、韓書田等五人編，新華書店 1949 年 4 月版。選魯迅的《一件小事》《不識字的作家》《孔乙己》《林克多〈蘇聯見聞錄〉序》，以及《鞋子不見了》《劉二保扇汗》《剝皮老爺》《石明三的轉變》《衛生員朱同義》《小二黑結婚》《諾爾曼·白求恩斷片》等解放區文學。

11.《初中臨時教材·國文》（全六冊），東北行政委員會教育部編，東北新華書店 1949 年 5 月版。收王希堅《被霸佔的田地》、周而復《諾爾曼·白求恩斷片》、陸定一《老山界》、朱德《母親的回憶》等解放區文學以及斯坦貝克《憤怒的葡萄》等，文學作品不多。

12.《高中臨時教材·國文（專科學校適用）》，東北行政委員會教育部規定，東北書店 1949 年 5 月初版。只見第一、三冊，收魯迅《故鄉》《徒然的篤學》（譯文），鄒韜奮《紐約的貧民窟》，周而復《諾爾曼·白求恩斷片》，高爾基《海燕》，斯諾《毛澤東印象記》等文章。

13.《高中臨時教材·國文》，東北行政委員會教育部編審，東北書店 1949 年 5 月印行。只見第一、三、五冊，選魯迅的《故鄉》《藤野先生》《狂人日記》《為了忘卻的記念》《徒然的篤學》等。

14.《高級中學試用課本·語文》，萬曼、劉永之編，開封新華書店 1949 年 6 月版。收魯迅《孔乙己》《魯迅說他自己》

《論創作怎樣才會好——答北斗雜誌問》《論「費厄潑賴」應該緩行》，另收白朗的《老母親》、周立波的《沁源人》、茅盾的《西蒙諾夫訪問記》等。

15.《高級中學適用課本・國語》，萬曼、劉永之、杜子勁、奚須選編，中原新華書店 1949 年 8–9 月版。選魯迅的《孔乙己》《論「費厄潑賴」應該緩行》《〈解放了的董·吉珂德〉後記》《自傳》等[25]。

16.《高中活頁文選》，韓啟晨編，西北新華書店 1949 年 8 月版。收魯迅《對左翼作家聯盟的意見——在左翼作家聯盟成立大會講》《論「打落水狗」》，另有郭沫若、趙樹理、劉白羽等人作品。

17.《高中國文》（全六冊），周靜、張山、王樸編，新華書店 1949—1950 年初版。選入魯迅的《為了忘卻的記念》《辱罵和恐嚇決不是戰鬥》《論「費厄潑賴」應該緩行》《對左翼作家聯盟的意見》《我們不再受騙了》等文。

18.《初級中學適用臨時課本・初中國文》（全六冊），上海聯合出版社臨時課本編輯委員會編，上海聯合出版社 1949 年 8 月初版。目前僅見第一、三、五冊，收錄的主要是與蘇聯相關的文章、通訊紀實文章、革命領袖文章、解放區文學（如《被霸佔的田地》《李有才板話》《鞋子不見了》《劉二保扇汗》《剝皮老爺》《白求恩大夫》），以及魯迅文章（如《自傳》《給顏黎民的信》）。這套教材實際上是以王食三等五人編選的《初中國文》為底本略加增刪而來。

19.《高級中學適用臨時課本・高中國文》（全六冊），華北

---

25 筆者所見不全，此處據陳漱渝主編：《教材中的魯迅》，第 154 頁。

人民政府教育部教科書編審委員會編輯，華北聯合出版社 1949年 9 月再版[26]。只見一、二、三冊，收華山《英雄的十月》，劉白羽《光明照耀著瀋陽》，魯迅《為了忘卻的記念》《祝福》《我們不再受騙了》，蕭紅《回憶魯迅先生》，夏衍《野草》，郭沫若《杜鵑》《蒲劍·龍船·鯉幟》，阮章競《圈套》，趙樹理《小二黑結婚》《傳家寶》，茅盾《白楊樹》《莫斯科運河》，孫犁《荷花澱》，俞平伯《山陰五日記游》，丁玲《三日雜記》，吳晗《哭一多父子》，馬可《夫妻識字》，張志民《死不著》，馬烽、西戎《砍樺林》，以及《白毛女》。

　　上述這些解放區教材有的相互間存在傳抄關係，除翻印、改版外究竟有多少獨立的套數一時難以搞清楚。總體來說，解放區的教材比較重視應用文體和普通文章，文學作品的比例較低。1946 年陝甘寧邊區教育廳制定的《初中國文課程標準草案》規定各學年精讀文文體比重為：應用文 16%，普通文（記敘文、說明文、議論文）48%，文藝文 16%，語文規律的說明 20%。[27]實際上，文藝文不僅比例低而且主要限於以魯迅為代表的左翼文學和解放區文學。李斌在其考察的 10 套解放區中學國文教材中發現共選有魯迅作品 27 篇，出現 40 次，其中雜文最多，出現了 16 篇，其任務主要是樹立學生「革命的人生觀」。[28]解放區教材也重視采選解放區內的文學創作，即那些被稱之為「工農兵文學」的作品。以 1949 年出版的《臨時課本·高中國文》為例，它的第一冊除了魯迅、茅盾、郭沫若、夏衍這些左翼文

26　又有標注為「上海聯合出版社臨時課本編輯委員會編輯」「上海聯合出版社出版」的版本。

27　參見周慶元：《語文教育研究概論》，長沙：湖南人民出版社，2005 年，第 204 頁。

28　李斌：《民國時期中學教材中的魯迅作品》，《語文建設》2013 年第 8 期。

學家的作品外，還包括大量解放區文學，如華山、張志民、馬可、馬烽和西戎、阮章競、劉白羽、趙樹理、孫犁、丁玲等人的作品。與此同時，在二三十年代國文教材中被熱選的葉聖陶、朱自清、俞平伯、冰心、胡適、周作人、蘇綠漪、徐志摩、劉大白等人的作品則無緣進入解放區課本。解放區的教育工作者們說：「我們編選教材，十分重視結合實際。從選材內容來講，要緊密結合當時的政治鬥爭、軍事鬥爭和階級鬥爭……我們的語文課為了配合當時開展的『保田、保家鄉』運動，就先後選教了《傷亡登記簿上的第一名》《強渡黃河》《丹娘》等課文，以進一步鼓舞青年學生的鬥爭意志，堅持不懈地與敵人開展鬥爭。1947年，轟轟烈烈的土改複查運動開始了，我們又選教了《祝福》《小二黑結婚》《二燒震東市》等課文，讓學生進一步認識封建制度的不合理，自覺地、積極地投入到當時的土改複查運動中去。」[29]教材與實際工作相結合，自然並不重視純文學而是青睞通訊、報告之類宣傳性文學。

二、教材編排模式與新文學的接受

一本教材除了選文還有編排問題，把一個作品編排到什麼位置往往意味著編選者對它的教育功能的設定，也反映了教材編者對該作品思想內涵和價值意義的理解與判斷。而反過來說，教材的編排處理方式也會影響到學生對該作品的認識和接受（價值方面的）。以魯迅的《一件小事》為例。朱文叔編的《初中國文讀本》第二冊在選錄此文時掐頭去尾，只摘錄了中間部

---

29 陳明西：《語文教學工作二三事》，《老解放區教育工作回憶錄》，上海：上海教育出版社，1979年，第173—175頁。

分的故事作為課文。朱文叔節略的文字有：

> 我從鄉下跑到京城裡，一轉眼已經六年了。其間耳
> 聞目睹的所謂國家大事，算起來也很不少；但在我心裡，
> 都不留什麼痕跡，倘要我尋出這些事的影響來說，便只
> 是增長了我的壞脾氣，——老實說，便是教我一天比一
> 天的看不起人。
>
> 但有一件小事，卻於我有意義，將我從壞脾氣裡拖
> 開，使我至今忘記不得。
>
> 我因此也時時熬了苦痛，努力的要想到我自己。幾
> 年來的文治武力，在我早如幼小時候所讀過的「子曰詩
> 云」一般，背不上半句了。獨有這一件小事，卻總是浮
> 在我眼前，有時反更分明，教我慚愧，催我自新，並且
> 增長我的勇氣和希望。

掐去上述文字顯然不是嫌其囉唆或是篇幅太長，而是要避
政治忌諱，或者是因為他看待此文的特殊眼光，即不是從社會
政治批評（所謂「國家大事」和「文治武力」）而是從人格教育
意義的角度來看待《一件小事》。這其實從教材的編法中就有跡
可尋。朱文叔將《一件小事》安排在教材第七單元「做人態度
的表白和論述」之中，稱《一件小事》的內容是「懺悔自己對
人之錯誤」[30]。與此教材配套的《初中國文讀本參考書》中也
對這篇課文進行了如下的教學提示：「……全篇絕無教訓的話，
卻能給與（予）人們以很深刻的教訓。」又佈置了如下習題：「你

---

30 朱文叔編：《新課程標準適用初中國文讀本第二冊教材支配表》，《初中國
　文讀本》第2冊，上海：中華書局，1933年，第3頁。

有自認為對人抱歉的事麼？老老實實的（地）把它寫出來。」[31] 編選者設定的這種教育目標（「做人態度」），決定了其肢解《一件小事》的做法。

總之，不管是編者對作品內涵的理解還是所秉持的教育理念和所欲實施的教育目標，都會反映到教材的編組方式上去。而這些編組方式又成了學生接受新文學作品的影響因素，甚至是決定了學生們對於作品的理解和情感、價值判斷。下面我們就從那些國文教材的編組方式來看其對新文學作品的處理方式和效果。

早期的中學國文教材還沒有體例設計，大多只有選文和簡單的注釋，有的甚至連注釋都沒有，更沒有分單元或編組，往往是各種文章雜湊在一起，這其實只是文章選本，還不是現代意義上的課本。但進入 20 年代以後，情況有所改觀，單元編組、練習設計等體例逐步形成和完善。因為新文化運動的衝擊，新思潮的激盪和社會問題討論的熱潮影響了國文教材的編寫，體例上也開始採用按社會問題或人生問題分組編排選文的做法，後來又逐漸發展到按教育功能（思想道德、人格教育、社會教育、美育等）和文體（記敘文、寫景文、說明文、議論文、新詩等）來編組和設置單元。

社會問題式編組方式在 20 年代前半期最為盛行。20 年代初浙江第一師範校長經亨頤力倡新文化，聘請陳望道、劉大白、李次九、夏丏尊分別擔任四個年級的國文教師。這四人自編教材，依照人生問題、家族問題、貞操問題、文學問題等分門別類地選輯了一百多篇文章，多為當時刊物上發表的新作，包括

---

31 張文治、喻守真、張慎伯編：《初中國文讀本參考書》第 2 冊，上海：中華書局，1934 年，第 258、259 頁。

魯迅的《狂人日記》等，要讓學生瞭解人生真義與社會現象。這些國文講義後來由上海新文化書局以「社會問題討論集」「婦女問題討論集」等名義出版。[32] 1922 年，周予同在《教育雜誌》上撰文談「教材的排列」時說：「我主張採取第二種的方法，就是以問題為主綱，以各種文體不同的文章為內容。譬如說『人生問題』，可將陳獨秀的《人生真義》、李大釗的《今》、胡適的《不朽》等聚在一氣教授；又如說『文學革命』問題，可將蔡元培的《國文之將來》、胡適的《建設的文學革命論》、錢玄同的《嘗試集序》等聚在一氣教授；又如說『婦女問題』，可將胡適的《李超傳》、潘家洵譯的易卜生《娜拉》等聚在一氣教授。」這樣編排，「同一問題，各人的文體不同，各人的思想不同，很可以鼓起學生的興趣，一方面瞭解文藝表現的方法，而一方面對於該問題發生深沉研究的動機」[33]。1922 年底至 1923 年初陸續出版的由沈仲九和孫俍工編的《初級中學國語文讀本》也是按社會問題來編組課文的。比如一年級教材中組織了《美國的婦人介紹》《桑格爾夫人》《女子的根本要求》等五篇討論婦女問題的文章，葉紹鈞的《母》便被置於其中。

　　由於國文教育界越來越多的人批評社會問題式教材偏離了「讀寫能力訓練」這一國文教育的主旨，單純的社會問題式選文編組法日漸受到衝擊。但由於中國社會本身的問題重重，所以這種編組方式依然擁有頑強的生命力，一直延續到了 30 年代。

　　1932－1933 年出版的《新亞教本・初中國文》自稱「教材

32 曹聚仁：《我與我的世界》，太原：北嶽文藝出版社，2001 年，第 148 頁。
33 周予同：《對於普通中學國文課程與教材的建議》，《教育雜誌》第 14 卷第 1 號，1922 年 1 月。

的編輯純以某問題或中心思想為軸心聯繫各篇成為一組，合若干組成一冊」[34]。其第一冊為「實生活的體認」，分為「經濟方面」「社會方面」「政治方面」，每組選文 10 篇，單元後討論經濟生活、經濟制度、生產與分配、家庭組織、財產繼承、婦女地位、兒童教育、人口販賣、童養媳與童工、貞操、壓迫的系統、租稅制度、官僚政治、內戰與兵役等問題。劉綱的《兩個乞丐》、大悲的《哭中的笑聲》、沈玄廬的《石子》、鄭振鐸的《苦鴉子》、葉紹鈞的《這也是個人嗎？》、朱自清的《生命的價格——七毛錢》、葉紹鈞的《寒曉的琴歌》、汪敬熙的《雪夜》、楊振聲的《漁家》、許傑的《山徑》等新文學作品就被放在這些社會問題之中。第三冊分四組：「民族解放」組收《街血洗去後》《倪煥之》；「勞工」組收《磨面的老王》（楊振聲）等；「勞農」組收劉大白的《渴殺苦》、玄廬的《十五娘》《李成虎小傳》和徐玉諾的《到何處去》等。

朱文叔編的《初中國文讀本》第四至六冊也明顯圍繞社會熱點問題編排課文。如第四冊的八個單元中包括「教育事實與理想之描畫」（其中張天翼的《學費》和葉紹鈞的《養蜂》皆「暴露現教育事實上之缺點」）、「農村崩潰及其救濟方法之敘述」（其中臧克家的新詩《答客問》「寫現在農民的困苦」）等單元。[35]第五冊則設有「政治之探討」「民生之理論及實際」（其中高植小說《搶險》「描寫水災」）、「內地市鎮與通商大埠之經濟及文化狀況的記述」（其中茅盾的《年關》「寫內地市鎮之蕭條，以反映農村經濟之崩潰」）、「生與死之觀照」（其中穆時英小說《兩個從生活裡跌下來的人》「暗示現社會中生活之不安

---

34 陳椿年：《致教者》，陳椿年編：《新亞教本·初中國文》第 1 冊，上海：新亞書店，1932 年。

35 朱文叔：《新課程標準適用初中國文讀本第四冊教材支配表》，朱文叔編：《初中國文讀本》第 4 冊，上海：中華書局，1934 年，第 1-2 頁。

定」，老舍的小說《鐵牛》「指摘官僚制度下公務人員之無保障」，夏丏尊的《命相家》「說明目前知識份子謀生之不易」）等八個單元。[36]第六冊則包括「社會理想及人生意義之論述」「災情之描寫及賑災方法之記述」（如王統照小說《離鄉》）等單元。[37]這套教材特別關注當時中國的經濟危機（如農村破產）和社會貧困問題，王統照的小說《山雨》（教材改題為《離鄉》）、葉紹鈞的《多收了三五斗》（教材改題為《糶米》）、穆時英的《兩個從生活裡跌下來的人》、茅盾的《林家鋪子》（教材節選改題為《年關》）、張天翼的《包氏父子》（教材節選並改題為《學費》）、臧克家的《答客問》等新文學作品便成了反映這一社會問題的材料。

　　30 年代的國文教材在延續社會問題式編組模式的同時也有轉向按文章體例、寫作技能或德育目標（愛國、進取等）來編組的趨勢。《新亞教本‧初中國文》第二冊分為「合群」「自由」「平等」「真理」「義勇」等六組，即是按人格教育或德育的目標來設置的，收入玄廬的《顧老頭子的秘史》、鄭振鐸的《自由》、蘇雪林的《鴿兒的通信》、芳草的《被系著的》、胡適的《威權》、李大釗的《今》等新文學作品。《初中國文教科書》（馬厚文編）的單元設置則大都有思想內容或文體類型方面的考慮。其第一冊共設置 18 組，其中第一組選文為《我是少年》《上山》《運河與揚子江》，宣揚進取精神、培養進取人格；第四組選文為《一個鄉民的死》和《賣汽水的人》，反映下層百姓生活；第十六組選文為《支那婦人》《濟南城上》《赴敵》，宣揚抗戰。

---

36 朱文叔：《新課程標準適用初中國文讀本第五冊教材支配表》，朱文叔編：《初中國文讀本》第 5 冊，第 1-3 頁。
37 朱文叔：《新課程標準適用初中國文讀本第六冊教材支配表》，朱文叔編：《初中國文讀本》第 6 冊，第 1 頁。

　　朱文叔編的《初中國文讀本》則明顯按寫作教學的目標（描寫、記述等）來編排課本。其第一冊分八組：一、自然現象的描寫（收《海上的日出》《繁星》等）；二、植物的描寫（收葉紹鈞《牽牛花》，沈尹默《生機》《人力車夫》等）；三、社會風俗文化的記述（收胡適《東西文明的界線》、王世穎《虎門》、冰心《東京紀游》、鄭振鐸《離別》等）；四、青年生活的論述；五、四時景色的描寫（收朱自清《春》、葉紹鈞《晨》、孫福熙《夏天的生活》、綠漪《秋色》等）；六、動物的描寫（沈雁冰《育蠶》、芳草《被系著的》、鄭振鐸《海燕》等）；七、戰事的描寫及敵愾的表抒（翁照垣《一月二十八夜》、王禮錫《一月二十九日》等）；八、物質文明上人物制度的記述（周作人《烏篷船》、傅東華《火龍》等）。同時，編者也不忘德育等目標，稱第一組自然現象描寫諸文「適應青年心理，可以感發其尋求光明之志趣」，第二組植物的描寫可「使學者理會生命之意義，引起向上發展之志願」，第七組「皆以喚起民族精神為中心」。[38]《初中國文讀本》第二冊也分為八組：一、家人間情感的抒寫（收冰心《母愛》等）；二、婦女的社會生活的記述；三、政治觀念的闡明（收西瀅《管閒事》等）；四、氣象變化的描寫（收周作人《苦雨》、王魯彥《雪》、舒新城《霧》等）；五、民族精神的發揮（收白薇《長城外》、翁照垣《自衛的戰爭》等）；六、農人生活的描寫（收劉大白《渴殺苦》、葉紹鈞《糶米》、茅盾《當鋪門前》等）；七、做人態度的表白和論述（收魯迅《一件小事》、冰心《往事》、葉紹鈞《與佩弦》等）；八、文章作法的說明。[39]

---

38 朱文叔：《新課程標準適用初中國文讀本第一冊教材支配表》，朱文叔編：《初中國文讀本》第 1 冊，上海：中華書局，1933 年，第 1-4 頁。
39 朱文叔：《新課程標準適用初中國文讀本第二冊教材支配表》，《初中國文

這又是雜糅文體教學與德育目標的編法。

　　30年代大多數國文教材的編法都呈現出某種接近的傾向，即圍繞著社會問題和思想道德教育這雙重目標來操作。前者主要是指圍繞階級矛盾、底層痛苦、民族危機等社會現實問題來編排選文，後者則是指圍繞公民精神和人格教育、民族意識、愛國精神等教育目標來編排選文。朱文叔編的《初中國文讀本》中有「人生態度志趣的論述」（收徐志摩《海灘上種花》、熊佛西《枯樹》等）、「民族精神的發揮」（收冰心《赴敵》、李健吾《從軍》、鄭振鐸《桂公塘》）等主題單元。[40]杜天糜編的《國語與國文》則包括「教育與生活」大單元，其下細分為「教育」「生活的一斑」「鄉土生活」「勞工」組；「民族與國家」單元下細分為「勇敢」「犧牲」「自衛」「雪恥」。周作人的《故鄉的野菜》、許地山的《落花生》、蘇梅的《扁豆》成為「鄉土生活」的選材，羅家倫的詩《軍歌》、佚名的話劇《荊軻刺秦王》成為「自衛」「雪恥」類的教材，鄭振鐸的《苦鴉子》、葉紹鈞的《這也是個人嗎》成為「社會惡現狀之一──虐媳」的範例，劉複（半農）的《學徒苦》、世琦的《徒弟火兒》成為「社會惡現狀之三──虐待學徒」的範例，許地山的《債》、冰心的《祝你奮鬥到底》成為「人生的責任」的教材。

　　施蟄存、朱雯等人編選的《初中當代國文》（1934）也非常重視社會認知和思想教育功能。其第一冊共分18個單元，至少有四五個單元關涉時政：第十二單元選《虎門》《帝國主義統治下的香港》《凡爾登》以批判帝國主義；第十三單元選《五月卅

讀本》第1冊，第1-4頁。
40　朱文叔：《新課程標準適用初中國文讀本第三冊教材支配表》，《初中國文讀本》第3冊，第1、4頁。

一日急雨中》《街血洗去後》《止水的下層》反映「五卅慘案」；第十四單元選楊振聲的《濟南城上》、向培良的《國旗》、俞平伯的《雪恥與禦侮》，都是抗日主題。第二冊第五單元收冰心的《到青龍橋去》《一個軍官的筆記》和樓適夷的《戰地的一日》，涉反戰思想或歌頌抗日軍人；第十三單元收朱自清的《執政府大屠殺記》、胡漢民的《總理廣州蒙難經過》、周作人的《關於三月十八日的死者》；第十四單元三篇選文都是記錄中國社會貧窮、混亂之狀況。

　　孫怒潮編寫的《初級中學國文教科書》（1934）則強調民族意識和愛國主義教育。如第一冊的第七單元選入林風的《遼寧月色》、胡適的《四烈士塚上的沒字碑歌》這兩首詩和謝冰瑩的《從軍日記二則》、梁啟超的《祈戰死》二文。其中《遼寧月色》《祈戰死》都是抗日題材。第二冊第二單元選《滬戰之夜》《一二八之夜》《戰地的一日》，都是抗日紀實；第六單元的四篇選文「都是弱小民族被壓迫者的呼聲」，其中《在蘊藻浜的戰場上》謳歌「一二八」抗戰，《濟南城上》「是日帝國主義者在五三慘案裡底慘殺與反抗者的情形」，小說《村中》則是「日帝國主義者慘殺無知農民的新式方法」[41]。課本編者在第三冊第四單程的「學」項中說，姚蓬子的詩《被蹂躪的中國大眾》「是作者替鐵蹄下的中國民眾大放一聲反抗的狂吼」，《馬將軍》「是記念有功邊疆之將的頌歌」「讀此，不禁為今日負守土之責的人羞死愧死！」[42]

41　孫怒潮：《第六單程教學做舉要》，《初級中學國文教科書》第 2 冊，上海：中華書局，1934 年，第 100 頁。
42　孫怒潮：《第四單程教學做舉要》，《初級中學國文教科書》第 3 冊，第 64 頁。

　　1934年出版的《實驗初中國文讀本》第一、二冊「用中心編制法，以個己、家庭、社會等為中心」[43]來設置單元。於是，《運河與揚子江》成了「個己修養」的材料，《小蜆的回家》《伊和他》《背影》《白種人——上帝之驕子》成為「家庭之愛」的材料，《希望》《生命的價格——七毛錢》《路程》《聰明人和傻子和奴才》《這也是個人嗎》《學徒苦》成為「社會環境」的教材，《濟南城上》成為「民族精神」的教材。第二冊中，《我是少年》《上山》《最苦與最樂》被放入「個己修養」單元，楊振聲的《漁家》、鄭振鐸的《苦鴉子》、俞平伯的《花匠》被放在「社會問題」單元，蔡元培的《五卅烈士墓碑》、胡適的《四烈士塚上的沒字碑歌》、冰心的《一個軍官的筆記》被放在「民族精神」單元。教材編者對於某些新文學作品的處理明顯不當或是理解不准，如視朱自清的《白種人——上帝之驕子》為「家庭之愛」，視冰心《一個軍官的筆記》為「民族精神」主題。

　　朱劍芒編《朱氏初中國文》特別重視「民族意識」的教育，設有「敘述『一二八』滬戰與前代抵禦倭寇的事實」「敘述抗日情形與抵禦外侮的方法」「申述抗日的意義與愛護國土的情緒」「申述抵禦外侮的精神與前代立功殺賊的人物」「申述革命的精神與慷慨赴敵的情緒」「申述抵禦外侮的重要」「申論國人應有的覺悟」等單元，選入樓建南的《戰地的一日》，王平陵的詩《獅子吼了》《揚子江的波濤》和《吳國材之死》，冰心的詩《赴敵》，沈定一的散文《怕死麼》，朱湘的詩《哭孫中山》，俞平伯的《雪恥與禦侮》等。該教材還設置有「申論婦女解放問題」「描寫被壓迫婦女的困苦」「申述青年與國家的關係」等單元，選入濮舜

43　《編輯大綱》，江蘇省立蘇州中學初中部國文教學研究會編選：《實驗初中國文讀本》第1冊，上海：大華書局，1934年。

卿的話劇《黎明》、周作人的《關於三月十八日的死者》等作品。
1936－1937 年間朱劍芒又編寫了《初中新國文》，其第一冊共
分成 12 組，其中第七組為「愛國情緒的表抒」，收鄭振鐸的《我
愛的中國》、梁啟超的《憂國與愛國》；第十二組為「對外戰爭
的記述」，選樓建南《戰地的一日》。《初中新國文》第二冊第七
組為「抵禦外侮的記述」，選白薇的《長城外》、李健吾的《從
軍》等。第四冊設有「五卅慘案的記述與愛國情緒的表抒」單
元，選郭沫若《五月三十日》、葉紹鈞《五月卅一日急雨中》等。

何炳松與孫俍工合編的《師範學校教科書甲種國文》（1935）
在單元設置上也注意突出時代的主題。在第一冊所設置的九個
學程中，第四學程選載周越的小說《漁村的火》，夏一粟的小說
《夜襲》，王獨清的詩《吊羅馬》和胡適的譯詩《哀希臘》，「都
帶有民族主義底色彩」，又在「教學注意」項下提示到：「分析
本學程各篇中所含的情緒。」[44]這裡，《漁村的火》和《夜襲》
都是抗日鬥爭題材的小說，《吊羅馬》則以同病相憐的情緒哀歎
古老民族的衰落和恥辱。第二冊的第四學程收小說一篇新詩兩
篇（孫毓堂的《城》和侯佩尹的譯詩《畫角》）並稱：「《城》中
的不畏艱難的進取的創造的思想，《畫角》中的英雄壯氣，都是
值得我們細心咀嚼的作品。」[45]

正中書局出版的《初級中學教科書·國文》主要是圍繞德育、
美育等教育目標來編選課文。此教材全套六冊的單元名目是：
第一冊：親愛精誠、民族意識、學業修養、身心陶冶；第二冊：
親愛精誠、民族意識、學業修養、身心陶冶；第三冊：民族德

44 何炳松、孫俍工編：《師範學校教科書甲種國文》第 1 冊，上海：商務印
　 書館，1935 年，第 103-104 頁。
45 何炳松、孫俍工編：《師範學校教科書甲種國文》第 2 冊，第 118 頁。

性、學業修養、休閒生活、群己關係與社會生活；第四冊：民族德性、學業修養、休閒生活、社會服務與生產；第五冊：人倫與社交、學修與勞作、遊賞與美感；第六冊：社會與政治、國家與正義、文藝與人生。相對於 30 年代的其他教材，正中書局這套教材比較重視「美育」的目標，設置了「身心陶冶」「休閒生活」「遊賞與美感」「文藝與人生」等好幾個貼近「美育」的教學單元。與正中書局這套教材的傾向比較接近的還有吳拯寰編的《中學適用標準文選》（1936），它的三冊教材共設置了 12 個單元，分別為「為學與做人」「自然界景色」「民族的英雄」「過去的回憶」「藝術與娛樂」「成功的要訣」「民族的復興」「生活的素描」「全國的名勝」「國貨的提倡」「聖哲的言論」「升學與就業」。它在重視民族和愛國主題的同時也不忽視生活和審美目標（如「自然界景色」「藝術與娛樂」「全國的名勝」）。但像這樣重視「美育」目標的國文教材在當時並不多見。

　　南開中學 1935 年編印的《南開中學初一國文教本》上冊也比較注重民族意識。第一單元為記載文與寫景文，共收 17 篇課文，如冰心《雲岡》《赴百靈廟途中》《百靈廟》，胡其清《我的故鄉》，葉紹鈞《藕與蓴菜》，蘇梅《扁豆》，徐蔚南《山陰道上》，周作人《畫家》，徐志摩《車眺》等。編者申明是要「藉國內名勝古跡之可愛，與鄉野景物之優美，以啟發學生愛鄉土之情緒」。編者還詳解編選之意：「……列《雲岡》兩篇，使學者知吾族在中古時期即已有此偉大之美術雕刻，用以引起其愛民族之情思。附以《赴百靈廟途中》《百靈廟》兩篇，使學者明白塞北重要地點及情形。」[46]第二單元為記敘文單元，其教學目標是「昭示

---

46 南開中學編：《南開中學初一國文教本》，1935 年，第 1-2 頁。

學生少年修養之道，並激發愛親之天性及愛國之精神」，選文包括《我是少年》（鄭振鐸）、《上山》（胡適）、《落花生》（許地山）、《路程》（左大璋）等。第三組愛國精神，「首列《勇敢的童子》（易君左），副以《捷書》一文，以明民族自衛之道，非捨身抗敵，無以自存。……殿以《少年愛國者》（易君左）而以《大國民》（徐慶譽詩）副之，以明國民應隨時隨地顧念國家，雖任何犧牲，在所不辭。」（《第二單元教學綱要》）

　　李斌曾認為，20年代的初中國文教科書在內容上側重新思潮和新文學，忽略了閱讀和寫作能力的訓練，因而被批評為導致學生國文程度低落的罪魁禍首，在此背景下，商務印書館、中華書局、世界書局、開明書店四大教科書供應商在一番摸索後，到30年代都轉到了以文章作法為主導的編寫軌道上來，於是像《國文百八課》這類以文章作法為主要內容的教科書「在數量上最多，流通最廣」。[47]但實際上，從我們上面的觀察來看，完全以文章作法為本位的教材在30年代也並不多，許多教材雖然依文體來編排單元，但那只是教材編排的外在表現形式，其單元設置的動機依然主要是呈現社會問題和對學生進行人格道德與愛國精神等方面的教育。而新文學作品在教材中的身份和作用也主要不是文章作法的範例，也不是審美愉悅的對象，而是社會問題與思想道德教育的材料。當然，不同時代所突出的社會問題與思想道德內容也還是有差異的，20年代的教材側重親情、友情之類倫理，以及個性、活潑、進取之類的人格，當時最熱鬧的「社會問題」也主要是軍閥問題和軍人問題（冰心的《到青龍橋去》《一個軍官的筆記》等成為一時熱選）、勞工

---

47 李斌：《民國時期中學國文教材研究》，第70頁。

問題（《人力車夫》《兩個掃雪的人》《十五娘》等熱選一時）、婦女問題等等。而到了 30 年代以後，由於帝國主義的經濟掠奪以及「九一八」等的影響，國文課本圍繞農村破產、抗日問題和民族意識等主題來組織課文的傾向十分明顯。

三、教材的注解、習題與新文學的接受

　　如李斌所言，「除選文外，教科書內容主要通過導讀、課後問題與練習設計等助學系統體現出來。同一篇作品，如果助學系統的設計不一樣，其承擔的教學任務就會截然不同」[48]。課本的導讀、注解、練習系統通常反映了教材編選者對於所選作品的理解，同時也反映了他們對於該作品教學價值的設定，這些導讀、注解和習題系統通常也會影響學生對於作品的理解和價值判斷。當然，文學作品不同於普通文，其思想內涵往往是含蓄的、潛隱的，有時候，一個文學作品往往具有複合主題和複雜意涵，而教材編者往往只注意到了其中的一個而忽略了其他。比如《孔乙己》這篇小說，有的教材視孔乙己為一個好吃懶做的文學形象而持否定的態度[49]，有的教材視小說的主題為反映人心世道之壞，有的教材則視之為同情底層人物的作品。由於理解的差異，導致同一篇新文學作品在不同的教材中以不同的面目呈現出來，並承擔著不同的教育功能。比如，朱劍芒編選的《初中國文指導書》認為《孔乙己》的「要旨」是「在

---

48 李斌：《民國時期中學國文教材研究·引言》，第 5 頁。
49 比如，日本殖民統治下的華北偽政府教育部編審會編寫的《初中國文》（華北新民印書館 1938 年印）第一冊就在《孔乙己》一文後設計出這樣的「習題」：「在新教育制度下，也會有這種失敗的人，如曾經遇見過，可以寫出一個來。」（《初中國文》第一冊第 144 頁）這似乎是說孔乙己的命運與教育制度的新舊無關，暗示孔乙己的命運源於其個人的失敗。

使人明白人無正當的職業，便會讀書寫字，也不免有墮落的可
虞」[50]，又在練習「答案」中稱：「孔乙己雖然讀過書，又寫得
好字，但是有好喝懶做的壞脾氣，所以要窮到做小偷了。」「無
論何人，但能努力工作而又知所節儉，決不會到窮困的地步，
所以好喝懶做，實是造成貧困最大的一種原因。」[51]史本直編
選的《國文研究讀本》則強調《孔乙己》「蘊蓄著深濃的人生之
味——社會的冷酷和長衫朋友的日即沒落」[52]。由於「形象大
於思想」，人們在同一種時代環境下都可能對同一個作品產生不
同的理解。

　　由於最初人們認為白話文通俗易懂，所以很少在教材中為
白話文設計注解、問答與習題系統。但孫俍工與沈仲九合編的
《初級中學國語文讀本》（1923）第二冊在選錄魯迅的《孔乙
己》時有意將作者的一段附言也一併選錄和排印，這有些近於
為選文安排附注。魯迅的這段附言是：

> 這一篇很拙的小說，還是去年冬天做成的。那時的意思，
> 單在描寫社會上的或一種生活，請讀者看看，並沒有別
> 的深意。但使（用）活字排印了發表，卻已在這時候，——
> 便是忽然有人用了小說盛行人身攻擊的時候。大底（抵）
> 著者走入暗路，每每能引讀者的思想跟他墮落：以為小
> 說是一種潑穢水的器具，裡面糟蹋的是誰。這實在是一
> 件極可歎可憐的事。所以我在此聲明，免得發生猜度，

---

50 朱劍芒編：《初中國文指導書》第 1 冊，上海：世界書局，1930 年，第
　　53 頁。
51 同上，第 56 頁。
52 史本直編：《國文研究讀本》第 1 冊，上海：大眾書局，1933 年，第 140
　　頁。

害了讀者的人格。一九一九年三月廿六日記

　　魯迅的這段附言本無必要選進課本裡去，而教材之所以照錄，大概看中的就是這段話對作品內容和寫作動機的交代，因為可以由此瞭解小說是要「描寫社會上的或一種生活」，而並不是要對別人（包括孔乙己這樣的人）進行人身攻擊。這意味著，魯迅告訴讀者，他對孔乙己並無惡感，這篇小說也並不是要把孔乙己塑造成一個好吃懶做的負面形象。魯迅自述的「描寫社會上的或一種生活，請讀者看看」正是教材編者的目的所在：借此選文讓中學生瞭解和認識社會現實。

　　自 20 年代中期起，國文課本中的注解、習題這些板塊得到了加強和完善，對語體文的注解也豐富起來。我們可以由此探知新文學作品在當時被闡釋和處理的方式，也可從中瞭解新文學作品在當時所承擔的國文教育目標和使命。

　　穆濟波主編的《高級國語讀本》（1925）在課文後面附設兩項內容，其中之一為「本篇研究」，為學生設置某些思考型的問題。以課文《五月三十日的下午》一課為例，「本篇研究」附有七題：（1）五卅慘案在中華民族的歷史上是怎麼一回事？（2）事實之起因及其經過之概況。（3）最後交涉的結果。（4）本文是何種形式的文字？（5）是作者何種情緒下之作品？（6）本篇題旨中心點是什麼？（7）民族精神之墮落當如何挽救？這些思考題的設置既是要引導學生們去查找資料，搞清事實，另一方面則是要引導學生深入揣摩作者的情緒和作品的思想立場。這是要對學生進行愛國反帝意識的啟發。

　　朱劍芒編輯的《初中國文》每篇課文均附問題三到四則。通常，我們會將周作人的新詩《兩個掃雪的人》解讀為宣揚「勞

上神聖」的作品，而《初中國文》卻將它當作勵志和人格教育的材料，其課後「問題」為：「為甚麼不等到雪止了才去掃雪？掃雪的人，有怎樣一種精神？世間有沒有不受雇用而自去掃雪的人？」[53]這裡，課本編者突出的是原詩中「一面盡掃，一面盡下：／掃淨了東邊，又下滿了西邊」「他們兩人還只是掃個不歇」這幾句。這樣設問，除了有教育學生尊重勞動人民的意思，更有教育學生熱愛勞動、不怕艱難險阻的意思。而《孔乙己》課後的「問題」則是：「孔乙己讀過書，又會寫一筆好字，為什麼窮到做小竊？……人的好喝懶做，是不是貧困的原因？」[54]「孔乙己的墮落，是誰把他耽誤的？他的好喝懶做，又是怎樣養成的？在黑暗社會中，那一種人的勢力最大？」[55]這種問法明顯是要將學生引向對黑暗的社會制度的質疑。同樣目的的還有葉紹鈞《這也是個人嗎？》文後的「提問」：「在黑暗社會中被淩虐的婦女，怎麼沒有反抗能力？假使她受過『三從四德』的舊教訓，一定怎樣結果？她若單明白人類間的自由平等，可就有生路？」[56]胡適《東西文化的界線》一文後的提問是：「哈爾濱做了東西文明的界線，是不是地理上的關係？已收回的租界，怎麼外人的勢力還能保存？假使要把人力車取締，應先有怎樣一種準備？現在有不主張坐人力車的，可能算徹底的取締方法？」[57]這也是要引導學生思考帝國主義和國計民生問題。楊振聲的《漁家》被更名為《漁旗子稅》，提問則是：「一個收

---

53 朱劍芒編：《初中國文》第 1 冊，世界書局，1929 年 9 月第 3 版，第 157 頁。

54 朱劍芒編：《初中國文》第 1 冊，1932 年 6 月第 13 版，第 70-71 頁。

55 朱劍芒編：《初中國文》第 1 冊，1929 年 9 月第 3 版，第 94 頁。

56 同上，第 117 頁。

57 朱劍芒編：《初中國文》第 1 冊，1932 年 6 月第 3 版，第 108—109 頁。

稅的員警，何以能害得平民家破人亡？倘在民權發達時代，收稅的敢這樣兇暴麼？納稅本是人民應盡的義務，但要使真正窮民不受到困苦，須用怎樣一種方法？」[58]或是：「漁家的生活，何以這般困苦？收稅的員警，何以這般兇暴？弄到王茂家破人亡，是誰的罪惡？要實現民生主義，須從那裡著手？」[59]這就直指社會黑暗，引導學生思考社會不公的原因。《初中國文》針對劉大白的《渴殺苦》又提問：「田家工作，最苦楚在什麼時候？田主怎麼能坐享其利？中山先生的平均地權，是為什麼而設的？」[60]而針對蘇梅的《收穫》也有提問：「我國體面紳士，可也有變成垢膩工人的一日？我國人民的強壯體格，和活潑精神，為什麼不及歐洲？」[61]

　　與朱劍芒這套教材配套的《初中國文指導書》則對《孔乙己》採用了勵志式的讀法，編者認為《孔乙己》的「要旨」是「在使人明白人無正當的職業。便會讀書寫字，也不免有墮落的可虞。」又提示說：「本篇所記的孔乙己，當是個真實有的人物。在描寫他底狀態動作中間處處表現出好喝懶做而又自命為斯文的一種個性。」[62]這大概是要教導中學生們將來走上社會之後要從事正當的職業，要努力工作以自立自存，而不要像孔乙己那樣墮落和任人輕賤。當時的中學生群體確實也曾給人一種高不成低不就的負面印象，許多中學生儼然以小知識份子自居，看不起勞動，城市裡的中學畢業生往往遊蕩而無職業，農

58　朱劍芒編：《初中國文》第 2 冊，1932 年 6 月第 13 版，第 94 頁。
59　朱劍芒編：《初中國文》第 2 冊，1929 年 6 月初版，第 91 頁。
60　朱劍芒編：《初中國文》第 3 冊，1929 年 6 月初版，第 48 頁。
61　同上，第 62 頁。
62　朱劍芒、陳靄麓編：《初中國文指導書》第 1 冊，上海：世界書局，1931年，第 53-54 頁。

村出身的畢業生學可漂泊在城市裡也不願意回到鄉下。中學生畢業後成為城市遊民或不務正業者的現象並不少見，這種情況大概讓教育家們有感而發，因而寫下了上述暗寓針砭的文字。

　　商務出版的《新時代國語教科書（初級中學用）》（1929）對魯迅《故鄉》的處理也頗有意思。該書在《故鄉》末尾的注釋中說：「此篇是從《吶喊》中選出，是作者自己描寫回到故鄉時的一篇小說。」[63]另外，教材署《故鄉》作者名為周樹人而不是魯迅。既然明知《故鄉》是小說，編選者何以還要注釋為「作者自己描寫回到故鄉時」？既然《故鄉》發表時及流傳開來以後其作者署名一直是「魯迅」，教科書的編者又何以特意署名為「周樹人」呢？編者恐怕是有意要突出《故鄉》故事的真實性，將小說中所描繪的農村的破敗、農民的愚昧和痛苦與現實農村對應起來。這對於引導學生關心社會現實是極為有利的。杜天縻、韓楚原編輯的《高中國文》也有類似的做法和動機。它在選入魯迅《狂人日記》時題名為《狂人日記（紀實文）》，課文後「文法與作法」部分又有關於紀實文寫法的內容：

　　五、本篇為紀實文，而故托於狂人者也。其紀實之材料，為透視一般現在社會之現象；而紀實之主腦，為「吃人」兩字。句法方面，因欲適合狂人之情態，故作語無倫次之狀；然其思想則前後一貫，因知所謂狂人者也，非狂人也。[64]

63 胡懷琛、陳彬龢、湯彬華編：《新時代國語教科書（初級中學用）》第 5
　　冊，上海：商務印書館，1929 年，第 33 頁。
64 杜天縻、韓楚原編：《高中國文》第 1 冊，上海：世界書局，1933 年，

　　教材編者刻意用「紀實文」來轉換《狂人日記》的「小說」身份，又刻意提醒讀者「所謂狂人者也，非狂人也」，恐怕都是要強化小說故事的現實指涉性，以引導學生關注現實社會。

　　1931 年，高語罕以王靈皋的化名編出了初中適用的《國文評選》，由上海亞東書局出版。他在《阿 Q 正傳》選文之後評說到：「阿 Q 之死，不過是劣紳土豪，即城市與鄉村已得政權的有產者不准貧民革命的一個武裝示威而已。我覺得這種描寫是魯迅的對於時代的貢獻。但是他……（中略）沒有透露給我們以光明的前途。又有人說魯迅後來果然轉變了，由暗淡變成光明，由消極變成積極，這正是小資產階級動搖的政治意識之必然結果，他的一憂一喜，一左一右，一消一長，都是他的動搖不定的政治路線之十足的表示。至於魯迅的文學技術，在現代中國的文學中似乎很難找到對手。他的深刻，雋峭，能曲曲地傳出人心的深處，這並不能僅僅以什麼『纖巧』『俏皮』等等評語抹殺它。因為在言論不能充分自由的時候，一種深刻的、含蘊的、深藏不露的描寫技術更是十二分的需要。」[65]高語罕說，學生對於當時面臨的各種社會問題和民族危機，應有清醒的認識，而「區區的《國文評選》中所包孕的批評精神，所暗示的批評方法，至少可以助大家一臂之力。」[66]具有中共黨員和「託派」身份的高語罕試圖借編教材之機傳播社會政治性的文學觀和分析法。

　　由北平師大國文教員們編選的《初級中學國文讀本》（1932）

第 129 頁。
65 高語罕編：《國文評選》第 3 集，上海：亞東圖書館，1932 年，該課第76-77 頁。
66 高語罕：《書後》，《國文評選》第 3 集。

也注重「題解」和「注釋」系統的設計。如在《疑問》課後的「題解」中說：「這篇小說，是就富貴人出殯的事實，表示貧富階級的情感。這個不平等的問題，卻由人力車夫眼中看出，口中寫出。至於凍死的死屍，不過是陪襯的人物，由反面逼來，令人發生無限感慨。」[67]在魯迅雜文《最先與最後》的「題解」中則說：「國人數千年來，對果敢堅忍之品習，素乏修養。故於一切革新事業，既不敢勇往直前，為最先之宣導，同時稍遇艱險，望風退避，複不能為最後之掙扎。國勢陵夷，即坐此故。本文對此結習，嚴加攻擊，其目的不外使國人覺悟前非，而努力於勇毅品操之鍛煉焉。」[68]陳西瀅《管閒事》一文後的「題解」則是：「國人處事常態，向以不關自身利害者為閒事，謂愛管此類閒事者為好事。至一事之是否須管，與管之者是否合法，則概非所問。此種畏事心理，似守法而實自私，似息事而實遺害。不惟遺害於人，且將有害於己也。此文兩舉英法人民好管閒事之風習，以諷國人，非勸人多事也，乃深知無關己身者，不必盡為閒事，而多事正所以息事，助人亦即以利己也。」[69]魯迅《故鄉》文後的「題解」為：「本篇描寫人情之炎涼，人與人心不相印如中隔厚壁。……（中略）魯迅先生於中國下層階級之經濟壓迫、人生苦痛特別注意揭出。」[70]

　　1932－1933 年間出版的《開明國文讀本（初中用）》（王伯

67　張鴻來、盧懷琦編：《初級中學國文讀本》第 1 冊，北平：北平師大附中國文叢刊社，1932 年，第 89 頁。

68　張鴻來、盧懷琦編：《初級中學國文讀本》第 3 冊，1934 年 8 月再版，第 175 頁。

69　同上，第 181 頁。

70　汪震、王述達選注：《初級中學國文讀本》第 5 冊，北平：北平師大附中國文叢刊社，1934 年，第 205 頁。

祥編）配有教學參考書《開明國文讀本參考書（初級中學學生用）》，其中也設置了課文的注解系統。如對於周作人的《小河》，參考書在「敷演」中說：「《小河》的全般意義便在要求解放。故他敘述小河被阻的無可奈何，實是說的對於新潮流不應該遮攔或妨礙。」[71]而對《孔乙己》的「敷演」文字中說：「這樣一個平常的墮落的酒徒，給作者這麼一描寫，遂使人深深覺到我國社會的冷酷和長衫幫的日即沒落呢。」在課後的「習問」中編者設置了三個問題或作業，其中第二、三個分別為：「試分析孔乙己所秉有的狀貌德性，列一簡明表。」「試作一文，批評孔乙己那樣的為人。」[72]顯然，編者以孔乙己為懶惰、墮落等壞「德性」的典型，警示中學生們要「勤勞」「有為」。在《戰地的一日》後的「敷演」中編者說：「這一篇敘述文乃是敘述民國二十一年一月二十八日以後我國十九路軍抵抗日本侵略上海閘北時作戰前線的事實。他所敘述的雖只是『戰地的一日』，但包含著六個小篇，把帝國主義侵略的因由和我軍抵抗的意義述說得清楚明白；令人想見帝國主義的兇暴可惡和軍士民眾們合作抵抗的忠勇可敬。」又在「習問」中發問：「一、這次十九路軍在上海作戰，究有怎樣的意義？二、為什麼向來被民眾所怕的軍隊這次竟大得民眾的幫助？」[73]《一個軍官的筆記》後的「敷演」中說：「這一篇小說當然是敘述文，是一個為內戰而無名犧牲者的自敘傳。他的犧牲不但不能與閘北的自衛戰相提並論，即比之兩個帝國主義者的互鬥如普、法戰爭那樣的枉死也遠不

71 王伯祥編：《開明國文讀本參考書（初級中學學生用）》第 1 冊，上海：開明書店，1932 年，第 25 頁。
72 同上，第 159、160 頁。
73 王伯祥編：《開明國文讀本參考書（初級中學學生用）》第 1 冊，第 220、222 頁。

及。」「像這樣的戰爭當然是要非難或反對的。」在隨後的「習問」中編者又要求學生「把《戰地的一日》和《一個軍官的筆記》的內容與意義作一比較的批評」。[74]這裡，教材編者向學生灌輸了反對軍閥內戰同時又堅定支持衛國戰爭的立場。

與朱文叔《初中國文讀本》（1933）配套的《初中國文讀本參考書》也習慣於引導學生關注社會現象和社會問題。如對葉紹鈞的寫景散文《晨》解說道：「在第五段中雖然寫農舍和女孩子，但背後卻隱藏著農民困苦的情形，以及鄉下人誠懇的態度，倘然粗心讀過，就不能體味出作者對於農村的感想。」[75]對於葉紹鈞的《糶米》的「內容提要」是：「本文節取《多收了三五斗》中敘米商抑價收買農人之米穀一段，以示近年來穀賤傷農的現象之一斑，而米商口中『各地方多的是洋米洋面』數語，尤可見外人經濟侵略之足畏，及我國生產事業基本部門前途之危險。」[76]在茅盾《當鋪門前》的「內容提要」中也提示到：「本文前半摹寫當鋪門前貧民狼狽之情形，後半兼及浙省絲業之衰落，可以窺見今日農村經濟枯竭之一斑。」[77]在茅盾小說《年關》的「內容概要」中則稱：「（本文）記述內地林某開設一個小店，因受農村經濟崩潰之影響，生意蕭條」，「雖只描寫一地一店之營業，而其餘亦可概見。」[78]這種閱讀指導都從文章的細微處著手而又歸結於社會問題的大處。

---

74 同上，第 227、228、229 頁。
75 張文治、喻守真、張慎伯編：《初中國文讀本參考書》第 1 冊，上海：中華書局，1933 年，第 178 頁。
76 張文治、喻守真、張慎伯編：《初中國文讀本參考書》第 2 冊， 1934 年，第 242 頁。
77 同上，第 248 頁。
78 張文治、喻守真、張慎伯編：《初中國文讀本參考書》第 5 冊， 1936 年，第 122-123 頁。

　　1934－1935 年間推出的《初中標準國文》（中學生書局）也採用了「題解」「注釋」這樣的體例。如《國旗》後的「題解」說：「本篇記王生為國旗而犧牲，即所以發明臨難不苟免之意。」[79]在《禿的梧桐》「題解」中說：「本篇假梧桐之榮枯，描寫四時景象。而梧桐雖受他物之侵蝕，終能奮鬥爭存。」[80]在《聰明人和傻子和奴才》的「題解」中稱：「本篇描寫奴性之難改；雖受壓迫，而仍甘獻媚求榮。亦諷世之作。」[81]在《運河與揚子江》的「題解」中說：「本篇為寓言，借運河與揚子江之對答，以作獨立奮鬥之勉勵。」[82]在《小蜆的回家》的「題解」中說：「本篇借小蜆以教仁慈。」[83]在《濟南城上》的「題解」中稱：「本篇記濟南之慘役。——激發人們的愛國心。」[84]這都明白揭示了相關選文的教育意圖。

　　宋文翰編選的《國文讀本（新課程標準師範鄉村師範學校適用）》（1935）在《母》的「題解」中說：「本篇為描寫經濟壓迫下之女子，拋棄兒女，出而就業之苦況之短篇小說。」在《幸福的家庭》的「題解」中說：「文中所描寫者為理想與事實相衝突之故事，指示讀者在經濟壓迫之下，人生實無幸福之可言。所謂『幸福的家庭』，反言也。」[85]這樣的題解都將新文學作品

79 江蘇省教育廳修訂中學國文科教學進度表委員會編注：《初中標準國文》第 1 冊，上海：中學生書局，1934 年，第 24 頁。

80 同上，第 37 頁。

81 同上，第 100 頁。

82 江蘇省教育廳修訂中學國文科教學進度表委員會編注：《初中標準國文》第 2 冊， 1934 年，第 4 頁。

83 同上，第 58 頁。

84 同上，第 85 頁。

85 宋文翰編：《國文讀本（新課程標準師範鄉村師範學校適用）》第 1 冊，上海：中華書局，1935 年，第 154、165 頁。

與時代和社會環境聯繫起來。宋文翰、朱文叔合編的《新編初
中國文》（1933）在《故鄉》文後設置了這樣的習題：「作者回
故鄉時所見的景象怎樣？」「就閏土的話看，那時農村的情況怎
樣？」[86]前一個問題的設計有將小說敘述者「我」等同於作者
魯迅，將小說視為紀實的嫌疑，這可能是為了強調故事的社會
現實性。這兩個設問也是要引導學生瞭解農村的貧困與荒涼。

　　顏友松編選的《新課程標準初中國文教科書》（1935）於每
篇選文之後都詳述文章的出處、作者、題意、文體、章法、風
格、思想、材料、背景、時代。編選者處理新文學作品的方式
帶有極明顯的社會政治視角。如王世穎的《放生日的東湖》本
來是一篇遊記散文，作者不過因放生日的習俗引來眾多善男信
女以致打擾了郊遊的雅興，發了點帶譏諷意味的牢騷。教材編
者卻穿鑿附會稱：「在本文裡所表現的思想，一方面是同情於弱
小者，一方面是揭除迷信。」編者將田螺、魚蝦、千年龜也當
作同情的對象「弱小者」，頗顯牽強。編者甚至發揮說：「本文
的背景是隱藏著一種暗示：『弱小的百姓只是無辜受苦，暴戾的
貪官污吏可以任意橫行；弱小的民族只是無辜受苦，暴戾的帝
國主義者可以任意橫行，現代的社會，現代的世界，只有強權，
並無公理。』所以本文有『受苦的還是田螺魚蝦，弄來弄去，
總是便宜了漁夫。』等語。」[87]而筆者反覆細讀，從原作的字
裡行間確實看不出它有任何影射「貪官污吏」和「帝國主義」
的意思。教材編者如此借題發揮，實在是有些過分了。這本教

---

86 宋文瀚、朱文叔編：《新編初中國文》第 4 冊，上海：中華書局，1933
　　年，第 244、253 頁。

87 顏友松編：《新課程標準初中國文教科書》第 1 冊，上海：大華書局，
　　1935 年，第 18-19 頁。

材又節錄了魯迅小說《幸福的家庭》的首段，在教學提示中「時代」一項下交代：

> 本文作於民國十三年三月。查民十三前數年中的國事：
> 民國八年，巴黎和會中，我國對日抗爭青島問題失敗；
> 於是發生五四愛國運動。同年，又有中日廟街交涉、中
> 日琿春交涉等事。九年，發生直皖戰事。十年，外蒙事
> 變。十一年，發生直奉戰事、廣東戰事。十二年，發生
> 臨城車案。十三年，浙江、江蘇、安徽、江西、福建、
> 湖北六省發生戰事。處在這樣情形之下的文人，宜其有
> 表現這樣時代的文學產生。[88]

在《運河與揚子江》後編者也不忘拉扯到時代背景上去：「本文……係民國十三年七月十日出版。在當時，北受奉直戰爭之苦，南受蘇浙戰爭之苦，而五四運動之精神復消滅，故有是文之創作。」[89]這種時代背景其實與陳衡哲寫作《運河與揚子江》的動機毫無關係！在《三峽》的課後提示中，編者又有如下「背景與時代」的說明[90]：

> 本文作於民國十二年九月十四夜的。那時的四川既有戰
> 事，又有土匪，舊社會的勢力復重重包圍著；所以他只
> 得順流而下，希望吸收些江南的新鮮空氣。誰知那時的
> 江南數省也醞釀著大戰事，未幾，就爆發了；土匪與舊

---

88 顏友松編：《新課程標準初中國文教科書》第 1 冊，第 31 頁。
89 同上，第 78 頁。
90 同上，第 101 頁。

社會的勢力也到處皆有。以作者那樣的思想而處在這樣的時代，所以在文裡處處表現著這樣的背景隱藏著。

《三峽》是從女作家漱琴的《長江印象記》中摘取的幾段文字，純是描寫風景，只在末尾略略有「同情心的缺乏」等語。教材編者的這段時代背景考察實無必要，與理解文章毫無關係。而將優美的寫景文與並無直接瓜葛的所謂社會亂象生硬地扯上關係，也實在是大煞風景。在筆者看來，這位教材編者對許多新文學作品創作的時代背景的說明純是主觀臆測，牽強附會，他的憂國憂時之心實在是太盛了以致亂用一氣了。

借新文學作品來發表社會政治評論，這種習氣在顏友松這本《新課程標準初中國文教科書》（1935）中隨處可見。如鄭振鐸的寓言小品《荒蕪了的花園》本是諷刺人們尚空談而無實幹終於一事無成，而顏友松卻發揮說：「本文所表現的思想，若與《運河與揚子江》篇比較：即那篇是勇往直前的，不顧環境與事實的，是五四運動底青年學生猛進的思想表現；而這篇卻是著重在環境與事實的，民國成立以來，只有各種宣言、標語、章程等發表，不見有具體改造的事實出現，所以才有這種對於現實失望的思想表現。」[91]魯迅的《秋夜》也被加以如下說明：

（6）背景與時代　本文是作於民國十三年九月十五日的。民國十二年，北方有奉直之戰，南方有陳炯明之變，中部有蘇浙之戰，湖南護憲戰爭。滿地干戈，民生凋零，

---

91 顏友松編：《新課程標準初中國文教科書》第 1 冊，第 106 頁。

宜其借《秋夜》以發哀感。[92]

　　葉紹鈞的《藕與蓴菜》則被視為表現了一種「不滿於資產階級為重心的現代社會」的思想：

> 這是屬於「經濟」的，也可說他是「經濟革命觀」的；試讀「自有那些伺候豪華公子、碩腹巨賈的幫閒茶房們，把大部分搶去了」等句，便知作者所以懷念故鄉的藕與蓴菜，是因在這裡得不到享受雪藕與蓴菜的「經濟權」的牽動，並不是無端懷念的自發。總合兩種的思想來觀察，仍是一種「物權革命」的思想底表現……這是合於孫中山先生所主張的「物質建設」「節制資本」，以達「民生主義」實現的一種描寫法。[93]

　　將作者文中隨意的一兩句言辭大加發揮，將原本表達詠物思鄉之情的文章解讀成一篇表達政治觀點的文章，這實在是有些過火了。

　　顏友松編的《新課程標準初中國文教科書》時常導向對於新文學作品的社會政治意義的闡釋和發揮。比如對葉紹鈞描寫親子之愛的《伊和他》，編者說：「推測作者描寫這篇文，他的背景大概有兩種不同的感應在這裡：一種是因為他的夫人和他的子女之間有這種事實上的摯愛，他受這種摯愛的感動而描寫本文？一種是因世人終日以爭奪殺伐欺詐嫉妒為事，他受了這種『無愛的人間世』的刺激而描寫本文？這兩種原因，究竟那

---

92 同上，第 207 頁。
93 同上，第 247-248 頁。

（哪）一種是本文的背景，我們只可推測，不能決實。」[94]這裡，編者還是不忘將學生引向社會黑暗問題。在冰心的《春水》詩後，編者說：「本篇作於民國十一年，雖然那時北方有安徽、直隸兩派的戰爭，又有直隸、奉天兩派的戰爭，但作者是安於自己個人環境優良的人，又是個樂觀者，所以不因國家內亂而發生苦悶。」[95]在沈尹默的詩《生機》後則注解說：「本篇大約是寫於五四運動（民國八年五月四日北平學生的愛國運動）以前。那時的國人，內受惡政府的蹂躪，外受帝國主義者的壓迫，國民的生機是如何地受其挫折啊！但『求生』是本能的，故仍暗地裡向上生長著，於是五四運動就如春花怒放了。」[96]《生機》這首詠物詩當然有寓意，但非要將其與五四運動這一具體政治事件聯繫起來，就顯得過於牽強了。編者又在梁遇春《又是一年春草綠》文後注解到：「作者的思想，既非積極的向惡社會進攻，又非消極的退避惡社會；只是覺得社會太惡劣，太錯雜，自己又無法應付他，於是引起滿肚子不合時宜的悲感。在這點上，我們不得〔不〕說作者的思想是個弱者的思想了。這是我們青年人不應有的思想；更何況當此強鄰壓境，國事艱難的時候呢！」[97]

為每篇新文學作品都附上一個有關時代背景的說明，將作者的思想感情或作品的思想內容與具體的時事和政治聯繫起來，這是顏友松所編《新課程標準初中國文教科書》的基本特色。這種解讀新文學的模式顯得很機械，也時有穿鑿之處，但卻很

---

94 顏友松編：《新課程標準初中國文教科書》第 2 冊，上海：大華書局，1935年，第 122 頁。
95 顏友松編：《新課程標準初中國文教科書》第 4 冊，第 4-5 頁。
96 同上，第 9 頁。
97 同上，第 34 頁。

符合用新文學來教育學生愛國和關心社會現實這一教育思潮。這種闡釋文學作品的方式當然會犧牲掉許多文學的興味，也與「涵養學生的文學興趣」這一國文教學宗旨相違，卻可能是當時國文教學中較常見的一種處理新文學作品的模式。

　　國民黨政府強行推廣的「國定本」教材《初級中學國文甲編》也很注重運用「題解」等方式來傳達教育意圖。比如在《東北的冬天》一文後點明文章的主旨是：「寫東北冬日情況，從生活情形，以見食用之富庶，力述其地之可愛，可戀，以促國人收復東北之決心。」[98]《固安一農婦》寫抗戰時期一農婦手刃七名日本兵的事蹟，編者贊曰「其人則智勇兼備，其事則壯烈勵人」[99]。《亞美利加之幼童》「其主旨在示兒童愛其國家，當有具體表現。此書為含有教育意味之小說，所敘多與兒童之立身、行事有關，期在造成兒童智、仁、勇三達德。」[100]

　　抗戰後出版的《開明新編國文讀本（甲種）》（1947）也注意給師生以教學提示，它們常常指向作品的時代、社會背景和思想內涵等方面。如對《故鄉》的提示是：（一）下半篇中出現了現在的閏土。現在的閏土不是以前的閏土了，他的處境和意識使他和作者遠離。（二）「他大約只是覺得苦，卻又形容不出；沉默了片時，便拿起煙管來默默的（地）吸煙了。」用這樣簡練的話來描寫一個受壓迫的鄉農，勝過千言萬語。[101]該提示強調了閏土的「處境」和階級「意識」，強調了其作為「一個受壓

98　國立編譯館編：《初級中學國文甲編》第 1 冊，1946 年 10 月重慶第 1 版，
　　第 99 頁。
99　同上，第 94 頁。
100國立編譯館編：《初級中學國文甲編》第 1 冊，第 97 頁。
101葉聖陶、周予同、郭紹虞、覃必陶編：《開明新編國文讀本（注釋本甲種）》
　　第 6 冊，上海：開明書店，1947 年，第 24 頁。

迫的鄉農」的身份。茅盾的《白楊禮贊》被收錄時改題為《白楊樹》，編者的「提示舉隅」說：（一）作者看出白楊樹與北方農民有若干共同點，他讚美白楊樹，其實是讚美北方農民。（二）作者所見的白楊樹的精神是什麼？……[102]這種提示文字表明編者看中的是作品在塑造民族精神上的教育價值。《開明新編高級國文讀本》（1948）則是通過「篇題」「討論」「練習」這樣的體例來指示文學作品的教育意義。比如在《社戲》後的「篇題」中寫道：「作者魯迅，原名周樹人……（中略）他的題材是農村，主題是打倒封建的禮教。同時他用了尖銳的筆批評舊傳統，諷刺老中國。他做過中學校長，做過大學教授；愛護青年，領導青年，直到死的一天，始終如一。他對舊社會始終在戰鬥著，後來並創造了雜文做更尖銳的戰鬥武器。他和許多青年人在一起努力的（地）促進新社會的實現，青年人最信服他。」[103]這段包含情感的話顯然不是一般性的作者簡介，更主要的用意是讓學生們深入理解、學習和繼承魯迅精神。《社戲》文後的「討論」部分則設置了「土財主的家眷怎樣看戲？——為什麼他們這樣？」的提問。這分明是要灌輸階級意識了。在新詩《希望》後所附「篇題」中說：「這末一首原有一段『附識』，說是三十五年新年寫成這首詩，『當時以極大的興奮歌唱祖國的重獲自由，和人類的即將到來的美麗的前景。』『然而轉眼間一年過去了，不但饑餓和死亡的威脅沒有減除，人民的災難和痛苦卻更日漸加深了。』」[104]編者這是借機喚起學生對於時局的不滿。

---

102 葉聖陶、周予同、郭紹虞、覃必陶編：《開明新編國文讀本（注釋本甲種）》第 3 冊，　第 19 頁。

103 朱自清、呂叔湘、葉聖陶編：《開明新編高級國文讀本》第 1 冊，上海：開明書店，1948 年，第 131 頁。

104 同上，第 162 頁。

與國統區教材相比，解放區的課本顯示出更鮮明的階級意識和政治意識形態。比如，某教材編者明確提示說，孔乙己是被侮辱與被損害的下層階級民眾的代表，魯迅的小說是「從孔乙己的遭遇，寫出封建地主如丁舉人之流的惡毒；他們不但殺死了孔乙己，而且還不知殺死了多少比孔乙己更有用有出息的人們」[105]。編者還就《故鄉》的結尾直接點明：魯迅的意思「並不是消極的（地）等待，而是積極的（地）努力去創造一個沒有階級差別的人人平等的好社會」[106]。編者還點明《一件小事》的「要旨是表現工農群眾偉大的同情心、互助心、責任心及其對作者的影響」[107]。萬曼等編的《高中國語》選入《論「費厄潑賴」應該緩行》時加有編者按：「魯迅先生的這篇論文是在二十四年前寫的，雖然時間環境條件已不相同，但在地球上敵人還未絕跡之前，先生所號召的打『落水狗』要打到底的遺訓任何時候也不應該忘記，特別是在蔣介石死黨悍然拒絕國內和平方案，準備做垂死掙扎之時，重溫先生舊作，更能增加警惕，激勵鬥志。」[108]

整體上看，當時國文教材的注解和習題系統普遍重視對新文學作品進行社會認知和思想道德方面價值的提示，注重對學生實施社會意識、階級意識、民族意識等方面的灌輸。葉聖陶在 1945 年時曾評價這種傾向說：「『五四』以來國文科的教學，特別是在中學裡，專重精神或思想一面，忽略了技術的訓練，

---

105 李光家等編輯：《國語文選（中學課本及青年自學讀物）》第 4 冊，華東新華書店，1948 年。
106 東北行政委員會教育部編審：《高中臨時教材·國文》第 1 冊，瀋陽：東北書店，1949 年。
107 王食三等編：《初中國文》第 1 冊，北平：新華書店，1949 年。
108 萬曼等編：《高中國語》第 5 冊，開封：新華書店，1949 年。

使一般學生瞭解文字和運用文字的能力沒有得到適量的發展，未免失掉了平衡。」[109]但他後來參與編寫的《開明新編國文讀本（甲種）》（1947）和《開明新編高級國文讀本》（1948）也不能免俗，它們同樣重視反映社會現實問題和啟發學生思索。在國勢陵夷和社會問題層出不窮的民國時代，國文學科不可能不受社會與時代的影響，也不可能不反映時代和社會的呼聲。引導中學生關注社會現實和思索解決之道，向他們灌輸各種思想、道德和政治意識形態，這固然偏離了讀寫能力訓練這一國文科的首要任務，但失之東隅收之桑榆，社會認知教育和思想精神訓練對於「立人」和「救國」「改造社會」等更重大的國民教育目標來說卻又是有益的和必須的。重社會認知和思想意識灌輸而輕作文技能訓練，可能正如魯迅在 1925 年時所說：「……其結果不過不能作文而已。但現在的青年最要緊的是『行』，不是『言』。只要是活人，不能作文算什麼大不了的事。」[110]此可謂透徹之言。

四、小　結

　　教育思想、教育目標必然影響國文課本對於新文學篇目的取捨。周銘三、馮順伯早就在《中學國語教學法》（1926）中說明：「總起來說，有許多文學，從青年的教育立足點上看起來都要排斥的。我們從文學眼光看文學，當有一副見解和標準，若

109　葉聖陶：《〈國文教學〉序》，中央教育科學研究所編：《葉聖陶語文教育論集》上冊，北京：教育科學出版社，1980 年，第 51 頁。
110　魯迅：《青年必讀書──應〈京報副刊〉的徵求》，《魯迅全集》第 3 卷，第 12 頁。

從教育眼光看文學，當另有一副別的見解和標準。」[111]從上面的教科書掃描我們大致可以發現，新文學作品進入中學國文教材之後大多已失去了其純粹「文學」的身份，而是化身為社會問題、階級意識、愛國主義和民族意識的載體，化身為思想訓練和人格、道德教育的材料。實行新學制以後歷次制訂的國文課程綱要中始終都有「培養學生的文學興趣」這一條，可實際上大多數教材的編選都沒有體現這一點。新文學作品之被選，主要不在於其文學性、趣味性和審美性等特質，而是在於它們所蘊含的思想道德意識、時代事象與社會內容。因此，新詩史上許多情感真摯、審美藝術性較強的重要詩作，如徐志摩的《再別康橋》、戴望舒的《雨巷》等，都極少入選國文課本，而相反，胡適的《上山》《努力》《人力車夫》之類粗糙的白話詩卻頻頻入選，因為後者能夠承擔「健康向上」「努力進取」「同情平民」之類的人格或道德教育職能，而前者卻不能。

由於教育目標和時代、社會情勢的制約與影響，課本選擇什麼材料，如何組織和呈現材料就絕不是一個單純的技術問題，而是有複雜的社會政治與文化、倫理等方面的考慮。從 20 - 40 年代中學國文教材的編排模式和注解、習題等輔助教學系統來看，它們大體有著相近的共識和特點，即注重圍繞社會認知和思想道德教育目標來設置教學單元，注重從社會政治視角來解讀文學作品的思想內涵和闡釋其價值與意義，新文學作品便常常被放在包括社會矛盾、民生問題、階級問題、民族問題等等的話題域中來呈現和解說。僅就當時國文教材的民族意識和抗日傾向來說，就彰明顯著，且曾引起過日本國的強烈反應。1936

111　周銘三、馮順伯：《中學國語教學法》，第 176 頁。

年1月起，受日本內務省指令，神戶海關、兵庫縣廳外事課、大阪府川口員警署等機構以檢查排日教科書的理由扣留、搜走了神戶、橫濱、長崎、東京等地華僑學校使用的由中華書局、商務印書館、世界書局出版的教科書和教授書，日本當局指出這些教科書中的種種排日問題，包括國文教材中的《淞滬之戰》《軍歌》等課文都被指為「不穩當之點」。嗣後日本政府禁止使用這些中國出版的教材。[112]而同樣性質的搜禁「排日」教科書事件也在朝鮮地區的華僑學校發生。在這類事件中，國文課本中的某些以激發國民愛國心為宗旨的新文學篇目也被認為是在挑撥民族感情和破壞中日關係。

　　四十年代末期，國文教師出身的張存拙曾提到「中學國文教材的改進和社會本位文化」的問題，他說：「現在把中學教育的社會目標予以認明，直接陶煉青年，使他從家庭的生長進入社會的生長，成為一社會人，成為一社會中堅分子；間接便是從教育著手，去作事半功倍的社會改進，乃至完成社會本位的民族文化。這樣大膽地建立一個中學國文教育的目標，便是中國社會本位的中學國文目標。」「事實上，中學國文教育裡早蘊藏著這些社會的涵義，早就負起了這些使命，向著這目標做去……」[113]他這種說法實際上是總結和重申了二十至四十年代中學國文教材「社會本位」的主流性立場。

　　總之，教育不能不受制於時代和社會的迫切需要，民國時代之於國文教育的急迫要求是：立人、改造社會、救國救民。

112　參見[日]大里浩秋：《一九三六、三七年華僑學校教科書取り締まり事件》，[日]並木賴壽，大里浩秋，砂山幸雄：《近代中國‧教科書と日本》，東京：研文出版，2010年，第417-424頁。
113　張存拙：《中學國文教材的改進和社會本位文化》，《國文月刊》第74期，1948年12月。

所以，新文學作品在課本中主要承擔的是人格(人生觀)教育、社會道德教育（憂國憂民）、社會認知教育（瞭解社會）這些方面的職能，它們主要不是以「文學」的身份而是作為各種社會現實問題的載體而呈現的。這對於新文學的接受來說至少具有兩方面的重要意義：其一是讓廣大中學生們認識到新文學與社會現實的緊密聯繫以及因此而具有的社會政治價值和作用，激發他們閱讀和創作新文學的熱情，使得新文學幾乎成為一時的「顯學」；其二是強化了一種社會政治性的新文學觀，促進了新文學核心精神（憂時憂國憂民）的凝聚和這一精神傳統在青年學生群體中的形成乃至發揚光大。

第四章　課堂教學與新文學的接受

　　國文教材只是為中學師生提供了一種教學的指引和依據，並不就等於國文教學本身。實際上每所學校甚至每個國文教師開展國文教學的具體情形都是不一樣的，並不一定受限於教材。由於長期沒有全國統一的教材編制和指定使用，各種國文教材層出不窮，任學校和教員自由選用，國文教員在課堂上往往也各行其是。在此情形下，僅僅考察坊間出版的和少數學校自編的教材無疑是相當不全面的，也無以呈現民國時期國文教學的多姿多彩的一面，新文學在課堂上被接受的完整情況也無以呈現。因此，我們必須進一步考察民國時期中學校的國文課堂情況。

　　考察實際的國文課堂情況會發現，新文學進入課堂的時間要早於其進入國文教材。在 20 世紀 20 年代初期，選入新文學作品並在市面上流通的國文教材極少，相當多中學校也並不使用這些出版的教材，而是由教師自行選印教材。與此同時，國文教師在課堂上為學生介紹新文學作品的現象卻並不少見。何仲英 1920 年就在課堂上「教了許多白話詩」，還拿胡適的《我為什麼要做白話詩》和《談新詩》給學生參考。[1]孫俍工也很早就開始在東南大學附中的國文課堂上介紹新文學作品。但另一

---

1 何仲英：《白話文教授問題》，《教育雜誌》第 12 卷第 2 號，1920 年。

方面，仕有些思想保守、「國故」情結很深的國文教員的課室上，新文學依然受到歧視，露臉的機會不多。鄭子瑜在 20 年代後期開始讀小學，他所在的福建某地區，「自小學以至高中，語文課本幾乎仍舊是清一色的文言文，上自經傳諸子，下至近代的古詩文，同前輩們所受的教育竟然差不了多少」[2]。由於這樣的情況，許多思想進步、熱愛新文學的國文教員就不願受制於老舊或死板的課本，而是常常採用自印講義、增加篇目的方式，選講一些他們喜愛的新文學作品。所以鄭子瑜讀書時「課本雖然還是清一色的文言文」，但擔任國文教員的是一位叫丘若琛的新詩人，「他很少講授課文，每從新近出版的文學雜誌上選了新詩給我們講解」[3]。又比如 1931 年的山東東平縣立初中的某國文教員，嫌中華書局出版的《國語與國文》不過癮，乾脆大量補充別的材料，如從陳思編的《小品文甲選》和曹聚仁編的《散文甲選》兩書中選用周作人、魯迅、朱自清、豐子愷等人的散文小品作為講授對象。[4]

　　國文課堂取材往往還與當時的文學潮流與文壇動向密切相關，如革命文學、普羅文學、左翼文學和國防文學等潮流都曾迅速地波及中學國文課堂。1929 年上初中的張畢來遇到的是高中剛剛畢業的一位國文教師，他就曾在課堂上給學生講起魯迅所譯的盧那察爾斯基的《藝術論》來，「什麼經濟基礎，上層建築，什麼意識形態等等概念」都跑到張畢來腦子裡來，刺激他

---

2 鄭子瑜：《自傳》，《鄭子瑜學術論著自選集》，北京：首都師範大學出版社，1994 年，第 743 頁。
3 鄭子瑜：《自傳》，《鄭子瑜學術論著自選集》，第 743 頁。
4 山東省政府教育廳編：《山東省縣私立中等學校國文教學概況》，第 647-649 頁。

在課外讀了一些上海出版的進步書刊。[5]有的國文教員在課堂上十分大膽，甚至根本不按課本來講。季羨林於 1929 年入讀山東省立濟南高中，「初入學時，國文教員是胡也頻先生。他根本很少講國文，幾乎每一堂都在黑板上寫上兩句話：什麼是『現代文藝』？『現代文藝』的使命是什麼？『現代文藝』，當時叫『普羅文學』，現代稱之為無產階級文學。它的使命就是革命。」[6]胡也頻不僅在課堂上公開鼓吹普羅文學，還公然在學生區擺上桌子，招收「現代文藝」研究會的會員。金克木也記述了 1929 年自己在安徽省立第五中學課堂上接觸「普羅文學」的一幕：教師上堂，帶來一疊油印講義發給學生；一看題目和作者──《普羅文學之文獻》，作者署名知白。[7]在國民黨大搞「清黨」和反共之後，明知犯政治忌諱，卻還用「普羅文學」來投合學生，可見彼時國文課堂的自由風氣。在 1931 年的一次國文教學情況調查中，山東一位教員就主張國文的取材應該「順乎社會的文藝思潮及現實生活」，「我們若認定只要是一篇好文藝，能夠提醒學生的創造力、思考力、生活力，便不論這篇文藝內容的描寫男女戀愛是如何過火，表現社會黑暗是如何激烈，解決一切痛苦是如何真摯，我們也要選進來，我想這才是教授國文的真價值，這才不愧教授國文的真使命。」[8]循此說法，我們當可推想他介紹給學生的都是些怎樣的新文學。

　　課堂上除了有一個講什麼的問題還有一個怎樣講的問題，換言之，就是新文學在課堂講授與師生互動交流中如何被解讀、

5　張畢來：《語文分科教學回憶》，劉國正主編：《我和語文教學》，第 129 頁。
6　季羨林：《我的中學時代》，鄧九平主編：《文化名人憶學生時代》下冊，第 15 頁。
7　金克木：《遊學生涯》，上海：東方出版中心，2008 年，第 106-107 頁。
8　山東省政府教育廳編：《山東省縣私立中等學校國文教學概況》，第 213 頁。

分析和如何被感受、評價的問題。某種意義上說，如何講以及講的效果如何，決定了學生接受新文學的深度。下面我們就沿著國文教育發展和演進的軌跡，考察一下新文學在民國時期的課堂上被講授和學習的方式及其效果。

一、演講、討論與啟發式教學

　　當白話文大量進入國文課本而與文言文共處以後，如何講授白話文就成為困擾國文教育界的一個重要問題。相對於文言文，白話文在文字上較易懂，這就常常讓中學教員們覺得白話文不需要講解或者不值得講解。如有人說：「教的是文言，這其間自然短不了一番翻譯的工夫……但是這種教授法一到了白話文出場的時候便全然失其效用；因為白話是用不著翻譯的；勉強譯了去講只有使學生瞌睡，決不會引起趣味。」[9]有人說：「我只覺得白話文可以讓學生自己看，隨意學習罷了，何必教授？小學生容或因程度不夠，教員不得不略為講解，中學生誰看不懂，還要講麼？就是教員要講，也無可講的話頭……」[10]在白話文淺顯和缺乏文言文那樣的可教之處的印象之下，有的教師只是讓學生把課文讀一遍再略略梳通幾個稍難的字句了事，或者乾脆讓學生自學，而「在真主張白話文的，不忍不教白話文，於是不得不以『講演』代替『翻譯』。文章的逐字逐句的意義，不容詳加解釋，只好專就其中的意義加以發揮。」[11]這「其中

9　常乃德：《中學校國文教授之我見》，《中等教育》第 2 卷第 1 期，1923 年 3 月。

10　仲英：《白話文教授問題》，《教育雜誌》第 12 卷第 2 號，1920 年 2 月。

11　沈仲九：《國文科試行道爾頓制的說明》，教育雜誌社編輯：《國文科試行道爾頓制的說明》，上海：商務印書館，1925 年，第 5 頁。

的意義」便是指白話文中所涉及的社會問題、人生問題、思想問題等等。當時社會上和個人生活中面臨的各種「問題」層出不窮，「多研究些問題」便成為一時的社會風氣，這也影響到了國文教學，流行起圍繞著各種「問題」進行討論和演講的教學方式來。在這種教學模式中，新文學作品往往只是引出問題與話題的一個由頭，師生關注的不是作品本身的文學魅力或文字技巧，而是其所揭示或反映的問題的重要與否。而且，初期的新文學確實是熱衷於談論各種問題的，如勞工問題、新舊文化衝突問題、禮教吃人問題、戀愛婚姻問題等等都是其主要內容，像胡適等人的白話詩《人力車夫》《渴殺苦》等，就是關於勞工階層問題的，這類白話詩通俗易懂，確實不須細講而又適於進行問題演講或討論。

　　以「問題」為中心的討論與演講式教學法是指以課文所涉及的某個社會、人生或思想問題為由頭生發開去，或由國文教師依自己的見識和思想發表看法，或是由教師組織學生們圍繞這些問題進行課堂討論與辯論。課堂討論有時隨機在堂上進行，有時先由教師佈置學生在課前準備材料，然後再在課堂上操演。早在 1919 年前後，浙江第一師範學校的夏丏尊、陳望道、劉大白、沈仲九等教師立意革新國文教育，他們在自編教材時取材「以和人生最有關係的各種問題為綱，以新出版各種雜誌中，關於各問題的文章寫目」[12]，他們改變過去由老師灌輸的方式，「令學生自己研究，教員處於指導的地位」，「每一星期或兩星期，由教員提出一個研究的問題，將關於問題的材料，分給學生」，然後分成十一個步驟進行，即「說明、答問、分析、綜合、

12　沈仲九：《對於中等學校國文教授的意見》，《教育潮》第 1 卷第 5 期，
　　1919 年 10 月。

書面批評、口頭批評，學生講演、辯難、教員講演、臨時作文」
[13]。這種教學方式強調通過教師的說明、答問、講演來對學生
進行思想啟發，又通過學生自學、講演、相互辯難以激發學生
的思維活性和對社會問題的關心。當時在吳淞公學任教的何仲
英也比較認同這種教學方法，認為其「大可發展學生的思想」。
何仲英認為白話文雖然文字淺顯，但學生能明白字句卻未必都
能明白白話文的思想內容，所以有些白話文的思想內容是值得
討論和講解的。而且，「在這知識饑荒時期，學生求知心切，什
麼人生問題、社會問題、文學問題……都喜歡研究，如若不酌
量討論，恐怕陷入歧途，反為不美，這是我們應當供給需求的
唯一機會，非教授不可！」[14]

　　新文學的宣導者和開創者胡適既是個熱衷於提出「問題」
的文學家，又是個討論式教學法的熱情提倡者。他在 1920 年 3
月撰寫了《中學國文的教授》一文，主張「國語文的教授法」
應以學生自學和課堂討論、演說、辯論為主，而無須由教師過
多講解。他特意點明說，「小說與戲劇」「由學生自己閱看」，「講
堂上止有討論，不用講解」[15]。1922 年 7 月 6 日，胡適在中華
教育改進社年會的演講中再次重申「國語文的教授法」應該是：
「A.指定分量，由學生自修。講堂上只有討論，不用講解。注
入式的教授，自不容於當代的新潮流，教員在講堂上，除了補
充和討論以外，實在沒有講解的必要。B.用演說、辯論，作國
語的實用教授法。」[16]胡適強調語體文應主要採用課堂討論和

---

13 同上。
14 何仲英：《白話文教授問題》，《教育雜誌》第 12 卷第 2 號，1920 年 2 月。
15 胡適：《中學國文的教授》，《新青年》第 8 卷第 1 號，1920 年 9 月。
16 胡適：《中學的國文教學》，白吉庵、劉燕雲編：《胡適教育論著選》，北
　京：人民教育出版社，1994 年，第 150 頁。

演說、辯論的方式來教，這一方面是因為他也認為白話文通俗易懂，不需要過多講解，而學生自能明白；另一方面則是因為他特別重視培養學生的思想能力。作為新文化和新文學運動的領袖人物，胡適太懂得新思想的價值和作為其基礎的思想意識與思想能力的重要性了。所以他強調說：「演說辯論最能說明學生養成有條理系統的思想能力。」「須認明這兩項是國語與國語文的實用教法。」[17]胡適還專門舉例談論了文學作品教學中的課堂討論法：「例如《鏡花緣》上寫林之洋在女兒國穿耳纏足一段，是問題小說，教員應該使學生明白作者『設身處地』的意思，借此引起他們研究社會問題的興趣。又如《西遊記》前八回是神話滑稽小說，教員應該使學生懂得作者為什麼要寫一個莊嚴的天宮盛會被一個猴子攪亂了。又如《儒林外史》寫鮑文卿一段，教員應該使學生把嚴貢生一段比較著看，使他們知道什麼叫做人類平等，什麼叫做衣冠禽獸。」[18]胡適是在「國語文的教授法」這一小標題之下談這些古代白話文學的，其思路自然也適用於新文學的教學。如果歸納起來說的話，胡適關於新文學的教授法主要有兩點主張：其一，注意採用演說、辯論這兩種「國語文的實用教法」，課堂討論須圍繞著文學作品中的某些內容（比如小說中的故事情節）來進行；其二，課堂討論的目的是將文學作品與社會問題聯繫起來，借此引起學生「研究社會問題的興趣」。胡適熱衷於將文學作品往種種社會問題上聯繫，也是希望賦予國文教學更大的解釋社會和批評現實的權力，以免國文教學與時代和社會脫節。由於胡適本人的巨大聲譽和影響力，他的課堂討論和演說、辯論式教學法及背後

---

17 胡適：《中學國文的教授》，《新青年》第 8 卷第 1 號，1920 年 9 月。
18 同上。

的教育理念也對中學國文教學產生了明顯的影響。

　　由於早期的新文學作品多是胡適所說的「問題小說」和「問題」文學，所以在 1920 年代的中學國文教學中，新文學作品往往是被當作社會問題或人生問題、思想問題的材料而加以討論和談論的。新文學初期出現的胡適的《人力車夫》、劉大白的《渴殺苦》、沈玄廬的《十五娘》等新詩便常常在國文課堂上被教師們當作「勞工問題」的材料進行講演或討論。胡適的《威權》、沈尹默的《生機》、周作人的《小河》則是被當作反抗專制和壓迫的話題來加以討論。1924 年，國文教師張岸勤曾撰文介紹他的問題式教學法。他在河南開封省立第二中學的國文教學中設計了以「勞工問題」為中心的為期一個月的教學計畫[19]：

課　文	體　裁	旨　趣	作　者	學時數
勞工神聖	議論文	評論勞工的價值	蔡元培	2
荊元	記敘文	記敘勞工的生活	吳敬梓	2
縫衣曲	詩歌	申訴勞工之苦	虎　特	2
繚綾	詩歌	申訴勞工之苦，形容富貴家之奢華	白居易	2
紅線毯	詩歌	同前	白居易	
苦辛吟	詩歌	申訴勞工之苦	于　濆	1
古風	詩歌	同前	聶夷中	
水滸詩	詩歌	同前	施耐庵	
田家	詩歌	同前	聶夷中	1
午飯之前	戲劇	形容資本家之殘暴	田　漢	4

19 張岸勤：《一個月國文教材的計畫及教學上經過的實況》，《中華教育界》第 13 卷第 12 期，1924 年 6 月。

　　這個計畫是以勞工問題為綱組織古今各體文章的教學，教學的著重點不在於詩歌或戲劇本身的文學魅力或文體知識、寫作技巧，而在於其所指示的古今中外的社會階級問題。顯然，不重視文學作品本身的形式、技巧分析和審美體味是這種問題式教學法的一般性特徵。

　　問題式教學法也與從美國傳來的道爾頓制（The Dalton Laboratory Plan）教學法有契合之處。道爾頓制強調讓學生自學，甚至廢除課堂講授，將學習內容製成作業綱要和學習計畫，令學生自己去查閱資料、思考和完成，而教師只處於指導者的位置。孫俍工在東南大學附中教國文時曾實驗道爾頓制，其設計的文藝作品的作業內容有分篇作業、分組作業等。「分篇作業法」要求學生每讀完一篇文藝作品就作一篇雜記，或讀書錄、讀後感想，或一個簡短的評論，其具體要求包括「本篇梗概」「本篇所含蓄的思想問題；本篇所表現的人生問題」這兩項。「分組作業法」則是把一單元或一階段所學文章中所有關於思想問題或藝術上相同的點抽出來，分成若干組，每組作一篇簡短的評論或總評。[20]顯然，孫俍工的道爾頓文藝教學法十分重視「思想問題」「人生問題」的探討。穆濟波也曾在東南大學附中道爾頓制實驗班進行國文教學實驗，他為初二年級上學期設計了第一周的作業綱要：

　　　　從本組國文科工作概要表上，你們知道這一周所要做的是：精讀《沙葬》、《今》、《一個人的生活》。……

20　孫俍工：《文藝在中等教育中的位置與道爾頓制》，《教育雜誌》第 14 卷第 12 號，1922 年 12 月。

當你讀《沙葬》時，你便要想：①人生一世，有沒有像沙葬一樣危險的事情？②什麼是愈陷愈久愈速、可以埋葬我們整個個體的？③我們逃不掉的刑罰——殘酷地慢吞吞的（地）不快不遲地埋葬——是什麼？

如果你答不出，你去看《今》。你想：①今在哪裡？②今何以可貴？③今日我將如何？

如果打不起「今日之我」的主意，你再去看《一個人的生活》。你想：①什麼才算是一個人生活的道路？②沒有路如何尋？有了路，如何走？③一直走到盡頭，如何才可以保證對得起自己？[21]

從這份教案來看，道爾頓文藝教學法也注重啟發式提問，藉此引導學生思考人生問題。

經受了新文化運動和五四愛國運動的洗禮之後，大批新文化運動的參與者、擁護者和受薰陶者在二十年代進入中學校園擔任國文教師，他們本就特別關心各種社會問題，故而在教學上也多喜歡聯繫社會現實問題來發揮課文之意，其結果便是將學生引導向關心社會問題上去了。教育家阮真曾經用誇張的筆法描述了「問題教學法」在二十年代風行之後的結果：中學生變得「愛討論問題。有所謂經濟問題、勞動問題、婦女問題、貞操問題、遺產問題、親子關係問題，還有最切身而最歡迎的戀愛問題、婚姻問題等等」；而且學生常以是否會「談問題」來判斷教師水準的高下，「前老師會談問題的，後老師不談問題，都不免要受學生的攻擊，說他『時代的落伍者』『開倒車』『不

---

21 廖世承：《東大附中道爾頓制實驗報告》，上海：商務印書館，1925 年，第 47-50 頁。

懂新文學』了」[22]。

到了 30 年代，以社會問題為中心組織課堂教學的傾向仍然存在。1930 年左右，北平藝文中學的初中國文課，「每一學年底課程均以問題為中心」每一中心問題又得分為若干小問題，按月排列」；第一年「以『青年生活』為中心問題」；第二年「以『現代社會』為中心問題」；第三年「以『文學研究』為中心問題。」[23] 30 年代許多以問題為單元編排的國文教材的出版也足以說明問題式教學法的頑強生命力。如《新亞教本・初中國文》（1932－1933）這套教材在內容設計上就特別偏重問題設置和討論。該教材為各個教學單元專門設置了討論題，以供師生教學時使用：

第一組討論標題（經濟方面）[24]：

本組題材注重生活的經濟方面

（1）經濟生活的基本問題，衣、食、住、行

（2）生產與分配的均衡

（3）現存經濟制度的檢討

　　a 私有資產制

　　b 工銀勞動制

（4）現有經濟制度下的產物

　　a 乞丐

---

22 阮真：《時代思潮與中學國文教學》，《中華教育界》第 22 卷第 1 期，1934 年 7 月。

23 藝文中學校：《藝文中學初中國語課程大綱》，《北平藝文中學校道爾頓制實施概況》，1933 年 4 月，第 28 頁。

24 陳椿年編：《新亞教本・初中國文》第 1 冊，上海：新亞書店，1932 年，第 56—57 頁。

　　　　b 娼妓

　　（5）理想的經濟生活

第二組討論標題（社會方面）[25]：

　　（1）現存社會制度的輪廓

　　　　a.關於家庭組織

　　　　b.關於財產繼承

　　　　c.關於婦女地位

　　　　d.關於兒童教育

　　（2）幾個社會問題：

　　　　a.人口販賣

　　　　b.童養媳與童工

　　　　c.貞操

第三組討論標題（政治方面）[26]：

　　（1）現存政治制度的輪廓

　　　　a.統治者與被統治者的對立

　　　　b.封建制度的屍骸

　　　　c.壓迫的系統

　　（2）幾個政治問題

　　　　a.租稅制度

　　　　b.官僚政治

　　　　c.內戰與兵役

---

25 同上，第 110 頁。
26 陳椿年編：《新亞教本·初中國文》第 1 冊，第 153—154 頁。

　　設置這樣多的問題討論當然顯得有些迂闊，這一方面會造成脫離具體課文而游談無邊的弊病，另一方面也會造成課堂時間的大量浪費，損害了國文教育的另一個重點目標——文字、語法和文章知識、表達技能的訓練。

　　實際上，早就有人注意到要避免脫離課文、脫離文學欣賞而游談社會問題的弊病。1920 年 9 月，胡適在《中學國文的教授》一文中談到「國語文的教授法」時即強調「課堂上討論，須跟著材料變換，不能一定」。所謂的「跟著材料變換」就是指根據文學作品的內容（如故事情節）的不同而有針對性地展開討論，如《鏡花緣》是「問題小說」就要圍繞著小說中林之洋在女兒國穿耳纏足一段描寫來討論婦女解放問題，《西遊記》是「神話滑稽小說」，就應該圍繞一個猴子搗亂了一個莊嚴的天宮盛會這一故事來討論專制與自由、反抗問題，等等。[27] 1922 年，孫俍工與沈仲九在合編出版的《初級中學國語文讀本》中主張課堂上多讓學生討論並加以指導，而「討論應注意下列各事：1，句法，分段，文體，描寫的技術，全篇的要義（表明的，含蓄的）等……3，對於藝術文，當注意作者的情調、生活和他底時代的社會生活、文藝思潮」[28]。顯然，他們所主張的問題討論也並不脫離「描寫的技術」和作者所處時代的「文藝思潮」等文學本身的問題。這些正確的意見應該都有助於指導中學國文教師正確地操作討論式教學法，以取得較好的教學效果。因此，隨著國文教學的發展，20 年代的問題討論式教學法也逐漸向著縱深演化，即由初期的往往拋開文學作品本身作有關社會

---

27 胡適：《中學國文的教授》，《新青年》第 8 卷第 1 號，1920 年 9 月。
28 俍工、仲九：《初級中學國文教授大綱》，《初級中學國語文讀本》，上海：民智書局，1923 年。

問題或人生問題的泛泛討論、演講，日益轉向結合文學作品本身的形式、技巧、情調、含義等來探討其中所蘊含的關於社會人生問題的思考和態度。

　　問題討論式教學法常常也很重視思想訓練。很早就有人（比如前述的胡適）意識到了問題討論教學法與思想訓練之間的密切關係：問題討論本就是思想訓練的載體和契機。1923 年，國文教員張岸勤將他所選的教材分為勞工問題號、人生問題號、戰爭問題號、婚姻問題號等種類。他認為「問題排列法」式教材的優點在於「能夠養成學生研究問題的興味和解決問題的能力」，「能夠養成學生系統的思想」，並且說：「近來我覺得非著重學生之思想不可。思想是立乎形式之先的一樁東西，形式不過是發表思想的一種工具。學生有了思想，興致是蓬勃的，意味是溢發的，再和他講究怎樣把此思想發表出來的工具便事半而功倍。……看起來，思想在國文教育上之關係，畢竟是比形式重要些。」[29]朱自清也在 1920 年代末提出加強學生思想能力訓練的主張：「要養成勉思底習慣，一面須提供多量的刺激，一面須提供相互間析疑問難底機會。現在的中等學校按時授課底辦法和注入式的教授，卻只能阻遏學生底自己表現，正和我所說相反。所謂知識程度底提高，也只是記憶和瞭解底題材提高，並非推理能力底發展。所以只能養成勤學不倦的學生，而不能養成自由思想的學生。」[30]他不僅支持課堂上搞問題討論，還極力主張將問題討論延伸到課外活動之中，藉此給學生以更多

---

29 張岸勤：《一個月國文教材的計畫及教學上經過的實況》，《中華教育界》第 13 卷第 12 期，1924 年 6 月。
30 朱自清：《中等學校的學生生活》，朱喬森編：《朱自清全集》第 4 卷，南京：江蘇教育出版社，1996 年第 2 版，第 62 頁。

的思想訓練的機會。

從 20 年代後期起，許多國文教材已在體例設計上注重設置思考題，以便對學生進行思想啟發和訓練。朱劍芒編輯的《初中國文》（1929）在每篇課文後均附問題三到四則，「凡事理上有足供討論處，悉擇要提出，以期養成讀者的思考能力。」[31] 1932—1933 年出版的《新亞教本・初中國文》則自稱「（編者）確認國文教學的目的在訓練思想，養成對於實生活上種種問題的批判及正確表達的技能」[32]。這套教材在內容設計上特別偏重問題設置。如在《兩個乞丐》一文之後就設計了六個問題，包括「乞丐是由於自己的墮落呢，還是社會造成的？」「誰搶了他們的食物？誰剝了他們的衣裳？」[33]這分明是要告訴學生，乞丐的產生是因為社會不公，是因為存在剝削、掠奪的社會制度，而並非自身的懶惰或墮落。在《山徑》（許傑）一文後則有這樣的提問設置：「軍隊拉夫是什麼理由？軍隊的職責是什麼？」「軍隊對待拉去的人怎樣？他們同囚犯有分別麼？但是他們又犯了什麼罪？」「一切被壓迫民眾的痛苦都有什麼來由？」[34]這些提問不僅引導學生思考軍閥隊伍的罪惡，還引導他們思索社會黑暗的根源。

到了 30 年代，國文課堂上注重思想啟發已經成了常態。1931 年，山東省立第七中學的國文教員劉君復介紹他的教學經驗是「啟發式的教授法」，「很能引起學生的興趣和深入」：比方

31　朱劍芒：《新主義教科書初中國文編輯綱要》，《初中國文》第 1 冊，上海：世界書局，1929 年。

32　陳椿年：《致教者》，《新亞教本・初中國文》第 1 冊，上海：新亞書店，1932 年。

33　陳椿年編：《新亞教本・初中國文》第 1 冊，第 15 頁。

34　同上，第 143-144 頁。

教巴比塞的《名譽的十字架》這篇課文，就應該擴充教材的範圍，不宜拘囿於教材之內。教師應當講到戰爭的起源與演進的動機、原因，人類戰爭日趨於殘酷的原因（歷代統治者提倡戰爭），戰爭與非戰文學，和平運動的意義等等延伸性內容。將本文講過之後還應該由學生自由討論。通過這樣的教學過程之後，學生就能夠觸類旁通，懂得理解其他相類的作品，如莫泊桑的《戰俘》。訓練學生在思考實際問題上觸類旁通的習慣和能力，可以收到事半功倍的學習效果。比如學生讀了魯迅的《祝福》之後再讀莫泊桑的《馬丹拔蒂士特》，就知道這是描寫人類同情心的薄弱；讀了魯迅的《幸福的家庭》再讀史特林堡的《愛情與麵包》，就知道所謂愛情，所謂幸福，是離開不了物質條件的。[35]

葉聖陶有著多年的中小學國文教師的經驗，也一直重視語文技能（讀寫能力）訓練這一國文教育的首要目標，但他後來也逐漸重視起思想訓練這一國文目標來。1941 年 8 月，葉聖陶發表文章《如果我當老師》，主張國文科的教學目標在「訓練思維，養成語言文字的好習慣」，為此應該發揮學生的主動性，不要由教師滿堂灌。[36] 1941 年，葉聖陶、朱自清合編了《精讀指導舉隅》，在其所主張的精讀教學法中「課堂討論」居於非常重要的地位。葉聖陶認為上課宜採用「討論」的形式，而且「還得在平時養成學生討論問題，發表意見的習慣」[37]。葉聖陶、

---

35 山東省政府教育廳編：《山東省縣私立中等學校國文教學概況》，第305-307 頁。
36 葉聖陶：《如果我當教師》，劉國正主編：《葉聖陶教育文集》第 2 卷，北京：人民教育出版社，1994 年，第 87 頁。
37 葉聖陶：《〈精讀指導舉隅〉前言》，中央教育科學研究所編：《葉聖陶語文教育論集》上冊，第 11-12 頁。

朱自清在 40 年代主張的以「精讀」為前提的「課堂討論」當然不同於 20 年代初那種隨意引申和發揮的問題式教學法,而是一種緊貼作品實際的對學生進行思想訓練的做法。這可以說是對早期相對簡單的社會問題演講和討論式教學法的發展和深化。

　　演講、辯論、討論式教學法和啟發式教學法都有一個共同的特徵,即是以文章為軸心向社會問題和思想訓練的目標拓展。這樣的教學法有把國文科與社會科混在一起的傾向,因此招致了一些反對。但歷史地看,這種社會問題和思想導向式的教學方法仍然顯示出了某種歷史的合理性和進步性,它們能夠發揮學生的積極性和主動性,也更符合「造成健全國民」的教育宗旨。此外,對於新文學的教學來說,問題討論和啟發式教學法也有一定的合理性,因為初期的新文學確實普遍都是「問題文學」,無論是小說、詩歌、戲劇還是散文,其主流都是揭示或思索各種社會問題與人生問題。新文學所觸及的這些問題和所表達的新思想、新觀點在古文中是很少有的,一篇新文學最令師生們耳目一新的常常就是它所談到的問題和思想。而且,問題討論與思想啟發式教學法還極力挖掘新文學作品的思想價值和社會現實意義,以此顯示新文學的特殊價值,以助其與古文學競爭,這顯然是具有積極意義的。隨著新文學的發展和日漸成熟,早期的「問題文學」也逐漸發展成社會剖析派文學、社會諷喻與批判現實主義等文學類型,但「社會問題」形態始終是新文學發展的主流。這自然也決定了圍繞社會問題和思想問題來進行討論與思考的教學方法永不過時。

二、新文學的精讀式教學

　　20 年代盛行的問題討論式教學難免導致脫離作品本身的

弊病。國文教育家阮真對此批評說:「……教國文只是離開文章來講演主義討論問題了。辭(詞)句的解釋,視為無用;文法章法,也不值得注意……」[38]孟憲承則還擔心專注重問題討論與演講的教學會把複雜而多面的「人生思想內容」簡單化,形成「偏見與武斷」,「阻礙思想自由的發表」[39]。葉聖陶和朱自清也曾反思說:「『五四』以來的國文科的教學,特別在中學裡,專重精神或思想一面,忽略了技術的訓練,使一般學生瞭解文字和運用文字的能力沒有得到適量的發展,未免失掉了平衡。」[40]國文教育界的這些批評和反思加速了白話文的精讀式教學的興起。

其實,就在盛行問題討論之風的同時也有少數人開始摸索講解新文學的恰當方式。1920年3月,胡適撰寫《中學國文的教授》一文,指出「無論是小說,是戲劇,教員應該點出佈局、描寫的技術、文章的體裁等等。」他還建議:「讀戲劇時,可選精彩的部分令學生分任戲裡的人物,高聲演讀。若能在台上演做,那更好了。」[41] 1922年,孫俍工與沈仲九合編《初級中學國語文讀本》時在教材前面附錄了《初級中學國文教授大綱》,主張教師在課堂上指導學生討論時「應注意下列各事:1,句法,分段,文體,描寫的技術,全篇的要義(表明的,含蓄的)……」[42]孫、沈二人注意「句法」「描寫的技術」等文學技

38 阮真:《時代思潮與中學國文教學》,《中華教育界》第22卷第1期,1934年7月。
39 孟憲承:《初中國文之教學》,周谷平、趙衛平編:《孟憲承教育論著選》,北京:人民教育出版社,1997年,第40頁。
40 葉聖陶:《〈國文教學〉序》,中央教育科學研究所編:《葉聖陶語文教育論集》上冊,第51頁。
41 胡適:《中學國文的教授》,《新青年》第8卷第1號,1920年9月。
42 俍工、仲九:《初級中學國文教授大綱》,《初級中學國語文讀本》,上海:民智書局,1923年。

巧問題，這已經為中學師生們指出了國語文的許多可教之處。另外，受道爾頓制教學法的影響，某些國文教員也開始注意對白話文的教學設計，注意引導學生精讀課文。20 年代中期，穆濟波在東南大學附中教國文時即要求其所教道爾頓實驗班學生作自學筆記，筆記中應包括「提述全篇大要：全篇體裁、主旨、分段撮要」「詳釋難解字句和詞語」「尋釋作意或作法（作品風格以及其精神所在須注意）」[43]這幾項。顯然，傳統的文言文的精讀細講式的教學方法也開始用於白話文的教學了。

　　在國文教育家和國文教師們探索、嘗試的同時，課程標準的制訂和指引也在發揮作用。1923 年頒佈的《初級中學國語課程綱要》已經要求「精讀文選，詳細誦習，研究」[44]，《高級中學公共必修的國語課程綱要》也規定「精讀的書，則須有詳細的瞭解，並應注重文學的技術」[45]。1929 年由教育部頒佈的中學國文《暫行課程標準》在「精讀」專案下都有明確要求和指示，如初中標準中要求「使學生對於所讀的材料，關於內容方面，有明白的認識，關於形式方面，有詳細的瞭解」；高中標準中要求「使學生對於讀物有詳細的瞭解，並應注重於文學的技術之指示（包括材料的運用，思想的條理層次，描寫人物的技術等等）」[46]。這兩個標準所要求的「詳細」「研究」和對於「形式」或「技術」的重視都會引導國文教員們鑽研新文學作品的精讀教學。

---

43 參見廖世承：《東大附中道爾頓制實驗報告》，上海：商務印書館，1925年，第 47-50 頁。
44 課程教材研究所編：《20 世紀中國中小學課程標準・教學大綱彙編・語文卷》，第 274 頁。
45 同上，第 277 頁。
46 同上，第 282、286 頁。

　　教育部的課程標準的指導再加上國文教員們的經驗摸索，使得新文學的精讀教學日趨成熟。1935 年·江蘇省立南通中學所制訂的全校國文科教學大綱是這樣規定「記述文」（包含小說、戲劇）的課堂教學內容的：一、參考，包含「作者」（略曆、思想、著作）和「作品」（難字、難句、成句、事實）的講解和查閱資料；二、研究，包含「形式」（體裁、分段）和「意義」（主旨、概要）；三、討論或批評，包含「作意」（討論、批評）和「作法」（討論、批評）；四、讀後感想，包括「抒感」和「餘論」。對於「抒情文」除大致規定與上述相同的四項內容外還增添了「作者思想之派別」、「文學批評者（關於作品）之批評」、作品作法之「佈局」「描寫」「襯影」「作者之個性與生活」「作者之修養與藝術的工夫」等更細的教學內容。[47]從上述「形式」「作法」「作意」等內容規定當可推想文學篇目教學的細緻和深入程度。

　　考察 30 年代出版的一些國文教材和其教學參考書，常常可以發現在新文學篇目的教學設計上除了有「內容概要」「作者生平」這樣的內容，還有「注解」「文法」「文章體制」（體裁、取材、結構、描寫）等內容板塊，明顯反映出新文學作品的教學在走向精細化。比如由張文治、喻守真等人為《初中國文讀本》（朱文叔編）這套教材編寫的《初中國文讀本參考書》就包含了上述的教學設計板塊。這些教學設計多指向對新文學作品思想內涵或社會價值的解析與揭示，但大多落實到了字句、段落和寫法技巧上面。比如對鄭振鐸的《離別》這篇散文，編注者們針對「紅日」「藍白紅」「紅藍條交叉著的聯合旗」「星點紅條

47　《本校國文學科教學計畫》，《江蘇省立南通中學校刊》1932 年第 2 期。

的旗」等語詞注解到：「謂日、法、英、美四國旗也。」在「描寫」項下又說：「本篇有幾處描寫非常細到，如……（中略）本篇中又多用不整齊的複句，如『我愛的』、『我全心愛著的』、『再過去……再過去』、『我不忍……更不忍』、『更好的……更好的』等句都是。這種句法，很可加強語氣。」[48]這充分顯示了教學指導者們在新文學作品教學設計方面所下功夫之細和深，這是為了幫助學生們深入理解作品的思想情感和表現這種思想情感的語言技巧。

顯然，隨著國文教育的演進，新文學作品的教學在不放棄社會問題揭示和思想觀念灌輸的前提下，越來越重視基本語文能力的訓練，使得學生對於文學作品的思想內容和藝術形式都能有所掌握。葉聖陶、夏丏尊、朱自清等既有豐富的新文學創作經驗，又有豐富的國文教育經驗的人都主張將文學欣賞能力的訓練落實到「咬文嚼字」上面。如葉聖陶在談如何作精讀指導時提出，專就培植學生的欣賞文學的能力而言，教師的第一步是幫助學生「透徹瞭解整篇文章，沒有一點含糊，沒有一點誤會」，第二步則是幫助學生「體會作者意念發展的途徑及其辛苦經營的功力」[49]。這裡明顯暗示了研究文學作品的寫法和技巧的任務。1935年葉聖陶與夏丏尊合編國文教材《國文百八課》，「這是一部側重文章形式的書，所選取的文章雖也顧到內容的純正和性質的變化，但文章的處置全從形式上著眼。」編者「主張把學習國文的目標側重在形式的討究」[50]，新文學在

---

48 張文治、喻守真、張慎伯編：《初中國文讀本參考書》第1冊，第101-105頁。

49 葉聖陶：《論國文精讀指導不只是逐句講解》，中央教育科學研究所編：《葉聖陶語文教育論集》上冊，第69頁。

50 葉聖陶：《關於〈國文百八課〉》，中央教育科學研究所編：《葉聖陶語文

此教材中當然也是側重從形式上教學的。1936 年 1 月,開明書店《新少年》雜誌創刊,由葉聖陶主編。葉聖陶在該刊開設「文章展覽」專欄,每期選登一篇現代人的文章(主要是文學作品),然後附上編選者的賞析、解說和評論性文字,用意在於指導學生閱讀、欣賞和學習寫作技巧。「文章展覽」一共「展覽」24 篇,後來結集為《文章例話》,於 1937 年 2 月由開明書店初版,到 1949 年曾經再版、改版共計 10 次左右,總印數大概在三到四萬冊之間,在中學師生中產生了廣泛的影響。《文章例話》中的賞析、解說和評論性文字呈現了從文章主旨、思路、風格(如老舍《北平的洋車夫》的口語和幽默)到細節描寫、詞語使用、句讀符號等的全方位的細讀技巧。葉聖陶用文章例話的方式向國文教師和學生們生動地展示了新文學作品的精讀所能夠達到的令人難以想像的深度與細緻程度。

葉聖陶主張精讀文教學要「求甚解」,他在《國文隨談》(1941)中詳細地闡述了自己所總結出的指導精讀的方法:第一步,逐詞逐句瞭解,要查字典,瞭解字詞意思,並理解字詞在具體句子中的含義和用法,要整體記憶、理解、運用習語和成語,要比較和辨析近義詞。第二步,通讀全篇,辨明主旨,分清層次。第三步,細細品味文章中的情感、情味,琢磨文章的觀點、含義,推求文章的表現手法。[51] 1941 年,葉聖陶、朱自清合編了《精讀指導舉隅》,列入商務印書館的「中學生文庫」出版。在書中,葉聖陶設計了一套課堂教學程式:通讀全文(吟誦和宣讀)——認識生字生詞——解答教師所提示的問

教育論集》上冊,第 177、178 頁。

51 參見葉聖陶:《國文隨談》,劉國正主編:《葉聖陶教育文集》第 3 卷,第 72—77 頁。

題（包括課前的「預習」和上課的「討論」）——學生練習（吟詠，參讀相關的文章，應對教師的考問）。[52]葉聖陶認為：「國文屬於語文學科，重在語文方面技法的訓練。」教材選得適當，只是有了好的憑藉，要收效，還得在體會、揣摩、辨認、推求方面下功夫。唯有這些工夫做到家，教學的技法才化為學生的語文習慣，無論閱讀或寫作，可以隨時應用。也唯有這些工夫做到家，教材的內容才成為消化了的養料，在學生的精神上，發生營養的作用。」[53]

　　與葉聖陶一樣，夏丏尊、朱自清等新文學家兼國文教育家也很重視語文技能的教學。1936 年，夏丏尊應教育部的委託向全國中學生作國文科的廣播講演（廣播稿刊於當年的《中學生》雜誌），他在《學習國文的著眼點》這篇講話中開篇明義：「我主張學習國文該著眼在文字的形式方面。就是說，諸君學習國文的時候，該在文字的形式方面去努力。」然後又反覆申說道：「國文科的學習工作，不在從內容上去深究探討，倒在從文字的形式上去獲得理解和發表的能力。」「我們學習國文所當注重的，並不是事情、道理、東西或感情的本身，應該是各種表現方式和法則。」「我們所要學習的是文字語言上的種種格式和方法，至於文字語言所含的內容，倒並不是十分重要的東西。」[54]在當年的另一次面向中學生的廣播演講中，夏丏尊專門就新文學作品提示了精讀的方法：「諸君讀小說，假定是茅盾的《子夜》，如果當作語言文字的學習的話，所當注意的不該但（只）是書

---

52 葉聖陶：《精讀的指導——〈精讀指導舉隅〉前言》，劉國正主編：《葉聖陶教育文集》第 3 卷，第 229-243 頁。

53 葉聖陶：《教材與教法——〈中學精讀文選〉序》，劉國正主編：《葉聖陶教育文集》第 4 卷，第 153、154 頁。

54 夏丏尊：《學習國文的著眼點》，《中學生》第 68 期，1936 年 10 月。

裡的故事，對於書裡面的人物描寫、敘事的方法、結構照應以及用辭（詞）、造句等等該大加注意，諸君讀詩歌，假定是徐志摩的詩集，如果當語言文字學習的話，不但該注意詩裡的大意，還該留心它的造句、用韻、音節以及表現、著想、對仗、風格等等的方面。」[55]

　　朱自清也是精讀教學法的提倡者。1940 年，他在《誦讀的態度》一文中提出：「精讀得採取分析的態度。詞義，句式，聲調，論理，段落，全篇主旨，都分析地說明，比較，練習。『詞義』包括詞在文句和在詩句裡的意義；『句式』包括各種語氣；『聲調』指朗讀而言……論理，段落，全篇主旨，可以專用問題法，啟發學生的思想。最重要的是練習，……」[56] 1943 年 3 月他又撰寫《瞭解與欣賞──這裡討論的是關於瞭解與欣賞能力的訓練》一文，親自向國文教師示範怎樣講解文學作品。他開宗明義說：「瞭解與欣賞為中學國文課程中重要的訓練過程。」而這個過程必須是一種「分章析句」「咬文嚼字」的教學培養過程，不僅要「注重字義」，還應該顧及「句子的形式（句式）」「段落」「主旨」「組織」「詞語」「比喻、典故、例證」等方面的分析的方法。他舉魯迅《秋夜》開端「在我的後園，可以看見牆外有兩株樹，一株是棗樹，還有一株也是棗樹」為例分析到：「這不是普通的敘說，句子的形式很特殊，給人一種幽默感。作者存心要表現某種特殊的情感。這兒開始就顯示出一個太平凡的境界，因為魯迅先生所見到的窗外，除掉兩株棗樹，便一無所見。更使人厭倦的是人坐屋裡，一抬頭望窗外，立刻映入眼簾的東西，就只是兩株棗樹，愛看也是這些，不愛看也

---

55 夏丏尊：《怎樣閱讀》，《中學生》第 61 期，1936 年 1 月。
56 朱自清：《誦讀的態度》，《中等教育季刊》創刊號，1940 年 9 月。

是這些，引起人膩煩的感覺。一種太平凡的境界，用不平凡的句式來顯示，是修辭上的技巧。」[57]朱自清又以康白情的新詩《朝氣》為例來講如何賞析「比喻」：

> 康白情的《朝氣》，內容是描寫農家種植的生活，題目何以稱為「朝氣」呢？農家生活的描寫與朝氣究竟有何關係呢？這些問題教師是要暗示學生提出來詳細討論的。農家生活的描寫實在是一個比喻，作者是別有寄託的。文學作品中的具體故事，往往帶上一些抽象性。大概一個比喻的應用，包含三方面的意義。如《朝氣》：
>
> （一）喻依——農家的生活。
> （二）喻體——勞工的趣味。
> （三）意旨——由趣味的工作得到美滿的結果，顯示出生活中朝氣的景象。這是文學上表達技巧很重要的一條原則，應當讓學生區分得很清楚的。[58]

　　朱自清的這種講解示範細化到了語句應用的層面和修辭的層面，同時又不忘分析這些語文技法與作家的思想情感和作品的思想主題之間的關係。

　　可以說，到了 40 年代，無論是一般的國文教師的實踐還是國文教育界的思想認識都已走向深化，對於新文學教法的探索已日益深入和細緻。1943 年初，西南聯大教授羅常培在《國文月刊》雜誌發表文章，對於坊間那種認為白話文好懂，因此不

---

57 朱自清：《了解與欣賞》，朱喬森編：《朱自清全集》第 8 卷，第 347 頁。
58 同上，第 349-350 頁。

必浪費時間在中學和大學課堂中講授的說法予以批評.「其實，照我看起來，白話文學並不像一般人想像的那麼容易懂。就因為它是新興的文體，所以對於它的設計、結構，文字的運用，人物的刻畫等等，越發得詳詳細細地分析、解釋。」[59] 1945年，李廣田也撰文批駁那種認為新文藝通俗易懂「無可講」的謬論，也同時批評那些在課堂上只是「叫學生念念，或者只是讓學生隨便看看，便算盡了教學的本分」式的教師。對於文藝作品的教學，李廣田認為主要是要求學生能欣賞，「欣賞的快樂須通過種種功夫才能獲得」，包括「分析」和反覆「細讀」的工夫：「我以為對於這些用『的嗎呀了』寫成的東西也必須先經過一番『疑義相與析』，然後才能『奇文共欣賞』。我主張給學生講新的文藝作品──或訓練青年人閱讀新作品──應當像教物理化學或幾何代數一樣，須把文章分析得清清楚楚，像作數理題一樣才行。作者，時代，環境，作品……章法，句法，字法，印象，比較，批評，以及其中人情世態，無巨與細，都應當由教師的指導和學生的努力弄得一清一白，然後再回復細讀，這才能夠談到欣賞。」[60]

1948年，朱自清、呂叔湘、葉聖陶合編出版了《開明新編高級國文讀本》，此套教材既重視大量選入新文學作品，又重視貫徹文學作品精讀教學法的思想，可以說是代表了民國時期對於新文學的精讀法教學的較高水準。此套教材特別注重安排學生討論，通過專門設置「討論」這一課文板塊，來發揮學生的

59 羅莘田：《中國文學的新陳代謝：民國三十一年七月一日在昆明廣播電臺講演》，《國文月刊》第 19 期，1943 年 2 月。
60 李廣田：《論中學國文應以文藝性的語體文為主要教材》，《國文月刊》第 31、32 期合刊，1944 年 12 月。

思考積極性，指引他們細讀作品並從中獲得對於作品的深度領會。比如在《華威先生》這篇課文的「討論」項下，編者們一口氣設計了 11 項可供討論的問題：（一）真有華威先生這樣的一個人嗎？真有這樣一種人嗎？（二）什麼是華威先生的主要任務？他參加的團體，哪一個是主要的？他的靠山是誰？他領導的是哪種人？（三）他是什麼樣子？喜歡用些什麼姿勢？（四）他怎樣表示他的「忙勁兒」？怎樣說？怎樣做？——真這樣忙嗎？（五）他怎樣參加集會？說話的要點有些什麼？（六）他做了些什麼工作？他的目的在哪裡？（七）他怎樣表示他的莊嚴？（八）他對青年是什麼態度？對親近的人是什麼態度？（九）他喜歡什麼東西？（十）別人對他怎樣看法？他的太太怎樣看法？——為什麼她這樣看法？（十一）全篇這樣開頭，這樣結尾，各是什麼用意？「討論」之外還有「練習」。關於《華威先生》一課，教材設計的「練習」提問有：「『他舐舐嘴唇』，『他又抽了兩口煙，嘴裡吐出來的可只有熱氣』，各是什麼用意？」「為什麼他對戰時保嬰會的人說『他不過是一個執行者』？」「為什麼他罵了兩個青年之後『害怕地四面看一看』？」「為什麼『他忽然打個寒噤』，在被扶著上了床之後？」[61]這些討論或練習的設計初衷是要加深學生對作品意蘊的理解，但也不無引導學生聯繫社會現實來思考的意圖（如第一道討論題）。在《開明新編高級國文讀本》中，編者們為魯迅的《藤野先生》一文設計的討論題一共有 14 個：一、東京「清國留學生」的情形怎樣？——作者為什麼採用「清國留學生」這個名稱？二、他為什麼離開東京到仙台去？又怎麼留住在仙台？是為了受優待

---

61 朱自清、呂叔湘、葉聖陶編：《開明新編高級國文讀本》第 1 冊，上海：開明書店，1948 年，第 37 頁。

嗎？……六、他對中國的瞭解是怎樣的？……九、作者為什麼
又離開了仙台？……這些討論題，不單引導學生去細讀課文，
還揭示了此文背後的一些重要的歷史背景和作家的思想動
機——留學生的不學無術、弱國子民的受歧視、中國社會和文
化傳統的畸形現象（女人裹小腳、男人留小辮）、作家以文藝來
治療國民精神痼疾的抱負，等等。有了這樣的細讀和深思，國
文教育的多方面目標也就無形中實現了。

　　代表民國時期文學精讀教學法的最高水準的當屬葉聖陶所
著的《文章例話》一書。這本教材頗受中學師生歡迎，在抗戰
時期那麼艱難的出版條件下都再版了好幾次，對當時的國文教
育產生了非常積極的影響。1948 年 11 月，《文章例話》的第十
版中加入了對於卞之琳的詩《給修築飛機場的工人》的賞析和
講解，從中我們可以看到葉聖陶所示範的文學作品細讀法的驚
人成就：

給修築飛機場的工人

　　　　母親給孩子鋪床要鋪得平，
　　　　哪一個不愛護自家的小鴿兒，小鷹？
　　　　我們的飛機也需要平滑的場子，
　　　　讓它們息下來舒服，飛出去得勁。

　　　　空中來搗亂的給他空中打回去，
　　　　當心頭頂上降下來毒霧與毒雨。
　　　　保衛營，我們也要設空中保衛營，
　　　　單保住山河不夠的，還要保天宇。

我們的前方有後方，後方有前方，
強盜把我們土地割成了東一方西一方。
我們正要把一塊一塊拼起來，
先用飛機穿梭子結成一個聯絡網。

我們有兒女在北方，有兄妹在四川，
有親戚在江浙，有朋友在黑龍江，在雲南……
空中的路程是短的，捎幾個字去罷：
「你好嗎？我好，大家好。放心吧。幹！」

所以你們辛苦了，忙得像螞蟻，
為了保衛的飛機，聯絡的飛機。
凡是會抬起來向上看的眼睛，
都感謝你們翻動一鏟土一鏟泥。

葉聖陶關於這首詩的賞析和解說文字是（有節略）：

　　這首詩的第一節前兩行是個比喻，把「給孩子鋪床」
的母親比喻修築飛機場的工人。這想頭從二者相同之點
「鋪得平」而來。隨隨便便的比喻，無論在詩歌或散文
裡，都是應該割除的贅疣，必須使印象更加顯明，意義
更加豐富，才是有用的不容割除的比喻。這裡既說了「母
親給孩子鋪床總要鋪得平」，隨即用詢問口氣點明所以
「總要鋪得平」，為的是「愛護」孩子。用直陳口氣也未
嘗不可以點明，可是限制了讀者考索的自由；詢問口氣

卻等待讀者自由考索。「自家的小鴿兒，小鷹」是順著母親的口吻說的。把孩子叫做小動物，「小鴿兒，小鷹」，乃至小貓，小狗，這當兒，母親心裡充滿著歡喜；再加上「自家的」三個字，歡喜之外，更透露著驕傲。正如說「我的心肝」「我家的寶貝」一樣。有了這第二行，把修築飛機場的工人的心情也烘托出來了。他們「愛護」飛機與母親「愛護」孩子沒有兩樣，他們幾乎要把飛機叫做「自家的小鴿兒，小鷹」。……

第二節說飛機在保衛上的必要，就是常見的標語「無空防即無國防」的意思。但「無空防即無國防」只是一句抽象的斷語；這裡卻說得具體，又表達了意志。……又如說「國防」，意思比較懸空，與各人自身仿佛沒甚干係似的；現在點明「山河」與「天宇」，大家放眼望去是美好的山河，抬起頭來是可愛的天宇，自身就生息其間，自身的子孫也將繁衍在其間，又怎能不竭力保衛他？以上是說這一節的具體說法給與（予）讀者大概有這樣的影響。再試吟誦他的語句。「空中來搗亂的給他空中打回去」，語氣堅決嶄絕。……下一語重複著「保衛營」，加上「空中」兩字，音節宏大而響亮，宛如聽到激昂的口號。末一行說「不夠」，說「還要」，簡捷了當，毫無遊移。以上是說這一節的語調音節，湊合起來，表達出建設空防的堅強意志。

第三節說飛機在聯絡上的必要。……接著吟誦「強盜把我們土地割成了東一方西一方」。不說「敵人」而說「強盜」，是對於敵人更憤怒的指稱，更嚴切的譴責；稱他們為「敵人」，還是平等看待，現在稱他們為「強盜」，

簡直是道德的敗類、人類正義的蠹賊了，日本人不是正配受這樣的稱呼嗎？……

第四節還是說飛機在聯絡上的必要……前兩行裡的「兒女」「兄妹」「親戚」「朋友」，暗示一切人與人的關係；「北方」「四川」「江浙」「黑龍江」「雲南」只是隨便指說（「四川」與「雲南」用在行末當然為押韻），但也點明了我國南北東西各地，暗示無地不有。散處在各地的許多人們，仗著「聯絡網」，差不多近在對面了。這個抽象的意思，作者用最習常最具體的事兒達出來：寄信。……

飛機在保衛上，在聯絡上，有這樣的必要，停息飛機的場子自屬必要；修築機場的工人的工作自屬可貴可敬，又何況他們有慈母一般的心情。慈母為孩子準備一切，雖是心甘情願，從他人眼光看來，總不由得說一聲「辛苦」。第五節作者從這樣的眼光慰勞他們說，「所以你們辛苦了」……單說「辛苦」還嫌欠具體，又用終生勞動的昆蟲來比擬他們，說他們「忙得像螞蟻」，辛苦情況便宛然在目前！修築飛機場的工作，主要的是翻動泥土，螞蟻的勞動也大都是翻動泥土，有這一點相同，便不是漫然的比擬（若用蜜蜂來比擬，就差遠了）；同時與末一行有了照顧，也可以說「你們翻動一鏟土一鏟泥」由「忙得像螞蟻」引出來的。每翻動一鏟土一鏟泥，其意義深廣到說不盡，所以每一鏟都該受感謝。……[62]

---

62 葉聖陶：《文章例話》，上海：開明書店，1948 年，第 172-178 頁。

　　對於一首短詩能夠講解出幾十倍的文字來，其細膩和精確程度令人歎為觀止。而且，這種講解既體現了對於寫作技巧訓練的重視，也不忘將技巧的講解與其思想內涵聯繫起來。

　　從根本上說，上舉葉聖陶、夏丏尊、朱自清這一派的教學法是一種文學細讀法，與 20 世紀四五十年代盛行於英美大學文學課堂中的「細察法」一樣。細讀式教法對於提升學生的文學解讀和欣賞能力及寫作技巧和水準都是很有幫助的。葉聖陶等人通過《國文百八課》《文章例話》《精讀指導舉隅》《開明新編國文讀本（甲種）》《開明新編高級國文讀本》等教材和教學參考書大力推廣文學的精讀教學法，帶來了一個明顯積極的效果，就是三四十年代的中學生寫作能力和水準（包括文學寫作）比 20 年代有了明顯提升。關於這一點本書在第八章將有詳細的陳述，此處便不再展開。

三、新文學的審美式教學

　　在越來越重視新文學作品的精讀教學的同時，重視文學的審美教學的思路與實踐也興盛起來。其實關於文學和「美育」的關係早在清末民初就被王國維、蔡元培等教育家闡明得很清楚了，只是在具體的國文教學實踐中如何來實施這種美育卻還需要探索，需要經驗的積累。理論常常是先行的，也能夠指引實踐。早在 1921 年就有人在《教育雜誌》上發表《最近讀法教授之進步》一文，談到了國文教學方法的改進問題。該文說：「讀法教授之目的，不可單以養成正確之理解力為滿足，而尤在養成文學趣味與陶冶國民性情也。」「玩味文學的教材時，一種清新高潔之情操，亦得培養於不知不識之間。故養成文學趣味，

陶冶國民性情，不可不視為讀法教授之重要目的也」[63]。1926
年，周銘三、馮順伯在所著《中學國語教學法》一書中提出文
學教學法的要求：「在形式方面注重美的要素；在實質方面注重
社會道德的要素；在閱讀習慣方面注重修養消遣的要素。」[64]
1928 年，由著名心理學家唐鉞、高覺敷和教育學者朱經農主編
的《教育大辭書》由商務印書館隆重推出，這部大辭書為「文
學教學法」專門設置了詞條，它是這樣闡述文學教育的：

> 舊日之教學文學者，每多注重關於作家及作品之事
> 實。其實關於作家及作品之事實，對於文學本身，並無
> 若何重大之價值，其價值僅在能說明學生對於文學作品
> 得到較為正確之認識。文學之研究，固非文學史之研究，
> 此在中小學校者尤然。……
>
> 　　……
>
> 高級學校之學生，知識程度較高，教師可與之討論
> 文筆、文體及文章之構造等事，低級學校之學生，抽象
> 思想之能力有限，不當與之討論抽象的理論，應注重文
> 學作品本身之欣賞。研究文學作品之最後目的，在獲得
> 作者著作時之同一之感情。此作者著作時之感情，非可
> 以批評法得之，亦非可以分析法得之，惟反覆誦讀，始
> 能獲得。故誦讀在文學教學上甚為重要。[65]

63　太玄：《最近讀法教授之進步》，《教育雜誌》第 13 卷第 2 號，1921 年。
64　周銘三、馮順伯：《中學國語教學法》，第 173 頁。
65　唐鉞、朱經農、高覺敷主編：《教育大辭書》，上海：商務印書館，1928
　　年，第 204-205 頁。

從這個詞條的撰寫，我們可以看到教育學者們對文學教育方法的思考。辭典的詞條撰寫通常也反映了當時社會和學界對於某一方面問題的實踐經驗總結或共識性意見，因此，這個「文學教學法」詞條解釋中的內容，如「欣賞」「感情」「誦讀」等，也應當反映了當時文學教學的一般共識和經驗。

國文教學研究者阮真編著的《中學讀文教學研究》（1940）一書可以代表這種注重「欣賞」和「感情」「情緒」體驗的審美式教學模式。阮真在其書中設計過幾個新文學作品的教案，如對豐子愷的小品文《憶兒時》是這樣設計的：要求學生閱讀課文後回答兩個問題——（1）成人對於一件工作，何以不能如孩子一樣的有興趣？（2）你也釣過魚嗎？釣魚的趣味如何？另外要求學生自習的工作是：「篇中詞語，如『豪爽』、『點綴』、『虧蝕』、『規模』、『沉悶』、『無功食祿』、『寂寞』、『照應』、『浮珠』、『功利』、『贊詠』、『牢騷』、『遊戲欲』、『遊釣之地』等，你須自去查考，把簡當的意義寫在筆記上。」阮真指出，文藝的欣賞「當領略文中的情緒」，「本篇述童年已往的歡樂，富有令人追懷的情緒。而文筆在清淡之中，頗有風趣，故讀了頗覺親切有味」[66]。這種教學設計基本抓住了文學作品教學的要點和程式——從字詞句到作家情緒與作品風格。阮真為蘇梅的小品文《扁豆》設計的教案是：首先由教師介紹小品文的知識：「所謂小品文，簡單的說，就是帶著詩意的散文。他的用筆，多為記述和描寫，有時也帶著一些不以嚴正態度出之的議論或嘲諷。讀本篇的目的，就在田家風味的欣賞。」接著要求學生自習，掌握基本的字詞。再則提醒文章重點：「本篇的描寫，如『絳衣

---

66 阮真：《中學讀文教學研究》，上海：中華書局，1940 年，第 111 頁。

冰肌』、『雨打枯荷』都是用想像的比擬，所以覺著有趣，在文學原理上叫做解釋的想像，你須細細玩味。」最後是佈置作文訓練：「讀畢這篇後，你可做一篇類似的小品文，作為第四星期的作文。題目以田園工作為範圍，你可自己擬一個，最好把你自身親歷的或聞見的寫出來。但用筆要輕鬆，帶點遊戲欣賞的態度；不可用嚴正的態度來記事，因為小品文的風格是如此的。」[67]而對孫福熙《紅海上的一幕》的教案設計是：先由教師簡介：「本篇是寫景的小品文。而他的寫景，卻在用作者主觀的想像，以人性賦與自然物。這在文學原理上叫做人性化，或叫做人格化。用這種方法寫景，可從沒有情意的自然物中看出情意來，文筆便覺生動有趣。詩人寫景，多用此法。本篇作者是個畫家，所以對於光線色彩的描寫，尤能曲盡其態。讀本篇最要領略欣賞的，也在這一點。」[68]在阮真的教學設計中，優美的詞句就是令學生進行審美咀嚼的對象，此外對文學修辭技巧、描寫技巧等也多所揭示。

除了上述「欣賞」式教學，情境式教學也是一種很重要的審美教學法。當講讀具有美文品質的散文小品時，比如寫景、抒情類文章時，教師可以採用情境導入法，把學生引導進入一種身臨其境般的氛圍中去。1931年，山東某初中國文教員曾詳細介紹過自己講授俞平伯《陶然亭的雪》的過程：首先是導入，從引導學生回憶所學過的地理知識開始，找到北平在中國的地理位置以及陶然亭在北平城的位置（城南）。然後介紹作者寫此文的心理背景：「要知一個人，在熱鬧地方住煩了，也想到坡裡逛逛，作者之遊陶然亭也是這番意思，況且北平城非比我們這

---

67 同上，第113頁。
68 同上，第114頁。

裡，所謂『無風三尺土，一雨滿街泥』，實在混濁的厲害，在這樣囂塵之區，又當著雨雪的當兒，到曠野陶然亭一逛，亦頗恰意。」接著，教師說明北平的緯度和氣候與南方迥乎不同，北平冬天老是下雪，天冷得很，就是在秋天春天有時也是下雪，這是與作者的出生地浙江和常住地上海不同的地方。接著，讓學生默讀作品，有不明白的地方記下來，以備討論。然後就作品中的部分問題或知識點進行問答與討論，如「陶然是什麼意思？」「冒雪出遊有何意思？」然後由教師介紹俞平伯的文學成就，再由教師講讀作品大意和各段內容，總結作品的風格好處——近於古代詩文的情趣。然後請學生朗讀相關片斷。就這樣，一個小時的課結束了。[69]就這篇散文的講讀方法來看，這位教員注意聯繫實際生活經驗來幫助學生理解作家的寫作動機和情趣，同時又旁及作者的詩人身份和詩作特點，引出學生對作者更多的興趣。這樣講下來，基本講出了作品的文學意味，也很容易引發學生的美感和興趣，是成功的文學教學設計。

審美式教學法中比較重要和流行的一種是誦讀法。據 1925 年 2 月發佈的有關江蘇省各中等學校國文教學實施狀況的調查報告，當時各校國文課堂上的「講讀」方式可以細分為「講解」「範讀」「美讀」「誦讀」等多種[70]。光從讀的方式上就有「美讀」和「誦讀」之別，它們給學生的感受是明顯不同的。「美讀」需要揣摩作品本身的性質和特點以尋找合適的語調、語氣，要醞釀和把握情感、情緒，而且還要注意恰當的面部表情、身體

---

69 以上參見山東省政府教育廳編：《山東省縣私立中等學校國文教學概況》，第 613-615 頁。
70 孟憲承：《初中讀書教學法之客觀研究》，《孟憲承文集》第 1 卷，上海：華東師範大學出版社，2010 年，第 199 頁。

動作以與聲腔相配合，總之，其中有許多細微複雜的技巧，需要教師和學生們去鑽研和體會。即便是「誦讀」也要細分為「朗讀」「吟詠」「默誦」等多種類型，各自還是具有不同的審美效果的。1931年，山東省立第一中學國文教員們為精讀課文設定了如下的「誦讀」教學法：「（1）朗讀　如詩歌及應朗讀之論文小說，熟讀至可以背誦為佳。（2）演唱　如詩詞戲曲等，戲曲讀後，即表演，動作表演後，方知其意味及價值。詩詞歌謠，有時非歌唱亦不能領會其意境及其神韻。（3）低誦吟詠　文藝有時朗讀演唱，聲調高亢，反不能得其美妙者，則利於低誦；亦有時展卷讀文，分其注意力，有不能體出其深趣者，則利於吟詠，燈前月下，花間籬邊，徘徊吟誦，自然有說不出來的妙味，蘊於喉舌之間，此種吟誦習慣，似乎不可不急令學生養成也。」[71]從所列「朗讀」「演唱」「低誦吟詠」這三種方式來看，這些國文教員對於文學文的誦讀教學有比較深入的認識和比較細緻的技巧鑽研。1938年，鍾魯齋在其出版的《中學各科教學法》一書中提出：「好的文章宜於朗誦，讀的聲音要有高下疾徐，表出文中喜怒哀樂的情節。因此文章好者，不特可以悅目，而且可娛耳，極易加增欣賞能力。」他又認為「有情的文，（如詩歌）教學宜重演唱法」[72]。確實，誦讀法在新詩的教學上就是效果很好的一種方式。鄭子瑜回憶中學時代說，他的國文教師「每從新近出版的文學雜誌上選了新詩給我們講解。他的新詩朗誦確是別有一番風味，我最不能忘記的是這樣的一段：『幸福在草田中，快跑過去，快跑過去，它就要溜了。』這使我們

71　《山東省縣私立中等學校國文教學概況》，第171頁。
72　鍾魯齋：《中學各科教學法》，上海：商務印書館，1938年，第234、232頁。

懂得熱愛生產，也改變了輕視勞動的觀念，更使我們由沉溺於舊詩轉而喜愛新詩，思想也跟著進步了。」[73]

不僅詩歌適合於誦讀式教學，某些小說、散文也是適合誦讀教學的。1931 年時邵子風在長沙雅禮中學教初中國文，其學生後來回憶說，他常常在課堂上「用十分抒情的音調朗誦」，「記得他講魯迅譯（著）的《鴨的喜劇》。這是篇白話文，學生並不難懂。邵師用豐富的感情念著：『寂寞啊！寂寞啊！沙漠也似的寂寞啊！』我們聽了，無形中增加了對盲詩人愛羅先珂的同情。」「當時的國文教科書上選了一首白話詩，叫《西窗晚眺》……他讀這首詩時，聲調抑揚頓挫，極富感情。因為這首詩太好聽了，雖過了五十多年，我還能全部背下來。」[74]于漪曾在《我深深地愛》一文中回憶四十年代初在中學課堂上聽講《故鄉》的情形：

> 我永遠忘不了年輕的黃老師教《故鄉》一文時的眼神。他穿著長衫，戴著金絲邊眼鏡，文質彬彬。講到少年閏土出現在月下瓜田美景之中時，他眼睛睜得大大的，放出異樣的光彩。「深藍的天空，金黃的圓月，碧綠的一望無際的瓜田，少年閏土奮力向猹刺去，手中的鋼叉和頸上的銀項圈明晃晃的，交相輝映……」他描述得那麼生動，那麼富於感情，我被深深地吸引住了，猶如身歷其境，品嘗著其中的歡樂。[75]

---

73 鄭子瑜：《自傳》，《鄭子瑜學術論著自選集》，第 743 頁。
74 王宗石、項偉：《一代國文大師》，轉引自肖志：《1930 年代雅禮中學國文教學的歷史鉤沉與現實啟示》，湖南師範大學碩士學位論文，2010 年，第 39-40 頁。
75 于漪：《我深深地愛》，劉國正主編：《我和語文教學》，第 17-18 頁。

于漪還回憶過她在 40 年代初的另一次國文課：「也是在初中讀書時，來了一位代課的國文老師，是年輕的新派人，他喜歡教白話文。有一次，教師教到田漢《南歸》中的詩：『模糊的村莊已在面前，禮拜堂的塔尖高聳昂然。依稀是十年前的園柳，屋頂上寂寞地飄著炊煙。』教師朗誦（當然是新式的以國語朗誦）著，進入了角色，他自己被感動了，他那深深被感動的神情凝聚在眼睛裡，這感情傳染了整個教室，一室鴉雀無聲，大家都被感動了。課後，我未花多少時間就把詩背出來。雖是幾十年再未接觸，但至今還能信口背出以上幾句。此後，我對新文學更有興趣，讀了許多有名的中外小說，開闊了眼界，使我的心與時代更加貼近了。」[76]

顯然，在民國時期的國文課堂上，聲情並茂的朗讀或誦讀都已很普遍，這較能顯示文學的魅力，給學生以情感的觸動，並且在學生腦海中留下了長久的記憶。日本學者藤井省三認為，像于漪的老師在課堂上讀《故鄉》的那種情形，其效果「像舞臺表演一樣栩栩如生」[77]，他還認為，《故鄉》課堂講授的這種近於「戲劇化」和「演出」般的效果，「標誌著學科教學法的深化」[78]。確實，誦讀法在新詩、散文等體裁的新文學作品教學中的普遍使用及其良好效果充分表明三、四十年代的新文學教學已有了長足的進步。除了國文教師們默默地在課堂上實踐誦

---

76 于漪：《從記憶深處升起》，《于漪文集》第 6 卷，濟南：山東教育出版社，2001 年，第 539 頁。

77 [日]藤井省三：《魯迅〈故鄉〉的閱讀史與中華民國公共圈的成熟》，《中國現代文學研究叢刊》2000 年第 1 期。

78 [日]藤井省三：《魯迅〈故鄉〉閱讀史——現代中國的文學空間》，第 58 頁。

讀式教學法，國文教育理論界也漸漸注意起對於誦讀法的研究
和提倡來。據朱自清在 1935 年 6 月時撰文所說，當時張仲述先
生在南開大學電臺廣播，誦讀徐志摩的詩，「成績很好」；清華
大學也有過兩回誦讀會；「北大教授朱光潛先生也組織了一個
誦讀會，每月一回。」[79] 1946 年語言學家黎錦熙在《北平報》
上談國文教育，認為當時的國文教學「忽視誦讀技術」，而另一
語言學家魏建功當時也在臺灣「國語推行委員會主任委員」任
上提倡誦讀教學。這一下子引發了朱自清的共鳴，使他連寫了
《誦讀教學》《誦讀教學與「文學的國語」》和《論誦讀》三篇
文章，發表在北平的《新生報》上。朱自清主張讓學生「多多
用心誦讀各家各派的文字」，以便獲得文字的調子或語脈，又認
為朗誦對於說話和作文也有幫助，「因為練習朗誦得咬嚼文字
的意義，揣摩說話的神氣」，「朗誦其實就是戲劇化，著重在動
作上。這是一種特別的才能，有獨立性；作品就是看來差些，
朗誦家憑自己的才能也還會使聽眾讚歎的。」他的結論是：「要
增進學生瞭解和寫作白話文的能力，是得從正確的誦讀教學下
手」[80]。在另一篇文章中朱自清又主張將誦讀用於白話詩、小
說裡的一些對話和話劇，還分析了誦讀白話詩時的技巧，如不
要音樂化，要「滯實」些，不能太流暢，等等。[81] 也是在 1946
年的北平，魏建功專門組織了一回「中國語文誦讀方法座談會」，
參加的有 30 人左右，顧隨還在會上以北平口語誦讀了《阿 Q

---

79 朱自清：《語文雜談》，原載南開大學《人生與文學》月刊（1935 年 4 月
　　創刊）第 1 卷，現據朱喬森編：《朱自清全集》第 8 卷，第 204 頁。

80 朱自清：《誦讀教學》，朱喬森編：《朱自清全集》第 3 卷，南京：江蘇教
　　育出版社，1988 年，第 179-180 頁。

81 朱自清：《論誦讀》，朱喬森編：《朱自清全集》第 3 卷，第 185-190 頁。

正傳》，讓李長之覺得效果很好。[82]這一群國文教育家熱烈討論和實驗誦讀方法，努力將文學作品的教學往審美方面引導。

誦讀當然不是審美式文學教學法的全部，對話表演和動作模仿也是很好的審美教學法。早在 1920 年 3 月，胡適即撰《中學國文的教授》一文，其中建議：「讀戲劇時，可選精彩的部分令學生分任戲裡的人物，高聲演讀。若能在台上演做，那更好了。」[83]民國時期的中學國文教材中也選入了一些新文學的戲劇篇目，雖然不多，但也是可以用作學生們模仿和表演的材料的。其實不光是話劇，某些小說或記敘文中的場面和對話也是適合拿來模仿與排演的。通過讓學生模仿排演，不僅可以刺激學生們對於文藝文的興趣和愛好，也能夠幫助他們更好地理解和揣摩作家或作品中人物的思想情感。1931 年，山東省立第一中學國文教員們將文學文的教學目標設定為「欣賞文藝之美點」「認識所含之思想」「步步走入納文學於生活中」等項，他們認為對於「詩詞戲曲」可以採演唱法和表演法來教，「戲曲讀後，即表演，動作表演後，方知其意味及價值」。[84]山東某中學還要求初三年級的國文教學要有演劇的內容：「教員須得教以演劇；國文教員雖非戲劇家，不能教成學生個個成為戲劇專家，但一些普通的戲劇常識，這是教員應該教與學生的，因為學生閱讀劇本，未能將精妙之處領悟出來，如果使之練習表演，則劇本中之精妙處學生容易領悟了。」[85]該校要求初三年級每學期至

---

82 同上，第 189 頁。
83 胡適：《中學國文的教授》，《新青年》第 8 卷第 1 號，1920 年 9 月。
84 山東省政府教育廳編：《山東省縣私立中等學校國文教學概況》，第 171-172 頁。
85 山東省政府教育廳編：《山東省縣私立中等學校國文教學概況》，第 266 頁。

少田教師帶領學生排演一、二次。1935 年，洪為法編著出版《國文學習法》一書，收在中華書局推出的《初中學生文庫》之中。《國文學習法》書中主張「讀文應有腔調，無腔調的讀是亂讀，不足為法」，「腔調的高低、強弱、緩急」應該與讀物的內容相合拍。洪為法又提倡「表演式的背誦和講演式的背誦」法，並舉例說，當學習陳衡哲的《運河與揚子江》時，「大可約一位同學，一人做運河，一人做揚子江，彼此按照原文對話起來。把原文中的神味用語調的高低緩急，以及面部的表情，手足的活動等等表演出來，這不可以增加你背誦的興趣嗎？不又可以說明你記憶和內容的瞭解嗎？」[86]

　　到了 40 年代，對於文學作品教學的原則和方法的認識更加深入，許多作家、學者憑藉自己豐富的文學創作經驗或深厚的文學修養，提出了不少有益的見解。如古典詩詞研究專家傅庚生針對文學作品的教學提出了一君、二臣、三佐等五條主張：「一君：明誠；二臣：融情思，端志向；三佐：教學一貫，學思並重……」他認為「文學的教材，本然的便可以喚起人們的情趣，和專訴諸理智的自然科學等不同。若能情知相輔，由瞭解進抵欣賞的境地，教與學在這上面的樂本是無涯的。」[87]傅庚生強調的「誠」「融情思」都是重視審美欣賞和情感體味的文學閱讀法，他主張文學教學應該以學為本，通過發揮學生的良知良能和自動精神，經由瞭解——欣賞——自得的過程，最終達到真善美的極致。而楊同芳則認為，文學教育應注意欣賞，欣賞是情感的反應，可以啟發學生心靈的生活，完成一個完美的人生。

---

86 洪為法：《國文學習法》，上海：中華書局，1935 年，第 33-34 頁。
87 傅庚生：《國文教學識小篇》，《國文月刊》第 48 期，1946 年 10 月。

88 1948 年，教育心理學家龔啟昌又指出：「文學的教學目標，
應該注重提起學生欣賞的情緒，這與知識教學的純憑理智，是
不同的。」「因為欣賞是一件情感的事，所以教師也只有用情感
的方法，來激動學生欣賞的情緒。」89不難看出，這些國文教
育專家都特別重視以「情思」「情感」「情緒」等為中心的審美
體驗式教學。

四、小　結

　　總體來看，民國時代先後流行的幾種教學模式都對新文學
的接受具有重要的影響。問題討論和思想啟發式教學法對於新
文學的接受來說有利也有弊。它專注於新文學作品的題材內容
及其與社會現實的關聯而忽略了文學作品本身的形式、技巧和
美感，這無助於訓練學生的寫作技能，也無助於提升其「欣賞
文學的能力」。它有利的一面則是有助於訓練學生的社會觀察力
和思想能力，有助於養成學生的社會關懷意識和相應的新文學
閱讀、寫作趣味。而偏重形式技巧的精讀式教學模式則一方面
加深了學生們對於新文學作品的思想內容和作家的思想情感的
理解，一方面則訓練了學生們對文學形式和技巧的敏感，培養
了他們的文學表現技巧和手段，三、四十年代中學生寫作水準
相較於 20 年代有明顯提升就是其良好效果的反映。至於側重審
美欣賞和體味的文學教學法則涵養了中學生的文學興味，不僅
對其道德情操具有潛移默化的薰陶作用，而且有助於激發中學

---

88 楊同芳：《中學語文教學泛論》，《國文月刊》第 48 期，1946 年 10 月。
89 龔啟昌：《中學國文教學問題之檢討》，《教育雜誌》第 32 卷第 9 號，
　　1948 年。

生們的文學閱讀興趣和創作熱情。30 年代中學生文藝創作的活躍和成果的豐碩都是其結果。翻閱 20－40 年代的眾多中學生出版物，我們發現詩歌在中學生創作中都是最主要的一種體裁，其數量遠遠多於小說、散文、話劇，這充分說明了民國中學生們對於最具審美性的詩歌這種文學體裁的喜好。而這與當時國文課堂上的審美教學應當不無關係。

　　還需要注意的是，取代前期問題討論與思想啟發式教學模式而居三、四十年代國文教學主流的精讀式與審美式教學傾向並沒有放鬆對於文學作品的題材、思想和社會意義的關注。葉聖陶編著的《文章例話》是一部十分注重作品細讀的教材，但他在詳細分析和解說某些文學作品的形式、技巧和手法時仍不忘聯繫某些社會現實和社會問題，對學生進行思想啟發。如對於周作人的《小河》這首詩，葉聖陶由詩中農夫築壩而妨礙小河、稻、桑樹等獲得水的自由這一點出發進行引申：「如果聯想到人類社會方面去，更覺得這樣的情境差不多隨時隨地都有。一些人有意無意地給與（予）人家一種壓迫，它的影響直接間接傳播開去，達到廣大的人群。被壓迫者的努力掙扎自是不可免的，間接受影響者的切心憂愁也是按不住的，因為大家要保自己的生命。繁複的人間糾紛就從這裡頭發生出來。」[90]這是啟發學生對於現實社會問題的觀察和思考。總之，從早期幼稚和簡單化的離開作品細讀而作游談式的問題演講或討論，到 30 年代以後越來越重視以文本細讀為基礎來進行問題討論和思想啟發，這是國文教學的進步。

　　當然，我們也不能因此而貶低甚至否定前期那種問題啟發

---

90 葉聖陶：《文章例話》，上海開明書店，1937 年，今據北京三聯書店 1983 年版，第 143 頁。

式的教學模式，因為那是當時條件下的必然選擇，其歷史的合理性和實際的價值與效用都不容抹殺。徐開壘 1935 年在寧波讀初中時，他的國文教師叫方余甫，「他在上課時很少講解課文，一般總是在課文中引出一個話題，然後七扯八扯，扯到社會中的實際問題上去。」而學生徐開壘過後卻說這種講法對自己很合適：「因為白話文課文我一看就懂，社會上的實際生活情況正是我所缺乏的，所以方先生講課海闊天空，對我真是太需要了！」[91]如此看來，問題引申式教學法對於擴大中學生的生活視野和社會見識也是不無裨益的。

---

91 徐開壘：《在我起步的時候》，王麗主編：《我們怎樣學語文》，北京：作家出版社，2002 年，第 67 頁。

第五章　課外閱讀與新文學的接受

　　要瞭解民國時期中學生接受新文學的情況，僅僅研究國文教材與課堂是不夠的。國文教材中的新文學作品畢竟數量有限，國文課堂時間也有限，而學生們的課外時間則是遠遠多於國文課堂時間的。實際上，在民國中學生的課外閱讀中，新文學的出場機會要遠遠多於有限的教材篇目和課堂講讀。曾有過來人將這種情況概括為：「課堂上，教科書，古舊的氣氛拉著我們往回走；課堂之外，廣泛的閱讀，時代的新潮，推著我們向前進。」[1]某種意義上，課外閱讀這種新文學接受途徑更值得重視，這不僅是因為課外閱讀的量要遠遠大於教材和課堂，更是因為課外閱讀大都具有自由選擇性，學生選擇新文學主要是出於興趣和愛好，而興趣和愛好是成功之母，這就使他們的新文學接受更具延展性，即由閱讀和審美發展到進而開始文學創作。20 年代讀中學的林煥平後來回憶說：「我在中學，既是在『五四』潮流影響之下，又是在大革命高潮中，受創造社影響很大，郭沫若的《女神》和《瓶》，我幾乎背誦得出來。也反覆讀過魯迅的《吶喊》和《彷徨》。我神往做作家，拼命學寫作。」[2]《女神》和《瓶》中的詩篇絕大多數都沒有入選民國時期的國文教材，學

---

1 蔣仲仁：《學文雜憶》，劉國正主編：《我和語文教學》，第 394 頁。
2 林煥平：《林煥平自述》，高增德、丁東編：《世紀學人自述》第 4 卷，北京：十月文藝出版社，2000 年，第 147 頁。

生卻喜愛到能背誦，由此可見興趣和愛好的力量。

　　實際上，民國的中學生們花在課外閱讀上的時間和精力並
不少。當時的高級中學和大部分初級中學，基本都是彙集了一
縣、一省甚至全國學子的寄宿式學校，學生日常起居都在學校，
有較多的課外閱讀時間和由學校、老師、同學間提供的書刊條
件和良好的閱讀氛圍。1923 年，蔣仲仁考入貴陽前期師範（初
中層次），「師範管學生管得特別嚴。全體學生都住校，不是星
期日不准外出，本城的學生星期六回家，星期天吃過晚飯要趕
回來。每天上完正課，還有自習。……晚七點，自習鐘敲響了，
一燈熒熒，開始自習。到八點，又敲一次鐘，叫『音讀鐘』。音
讀鐘之前，只准看書，寫寫，算算；音讀鐘之後，才出聲誦讀，
讀國文，讀英文。宿舍的晚上，一片窗上的燈光，一片琅琅的
書聲，置身其間，叫人不敢怠惰，到九點，敲鐘下自習。宿舍
裡這才活躍起來……」[3]這段生動的描述為我們呈現了民國時期
寄宿制中學校學生生活的一般景象。而在普遍的緊張和充實的
課外自學活動中，新文學的閱讀顯然也是其中一項內容。1930
年 5 月份廣東省立第四中學校（潮州）圖書館的借書情況是：
文學類共 336 冊，排在第一位，遠多於排第二位的普通圖書 46
種和排第三位的自然科學類圖書 42 種，經史子集類古代書籍則
總共只借出 5 冊。[4] 1935 年秋冬學期，浙江省立杭州高級中學
圖書館統計的圖書借閱情況是：文學類圖書借閱占了最大比重，
共有 3399 人次借閱文學類書籍 5046 冊，人數和冊數均占 51%
以上；借閱量排第二位的是史地類圖書，占 15.6%；自然科學

3　蔣仲仁：《學文雜憶》，劉國正主編：《我和語文教學》，第 385 頁。
4　《本年五月份借書類別統計表》，廣東省立第四中學校編：《四中週刊》第
　　91 期，1930 年 6 月。

圖書借閱量排第三,占 12.9%;社會科學書籍排第四,占 6.2%。[5]據 1936 年對福州、廈門地區五所中學男生 330 人、女生 292 人問卷調查的結果,男、女生在閱讀趣味上都偏愛文藝類書籍（分別占總人數的 33.9%和 49.6%）,女生尤甚,都遠遠高於閱讀社會科學、自然科學書籍的人數;在閱讀雜誌方面,男女生的首選都是文藝雜誌（分別為 24.2%和 22.6%）。[6]而據廈門教育學院學生戴琰君在 1936 年對福州、廈門地區五所中學 224 位學生的問卷調查,他們在課外最喜歡做的事依次是運動（占 22.4%）、看小說（占 19.68%）、看報紙（占 18%）、表演遊藝（占 8%）,他們看報紙最注意的內容依次是專電(占 19.68%)、社評（占 16.9%）、文藝（占 16.9%）、國內新聞（12.5%）、本埠新聞（占 8.9%）。[7]

一、課外閱讀及新文學時潮的影響

　　新文學自誕生起就開始走向中學生群體,成為這個最活躍、趨新和最有抱負的青年群體閱讀和討論的對象。後來成為著名作家的丁玲在 1920 年前後就讀於長沙周南女中,當時即廣泛地閱讀了一些新文學作品。她喜歡背誦胡適的詩《蝴蝶》,也喜歡背誦俞平伯、康白情的詩。1921 年,丁玲從長沙文化書社買到一本郭沫若的詩集《女神》,「讀後真是愛不釋手」,「整天价背

5　《二十四年度第一學期圖書館借書人數及借出圖書冊數總統計》,《浙江省立杭州高級中學校刊》第 142 期,1936 年 2 月。

6　鍾魯齋:《中學男女學生心理傾向差異的調查與研究》,李文海主編:《民國時期社會調查叢編·文教事業卷》,福州:福建教育出版社,2004 年,第 573-575 頁。

7　鍾魯齋:《中學各科教學法》,第 43-45 頁。

誦」[8]。胡風也曾在一篇文章裡談到，1920 年代初他在武昌上中學時曾如饑似渴地閱讀各種新詩作品，包括《嘗試集》《女神之再生》等，也十分關心和搜求冰心的作品。他並且說：「但使我真正接近了文學也接近了人生的卻是兩本不大被人知道的小書：《湖畔詩集》和王統照底《一葉》。」[9] 20 年代前期進入濟南第一師範的臧克家，在學校裡就讀了《吶喊》《彷徨》《女神》《三葉集》《蔦蘿集》《寄小讀者》《昨日之歌》《北遊及其他》《蕙的風》等新文學書籍，以及《創造月刊》《創造季刊》《創造日》《洪水》《語絲》《北新》《莽原》《淺草》《沉鐘》等新文學雜誌。臧克家後來回憶說：「我不但喜歡讀文藝書刊，而且對於有名的新文藝作家，羨慕而又崇拜，特別是大詩人郭沫若更使我奉若神明，五體投地。他的許多名篇，當時都能背誦，愛情長詩《瓶》裡的句子……（中略）使青春之火正熾烈的我，從內心裡起了共鳴。」[10]周而復追憶他在中學讀書時的情形說：「圖書館裡也收藏『五四運動』以來的新文學書籍。我貪婪地讀著圖書館的藏書，因為好不容易才進學校，讀書就十分勤奮。我借閱第一本新文學小說是郁達夫的《沉淪》，第一本詩集是胡適的《嘗試集》，經常看《語絲》，特別愛讀魯迅的雜文。閱讀新文學作品和外國文學名著多了，我的興趣便從美術轉到文學方面去了，沒料到以後竟然成了作家。」[11]

---

8 丁玲：《到長沙》，鄧九平主編：《文化名人憶學生時代》上冊，第 336-337 頁。

9 胡風：《理想主義者時代的回憶》，鄭振鐸、傅東華編：《我與文學》，上海：生活書店，1934 年，第 261 頁。

10 臧克家：《新潮澎湃正青年》，鄧九平主編：《文化名人憶學生時代》上冊，第 423 頁。

11 周而復：《在貧困中成長》，鄧九平主編：《文化名人憶學生時代》上冊，第 96-97 頁。

　　30 年代的一些學校調查也表明，大部分中學生還是喜歡閱讀新式小說和新式文藝刊物，而並不喜歡讀國故。自 1930 年底至 1931 年 6 月，燕京大學張官廉對中國南北各地幾所中學的近兩千名中學生進行調查，其中一項是讓被調查的中學生填寫喜讀之小說，統計的結果是：「如果按新舊小說來分，男生中舊小說在一百三十二種中只占十六，新小說竟占了一百一十六種；女生的八十三種之中新小說亦占了七十四種，舊小說只有九種。」調查結果還進一步顯示，中學生喜愛的小說若按類別而言，則是「愛情、革命、普羅最為普及」[12]。這說明了中學生群體對於新文學時潮的充分感應和及時吸收。據 1936 年對廈門地區 5 所中學問卷調查的結果，男生喜愛的依次是偵探小說（33.3%）、民族小說（15.2%）、普羅小說（14.2%）、傳記小說（10.0%）、戀愛小說（10.0%）、戲劇（7.5%）、遊記小說（5.5%）、譯文小說（3.6%），女生喜歡的依次是偵探小說（30.1%）、戲劇（17.0%）、民族小說（12.1%）、戀愛小說（12.1%）、遊記小說（8.8%）、傳記小說（6.9%）、譯文小說（6.8%）、普羅小說（5.8%）。[13]雖然通俗小說（偵探小說）的比重最大，但新文學小說（普羅小說、民族小說等）和戲劇的比重也不低。

　　從 30 年代市面上充斥的大量「國文補充讀本」「學生自修讀本」之類名目的文學選本也可看出新文學閱讀在中學生群體中的活躍程度。比如上海聽濤社編選的《中學文學讀本》叢書，包括《小品文甲選》《小說甲選》《散文甲選》等，於 1930—1931

---

12 張官廉：《中國中學生心理態度之研究》，北平：燕京大學，1932 年，第 24、33 頁。

13 鍾魯齋：《中學男女學生心理傾向差異的調查與研究》，李文海主編：《民國時期社會調查叢編·文教事業卷》，第 573—575 頁。

年間初版，多次再版和改版，是一套發行量很可觀的新文學選本。洪超編的《中學生文學讀本》（上海中學生書局 1932 年 5 月初版）全書共六冊，分為散文集、應用文集、小品文集、創作小說集、翻譯小說集、詩歌戲曲集。它「廣收當代著名作家的代表作」[14]。北新書局在 1934 年左右推出《中學國語補充讀本》叢書，包括石民所編《詩選》、趙景深所編《現代小品文選》、陶秋英編《小品文選》、姜亮夫編《現代遊記選》、趙景深編《現代詩選》、姜亮夫編《現代散文選》、胡雲翼編《現代戲劇》等 16 種，其中大多屬於新文學選本。上海中學生書局在 30 年代初期出版了大型的「中學生叢書」（約 30 種），其中包括《中學生文學》《中學生日記》《中學生遊記》《中學生書信》《中學生小品》《中學生小說》《中學生詩歌》《中學生戲劇》《中學生隨筆》等等，都是篩選新文學作品供給中學生課外閱讀的。除了上述這些規模和發行量較大的叢書外，市場上還出現了孫席珍編選的《現代中國散文選》（北平人文書店 1935 年）、王梅痕編的四冊《中華現代文學選》（中華書局 1935 年）、《1934 年小說年選》（上海開華書局 1935 年）、朱益才編的《當代創作小說選》（上海經緯書局 1937 年）、邵荃麟等選注的「中學略讀文庫」（桂林文化供應社 1942 年）等等主要面向中學生讀者的新文學出版物。

　　除了選本，中學生的課外讀物中包含了不少新文學家的個人選集甚至是「全集」。新文學作家的個人選集在三、四十年代就出版了不少，總數約在 120 種以上 [15]，而且大多是廉價的盜

---

14 參見許壽民主編的《中學生創作叢書第十二冊・塞外》（上海中學生書局 1932 年版）一書所附的《中學生文學讀本》廣告頁。

15 參見羅執廷：《民國時期的新文學作家選集出版》，《現代中國文化與文學》第 15 輯，2015 年 5 月。

版書，基本上都是為包括中學生在內的貧窮的文學青年們準備的。比如大公書局出版的《冰心傑作選》《郭沫若傑作選》等，上海大中華書局出版的《魯迅傑作集》《郭沫若傑作集》等等，封面都標注有「中學生之課外優秀讀物」「中學生課餘讀物」之類。當時的出版商為了迎合青年讀者對於某些知名新文學家的追捧，從中牟利，還盡力搜集這些作家的作品和文章，彙編成所謂的「全集」出版。當時有幸獲得出版「全集」資格的是郁達夫、冰心和郭沫若這三人。《達夫全集》包括《寒灰集》《雞肋集》《過去集》《奇零集》《敝帚集》《薇蕨集》《斷殘集》，共七卷。冰心先後有上海合成書店出版的《冰心女士全集》（1930）、新新書局出版的《冰心全集》等，都是不法商人炮製的盜版書。1932 年，北新書局獲得冰心授權，正式出版了三卷本的《冰心全集》。上海新文化書局於 1931 年開始推出《郭沫若全集》，但出版了三卷之後即終止。上述這些「全集」都曾是民國中學生們追捧的對象。中學生文學讀物中出現大量盜版、翻版的作家個人選集甚至是「全集」，這種現象說明民國中學生們已不止於零碎地和隨機地接觸新文學作品，而是能集中和系統、深入地閱讀並瞭解他們喜愛的作家。另外，在中學生課外閱讀的另一大品種——學生雜誌（如《學生雜誌》《中學生》）上面，也登載有大量新文學作家的作品供學生閱讀。

　　新文學日益在民國中學生的課外閱讀中佔據重要甚至是主要的位置，這一點大概毋庸懷疑，那麼中學生們閱讀的又主要是哪些新文學篇目呢？民國時期的一些調查資料也許能夠告訴我們一些資訊。1929 年秋至 1932 年春，吳榆珍用兩年多時間調查了北京一女子中學學生的課外生活情況，發現她們最愛看的小說包括《福爾摩斯偵探案》《屠場》《石炭王》等翻譯小說

和老舍的《趙子曰》、蘇雪林的《棘心》、茅盾的《虹》、老舍的《二馬》。她們看過的文學雜誌則有《小說月報》《小說世界》《新月》。她們對於新文學的評價有「（小說裡）理想的生活有意思」、「《趙子曰》描寫的社會情形有意思極了」，等等。[16]據陳表在 1930 年對上海勞動大學附屬中學 153 位學生（年齡從 14 歲到 20 歲）的隨機調查，在其文藝類讀物中，新文學類作品有 142 種，占絕對多數，學生最愛讀的依次是《愛的教育》《石炭王》《給青年的十二封信》《吶喊》《彷徨》《屠場》《我的幼年》《灰色馬》《野草》《癡人之愛》《赤戀》《小小十年》《苦悶的象徵》《少年維特之煩惱》《母與子》《父與子》《血痕》《苔莉》《動搖》《落葉》《橄欖》《出了象牙之塔》《寄小讀者》《幻滅》《沉淪》《新俄學生日記》《工人綏惠略夫》，而文藝理論類則有《新文藝概論》《生活與文學》《給志在文藝者》《中國白話文學史》《文學與革命》《近代文藝十講》《歐洲文藝思潮論》《新詩作法》等。調查者得出的結論是「愛讀之最高次數為 18，每人平均竟有 4 本之多，可知文藝讀物之普遍性，在中學時期表現得很顯著的」；而「從數量比較起來，愛讀新文學為最多，舊文學次之，文藝雜論又次之。這的確是時代思潮所演成必然的趨勢」。[17]從這些書目看，學生最愛讀的六種書中除了《吶喊》《彷徨》還有翻譯的《石炭王》《屠場》這兩部「普羅文學的名著」。

　　另據紀燕在 1933－1936 年間對北平私立志成中學初中一

---

16 吳榆珍：《一個女子中學的課外生活》，李文海主編：《民國時期社會調查叢編·文教事業卷》，第 663-666 頁。

17 陳表：《中學生讀物問題之實際探討》，李文海主編：《民國時期社會調查叢編（二編）·文教事業卷（四）》，福州：福建教育出版社，2014 年，第 269-273 頁。

年級學生（年齡 13 至 18 歲）連續三年的調查，新文學類作品中閱讀率較高的包括《冰心全集》《寄小讀者》《超人》《老張的哲學》《趙子曰》，還有《魯迅全集》《現代小品文選》《衝出雲圍的月亮》《最後的微笑》《滅亡》《電》《霧》《嘗試集》《南歸》《春蠶》《彷徨》等，冰心和老舍是較受歡迎的兩位作家，巴金的作品入選也較多，蔣光慈的「革命文學」也頗受歡迎。雜誌類則包括《論語》《中學生》《太白》《小說世界》《新月》《小說月報》《文學月刊》等。[18]而據廣雅中學校刊《廣雅的一日》的調查和統計，在 1937 年 4 月 20 日這一天，學生會內設的閱覽室中，「文藝會」小組借出的書主要有《國防文學論》《速寫與隨筆》《我的文學修養》《電》《綠葉底故事》《文學與生活》《短篇佳作集》《日出》《八月的鄉村》《怎樣從事文藝修養》《給初學寫作者的一封信》《蘇俄作家的創作經驗》《文藝筆談》《創作的準備》。[19]據此資訊看，廣雅學生文藝團體的成員們對《八月的鄉村》這樣的「國防文學」時潮是很關注的，而「創作經驗」「創作的準備」這類圖書也表明了學生們對於文學的抱負。1948年，張存拙對其所教的上海某校高一高二兩年級課外閱讀情況進行調查後發現：高一學生愛讀的除《三國演義》《古文觀止》《愛的教育》等古代和外國名著外，還包括《家》《春》《秋》《阿 Q 正傳》等新文學名作，他們還打算進一步讀魯迅、巴金作品；高二學生愛讀的書則包括《阿 Q 正傳》《且介亭雜文》《秋夜》《子夜》《老張的哲學》《小坡的生日》《家》《春》《秋》《滅亡》《新生》《腐蝕》，打算讀的還有《駱駝祥子》《雷雨》《日出》

---

18 紀燕：《初中課外讀物問題研究》，李文海主編：《民國時期社會調查叢編（二編）‧文教事業卷（四）》，第 293-303 頁。
19 廣東省立廣雅中學學生自治會編：《廣雅的一日》，1937 年，第 8-9 頁。

等。[20]

　　在抗戰之前的二三十年代之交，美蒂在北平教課時給中學生的問卷測驗，「都是回答中國的文學家當中最佩服的是（郭）沫若」[21]。抗戰時期，國立十三中[22]的國文教員李樹聲對該校初中二年級的 158 個學生進行了問卷調查，發現在文言作品和白話作品二者中，喜歡前者的占不到 23%，喜歡語體作品的占 77% 強；在小說、小品文、詩詞、記敘文、說明文、議論文、雜感及應用文幾項中，喜歡讀詩詞的最多，有 58 人，小品文次之，有 57 人，小說又次之，55 人；關於雜誌，愛看文藝性質雜誌的有 117 人，社會科學的有 44 人，自然科學的僅 32 人；他們最崇拜的現代作家中，崇拜巴金的人數最多，共 78 人，超過崇拜魯迅、茅盾、冰心的人數。李樹聲對中學生們更崇拜巴金而不是魯迅作了如下解釋：「（一）魯迅的作品，描寫得過於深刻，初中學生的生活經驗淺薄，自然難於瞭解，對他的作品，不能瞭解，自然也就引不起崇敬之念了。反之巴金卻不然，他處處在替年輕人說話，並且把他的勇氣、熱情，充分地放散在他的作品裡，這勇氣與熱情，正是青年們渴求的東西；他站在時代的前面，針對著時代，給年輕的人們尋找出路，這也是青年們趨之若鶩的原因。（二）又因他的作品，是激情迸發而成的，所以行文極其流暢。青年們讀了他的書，自然覺得親切有味了。」

20 張存拙：《中學國文教材的改進和社會本位文化》，《國文月刊》第 74 期，1948 年 12 月。

21 美蒂：《郭沫若印象記》，黃人影編：《文壇印象記》，上海：樂華圖書公司，1932 年，第 41 頁。

22 該校於 1939 年 9 月奉令籌辦，建校於江西吉安附近，收容江西、江蘇、浙江、安徽、湖北等戰區學生。

[23]李樹聲的解釋只注意到了學生的年齡、心理特徵及作家的風格，似乎忽略了時代流行性因素。結合本節開頭丁玲、臧克家等人的回憶來看，從魯迅、冰心、郭沫若到蔣光慈、巴金、老舍，中學生們的課外閱讀興趣大致有一個時代性的轉移，基本上都是在追隨當時文壇上風頭正健的作家。

　　從中學生自己購備的書籍也可管窺他們與新文學的接觸情況。據 1931 年的調查，山東棲霞縣立初級中學初二學生自備的課外讀物有胡適譯《短篇小說》，陳同月《神秘》《阿姊》，顧中雍《昨夜》，盧冀野《三弦》，胡也頻《三個不統一的人物》，曹松雪《紅橋集》，魯迅《而已集》《野草》《彷徨》，陳學昭《寸草心》，潘光旦《馮小青》，許欽文《蝴蝶》，沈從文《阿麗思中國遊記》，以及《睡美人》《魯迅論》《月夜》《渺茫西南風》《國文作法》《新民前鋒》《學生雜誌》。[24]這些書目中新文學占絕大比重，也並非都是魯迅、冰心之類的名家之作，這說明當時初中學生接受新文學比較隨機和零散，缺乏鑒別力和正確的引導。山東省招遠縣立初級中學初二年級學生自備的書籍也以新文學為主，計有郭沫若《橄欖》，郁達夫《日記九種》，徐志摩《落葉》，蔣光慈《少年飄泊者》《麗莎的哀怨》，老舍《老張的哲學》《趙子曰》，以及《草枕》《水滸》《冰心女士全集》《少年維特之煩惱》《思想·山水·人物》《心印集》《錢魔》《茶花女》《婚姻鏡》《新生》《世界文學大綱》《黃昏》《老殘遊記》《嫚娜》《紅樓夢》《吶喊》《嘗試集》《文學研究法》《語體文應用文作法》。[25]

---

23 李樹聲：《初中學生國文學習心理之研究》，《國立十三中學校刊》1941年第 1 期。

24 山東省政府教育廳編：《山東省縣私立中等學校國文教學概況》，第 636-637 頁。

25 同上，第 542 頁。

山東省立第五中學三個初三班和一個高　　班學生自備書刊情況如下：《愛的教育》52 冊、《中學生》42 冊、《蝕》33 冊、《稻草人》29 冊、《海濱故人》29 冊、《超人》28 冊、《風先生和雨太太》25 冊、《給青年的十二封信》25 冊、《寄小讀者》25 冊、《木偶奇遇記》24 冊、《虹》24 冊、《夜鶯》24 冊、《雪後》23冊、《文章作法》22 冊、《(孫)中山全集》21 冊、《三民主義問答》20 冊、《現代學生雜誌》19 冊、《給小朋友們的信》19 冊、胡適譯《短篇小說》18 冊、《三公文》18 冊、《兩條腿》18 冊、《兩條血痕》17 冊、《落葉》17 冊、《月的話》17 冊、《伊索寓言》17 冊、《芥川龍之介集》16 冊、《雪人》16 冊、《吶喊》15冊、《中學生文藝》15 冊、《母親的故事》15 冊、《愛羅先珂童話集》14 冊、《莫泊桑短篇小說集》14 冊、《再和我接個吻》14冊、《媽媽的故事》14 冊、《法國短篇小說》13 冊、《婦女雜誌》13 冊、《建國方略》12 冊、《東方雜誌》12 冊、《彷徨》11 冊、《暴風雨之夜》11 冊、《三國志》10 冊、《愛與仇》10 冊、《菊池寬集》10 冊、《少年雜誌》10 冊、《女神》9 冊、《金河王》9冊、《現代文學》9 冊、《白貓》9 冊、《不平衡的偶力》8 冊、《三個叛逆的女性》8 冊、《橄欖》8 冊、《現代小說》8 冊、《石炭王》8 冊、《紅樓夢》6 冊、《野草》6 冊、《自殺日記》6 冊、《水滸》6 冊、《戀愛之路》6 冊、《阿麗思漫遊奇境記》6 冊、《西部無戰事》6 冊、《一個青年的夢》5 冊、《春潮》5 冊、《山野掇拾》5 冊、《空大鼓》4 冊、《雞肋集》4 冊、《談虎集》4 冊，《郭沫若小說戲曲集》3 冊，另有《達夫全集》《(葉)靈鳳全集》《棘心》《而已集》《山中雜記》等零星的書。[26]從學生自有

---

26 山東省政府教育廳編：《山東省縣私立中等學校國文教學概況》，第281-284 頁。

書刊的情況看，文學類書刊占了絕大部分，其中又以新文學和翻譯文學為多。

　　中學生的課外閱讀難免有被社會上的文學潮流或閱讀風氣左右的情況。有時候，某些中學生的閱讀趣味會偏於低級庸俗的新文藝類型。1928 年時徐培仁抨擊文壇粗製濫造迎合市場的戀愛小說：「這些五花八門的小說彷彿是無數的磁石，把一般苦學生袋中買花生米省下的幾個零用錢，都用力的（地）吸收進去，然而結果，只使他們腦裡留下一個乏味、消沉的印象。他們沒有多大的辨別力，一看了關於戀愛的書就傾囊倒篋的（地）買，拼命的（地）買，於是乎作家寫戀愛文，老闆賣戀愛稿，只要講戀愛，大家就滿意。」[27] 1931 年，山東一位國文教員描述了他觀察到的現象：「試看目下多數的初中學生，喜歡看的是時下流行的淺薄文藝（？）作品，小說呀？戲劇呀！又太半是愛情的，於是成為風尚，假使教員不講文藝，他馬上說你腐敗，甚而至於記得幾個新名詞的，他還要要求你講什麼普羅文學、革命文學……」[28]山東省立第八中學的國文教員閻承裕說：「學生課外閱讀十之八九是文藝，尤其是內容關於戀愛方面的文藝——在青年時代所最樂讀的讀物，當然就是戀愛的小說、詩歌、戲劇……」[29]山東高密縣立初級中學的國文教員也有形象的描述：「現在學生自備之讀物、學生最愛閱者為語體小說，而新小說之談愛者十居八九，凡閱時一見教員輒納諸袖中或藏之

---

27 徐培仁：《編者的幾句話》，《中國近代短篇小說傑作集》，上海：三民公司，1928 年。
28 山東省政府教育廳編：《山東省縣私立中等學校國文教學概況》，第222-223 頁。
29 同上，第 316 頁。

他處者，必是此種出版物。」[30]

　　但也還有許多胸懷大志、思想比較成熟的中學生，他們並不沉迷於庸俗的戀愛文藝，而是偏愛反映社會現實問題和具有進步思想的新文學。1923 年，李長之開始上初中，通過借閱同學的《吶喊》而開始接受魯迅的影響。李長之還說自己「不但思想，就是文字，有時也有意無意間有著魯迅的影子」，而這種影響在其他同學身上也可以見到。李長之回憶到：「我記得，有位姓郭的朋友，因為讀魯迅的文章，而感到社會的不滿太多了，曾主張過要提倡『怒的文學』，終至於在一個期間作了精神病患者。還有位姓沈的朋友，性子是和平些的，但對社會也彷彿感慨甚深，一遇見事情，每每有他銳利的冷然的觀察，這結果就使各處對他也不滿起來了，他賺下的，乃是『苦悶』和『牢騷』。根源呢，是因為他常讀魯迅的雜感。這都是中學卒業前後的事，大家不過是十六、七歲的孩子。」[31]吳天石在大革命時代讀中學，當親眼看到所謂「國民革命軍」第十七軍曹萬順部在南通鬧餉嘩變，到處姦淫擄掠之後，便發生了很大的懷疑：「這就是革命的軍隊嗎？這和軍閥的隊伍有什麼兩樣呢？」這一個疑問還沒有得到解答，「四‧一二」又接踵而來。眼看原先所敬佩的同學紛紛被捕或被迫逃亡，而原先所憎恨的一度銷聲匿跡的土豪劣紳又大模大樣地出來張牙舞爪，吳天石陷入深深的失望與迷茫，「弄不懂究竟是什麼一回事」。「當時的青年都喜歡閱讀新文藝書籍，於是我也來找文藝書讀，想從這裡面找到答案。」就這樣，吳天石開始翻讀了一些老師們認為危險的普羅文藝，

---

30 同上，第 493-494 頁。

31 李長之：《後記》，《魯迅批判》，北京：北京出版社，2003 年，第 163-165 頁。

那上面描寫著工人農民怎樣鬥爭，軍閥地主怎樣勾結帝國主義者屠殺反抗者。吳天石感到普羅文藝中有些地方的描寫和現實中發生的事情「有些近似」，於是發生興趣了，「就專門找尋這一類的書讀」。[32]張畢來則回憶說，他在1929年進中學後「在課外接觸的東西比在課內學的東西多得多。《紅樓夢》《水滸傳》《西廂記》之類的書不消說，還雜七雜八的（地）看了好些古東西和新東西。『新東西』，主要就是剛才說過的『左聯』以及有關書刊。這一點很得力於另一個老師的正確引導。」[33]江蘇高郵初中一位學生自述了他與文藝結緣的情況：「……我偶然在圖書館裡揀到一本周全平的《夢裡的微笑》……當時我沐著黃昏的陽光，一頁一頁的（地）讀下去，我忘記了一切，也被一切所遺忘；只是隨著那低迴的、淒迷的、悲壯的情調而飄蕩，它挑動著我，鼓舞著我。這一方面引起我讀文藝書籍的興趣，一方面也使我對於環境和社會有了自覺。」[34]後來他又迷上了巴金的《滅亡》，魯迅、丁玲、茅盾也曾佔領過他精神的一個時期。

　　當時的中學生們不僅僅是閱讀新文學書籍，而且還會寫新文學書評並發表出來，這足以表明他們對於新文學的接受是一種深度接受——研究式的接受。從中學生們的那些書評文章裡，我們常常能感受到他們對某些新文學作品的熱愛以及理解的深度。一般地說，他們的評論並非只是感官印象式的，而是往往具有較強的分析能力和審美眼光。比如某學生對於聞一多的詩

32　吳天石：《文藝作品給我的教育》，吳天石：《漫談國文教學》，北京：中華書局，1954年，第41-43頁。
33　張畢來：《語文分科教學回憶》，劉國正主編：《我和語文教學》，第128-129頁。
34　天鷹：《我與文藝》，《中學生文藝季刊》1935年秋季號。

集《紅燭》和《死水》的分析和評論就很有點「專業」性水準，
該生認為，從詩作「很可看出一多先生對於社會，對於政治和
平民生活，都是極其注意，並不是那一類寫愛寫情的詩人，這
是與徐志摩先生大不同之點」；從詩作也「可看出一多先生是一
位愛國正直的詩人，性情是柔和中帶剛毅」，「作者的理想是很
高，意志亦非常堅強，不隨波逐流，對於各方面均抱有不平」。
該生還以《死水》為例子，具體分析了聞一多在用字清晰、詞
語的魄力、文字的美、喜用淒苦或激烈的詞語、富於熱情和想
像（象）等優點，同時也指出聞詩中有些句子類乎散文，缺乏
音樂性，以及粗俗字使用的不當等問題。[35]開明書店主辦的《中
學生文藝季刊》設有「讀書錄」欄目，發表中學生的讀書評論，
其中大部分都是關於新文學的。能作為書評對象的一定都是中
學生們深入細讀過而且還讀出了體會的，從中可以看出當時中
學生們接受新文學的趣味和傾向。《中學生文藝季刊》「讀書錄」
欄目發表過三篇有關臧克家詩集《罪惡的黑手》的書評[36]，這
三篇書評都將《罪惡的黑手》與臧克家的另一詩集《烙印》進
行比較分析，一致肯定前者比後者在反映社會現實（農村破產、
帝國主義掠奪等）的深度上更前進了一步。「讀書錄」欄目中還
發表過關於曹禺的《雷雨》《日出》，蕭紅的《生死場》，蕭軍的
《八月的鄉村》《羊》，茅盾的《路》，葉紫的《豐收》，塞先艾
的《城下集》，巴金的《長生塔》《雨》，朱自清的《歐遊雜記》，
茅盾的《創作的準備》，朱光潛的《談美》，豐子愷的《緣緣堂

---

35 逸仙：《讀聞一多君詩集後的分析》，山東省立第三中學學生自治會編輯
　　委員會編：《三中》創刊號，1931 年。
36 冰夷的《臧克家的〈罪惡的黑手〉》，發表於《中學生文藝季刊》1935 年
　　秋季號，吳青的《〈罪惡的黑手〉》和張文麟的《〈罪惡的黑手〉》，均發表
　　於《中學生文藝季刊》1935 年冬季號。

隨筆》，沈從文的《從文自傳》《八駿圖》，舒群的《沒有祖國的孩子》，以及《東北作家近作集》等的書評。書評者們認為茅盾的《路》使讀者「對現社會得進一層的瞭解」[37]，蹇先艾「處處盡力在揭破現實社會黑暗的一面」[38]，葉紫的《豐收》「暴露出目前畸形的現實」[39]，認為蕭軍的六個短篇「差不多都是描寫社會各個角落裡，掙扎在生活線上的可憐蟲們！」[40]有的書評者認為舒群的《沒有祖國的孩子》集子中的九個作品大多是「國防文學」，「都是作者用了懷戀祖國的熱情，用了充滿東北同胞的血淚和呻吟的筆，在紙上描的畫幅」[41]。評論《雨》的學生則說：「巴金先生就是看到了中國社會的黑暗，所以他要想竭力揭穿這黑暗，好使它透出些光明來。」[42]書評人對於《東北作家近作集》的看法則是：「它們是以『失去的土地』做背景」的「國防文學」和「民族革命戰爭的大眾文學」[43]。從這些中學生們選擇的書評對象和評論用語就可以看出他們的文學閱讀方向：特別關注和喜愛那些深入揭示了社會現實問題的作品。相反，對於那些不關心社會現實的、帶消極、休閒趣味的新文學類型，許多中學生都表示了厭棄的態度。上海新陸師範學生沈渭源在談到如何選擇和閱讀文藝作品時，對當時文壇和市場上流行的「《袁中郎全集》等性靈派的東西」大加批判：「文學

---

37 楊曉峰：《讀〈路〉後記》，《中學生文藝季刊》1936 年夏季號。
38 成一：《〈城下集〉》，《中學生文藝季刊》1936 年秋季號。
39 茉子：《讀葉紫的〈豐收〉》，《中學生文藝季刊》1936 年秋季號。
40 張帆：《〈羊〉》，《中學生文藝季刊》1936 年秋季號。
41 夏煦：《讀舒群的〈沒有祖國的孩子〉》，《中學生文藝季刊》1937 年春季號。
42 邢國華：《讀〈雨〉後記》，《中學生文藝季刊》1936 年春季號。
43 麥若鵬：《〈東北作家近作集〉讀後記》，《中學生文藝季刊》第 8 期，1936 年冬季號。

是社會現象的一種，是上層意識形態的表現。新時代的新文學是在新群眾底社會的實踐上產生出來的。（而）這種性靈派神韻派的東西，實在是藝術至上主義，麻醉愛好文學的青年大眾，（把他們）引到隔離現實社會的『象牙塔』裡去，這種作品，我們決不能無條件地吸收。」[44]而在江蘇省立南通中學，學生徐陬也熱切地關注著左聯刊物《文學月報》，認為「這一種雜誌保持著可貴的真理態度，發表著新穎的理論與各種形式下的文學作品」，「讀了她，我們可以鑒賞到一種新的風格，我們可以認識到一種新文學奔放底體相以及它底社會立場。」徐陬又認為，施蟄存主編的《現代》雜誌雖然「也有相似的好處」，但「沒有前一種（指《文學月報》）底出發點來得正確」[45]。這是分明地傾向於左翼文藝。顯然，層出不窮的社會問題、國家和民族的危難，讓有志青年們的閱讀趣味更偏於嚴肅的文藝，尤其是那種表現出社會、政治關懷的作品。

1947 年，李廣田在談到當時中學生所以喜愛文藝的原因時指出了兩點：其一是中學生感情勝於理智，文藝作品是以感性的形象訴之於讀者的感情，所以最對中學生的脾胃；其二，這一點最重要，是時代的原因，「因為我們這個時代是一個最痛苦的時代……今天的中學生，雖然是小小的年紀，卻也不能不為了這些事而操心了。一大堆問題擺在他們面前，就是他們的事事物物也無不刺激他們，使他們陷於苦惱之中，這情形，也就促使他們更愛好了文藝，因為暴露黑暗的文藝既可以替他們洩

---

44 沈渭源：《怎樣閱讀文藝作品》，《中學生文藝季刊》第 8 期，1936 年冬季號。

45 徐陬：《三種雜誌》，《江蘇省立南通中學校刊》（民國）21 年度第 4 期（文藝專號），1932 年。

憤，而指示光明的文藝更可以點燃他們的希望，他們的靈魂不但在文藝中得到了慰藉，而且也在文藝中得到了支持」[46]。從他這番話我們可以想見，內戰時期的中學生們最愛讀的是「暴露黑暗」和「指示光明」的新文學。

　　總之，從學生實際的閱讀情況看，偏於時代性和社會性內容的新文學都是最受關注的。當時的中學生們通過國文教育和自己的閱讀也大體接受或形成了「反映時代」「反映社會現實」「反映人民疾苦」之類的文學價值觀。如一位叫徐誠瑩的學生撰文《文學與時代》，不僅強調「文學是時代底反映」「文學是時代的產物」，還主張：「我以為有價值底文學，是永遠站在時代底前面，領導著時代，創造著時代底文學呵！」[47]一位名叫余道真的中學女生也認為：「文學是時代思潮的結晶，每一個時代都有他的特殊情調和特殊色彩，凡能把這時代的情調和色彩盡情地描寫出來的，便是不朽的文學。」她還認為，「在民不聊生，政治紛亂的時候是不會有幽閒靜穆的笑的文學產生的」[48]。另一位中學生則在革命文學的潮流中撰文《革命文學與平民文學》說：「凡是平民文學必須要革命化，才能算真正的平民文學。同樣，革命文學也必須要平民化，才能算真正的革命文學。」「革命文學是要描寫民間所受帝國主義、軍閥、貪官、汙吏、土豪、劣紳等的壓迫和痛苦，以喚醒多數民眾，使他們覺悟本身的痛苦，而起來從事於革命的工作」，「真正的平民文學乃是真實的，痛切的，出於平民自己的呼號和要求的革命文學。」

---

46 李廣田：《中學生與文藝》，《中學生》第 186 期，1947 年 4 月。
47 《學生文藝叢刊第五卷彙編》，上海：大東書局，1929 年。
48 余道真：《文學中的笑與淚》，廣州真光中學學生自治會編：《真光》第 2 卷第 1 號，1932 年 1 月。

所以，「真正的平民文學，必須取革命文學的內容和精神，而真正的革命文學也必須取平民文學的形式和精神」[49]。另一學生則撰文《小言戰爭文學》，在梳理了古今中外的主戰文學與非戰文學及各自主張後說：「在今日，我們需要戰爭文學：需要戰爭文學做成我們攻敵的大炮，需要戰爭文學做我們革命戰線中的利器，需要戰爭文學把革命戰爭的情緒灌輸到每個弱小民族及一切被壓迫者的精靈裡，需要戰爭文學把每個弱小民族及一切被壓迫階級都鼓勵起革命戰爭的情緒。」[50]由這些學生言論和主張，可以明顯地看出當時的社會動向和新文學時潮對中學生群體的強大影響力。

二、書目指導、圖書條件與新文學接受

在談論民國中學生課外閱讀與新文學的關係時我們不能不注意到新式教育培養出來的國文教師的引導作用。賈植芳剛上中學時原本迷戀《水滸》《西遊記》《薛仁貴征東》《羅通掃北》《大八義》《小五義》之類的武俠神怪小說，但到初中二年級時，來了一位北師大畢業的國文教師杜先生，他指導學生看新文學作品《吶喊》《彷徨》《女神》《少年飄泊者》《滅亡》《飛絮》《苔莉》《短褲黨》《胡適文存》《陳獨秀文存》以及外國翻譯文學，介紹馬列主義的政治讀物。[51]正是由於這位國文教師的引導，賈植芳轉而愛上了新文學。另一位初中生說，其國文教師蒙沙

---

49 汪蔚雲：《革命文學與平民文學》，《學生文藝叢刊》第 6 卷第 1 集，1930年 3 月。
50 徐敬文：《小言戰爭文學》，《學生文藝叢刊》第 7 卷第 9 集，1933 年。
51 賈植芳：《我的讀書記》，鄧九平主編：《文化名人憶學生時代》下冊，第129 頁。

先生「是一位道地的新文學的愛好者兼作家」，常常介紹些文藝書叫學生們讀，「記得第一部讀的是魯迅的《二心集》，接著《朝花夕拾》，巴金的《滅亡》《家》，沙汀，葉紹鈞的《倪煥之》等等，也都一一讀過了，對文學的愛好，就此正式奠下了根基」。[52]再以1931年山東臨淄縣立初中某年輕國文教員為例，他「就自己曾經看過的書」給學生們開出了一份課外閱讀的書單：郁達夫《文學概論》、趙景深《中國文學小史》、魯迅《中國小說史略》、高語罕《國文作法》、郁達夫《小說論》、馬彥祥《戲劇概論》，以及《達夫代表作》《沫若小說戲曲集》《吶喊》《彷徨》《鴨綠江上》《迷羊》；夏丏尊譯《愛的教育》《續愛的教育》，沈從文《阿麗思中國遊記》，葉紹鈞《稻草人》，魯迅譯《桃色的雲》，韋叢蕪譯《睡美人》，魯迅譯《一個青年的夢》，郭沫若譯《茵夢湖》，趙景深譯《月的話》，張資平《愛力圈外》，魯迅譯《愛羅先珂童話集》，徐調孚《木偶奇遇記》，謝頌羔譯《金河王》，冰心《超人》，創造社編《辛夷集》，胡適譯《短篇小說集》，郁達夫《日記九種》，陳學昭《煙波伴侶》，以及《背影》《自己的園地》《雨天的書》《而已集》《華蓋集》《熱風》《西瀅閒話》《君山》《嘗試集》《光慈詩選》《沫若詩集》《龍山夢痕》《談龍集》《談虎集》……[53]如果這位國文教師所說「自己曾經看過」屬實的話，那他的新文學閱讀量實在驚人。

　　1931年，山東省教育廳對全省中等學校國文教學概況進行了問卷調查，其中要求國文教員回答他們指定給學生的「必不可少的幾種課外讀物」的情況。根據問卷回饋，省立第一師範

---

52 草甬：《我與文學》，《中學生文藝季刊》1936年春季號。
53 參見山東省政府教育廳編：《山東省縣私立中等學校國文教學概況》，第664頁。

初中國文教員張弘遠開出的書目是：《北新雜誌》《新月雜誌》《東方雜誌》《小說月報》《現代學生》《國文週報》《大公報副刊》。[54]同校教員王仿成開的書單是：《小說月報》《東方雜誌》《現代學生》《吶喊》《彷徨》《寄小讀者》《倪煥之》《蝕》《虹》《文章作法》。[55]基本都是新文學類。省立第四師範國文教師開的書目為：第一學年——《老殘遊記》《儒林外史》《水滸傳》《托爾斯泰短篇小說集》《契訶夫短篇小說集》《寄小讀者》《超人》《橄欖》《短篇小說集》《愛羅先珂童話集》《嘗試集》；第二學年——《倪煥之》《吶喊》《彷徨》《達夫代表作》《域外小說集》《少年維特之煩惱》《易卜生集》《莫泊桑短篇小說集》，以及《鏡花緣》《紅樓夢》《陶淵明詩》《唐宋八大家文章》等古籍；第三學年主要是古籍和學術著作。[56]省立第一女子師範國文教員張厭如開給初二學生的書目包括《學生雜誌》《婦女雜誌》《申報》《大公報》這幾種報刊，和《少年維特之煩惱》《茶花女》《哈孟雷特》等翻譯作品以及《吶喊》《火災與隔膜》《超人》《空山靈雨》《玄武湖之秋》《死人的歎息》《繁星》《聖母像前》《志摩的詩》《三個叛逆的女性》等新文學。[57]省立第三鄉村師範教師開給初一學生的讀物中新文學和翻譯文學占絕大部分，包括《稻草人》《倪煥之》《寄小讀者》《吶喊》《龍山夢痕》《伏園遊記》《女神》《山野掇拾》《一隻馬蜂》《蹤跡》《超人》。[58]省立第四鄉村師範教員姜鴻儒開出的書目為：第一學年——冰心《超人》，蘇雪林《綠天》，葉紹鈞《火災》《隔膜》，魯迅《熱

---

54 同上，第 11 頁。
55 同上，第 13 頁。
56 同上，第 60-61 頁。
57 同上，第 96-97 頁。
58 同上，第 152-53 頁。

風》，冰心《往事》，胡適譯《短篇小說》，徐蔚南《倥傯》，《伏園遊記》，孫伏熙《山野掇拾》，許地山《空山靈雨》，以及《寄小讀者》《吶喊》《彷徨》《西瀅閒話》等；第二學年——《現代中國小說選》《現代中國散文選》《國語文類選》《華蓋集》《自己的園地》《畸零人日記》《國木田獨步集》《愛的教育》《杜威五大演講》《嘗試集》《法國小說集》《蕙的風》《今古奇觀》《上下古今談》《胡適文存》《兩條血痕》《三國志》《兒女英雄傳》等。[59]

　　師範學校系統之外的普通中學的情形則如下：省立第一中學初一書目主要是翻譯作品和新文學創作，包括《超人》《寄小讀者》《談虎集》《稻草人》等。初二年級書目包括《吶喊》《彷徨》《墳》《華蓋集》《而已集》《自己的園地》《永日集》《倪煥之》《酒後》等。初三年級書目偏重翻譯、古籍和學術，只有《田漢戲曲集》《東方創作集》《山河淚》《散文甲選》等少量新文學創作以及李何林編的《中國文藝論戰》。[60]省立第二中學初三開列了很重分量的文藝類書目，包括《達夫全集》《梅嶺之春》《超人》《春水》《沫若小說劇曲集》《隔膜》《女神》《聖母像前》《田漢戲劇集》《佛西戲劇集》《三個叛逆的女性》《現代中國文學作家》等。省立第四中學初一學生的課外書目為：《短篇小說》《火災》《薔薇之路》《趙先生的煩惱》《吶喊》《老殘遊記》《三國演義》《寄小讀者》《超人》《隔膜》《海濱故人》《在黑暗中》《愛羅先珂童話集》《愛的教育》《上下古今談》。[61]初二年級的書目

59　山東省政府教育廳編：《山東省縣私立中等學校國文教學概況》，第 163頁。
60　同上，第 188-191 頁。
61　同上，第 233 頁。

包括《彷徨》《不平衡的偶力》《虹》《老張的哲學》《雨天的書》《達夫代表作》《蝕》《倪煥之》《趙子曰》。省立第八中學教員閻承裕給初一學生開的書目有《隔膜》《稻草人》《點滴》《薔薇之路》《超人》《寄小讀者》《吶喊》等。省立第六中學開給學生的書目偏重於古文，但亦有《吶喊》《彷徨》《給小讀者》《超人》《隔膜》《蕙的風》《春水》《繁星》《嘗試集》等。省立第九中學初一年級的書目為：《寄小讀者》《往事》《超人》《火柴》《隔膜》《自己的園地》《雨天的書》《歐洲童話集》《山野掇拾》《草莽集》《愛羅先珂童話集》《西瀅閒話》《桃色的雲》《落葉》《短篇小說》。該校初二年級的指定書目為：《少年維特之煩惱》《復活》《達夫全集》《吶喊》《彷徨》《而已集》《虹》《新詩作法講義》《小說論》《少年歌德之創造》《新時代》《三個叛逆的女性》《橄欖》《現代文學雜論》《青春的悲哀》等。[62]初三年級的書目則有《新文學概論》《歐洲近代文藝思潮論》《卷耳集》《中國詩選》《雪人》《戲劇彙刊》《城中》《工人綏惠略夫》《革命文學論》《現代小說譯叢》《日本劇選》《達夫代表作》及「郭沫若譯詩集及詩集」。[63]山東省立第一女子中學的指定書目如下：第一學年——《寄小讀者》《白話唐詩選》《水滸》《倪煥之》《冬夜》《托爾斯泰小說集》《板橋家書》《三國演義》《趙先生的煩惱》《咖啡店之一夜》《西遊記》《儒林外史》《鏡花緣》《草兒》；第二學年——《玉君》《自己的園地》《慳吝人》《外套》《闊人的孝道》《海上夫人》《復活》《易卜生集》《日本小說集譯集》《契

---

62 同上，第 366 頁。

63 山東省政府教育廳編：《山東省縣私立中等學校國文教學概況》，第 370 頁。

訶夫短篇小說集》《法國短篇小說集》等。[64]

　　就 1931 年山東全省中等學校國文教學調查情況來看，省立中學和師範學校的國文教員們明顯對中國新文學瞭解較多，開給學生的課外書目中新文學類（含創作及理論批評）較多。相形之下，縣立中學、私立中學的國文教員對新文學的興趣要少一些。這種情況的出現，可能與省立中學或師範多位於大中城市或交通要道，書報流通較速，資訊較及時有關，也可能與省立中學或師範國文教員學歷較高、知識體系較新有關。當然，這只是就普遍情況而言，並不能涵蓋所有的個案，比如壽光縣立初級中學某國文教員，他開給學生的課外書目中就有較多新詩品種，如朱自清《雪朝》、徐玉諾《將來之花園》、冰心《繁星》、劉大白《舊夢》和《秋之淚》，對於魯迅則列出了《華蓋集》《華蓋集續編》《吶喊》《彷徨》《熱風》《中國小說史略》，此外還有李何林的《中國文藝論戰》、梁實秋的《浪漫的與古典的》和《文學的紀律》等理論批評著作。[65]開出《中國文藝論戰》《浪漫的與古典的》《文學的紀律》等如此「專」的書目，既說明了新式國文教師對於新文學的瞭解程度，也表明了他們向中學生傳遞新文學知識的積極性。

　　湖南私立明德中學校也對學生的課外閱讀做出了明確的規定。其初中部的國文課程綱要中規定，第二學年的「略讀」任務為：「每生須就下列書籍或與其程度相當之書籍於課外選讀一百六十萬字以上，並須受教員之考查。」備選書目包括《孫中山演說集》《青年之路》《曾文正家書》《短篇小說》《點滴》《中國創作小說選》《東方創作集》《小說彙刊》《嘗試集》《新

64 同上，第 405-406 頁。

65 同上，第 600-601 頁。

詩年選》《劇本彙刊（第一集）》《新俄國遊記》《短篇遊記》等
15 種。第三學年的課外閱讀任務為 180 萬字以上，備選書目包
括《三民主義》《建國方略》《梁任公講演集》《胡適文存》《飲
冰室自由書》《老殘遊記》《儒林外史》《托爾斯泰短篇小說集》
《近代俄國小說集》《莫泊三小說集》《法蘭西名家小說集》《現
代戲劇譯叢》《中國短篇小說集》等 21 種。[66]該校的高中國文
必修課程的課外閱讀字數要求更高，其中高一上學期的備選閱
讀書目主要是文學史和文學概論方面的，如《白話文學史》《歐
洲文藝復興史》《新文學概論》《文藝論集》《新文藝評論》《戲
劇短論》《宋春舫論劇》《詩之研究》等，它們提供的還是與新
文學密切相關的文學知識和理論。[67]

　　當時社會上和國文教員中當然有不少偏愛國故同時又輕視
新文學的，但他們的保守思想常常遭到批評和抵制，對於中學
生課外閱讀的實際影響力並不大。1923 年發生的「國學書目」
之爭即折射了當時知識界在指導青年課外閱讀上的分歧和新文
學的日漸得勢。當時，胡適和梁啟超分別開列了一個「最低限
度」的國學書目，結果遭到了陳獨秀、錢玄同、吳稚暉等多數
人的猛烈抨擊。吳稚暉以嘲諷的口氣說，梁啟超上了胡適「整
理國故」和提倡國學的惡當，他倆開列的國學書目實屬「鬼趣」，
而照他倆那樣整理起國故來，「不知要葬送多少青年哩」[68]。秉
常則說：「……去讀那些下等的古籍，卻不如看一看報紙雜誌。

---

66 《初中國文課程綱要》，明德中學校校長辦公室編輯：《湖南私立明德中
　　學校一覽》，1930 年，第 100—102 頁。

67 《高中國文必修科課程綱要》，明德中學校校長辦公室編輯：《湖南私立
　　明德中學校一覽》，第 48 頁。

68 吳稚暉：《箴洋八股化之理學·附注》，張君勱等著：《科學與人生觀》，合
　　肥：黃山書社，2008 年，第 301 頁。

這是『取其重，捨其輕；先其急，後其緩』的最平易的擇書方法，也是最高貴、最正確的擇書方法！」[69]為了矯正當時社會上的國故癖，周予同也開出了一份書單，包含「關於工具（書）方面的」「關於學術思想方面的」「關於文藝方面的」三大類，後兩類中都包括了大量新文化界人士的著作（如《獨秀文存》《胡適文存》）和新文學（包括外國文學翻譯）的書目，如葉紹鈞的小說集《隔膜》、魯迅譯《愛羅先珂童話集》等。[70]朱經農則主張初中學生課外閱讀應以現代文學為主:「略讀的資料，就是各種文學作品，尤重近人著作。……初中略讀的資料分『散文選本』、小說、戲劇諸類。」[71]鑒於當時知識界的某種國故傾向，魯迅也針鋒相對地提出青年學生最好「少讀竟或不讀古書」[72]。

　　事實上，某些國文教員的經驗也證實了向中學生推銷國學與古書的不成功。阮真說:「我起初教舊制師範四五年級，指導學生課外閱讀的書是《論語》、《孟子》、《左傳》、《古文辭類纂》，此外還有些小說及詩詞選本。……後來教高級師範文科，（中學第五六年級）也只有教學生讀《孟子》、《左傳》、《史記》，並隨意去看看《經史百家雜鈔》。學生實際閱讀的情形怎樣呢。舊制四五年生好多只去讀小說，只有兩三個去讀《論（語）》《孟（子）》，兩三個去讀《左傳》，讀《古文辭類纂》

---

69 秉常:《中等學生對於課外讀書應該怎樣？》,《學生雜誌》第 13 卷第 1 號,1926 年 1 月。

70 周予同:《中學國文學習法之商榷》,《學生雜誌》第 10 卷第 6 號,1923 年 6 月。

71 朱經農:《對於初中國語課程的討論》,光華大學教育系、國文系編:《中學國文教學論叢》,第 9-10 頁。

72 魯迅:《青年必讀書──應〈京報副刊〉的徵求》,《魯迅全集》第 3 卷,第 12 頁。

的，簡直沒有。」「有些學生愛讀新出版的小說雜誌，不愛讀古書。」阮真本來以為舊小說之中最適合中學生閱讀也最無難度的當屬《儒林外史》，他自己便讀過兩遍，很有濃厚的興趣。誰知他十三歲的妹妹卻說讀了《儒林外史》並不覺得有興趣。他又讓初中生去讀，「他們也說還是新小說有趣」[73]。阮真的經歷充分說明了當時中學生實際的課外閱讀興趣還是集中在新式小說方面。

　　課外閱讀的重要性人所共知，國文教育家或社會人士便都積極地向中學生推薦書目。1930 年 12 月，上海開華書局出版了《中學讀書指導》一書，為初中和高中學生開具了國文方面的閱讀書目。其中初中部分包括國文課本和作文法教材、文學史著作、古今文史書籍、古典文學作品、外國文學作品，以及《文學概論》《新文學概論》《文藝論 ABC》《文藝思潮論》《小說研究 ABC》等文藝理論，新文學則有《小品文甲選》《山野掇拾》《吶喊》《彷徨》《蹤跡》《隔膜》《火災》《城中》《綴網勞蛛》。高中部分則沒有列入一篇新文學作品。[74]整體看，這份書目所列舉的新文學創作書目並不多，顯示出當時社會上保守的國文教育觀念（崇古崇洋）還很重。但到了王澤浦編的《中學生國文應讀書目提要》（中華書局 1934 年），情形就有了很大改觀。這本《提要》分古代書目（經、史、子、集）和現代書目兩部分，兩者比重相當。編者聲稱自己「對新文藝絲毫沒有研究」，是依據「已有相當的評價的作品」、「師友中認為有價值的作品」和「自己認為中學生需要的作品」這三個標準選出中學

---

73 阮真：《中學國文校外閱讀研究》，上海：民智書局，1929 年，第 112-114 頁。
74 參見中學生讀書會編：《中學讀書指導》，上海：開華書局，1930 年。

生應讀的現代書目。可見，到了30年代，連非文學界的人士也都認為在學生的課外閱讀中「新文藝」和古代經史子集具有同樣重要的地位。王澤浦為中學生開出的現代書目主要是五類：第一類是文藝理論著作，如托爾斯泰《藝術論》、弗裡契《藝術社會學》、伊科微支《唯物史觀的文學論》、廚川白村《苦悶的象徵》、錢杏邨《文藝批評集》、李何林編《中國文藝論戰》、蘇汶編《文藝自由論辯集》等；第二類是文學史著作，如汪馥泉《歐洲近代文藝思潮》、汪倜然《俄國文學 ABC》、謝六逸《日本文學》、陳炳堃《最近三十年中國文學史》、周作人《中國新文學的源流》、王哲甫《中國新文學運動史》、張若英編《中國新文學運動史資料》等；第三類是作家評傳，如《莫泊桑傳》《高爾基評傳》《辛克萊評傳》《現代中國作家論》《當代中國女作家論》《創造社論》《魯迅論》《郭沫若論》《茅盾評傳》《郁達夫論》《冰心論》等；第四類是新文學的作品集，如《自己的園地》《知堂文集》《周作人散文鈔》《周作人書信》《背影》《南腔北調集》《魯迅雜感選集》《兩地書》《吶喊》《彷徨》《茅盾散文鈔》《現代中國散文選》《丁玲選集》《現代中國小說選》等；第五類則是翻譯的外國文學作品。這份現代文學書目幾乎囊括了當時市面上的大部分新文學出版物，這一方面固然是要為學生提供盡可能豐富的選擇，另一方面也顯示了新文學出版在當時的聲勢。

　　到了30年代，新文學出版十分活躍，新文學發展至此已成為一個龐大的家族。那麼，這個家族中的哪些成員更適合拿來作為中學生的課外讀物呢？一些人士就此發表了看法。胡蘭成在1932年的《教育論壇》上發表了《中學生國文課外讀物的一點商榷》。他認為中學生應該多去閱讀文藝的教材以懂得這個時

代的意義,「應該把主力傾注在現代文藝」,應該避開「風花雪
月的一類肉麻文藝」和「高等流氓所提倡的為文藝而文藝的東
西」。他認為郁達夫、張資平、章衣萍的頹廢作品「充滿了低級
趣味的肉感拍賣,全是些小資產階級由沒落而墮落的表現,是
些不健全的、有毒害的思想」,中學生是用不著去看的。俞平伯、
朱自清、冰心、周作人等的文章則是「純粹山林文學的作品」,
「是微弱無力地與實際生活不發生關係,同時也多少(會)引
人到麻醉的路上去」,這類作品也大可以不必看它。「此外如正
統派的《小說月報》,和施蟄存、戴望舒幾個人辦的《現代》,
都是些死氣沉沉的東西。」在上述批判的基礎上,胡蘭成提出
中學生課外閱讀的選材標準:「一、要避免空虛的人文主義的思
想;二、要掃除低級趣味的作品;三、要糾正山林文學的習氣;
四、要避免太過的病態心理的作品」[75]。胡蘭成的有些批評雖
然過於偏激,但其初衷還是好的,是希望將積極健康的新文學
品種推薦給中學生們。按他的標準,能反映時代與社會的內容
同時又思想積極的新文學應當成為中學生課外閱讀的首選對
象。

　　1933 年,高語罕在其《語體文作法》一書中強調應該以白
話文學作為課外閱讀的主要材料,認為魯迅、郁達夫、郭沫若、
胡適、徐志摩、周作人、茅盾、冰心、蔣光慈、葉靈鳳,以及
高爾基、傑克·倫敦、辛克萊、巴比塞等人的作品,「它們的描
寫技術和它們代表時代之豐富的精神與內容以及它們之中所顯
露的現代社會之階級的矛盾與鬥爭,在在足以給青年以極大的
指導與興奮,絕非什麼《古文辭類纂》、《曾氏百家雜抄》、《唐

---

75 胡蘭成:《中學生國文課外讀物的一點商榷》,《教育論壇》第 2 卷第 2
　　期,1932 年 12 月。

宋八家文》等等所可比擬的。」他還特別舉出茅盾的《幻滅》
三部曲說：「他本人的觀點我們固然反對，然而他這三部小說所
描寫的事實，確是大革命後的小資產階級找不著出路，對於前
途彷徨無路，悲觀失望的『幻滅』『動搖』的實際情形，並且是
大革命本身為了錯誤的領導政策所戕殺的一個消極的、從旁面
反證的批評！」[76]曾是中共黨員的高語罕在這裡表達的是一種
左翼的文化立場，特別推崇反映時代精神與階級矛盾、鬥爭的
新文學類型，認為它們更能指導學生認識社會現實。

　　1942 年，中共背景的桂林文化供應社編輯出版了一套文學
選集，收入「中學略讀文庫」之中。這套選集包括邵荃麟選注
的《創作小說選》，文寵選注的《話劇選》，葛琴選注的《遊記
選》等。它們大量收入中共作家和解放區作家的作品，包括蕭
軍和周立波的小說、張庚和夏衍的話劇、茅盾的遊記等。編選
者邵荃麟還宣傳其文學主張說：「文學不僅是表現人生、反映人
生的，並且是創造人生的；不僅是供人欣賞的，並且是社會革
命實踐的一種有力武器。文學創作實踐和我們的政治實踐是互
相一致的。」邵荃麟嚴厲批評當時的許多青年仍然把看小說當
作看閒書的態度，要求用嚴肅的態度去欣賞小說，「更深入地從
作品裡面去探求它本質的社會意義」，要從小說中「看到時代的
極重要東西」[77]。這是左翼文化界試圖指導和影響中學生們的
文學接受趣味。

　　1947 年 5 月，朱自清回答《中學生》雜誌的提問時為中學
生推薦了幾部現代作品並略作解釋：魯迅的《吶喊》，「這裡是
『老中國人的譜』和魯迅先生反封建的工作」；茅盾的自選集

---

76 高語罕：《語體文作法》，上海：黃華社出版部，1933 年，第 27-28 頁。
77 荃麟：《序》，《創作小說選》，桂林：桂林文化供應社，1942 年。

《春蠶》,「這裡是外來的經濟壓迫下掙扎著的中國,以及現代中國人的種種面影」;馮雪峰的《鄉風與市風》,「本書闡明歷史在戰鬥中一個意思,精深警闢」……朱自清又推薦了如下「理論」書:本間久雄的《文學概論》,「將文學作為『一個社會的現象』」;鄭振鐸《插圖本中國文學史》,「特別注重平民文學的發展」……[78]從這些書目和說明中可以看出朱自清偏重的是反映社會現實和體現平民文學立場的文學作品和文藝理論,而這也是受當時的社會政治形勢和文學思潮影響所致。

　　總體來看,無論是在 30 年代還是 40 年代,國文教育家們都在鼓勵學生閱讀更緊密地反映時代和社會現實的新文學作品,革命文學、左翼文學、平民文學、社會文學是他們所傾心推薦的對象,而「山林文學」、消極頹廢的個人主義文學、「為文藝而文藝」的新文學則受到他們幾乎一致性的輕視和反感。他們的這些意見或多或少會對當時中學生的新文學閱讀選擇產生影響吧!

　　在學校裡,課外閱讀如果只是停留於教師的口頭要求而沒有實際督促和保障的手段,很可能就只是一句空話,或者收不到實效。這首先是因為誰也不能保證中學生個個都好學,其次也不能保證學生的閱讀選擇都是正確的,學生喜歡閱讀低級庸俗的甚至是色情暴力性的文學的現象也是存在的。所以,早在1924 年朱經農就強調國文教師應加強對學生課外閱讀的指導:「教員對於學生看書,須加積極的指導,萬不可專取放任主義。不加指導的閱讀,是要發生流弊的,並且學生閱書以後,沒有一個研究討論的地方,興趣也要減少。」[79]就實際情況看,大

---

78 朱自清:《中學生與文藝》,《中學生》第 187 期,1947 年 5 月。
79 朱經農:《對於初中國語課程的討論》,光華大學教育系、國文系編:《中

多數國文教員都盡到了指導學生課外閱讀的責任。1925 年初，江蘇中等學校國文教學委員會曾經調查各校國文教學實施狀況，接受調查的 46 校中，對學生的課外閱讀成績進行考查的方式中，有 19 校採用了檢閱筆記法，有 10 校採用了問答內容法，有 6 校對學生進行測驗，有 5 校要求學生對所閱讀書目進行略講，只有 6 校未作要求。[80]山東省立第二中學對學生課外閱讀的量就有明確的要求和檢查手段：對初中一年級學生，要求「平均每生每日讀二十餘頁，有問題及深刻處，可隨時提出疑問及解答，並令學生寫讀書筆記，每讀一書，對於內容，要加以述說，或縮短的揣寫，遇有感發或批評，都寫在讀書筆記上，送閱」；對於初二的學生，要求對指定的書籍「平均每日至少讀一時半。遇有問題隨時提出討論。並令學生作讀書筆記送閱」[81]。山東省立第五中學也為學生制定了讀書報告表，「令其逐日讀書之後填寫下列各項：1、月時日；2、書名、篇名、作者姓名；3、所讀的頁數；4、記載全書，或某篇某段的概要；5、抒發對於全書或某篇某段的批評及感想；6、摘錄下列各項問題：a、不瞭解的文句和理論，b、不知道的史事或典故，c、不懂得意義的單字和名辭（詞）。」「每到星期日將其所填之表收回。同時再發給新表，使之接續填寫。其收回之表，評閱完後，再發還學生，表內所列概要、批評、感想等有不正確者，即分（別）予以糾正。其所列各問題，均指示其應參考之書籍，令其自行查考，其自己不能參考，或已參考而仍不瞭解時，然後為之詳細

學國文教學論叢》，第 7 頁。

80　孟憲承：《初中讀書教學之研究》，光華大學教育系、國文系編：《中學國文教學論叢》，第 61 頁。

81　山東省政府教育廳編：《山東省縣私立中等學校國文教學概況》，第 195、198 頁。

解釋」。[82]該校專門設計了讀書報告表格，督促學生認真閱讀和填寫，並加以指導，這樣嚴格的程式當可以保證學生課外閱讀的實效。

課外閱讀成功開展並收到實效，有賴於圖書資料等條件的完備。1927 年之前，因軍閥混戰等原因，各地中小學的教育經費常常被挪用或克扣，得不到保證。但南京國民政府成立後逐漸統一全國，國民經濟增長較快，政府已基本能夠保證中小學的教育經費。1928 年，全國教育會議大會通過，請大學院令全國各學校均須設置圖書館，並以每年全校經費的 5%用於購書。[83]由於教育主管部門的要求和規定，絕大多數中學都有自己的圖書館或圖書室，為學生提供或多或少的閱讀選擇。比如 1931 年的山東省立第五中學，每月有圖書費約 20 元、雜誌報章費 10 元，全年合計約 360 元。按當年的書價，新文學書籍每本定價大多不過 5 角，雜誌則更低廉，因此 360 元是一筆不小的數位，具有很強的購買力。該校每月將圖書費的一半用於添購「文學，小說，戲劇，等類的讀物，其餘酌置各科參考書籍」[84]，所以學校藏書中文學類較豐，新文學類和翻譯文學類就有不少。該校圖書館還訂購了多種雜誌，包括《東方雜誌》《小說月報》《學生雜誌》《少年雜誌》《婦女雜誌》《中學生》《文藝月刊》《世界雜誌》《人文》《良友》《文華》《新學生雜誌》《讀書月刊》《北新》《現代文學》《現代學生》《青年界》《語絲》《奔流》《新

---

82 山東省政府教育廳編：《山東省縣私立中等學校國文教學概況》，第 286-287 頁。

83 高信成：《中國圖書發行史》，上海：復旦大學出版社，2005 年，第 343 頁。

84 山東省政府教育廳編：《山東省縣私立中等學校國文教學概況》，第 279 頁。

生命》等等。當時山東省立第六中學每年的圖書費也有四百元，相較於當時的書報定價，已顯闊綽。

　　一般來說，省立學校的辦學經費比較充足，其藏書量也比較可觀。謝冰瑩 20 年代中期在長沙省立第一女師讀書時，學校的圖書館「可以說是全省最完備的一個，裡面書籍很多，尤其關於新出版有思想的雜誌，書報，沒有不儘量買來的」[85]。徐中玉 1929 年進省立無錫中學讀高中，其時「圖書館裡有好幾種新文學期刊，『五四』後出版的新小說、新劇本、新詩，各家都陳列不少。」[86]相對於省立中學，縣立中學條件要差一些，但也有部分學校情況較好。比如山東招遠縣立初級中學到 1931 年止已購置「新文學書籍約有四百餘種」[87]，頗為可觀。個別私立學校、教會學校的圖書條件也較好，如 1931 年前後的濟南市私立育英中學「每學年收圖書費千餘元，即以此款購備圖書，現在學校圖書館中約有古書二千一百六十五冊，新出版物兩千二百餘冊」[88]。教會背景的杭州蕙蘭女校圖書館在 1936 年 9 月和 10 月總計一個半月的時間內就購買了普通文學概論 2 冊、歷史小說 11 冊、偵探小說 9 冊、兒童文學 1 冊、文學雜著 3 冊。該館總藏書有 18817 冊，不可謂不豐富。該校圖書館 1936 年 12 月 10 號至 30 號止，學生借閱的文學類圖書有 359 冊，遠超排在第二、三位的自然科學類的 210 冊和歷史地理類的 173 冊。

---

85 謝冰瑩：《一個女兵的自傳》，上海：良友圖書印刷公司，1936 年，第 88 頁。

86 徐中玉：《六十多年關係中的感想》，劉國正主編：《我和語文教學》，第 331-332 頁。

87 山東省政府教育廳編：《山東省縣私立中等學校國文教學概況》，第 538 頁。

88 同上，第 680 頁。

[89]在 1934 年秋基督教教育會調查的全國 250 個教會中學圖書館中，華北基督教公理會北平育英中學校圖書館屬於最好的之一，它在 1924 年夏設置圖書館，當年即購置書籍千餘種，並規定每年由常年經費項下支出八百元專供購書用。1929 年春，育英舉行擴充圖書館募捐大會，得書四千餘冊，大洋二千餘元，前後合計共有書八千餘卷，並每年仍由常年經費項下提撥一千二百餘元購書，到 1940 年，北平育英中學校的圖書已增至二萬餘卷，雜誌二百餘種，常年經費亦增至五千餘元。[90]

而在那些地處偏僻、條件較差的縣立、私立學校和鄉村師範、鄉村簡易師範，學校辦學經費較少，很難為學生提供充裕的報刊、圖書資料，另一方面學生也大多家貧，難以自購課外讀物。為解決這類困難，許多學校採取變通辦法，儘量合理利用現有資源，加強書報資料的使用效率。山東省立第一鄉村師範就要求學生各人訂閱不同的雜誌，買不同的書籍，交換閱讀。[91]山東高密縣立初中因學校藏書太少，故「令學生集股買書」[92]，書閱畢後由學生平分或者捐獻於圖書館以供更多同學借閱。在各類中等職業學校裡，文學類書籍往往並不是圖書館購置的重點，但也有例外，如山東省立第三職業學校的國文教員稱該校書籍中古籍雖少，「現今流行的新文藝書籍，卻應有盡有，如《談龍集》、《苦悶的象徵》、《春水》、《寄小讀者》……定期出版物，

---

89 《惠德圖書館進行計畫》《惠德圖書館新購圖書統計》《惠德圖書館學生借閱圖書統計》，蕙蘭中學校刊社編輯：《蕙蘭》第 8 期，1937 年 1 月。

90 《華北基督教公理會育英中學校沿革志略》，北京育英中學校育英年刊編輯部編：《育英年刊（1939 年）》，1940 年。

91 山東省政府教育廳編：《山東省縣私立中等學校國文教學概況》，第 107 頁。

92 山東省政府教育廳編：《山東省縣私立中等學校國文教學概況》，第 495 頁。

如《小說月報》、《東方雜誌》、《教育雜誌》……」[93]在邊遠省份，省立中學、省立師範的辦學經費和圖書資料條件也大致尚可。20年代中期，蔣仲仁讀貴州省立後期師範，雖然相對沿海要閉塞許多，但這所學校裡的圖書館也購置了不少書刊。蔣仲仁便在幾年間讀了《語絲》《莽原》雜誌和《吶喊》《女神》等書籍。[94]

三、小　結

顯然，民國時期中學生們通過課外閱讀擴大和加深了對於中國新文學的瞭解，而這是單純的教材與課堂所不能提供的。且舉一例：1937年1月，廣州市立第一中學的《市一中學生叢刊》第6期刊發了一組記念魯迅逝世的文章。其中一篇題為《最大的損失》的文章說：「（魯迅）在每一個階段無時（無）刻不是從正面剝削與破壞，從反面為國家民族和群眾的自由獨立而掙扎，吶喊。像M. Gorky（高爾基）似的永沒有休息，勞苦了一生，直到最後的一天。他永遠不妥協、屈服。」「魯迅先生是一個劃時代的大文學家，也是群眾的導師。他的死不單是文壇的損失，也是群眾的最大損失。」[95]這些措辭明顯接近左翼文藝界對於魯迅的評價，而這些不是教材和課堂所能夠提供的。另一篇記念魯迅的文章是由胡家本翻譯的《他底最後的儀容》（*His Last Appearance*），這是 Tsa Fu 作的一篇記敘魯迅逝世前

---

93 同上，第462頁。
94 蔣仲仁：《學文雜憶》，劉國正主編：《我和語文教學》，第394頁。
95 古月：《最大的損失》，廣州市立第一中學學生自治會學術部編輯委員會編：《市一中學生叢刊》第6期，1937年1月。

十一天帶病參加全國木刻展覽會的現場情況的追憶文章，英文原文發表於 *The Voice Of China* 當年十一月號。顯然胡家本這位中學生的課外閱讀視野十分寬廣。這一期《市一中學生叢刊》發表了好幾篇探討新文學發展的文章，如胡家本的《論新文學的題材、主題之演變》、李廣泰的《關於國防文學論戰底檢討與批評》、周鼎彝的《現代小說叢論》等，都是內容充實的長篇論文，學術水準不低。高中學生視野如此之廣，研究能力如此之強，非課外閱讀之功莫屬。其實，這一期《市一中學生叢刊》專門組織魯迅逝世記念欄目這一做法就充分說明，中學生們對於文壇消息十分敏感，新文學和文壇的情況盡在其掌握之中。

　　民國中學生們不但對於新文學瞭解較多，甚至因為閱讀而受到其中所傳達的思想、觀念和情感的影響，產生相關的行動。謝冰瑩在進入省立長沙第一女師後借助學校圖書館充裕的藏書，大量閱讀新文學作品，如郭沫若、郁達夫、成仿吾等創造社作家的作品，尤其是女作家白薇的作品，給予她很深的影響[96]。由於新文學閱讀的影響，她逐漸萌生了個性獨立和自由戀愛意識，這鼓勵著她堅決反對父母為她包辦的婚姻，後來演出了三次逃婚的壯舉。詩人臧克家曾說：「我個人在中學時代，就是因為讀了郭沫若先生的一篇革命文學論，才決心冒著生命的危險跑到『武漢』革命去的。今天，像我當年的青年朋友們更多，這可以看出文藝的力量實在比想像的要大得多多。」[97]像謝冰瑩、臧克家這種案例畢竟屬於特殊情況，更普遍的情形則是因為閱讀新文學而產生了情感和信仰，走上新文學創作或研究的事業之路，這方面的例子數不勝數。

---

96 謝冰瑩：《一個女兵的自傳》，第 89 頁。
97 臧克家：《不一定正確的答案》，《中學生》第 186 期，1947 年 4 月。

第六章　校園活動與新文學的接受

　　民國時期的中等學校多半為寄宿制學校，除了寒暑假和星期日，絕大部分寄宿生都待在校園內，這不僅讓學生們有了更多的自習與課外閱讀的時間，還為廣泛開展豐富多彩的校園活動提供了基礎和條件。1922 年，天津南開學校的負責人、教育學者張彭春在其提交給美國哥倫比亞大學的教育學博士學位論文中指出：「在諸如北京、南京、天津、上海、廣東等集中地區的中學比其周邊地區擁有比例很大的外來學生，有時接近學校學生總數的十分之八。這些（學生）幾乎來自（全國）所有的省份及學校所在的當地省份地區。……（中略）很顯然，中國的中學不像美國的高級中學，即它們不是就近學校，而大多數是寄宿學校。因此，由於在一起生活，緊密接觸，對他們的教育影響是非常顯著的。」[1]張彭春認為，在寄宿學校裡校園活動比學科教學更重要，「教科書的重要性不應被誇大」，「真正的實踐是在學校裡的活動」，「學校活動」是中國教育之現代化的必要途徑。[2]這也就提醒我們，不應只滿足於探討新文學在中學教材和課堂中的情況，更應該注意挖掘新文學在校園活動中的存

1　張彭春：《論中國教育之現代化──鑒於國民生活的轉變對課程結構標準的研究，特別涉及中等教育》，董秀樺譯，崔國良、崔紅編：《張彭春論教育與戲劇藝術》，第 131 頁。
2　同上，第 129、107 頁。

仕和意義。

　　校園活動的內容和方式當然是多種多樣的，運動、遊戲、棋牌、音樂、舞蹈、演講等等都是，但有關新文學的研究、創作、詩歌朗誦、話劇排演等活動因為開展便利、成本較低或是極具觀賞價值、有利於營造節慶氛圍（如演劇）而佔有重要地位。民國時期，許多新文學作家就在中學擔任教職，這自然也為新文學類的活動在中學校園中蓬勃開展提供了條件和便利。五四運動前後，杭州的浙江一師就因為教員中先後有劉大白、夏丏尊、朱自清、俞平伯、劉延陵等新文學人士而導致校園文藝活動十分熱烈。如國文教師朱自清不僅在校刊《十日刊》上發表了《新年底故事》《獎券熱》等作品，還親自指導了由汪靜之、馮雪峰、潘漠華、應修人等學生組成的晨光文學社的活動，促成了《蕙的風》《湖畔》這兩部著名的新詩集的誕生。著名新詩人徐玉諾在全國各地中學流轉，教了 25 年書，換了 50 所學校，足跡遍及東北、東南、華東和中原許多地方[3]，也同時把新文學的種子播撒到了各地校園。緊隨朱自清、徐玉諾等第一批新文學家之後進入中學任教的則是曾受五四新文學薰陶而成長起來的新式大學生、大專生和高中生，他們紛紛進入中學任職，逐漸影響和形塑著中學校園的文化氛圍。據張震澤回憶，他的高中老師「率多新文化人士，如董秋芳、夏萊蒂、高滔、胡也頻諸先生。他們介紹西洋文學，講授文學理論，開闊同學思想，扶持同學寫作，非常盡力。」[4]在這些傾向新文學的教員的引導下，有關新文學的各種組織和活動在校園裡紛紛出現，「如文學

3　南丁：《自然之子徐玉諾》，《人民日報》2012 年 12 月 12 日，第 24 版。
4　張震澤：《張震澤自述》，高增德、丁東編：《世紀學人自述》第 4 卷，第 162－163 頁。

研究會、文藝社、詩社之類，以創作與文學史論之研究、投稿、出版、演說、辯論為務」，或者組織戲劇團體，「結伴長期觀演，研究批評，或自行組織演劇團」[5]。

　　中學校園活動裡與新文學關係較密切的主要是學生文藝社團、校園刊物和校園演劇。下面分述之。

一、文藝社團、校園刊物與新文學

　　校園文藝活動的熱潮從 20 年代初開始，作為其主要標誌和載體的便是文學社團活動和校園刊物出版。文學社團和校園刊物是中學校園的重要學生組織，也是新文學閱讀、研究和再生產的重要平臺。胡適晚年總結五四文學革命成功的原因時說，五四運動之後「全國青年皆活躍起來了，不只是大學生，縱是中學生也居然要辦些小型報刊來發表意見，只要他們在任何地方找到一架活字印刷機，他們都要利用它來出版小報。找不到印刷機，他們就用油印」[6]。誠如胡適所言，以大學生和中學生為主體的青年群體成為五四文學革命的主要助力，沒有他們，新文學是難以如此迅速地在社會上站穩腳跟的。實際上，大、中學生群體不僅是胡適等人開創的新文學的主要受眾，還是其生力軍，他們迅速地吸收和消化胡適、魯迅、郭沫若、郁達夫等人的最初的一批新文學成果，並且轉化為了自己的創作，使新文學的體量迅速膨脹，讓保守的舊文化與舊文學陣營也無力

---

5 山東省政府教育廳編：《山東省縣私立中等學校國文教學概況》，第 178-179 頁。
6 唐德剛譯：《胡適口述自傳》，北京：華文出版社，1992 年，第 183-184 頁。

打壓。

　　對於中學生群體參與五四新文學運動的情形，評論家茅盾當時就有所注意和激賞。茅盾在其主編的《小說月報》中十分注意搜集和記載各地中學生文學社團的消息，以為新文學運動營造聲勢。後來他根據《小說月報》14 卷到 16 卷《國內文壇消息》欄的記載，描述了 1922－1925 年間青年的文學團體和小型文藝期刊「蓬勃滋生」的盛況。他所列舉的 100 多個文學團體及刊物，分佈地遍及全國近 20 個省區，其中就有許多是由中學生和師範生（也包括他們的老師）主辦的，如河北冀縣第六師範的《微笑週刊》，南開學校文學會的《文學》半月刊，陝西榆林中學所辦的《姊妹旬刊》和《榆林旬刊》，南京第四師範的無名作家社，蘇州第一師範曉光社的《曉光》季刊和《酸果》半月刊，揚州第五師範梅花社的《冰花》和《文藝》，徐州徐東中學的春社和《春的花》，寧波第四中學的曦社和飛蛾社，嘉興秀州中學的定期刊《碧漾》，台州第六中學的知社和《知》，紹興第五中學師範部的半月刊《微光》，潮州金山中學的晨光文學社、伏虎學社及《谷風》定期刊，長沙一中雞鳴社的《雞鳴》，長沙岳雲中學文學研究會的《卿雲》，長沙教會學校學生所辦《麥華》，華中美術學校心花社的不定期刊《心花》，川南師範星星文藝社和《星星》，昆明聯合中學的《孤星週刊》，雲南一中的《滇潮》，河南開封二中微實學社的《荊野》，東北文會中學的東光社和《東光週刊》等。[7]

　　在新文學發軔期，專職的新文學作家甚少，創作成果也不夠豐富，校園中的年輕學生便被視為生力軍。而且，初期的新

7　茅盾：《中國新文學大系‧小說一集‧導言》，《中國新文學大系導論集》，上海：良友復興圖書印刷公司，1940 年，第 87-91 頁。

文學因為不夠成熟而和中學生的創作在水準上差距並不明顯。
因為上述兩個原因，中學生文學社團及其活動也被視為新文學
陣營中的一支而受到胡適、茅盾等新文學家的重視。但當新文
學日益發展和成熟之後，它和中學生創作的水準差距就日益拉
大了，這就導致了中學生的文學活動被許多人排除在新文學的
範疇之外，從此不再受到重視。雖然如此，中學生的文學活動
卻並沒有消歇，其水準也一直在提升。畢竟，中學教育在日益
擴張和進步，中學生的新文學閱讀積累也越來越豐厚，其創作
水準也自然是水漲船高的。只是相對於專業的新文學界來說，
這種進步和發展顯得不夠突出罷了。

　　前述茅盾所掃描的只是 1922－1925 年間的部分校園文學
社團，下面我們再列舉一些有記載和較重要的文學社團，以便
更全面地呈現民國時期中學生文學活動的盛況。1922 年 11 月，
北京師範大學附屬中學的學生蹇先艾、李健吾、朱大枬、滕沁
華等 8 人在校內成立了一個叫曦社的文學社團，他們自籌經費，
創刊了不定期刊《爝火》。曦社曾請徐志摩、王統照兩位作家到
校做報告，徐志摩的報告題為《海灘上種花》，王統照的報告題
為《長篇小說、中篇小說、短篇小說》。[8] 1925 年，天津南開
中學有兩個文學性質的社團「嘗試社」和「晨風社」，「嘗試社」
為初二七組同學所組織，「晨風社」為全校愛好文學的同學所組
織。[9] 1926 年春，南開中學的蓬西、曹禺、蘇進、青萍、婉青、
海林、戊生等愛好文學的同學湊錢創刊了《玄背》，他們聯繫上

---

8 徐宗璉：《作家的搖籃──中國現代史上的中學生文學社團（中）》，《語文
　學習》1993 年第 5 期。
9 《天津南開中學志》編修委員會編：《天津南開中學志》，天津：天津教育
　出版社，2014 年，第 122 頁。

天津的《庸報》，附在該報上出文學副刊《玄背》週刊。《庸報·玄背》以發表詩歌、散文、小說為主，也刊登劇本和翻譯作品。玄背社崇敬郁達夫，曾把自己的刊物寄給他，請求批評；郁達夫則回信稱讚《玄背》對惡勢力的抨擊是「光明磊落」的，還在其主編的《創造月刊》上向讀者推薦《玄背》。[10] 1928 年，廈門集美中學和集美師範學校的學生吳再挺、許俊明、鄭民權發起成立浮萍社，社員都是兩校學生，他們曾在廈門《民國日報》上出版文學副刊《鷺華》。[11] 1929 年，瀋陽市興權中學學生姜靈非、高鯤鵬、成雪竹、馬驤弟等組成南郊社，創辦文學刊物《南郊》，刊登小詩和散文，共出三期。[12] 1929 年，東北大學附中郭維城、李政文、范德修等學生成立冰花社並集資創辦了《冰花》週刊，每期出版一張八開大小的報紙。這個刊物共出版了 20 期左右，成為當時東北地區暢銷的一種文學刊物。[13] 1929 年 10 月，九江第四中學的學生們也成立了甘棠文藝社，辦社目的是「因為我們感覺九江文藝沉寂，要使他振興起」[14]，頗有文學使命感。甘棠文藝社出版了《甘棠》半月刊。[15]

　　到 30 年代，隨著新文學的日益發展、社會傳播面的拓展以及中學生人數的增長，中學校園裡的新文學活動更形活躍。不要說位於大中城市的一般條件稍好些的中學（包括師範學校），

---

10 徐宗璉：《作家的搖籃——中國現代史上的中學生文學社團（中）》，《語文學習》1993 年第 5 期。
11 同上。
12 同上。
13 徐宗璉：《作家的搖籃——中國現代史上的中學生文學社團（下）》，《語文學習》1993 年第 6 期。
14 《本社第一次社員會議紀錄》，九江四中甘棠文藝社編：《甘棠》創刊號，1929 年 11 月。
15 從 1929 年 11 月到 1930 年 5 月，該雜誌已出版到第 6 期。

即便是在許多小城鎮的中學校裡，文學社團活動的開展也是很普遍的現象。如在山東文登縣立初級中學這樣一所小型中學，也由特別嗜好文藝的學生數十人，組織了一個文藝研究社，每半月出文藝刊物一期，內分小說、詩歌、評論、介紹、通訊五項。[16] 山東省淄川縣立初級中學則在國文教員們的指導下成立了有全校學生參加的文藝研究社，分類研究各種文體並閱讀各類書籍，每週開會一次，每兩周由社員自由命題寫出作品提交指導員，指導員擇佳者印刷分給各社員，「以資觀摩鼓勵」[17]。1930 年秋，在安徽宣城的省立第四中學這個學生總數不足 500 人的中等規模的學校裡，也同時成立了敬亭文藝社和鼇峰劇社，社員各得四五十人；1932 年秋，二社合併後加入國學研究社，共同組成「四中學生文藝研究會」。[18] 1930 年冬，遼寧開原縣開原師範學校學生梁夢庚、佟國元、郭玉屏等成立紅蓼社，出版刊物《紅蓼》，32 開本，64 頁。刊物在縣內各學校發行，也在幾家書店裡寄售。[19] 30 年代初，江蘇南通市崇敬中學的趙丹、顧而已、朱今明、錢千里等學生組成了「小小劇社」，搞話劇演出，頗為活躍。「九一八」和「一二八」事變激起了他們的愛國熱情，又成立了楓葉文藝社，自籌經費出版了 64 開本的小型刊物《楓葉》，共出版 4 期，還曾出過一期宣傳抗日救亡的《楓葉特大號》。[20] 1931 年 12 月，寧波的浙江省立第四中學的校刊《四

---

16 山東省政府教育廳編：《山東省縣私立中等學校國文教學概況》，第 510 頁。

17 同上，第 578 頁。

18 固宗：《文藝研究會成立記》，《安徽省立第四中學校校刊》創刊號，1932 年 12 月。

19 徐宗璉：《作家的搖籃——中國現代史上的中學生文學社團（下）》，《語文學習》1993 年第 6 期。

20 同上。

中季刊》上刊載了高中女學生馮和儀的論說文《享樂主義》；1933 年 1 月，四中學生自治會又創刊了《四中學生》，在創刊號和第二期上刊發了一些學生文藝以及馮和儀的論說文《破除迷信》和《異端思想》[21]。這個馮和儀就是後來大名鼎鼎的女作家蘇青。中學時代的這三篇論說文可以說是蘇青的處女作，基本已奠定了她後來的散文小品的基本行文風格和寫作特點。

　　而在上海、北平、廣州這樣的大城市裡，校園文學社團活動更是熱鬧非凡。1932 年春，廣東省立第二中學的十幾個學生成立了思社，創刊了《思絮》雜誌並且在《梧州民國日報》開辦《思絮副刊》（每逢星期四出版）。[22] 1932 年，在上海正風中學讀書的吳強在校內成立了春風文藝社，以手抄報的形式登載社員們創作的詩歌、散文、小說等。春風文藝社還召開過幾次文藝座談會，舉辦過幾次文藝講座，請作家周文、葉以群作關於文學創作問題的講演。[23]即便是在素不重視中文教學和國文課程的某些教會學校裡也不乏新文學的社團活動。1936 年夏，上海聖瑪利亞女校在中文部教務主任汪宏聲的指導下成立了一個學生文學社團「國光社」，其學生成員有張愛玲、張懷素、謝振、張佩珠等等。國光社創刊了《國光》半月刊，發表社員的詩歌、散文、小說、書評、漫畫等。[24] 30 年代的北平小報《中學新聞》曾載有大量中學文藝社團的消息[25]：

---

21 分別參見浙江省立第四中學學生自治會出版股編《四中學生》第 1 期（1933 年 1 月）和第 2 期（1933 年 6 月）。
22 《編後》，廣東省立第二中學校思社編：《思絮》創刊號，1931 年 4 月。
23 同上。
24 徐宗璉：《作家的搖籃——中國現代史上的中學生文學社團（中）》，《語文學習》1993 年第 5 期。
25 參見曉春《文藝社與演講會——一中同學新成立的兩個團體》《輔中新組文藝社》、聯芳《文藝團體在正中》、夢中人《一中每週雜談》，分別載於

　　市立一中高二文科的幾個同學，見到了文壇的寂沉，
同學們精神的散漫，於是組織了一個小小的文藝團體
——北園文藝社……因為學校的愛護，社裡的經費還不
成問題，現在他們正在努力著他們的處女作品——《北
園》創刊號。

　　輔中一甲新組文藝社：課餘文藝研究社。因經濟關
係，暫不刊印，僅將原稿置圖書館中，任人批閱。

　　各種研究社及文藝團體占大多數……成績最佳的還
是文藝團體……資格最老的健青社……每星期出一張壁
報。

　　（北平市立一中）高年級幾位愛好文學的同學，近
日合組一個壁刊，定名《藝風》，每兩周發刊一次……完
全用筆抄錄，內容有詩歌、散文、小說等。

　　抗戰時期，無論是在淪陷區還是在國統區裡，中學生文學
社團活動都沒有因政治環境的嚴峻和物質條件的匱乏而停息。
1939年6月，成都協進中學和聯合中學的學生趙光魯、蔡瑞武、
黎邦瓊、徐德明、王遠夷等組織了華西文藝社並於1940年3
月創刊了《華西文藝》，出版16開本的雜誌。《華西文藝》的經
費除來自社員繳納的會費外，還向親友募捐，先後共出版五期。

1933年11月9日、1934年4月19日、1934年10月11日、1935年1
月17日《中學新聞》。

²⁶ 1939 年冬，雲南省立藝術師範學校學生龍顯球、劉光武、王懷武、王燕南等在昆明成立詩與散文社，出版《詩與散文》月刊。汪曾祺等當時有一定知名度的文學青年都向其投稿。²⁷ 1943 年，河北省唐山市出現了由市內各中學學生聯合組成的「田園文藝社」，成員有李瑛（鄭梦）、翟慶和（爾梅）、楊金忠、曹鏡湖、王孝先等。他們的作品常在北京《時言報》副刊《文藝》和《詩刊》上發表，1944 年他們出版了一冊五人新詩合集《石城的春苗》。李瑛後來成為著名的詩人。²⁸

中學生的文學社團，有的偏於創作，有的偏於閱讀和研究，如果有負責任的教師指導和校方的支持，是很能培養和訓練文學人才的。杭州高級中學的「文學研究會」就是這樣有效運行的文學社團。它的工作包括：（1）講演——由會員及校內各教師或敦請校外專家擔任；（2）閱讀——由各會員分別認定某種文藝書籍，限期提出口頭或文字報告、讀後心得。（3）創作——創作各種文藝作品，交各原級國文教師批閱。（4）出版——編輯會員作品，或單刊或附載日報及雜誌中。文學研究會每兩星期舉行常會一次，還專門為會員設計了研究題目，包括：1.如何建立民族文學，2.普羅文學之背景及其在我國之現勢，3.最近我國文學定期刊物之探討，4.最近我國文學作家作品之個別研究，5.文學創作之技術是否應遵守某種主義問題（如浪漫、寫實之類），6.文學創作與文學批評究有何等關聯，7.新文學運動中幾個變遷的歷程，8.文學與民族性，9.文學與時代背景，

---

26 徐宗璉：《作家的搖籃——中國現代史上的中學生文學社團（下）》，《語文學習》1993 年第 6 期。

27 同上。

28 徐宗璉：《作家的搖籃——中國現代史上的中學生文學社團（中）》，《語文學習》1993 年第 5 期。

10.中國語體詩之評價，11.任選中國愛國文學家一人或作品一種作一篇述評，12.舊詩新譯（如釋《詩經》為語體，一篇或全篇皆可），13.讀書述評，等等。[29]「杭高文學研究會」的重要活動有：1933 年 6 月 3 日晚，請戲劇家李樸園講戲劇導演術，有會員三、四十人及非會員五、六十人出席。[30]同年 11 月舉行的文學研究會第三次常會是請著名詩人劉延陵講課，原定題目為《詩歌之討論》，臨時改題目為《文章如何構成》。講演後有會員數人提出關於詩歌方面問題數則相質詢，由劉延陵和國文教師胡倫清兩先生詳細作答。[31]同月舉行的第四次常會繼續討論詩歌問題，談及新詩作家之概況、詩歌內容與形式，詞與音樂之關係等話題。[32]第五次常會本擬邀請話劇家李樸園演講《如何寫一個劇本》，因李樸園臨時有事，改由該會導師胡倫清演講《如何寫一個劇本》。大致講述內容為主題之認定，故事之構造，物色材料時應行注意之各點以及劇情草案之規劃等。講畢，由會員提出關於戲劇方面種種問題，如舊劇與新劇之化裝問題，舊劇有無價值問題，劇作家之現況等，均由胡先生詳為解答。[33]由於中學國文組負責人胡倫清的大力支持和參與，杭高的文學社團與社會上的新文學家聯繫較密切，社團內部的運行很規範。

---

29 參見《文學研究會簡章》、《文學研究會研究題》，《浙江省立杭州高級中學校刊》第 91 期，1934 年 1 月。

30 《文學研究會聘請李樸園講戲劇導演術》，《浙江省立杭州高級中學校刊》第 77 期，1933 年 6 月。

31 《文學研究會第三次常會記略》，《浙江省立杭州高級中學校刊》第 86 期，1933 年 11 月。

32 《文學研究會第四次常會記略》，《浙江省立杭州高級中學校刊》第 87 期，1933 年 11 月。

33 《文學研究會第五次常會記略》，《浙江省立杭州高級中學校刊》第 89 期，1933 年 12 月。

他們還曾借校方辦的校刊出版過幾次文學社團作品專號。

　　談到中學文學社團的成績不能不提二、三十年代的天津南開學校。南開學校自創辦起就十分重視通過豐富多彩的校園活動來鍛鍊學生的能力，其校園社團活動極其活躍，與文學有關的社團就有「南鐘社」「南星新聞社」「新詩社」「文藝學校班」「哈哈和吶喊」「GS月刊社」等，與戲劇相關的社團先後有「話劇社」「英文話劇團」「國劇團」「駱駝劇社」等。南開曾規定每一學生至少要入一會，因此不少社團人數是很多的，有時如「讀書會」有90多名會員，數百冊藏書，「南開話劇社」有70多人，「南星社」有60多人，「駱駝劇社」50多人，「新詩社」40多人……[34]南開學校負責人張彭春非常支持校園文藝，曾提倡中學生的「藝術生活」，其理由是：「這種生活有三個原素，和我們的生命的很深處，有密切的關係。其一，是偉大的熱情。歷來的藝術品，不問是文學也好，音樂也好，繪畫也好，那（哪）一個不是人類的偉大的熱情的表現！這一點熱情，正是人類生命的核心；它使得人生偉大，它使得人生美麗。它是一團熊熊的聖火，燒穿了我們日常生活的一切瑣細的東西，沖倒了遮蔽著我們大家的面孔……（中略）沒有這樣的熱情的人，決不能作（做）出轟天動地的大事業，決不能成為一個偉大的人。……（中略）第二個原素，是精密的構造。……（中略）第三個原素，是靜淡的律動。……（中略）凡是偉大的人，第一要有悲天憫人的熱烈的真情；第二要有精細深微的思想力；第三要有沖淡曠遠的胸襟。要得到這些美德，不可不營藝術的生活。」[35]

34　沈晴：《民國時期著名中學的辦學實踐》，華東師範大學 2004 年碩士學位論文，正文第 43 頁。
35　張彭春：《本學期所要提倡的三種生活——在南開學校高級初三集會上的

在這種教育理念的影響下，南開的校園文藝活動開展得有聲有色。也正是因為有如此濃郁的文藝空氣，才能從這裡走出穆木天、曹禺、靳以、端木蕻良、穆旦、辛笛、韋君宜等眾多未來的著名作家。

校園新文學活動的另一重要載體是各種校園刊物，包括校方主辦的校刊和學生會、學生社團、年級、班級等各自辦的會刊、社刊、級刊、班刊等等，形式上則有鉛印、油印、手抄報、壁報等等。由校方主辦的校刊最為正規，主要用於發佈學校通知、刊載校聞、通報各學科教學計畫等等，其中往往也有新文學的內容，如師生的文學創作、文學評論與研究性文章，有的校刊還固定設置文藝專欄，或是出版文藝專號。學校出版校刊的目的中重要的一項即是課餘訓練學生：「學校為培植人材之地，若非予以課餘練習之機會，斷難期其成才達德，又奚問幹國棟家哉，況知識以交換而生，學問由探討而得，有此一刊，不惟在校師友之學術思想，可以溝通，即校外賢哲之名言高論，亦藉此而時得瞻仰，嘉惠後生。」[36]主要由學校撥款支持的學生會會刊也是中學生施展文學才華的重要陣地，其上常常有較大比重的學生文學創作、翻譯或有關新文學的評介文章。主要由學生們自籌經費（集資、募捐）出版的社團刊物數量更多，它們往往不夠正規或是不夠穩定，常常因經濟原因而旋起旋滅，其中文學類的社團刊物也有少數辦得較好和較有持續性的。二三十年代，辦學條件較好的各地區省立學校和私立學校一般都有自己正式的校刊，至少也會出年刊，有的則是季刊或月刊，

演講》，崔國良、崔紅編：《張彭春論教育與戲劇藝術》，第 549-550 頁。
36 《北方校刊發刊詞》，北方中學校刊編輯社編：《北方校刊》第 1 卷第 1 期，1931 年 3 月。

更有少數學校是旬刊、週刊。南開學校、東南大學附中、廣東省立一中、廣雅中學、上海南洋中學、北平孔德學校、北平大同中學、杭州高中等著名中學都有編印品質較好、出版頻次較高的校刊，其中就包括一些作品水準較高的文藝專欄或專刊。從 20 年代初到 1937 年，南開學校就相繼編輯出版了《校風》《南開週刊》《南中週刊》《南開雙周》《南中學生》《南開高中學生》《南開初中》《南開高中》等多種校刊，從未停止過校刊的出版。[37] 學生們在這些校刊上激揚文字，既鍛鍊了寫作能力，也訓練了思想。同時，這些辦學水準較高的學校還常常有正式出版的由學生自辦的學生會會刊及社團文藝刊物。在南開學校，「學校為訓練學生寫作之能力，增加學生發表思想之機會，自始即鼓勵學生編輯刊物，會有會刊，校有校刊，或以周，或以季，種類甚多，於彼此觀摩之中，寓公開競賽之意」[38]。1937年時的廣州廣雅中學則出版有《文藝行列》《鷹之歌》《時事批判》《廣雅叢報》《廣雅的一日》等多種校園刊物，校外人士進到廣雅校園內的觀感是目不暇接：「……世界文豪高爾基……《廣雅的一日》……第三期《文藝行列》出版了……《時事批判》出『五四』專號徵文。」而當時廣雅校內的選修課「戲劇研究班」則在討論排演話劇《怒吼吧中國》還是《春風秋雨》，「音樂研究班」則在導師指導下嚴肅地奏著《偉大民族的解放》一曲：「我們歌唱——/ 我們是一口大鐘/要用洪亮的聲響，/ 去喚醒沉迷中的大眾，/讓大家——/ 為著自己，/為著民族；/ 向

37 天津南開校史研究中心編著：《天津南開中學史》，北京：人民出版社，2015 年，第 100-101 頁。
38 張伯苓：《四十年南開學校之回顧（1944 年 10 月 17 日）》，崔國良編：《張伯苓教育論著選》，北京：人民教育出版社，1997 年，第 308 頁。

前衝鋒！/ 向前衝鋒！」[39]這些都顯示出校園內文藝生活的無比豐富，與當時文壇和社會主潮的共振。

　　如果說 20 年代的中學校園刊物出版還只是起步階段，數量和品質都比較有限的話，那麼到了 30 年代，就出現了一個大爆發的盛況，各種校園文藝刊物的數量和品質都明顯提高。1932年，南通中學學生金丹撰文描述了該校文藝出版活動由弱而強的發展演變狀況：「通中關於文藝方面的出版，還不過是啟蒙於三四年前的時候。最初，是呂冕南校長帶來了幾位嶄新的人物做我們的本國文和外國文的導師……（中略）老實不客氣地，一位鮑先生就把自己譯的那兩本法國短篇小說集掛起招牌來賣錢；而《吶喊》《彷徨》，也便於此時開始講究於教壇之上了。創作方面呢，恐怕大家還只把《嘗試集》《繁星》當為最上的圭果，如某某級與某某級的二種級刊上，這樣專事模仿的東西就不少，這時代可算是一個開蒙時代。」「後來，校長換了一位十足的學者穆濟波先生……（中略）在那時候『文風』大盛，想著做文學家的同學，車載斗量，出版界盛極一時。在學校方面有月刊，有週刊，月刊前半部有論文，後半部有詩、劇；週刊為報紙式，會議錄之後，也有些作品。在同學方面，辦級刊的據我所知有五級之多，最長的曾出過八、九期；又以文藝社的名義出版的，純文藝刊物有《白曲》《春雨》等四、五種小冊子。在量的方面是不算少了……」[40]

　　30 年代，除了那些辦學條件較好、學生素質較高的學校，

39　英博：《廣雅生活的禮贊》，廣東省立廣雅中學學生自治會編：《廣雅的一日》，第 21-26 頁。

40　金丹：《對於過去通中出版界的總檢討》，《江蘇省立南通中學校刊》二十一年度第 4 期（文藝專號），1932 年。

一般中學校或多或少都曾出版帶文藝性的校園刊物，區別只是在於數量和品質罷了。條件再差，也會有油印或手抄的小報、壁報之類。地處煙臺的省立第八中學，在 1933 年就有好幾種校園刊物作為學生的發表園地，除學校主辦的校刊和《藝術週刊》外，還有由石鼓社主編、東海日報代印的《石鼓週刊》，由血潮社主編、鐘聲報代印的《血潮週刊》。這後兩種都是由學生自己辦的社團刊物。[41]山東某省立中學 1930－1931 年間設有初中三個年級和高一年級一個班，學生人數並不多，但年級或班級自辦的小刊物就有好幾種，計有：1.《蓓蕾》（初級十三級一班出版）；2.《快刊》（高一年級出版）；3.《浪花》（初級第九級出版）；4.《自由週報》（初級第十級出版）；5.《沂風》（初級第十一級二班出版）；6.《博愛週報》（初級第十一級一班出版）；7.《新生活週刊》（女生組織的新生活社出版）。[42]在一些規模較小、學生水準略低的中學，也有以學生為編撰主體的校園刊物，反映出當時中學校園內文藝活動普遍活躍的現象。山東平原縣立初中就有一個名叫《微波社》的刊物，「以學生之創作，或翻譯小說登載之」[43]。當時的中學校方、國文教員、學生自己都普遍重視發表園地的建設，創立了大大小小的校園刊物。在他們看來，「不但是國文，即是整個的教育，也不外是一個刺激反應作用，刺激力大，反應自然就大；反之，刺激力弱，反應自然就輕，所以國文的發表，就是增加其刺激，使擴大堅固其反

41 編者：《編後》，《山東省立第八中學校刊》第 2 期，煙臺：山東省立第八中學出版部，1933 年。

42 山東省政府教育廳編：《山東省縣私立中等學校國文教學概況》，第 286 頁。

43 同上，第 608 頁。

應力，顯明說法，就是引起興趣」[44]。這可以說是點明了校園刊物的繁盛與中學生文學閱讀、創作之活躍間的相互生發關係。

　　從這些文藝性的校刊、社團刊物、級刊、班刊的內容看，主要的寫作文體包括普通文（記敘文、議論文等）、文學文（詩、小說、散文、劇本）和學術文（文學評論、文學研究等）。這些校園刊物不僅普遍偏重文藝，而且普遍體現出與新文學時潮的呼應性關聯。如 20 年代後半期是「大革命」的時代，「階級革命」的思潮興起，而文壇上也同樣有所反映，「第四階級文學」「普羅文學」等成為一時口號和潮流。1927 年冬季出版的《蘇州私立晏成兩級中學校刊》在「說海」（小說）欄中一口氣發表了《車夫》《黃包車上》這兩篇借人力車夫來反映階級分化與底層階級困境的小說。其中《車夫》除了寫富家少爺對待貧窮車夫的惡行，還賦詩一首為證：「雪花飛——；／ 燈光微——；／我向著宇宙吹！／ 人們的階級——重重！／ 尤其是——／ 無產階級；／ 被黑暗所包圍！／ 到何時？／ 才看得見：——／ 平等的一線光輝！」[45]晏成中學的這一期校刊上還有《小盜的臨終語》《黑夜槍聲》《罷工》等反映土匪作亂驚嚇鄉民、窮人被迫加入土匪隊伍、工人罷工等與社會階級問題相關的小說。1930 年 12月，河北省立第一中學的學生刊物《一中文藝》上刊出了《今後文藝思潮的趨向》一文，它在介紹了蘇聯「普羅」作家的興起之後提出，「今後文藝思潮的趨向，已由貴族的進到平民的；個人的普及到大眾的。」「所以今後的文藝是勞動群眾處在沉重

---

44 山東省政府教育廳編：《山東省縣私立中等學校國文教學概況》，第 107頁。
45 見《蘇州私立晏成兩級中學校刊》第 3 卷第 1 期，1927 年。

的壓迫下的吶喊，群眾反抗有產階級的呼聲；不是個人的享樂
而對於君主貴族的讚頌，或頹廢墮落者的無病呻吟。」「今後文
藝的出路，只有到民間去！」[46]以上種種，足見中學生感應社
會現實和文藝思潮的及時性。

　　實際上，當時的一些中學文學社團和文藝刊物還受到了文
壇上某些勢力的滲透或指引，使得其活動常常能夠與文壇直接
相呼應。據馬俊江的研究，三十年代前期，北方左聯就曾大肆
向華北地區的許多中學校滲透，在中學生中廣泛建立左聯的文
藝小組，當時北平的藝文中學、天津的南開中學、保定的第二
師範等中學校都是北方左聯的發源地。左聯及其左翼文學在這
些中學校展開活動的主要方式就是建立學生文藝社團和創辦學
生刊物，如保定二師的左聯小組就稱為讀書會、研究會或學會。
在開封的河南省立一中，詩人兼國文教師潘漠華等人在同學中
組織讀書會，購買閱讀上海出版的左翼書刊，出版提倡普羅文
藝的《火信》社刊。而北平大同中學教師齊燕銘等人則指導學
生成立健進讀書會，閱讀斯諾的《西行漫記》等禁書。健進讀
書會的成員耶菲、穎燦都是中後期北方左翼文壇的活躍作者。
而上海的正風中學也設有左聯小組，後來以小說《紅日》聞名
的吳強就是該小組成員，他們創立了春風文藝社，還辦了一種
牆頭文學刊物《春風》。[47]左聯這樣的文學團體滲透進中學校園，
自然也讓左翼文學在中學生群體中紮根下來。

　　「九一八」事變之後，中日間的民族矛盾取代國內的階級

---

46 呂振才：《今後文藝思潮的趨向》，河北省立第一中學校出版委員會編：
　　《一中文藝》，1930 年 12 月。

47 以上參見馬俊江：《革命文學在中學校園的興起與展開——北方左聯與
　　1930 年代中學生文藝的歷史考察》，《中國現代文學研究叢刊》2012 年
　　第 1 期。

矛盾上升為中國社會最具焦點性的話題，這同樣也反映在此一時期的校園刊物上。如北平大同中學師生就在「九一八」事變之後接連出版了兩期《反日專刊》[48]，登載了抗日救國的「言論」、詩歌、戲劇等。北平北方中學校於 1932 年 7 月出版的《北方校刊》第一號也在「文藝」欄目中登載了《恐怖之夜（獨幕劇）》《滬戰中一個軍官的血戰書》《告未畢業同學書》《迷夢中（詩）》《大東溝感懷（舊詩）》《大連港內，停泊感懷（舊詩）》等諸多反映「九一八」「一‧二八」和抗日情緒的學生作品。煙臺的山東省立第八中學 1933 年 6 月出版的校刊第二期刊登小說 6 篇，其中就有《五三回憶》《國英》《中國人？》這 3 篇反日題材，還有反映二十九軍抗日的劇作《民族魂》，以及《求人不如求己》《衝鋒》《燕語》《前進》《寇已深》《渡遼將軍（新樂府之一）》《雜感》等談論抗日問題的文章或抒發抗日情緒的詩詞。1933 年 4 月出版的《江蘇省立南京女子中學校刊》第十一期「文藝」欄中也登載了《為義勇軍制寒衣述懷四首》。從這些學生刊物的內容，不難看出其與時政和當時文壇盛行的抗日文藝的緊密聯繫。

　　30 年代前期文壇的幽默小品文思潮及其論爭也曾波及中學生群體，引起了他們的反應。《中學生活》這份校園刊物的創刊即直接緣起於對幽默文學潮流的不滿。《中學生活》社的同人視幽默文學為「毒害熱血有為的中學青年」的「流疫」，以「消滅這些毒害青年的病菌，我們要重新創造新的青年文化」為號召。他們辦刊目的明確：「以期從文藝方面，促醒沉醉的中華民

48 北平私立大同中學校抗日救國會宣傳科編：《反日專刊》第 1、2 期，1931 年 10 月、11 月。

族」[19]。而北平大同中學校的《人同》校刊也站在了林語堂等人鼓吹的幽默小品文潮流的對立面，它在 1935 年底設置「書報介紹」欄目，除了介紹《世界知識》《讀書生活》《文學問答集》《萍蹤寄語》《新時代的舊悲劇》等雜誌和書目外，還打算：「若是可能的話，把《論語》《人間世》等最好不讀的刊物也作個批評，好使同學們更清楚地認識它們底嘴臉。」[50]

從「普羅文學」到「國防文學」「幽默文學」等等，新文學的各種潮流、運動或論爭幾乎都曾得到當時的中學生校園刊物的回應，而中學生們也從根本上呼應著新文學的「感時憂國的精神」（夏志清語），通過各種議論性、評論性文字或文學創作顯示了其關心社會問題（如民生問題、階級問題等）與國家民族命運的態度。

二、校園演劇活動與新文學接受

除了在各中等學校普遍開展的以文學研究和創作、發表為中心的新文學活動之外，許多有條件的中學還搞起了校園演劇活動。在 30 年代中期，逢重要節日（如元旦、國慶）和活動（如開學典禮、畢業典禮）時，各學校「大都有表演戲劇的習慣」[51]。中學生們往往把演劇活動的意義看得很高。如 1933 年江蘇省立南通中學戲劇研究會在校刊上發佈徵求會員佈告《願大家都來演劇》說：「戲劇是表演人生的，因它把悲歡離合的『事』搬上

49　參見《發刊詞》和《中學生活社宣言》，《中學生活週刊》創刊號，1934年 8 月。

50　《編後》，北平大同中學校學生自治會學術股編：《大同月刊》第 1 卷第 3 期，1935 年 12 月。

51　《編後雜談》，《教與學月刊》第 1 卷第 5 期，1936 年 5 月。

了舞臺；戲劇是指導人生的，因它把忠奸賢愚的『人』聚集在幕底——人生是『真』的麼？戲劇又何嘗是『假』！」這份佈告勸同學們不要沉迷於飲酒、做夢之類無意義的事情，「何妨，何妨我們永遠永遠沉酣於戲劇之中！」[52]校園演劇不僅僅只是學生的一時興趣或時髦追風，往往也得到了校方和國文教師們的支持。有的學校校長，如南開中學的張伯苓和張彭春兄弟，特別重視戲劇排演、演出在訓練學生的做事能力等方面的價值，因此極力扶持學生劇團和演劇活動，有的學校領導雖未必肯大力資助學生演劇，卻也樂見其在豐富校園生活及為學校節日慶典祝興等方面的好處。中學校園演劇還受到了國文教員的支持。有的國文教員特別重視通過演劇活動來加強學生的國文能力訓練，他們說：「我們並認為演劇也是與作文同樣要緊的；因為演劇是含有演說辯論，而感人之效能，更在於作文、演說、辯論之上。」[53]山東某中學還要求初三年級國文課堂必須講解戲劇和訓練學生排戲，每學期至少由教師帶領學生排演一二次，對於高中學生，則組織學生劇團，由教員選擇劇本，指導排演，「使學生利用星期六的同樂會，作正式的排演」[54]。山東平原縣立初中也曾熱衷於搞演劇活動：「新戲團導演新戲，並學生自行編戲。每間一星期舉行之。」[55]不僅是教育界人士，新文學界中人士也大都支持學校戲劇活動，《教與學月刊》於 1936 年第 6 期推出「學校劇問題」討論專欄，發表了洪深的《學校劇——目

---

52 《願大家都來演劇——戲劇研究會徵求會員》，《江蘇省立南通中學校刊》1933 年 10 月號。

53 山東省政府教育廳編：《山東省縣私立中等學校國文教學概況》，第 265 頁。

54 同上，第 273 頁。

55 同上，第 608 頁。

的與方法》、熊佛西的《戲劇與學校》、李樸園的《學校劇之理論與方法》等文章,洪深就指出,中學校戲劇活動的目的是「作為中學生研究文藝的說明」,表演的對象應該是「文藝上公認有價值的作品——不宜用學生自己的創作」,又指出中學生的戲劇活動應有兩方面的價值目標:「(一)獲得對於文藝作品的更清楚的理解。(二)學習『合作』,學習『負責』。」[56]熊佛西還提議:「每個中學或中學以上的學校都應該有戲劇的課程,任學生選修。(其不能列為正式課程者,亦應將戲劇列為固定的課外活動。)其重要性至少應該與音樂課程平衡。並須聘請專人負責教導。」[57]

　　20－30年代,校園演劇活動呈現日趨繁榮的局面,這一方面是因為中學教育的擴張,另一方面則是因為可供取材的劇作日漸豐富,外國劇作的翻譯越來越多自不必說,就是中國新劇創作也日趨豐富,到30年代中期已出現了曹禺的《雷雨》《日出》等膾炙人口而又利於演出的舞臺劇,各種小型的實驗戲劇更是蓬勃發展,這都為校園演劇提供了源源不絕的動力和資源。此外,抗戰情緒的日益高漲也是三十年代校園演劇活躍的一大背景。杭州高中校園劇社的張來泰說:「自『九一八』『一二八』事變以後,全國各地以演劇作國難之宣傳者更多,而尤以學校劇團為主幹。」當時「杭高劇社」就上演了《一片愛國心》《父子兄弟》《回春之曲》《走私》《本地貨》等進行反日和抗戰宣傳的話劇,還曾演出過《湖上的悲劇》《私生子》《學士衣》《東施效顰》《金寶》《蘇州夜話》《獄》《耕讀傳家》《南歸》

56　洪深:《學校劇——目的與方法》,《教與學月刊》第 1 卷第 6 期,1936年 6 月。

57　熊佛西:《戲劇與學校》,《教與學月刊》第 1 卷第 6 期,1936 年 6 月。

《卓文君》《嬰兒殺戮》《心底的一心》《鐵花》等劇。[58]田漢的
劇作和抗日愛國題材的劇作是杭高學生們喜愛的選材。1936
年，陳哲文在張家口宣化中學教國文時也曾指導學生演田漢的
救亡話劇《回春曲》。[59]

　　抗戰時期，伴隨著轟轟烈烈的全國性的「戲劇下鄉」「戲劇
入伍」潮流，中學生的校園演劇和走出校門的社會演劇活動也
比抗戰前更為活躍。著名的南開學校演劇在抗戰時期走出校園
來到街頭，匯入戲劇抗戰的歷史洪流。南遷重慶後的南開中學
面向民眾演出了《盧溝橋之戰》《王先生上前線》《死亡線上》
《烙痕》《警號》《炸藥》《保衛盧溝橋》《當壯丁去》《覺悟》《放
下你的鞭子》《王先生活捉漢奸》《八百壯士》《為國犧牲》《東
北之家》《漢奸的子孫》《三江好》等七八十種與抗戰直接相關
的話劇。[60]郁林中學的校園演劇活動也很熱鬧。1943 年秋冬學
期，廣西郁林中學學生們經各班級代表商議，決定舉行班際話
劇比賽，「各班均須參加，不論獨幕劇或多幕劇內容以適合抗戰
時代為標準」。當時高四班參演的劇碼是三幕劇《月夜》，是由
劇作家張平群根據比利時劇作家梅特林克的作品改譯的，改譯
後的劇情變為發生在中國抗戰背景下的淪陷區，在三角戀愛的
故事中穿插青年刺殺漢奸投降派的故事，表現抗日愛國主題。
演出《月夜》的那個週六晚上，「校內劇台的廣場裡，坐著二千
個觀眾，前面的（是）評判員，各老師，各機關的首長，後面

58　張來泰：《杭高劇社的過去和現在》，《浙江省立杭州高級中學校刊》第
　　159 期，1936 年 12 月。
59　陳哲文：《教語文要教會學生讀書》，劉國正主編：《我和語文教學》，第
　　235 頁。
60　參見崔國良、夏家善、李麗中編：《南開話劇運動史料（1923-1949）》，
　　天津：南開大學出版社，1993 年，第 256-259 頁。

的是全校同學及附近〔民〕眾」[61]。這顯然是一場頗具聲勢且
與時代、社會聯繫緊密的校園演劇活動。

抗戰勝利後，全國性的以宣傳和鼓動抗戰為目的的戲劇演
出活動不復存在，但因為國家前途未卜，社會風雨飄搖，個人
生活艱辛，富於良知和熱血的中學生們依然沒有放下校園演劇
這一表達心聲和製造社會輿論的武器。如抗戰復員後的廣雅中
學就在校方和教師的支持下開展了好幾次被評為「的確不能算
是沉寂的」校園演劇活動：1947 年上半年學期開始的時候，在
慶祝本屆學生自治會幹事就職典禮中，高二乙班的同學演出了
獨幕劇《松柏春風》，內容是反映抗戰勝利後中學教師們的困苦
生活；四月下旬，在該校復員後第一屆運動大會的晚會上，學
生自治會演出了兩幕劇——《衣錦榮歸》《轉變》；稍後，為歡
送畢業同學，學生自治會又演出《前程珍重》，在劇中正面提出
了畢業以後青年學生的出路問題——包括升學問題、就業問題
和戀愛問題。[62]抗戰復員後的天津南開中學也出現了由幾個高
二學生組成的南開話劇研究社、女中部的女中話劇團等學生組
織，演出了《王三》《雷雨》《金銀世界》《鄉女恨（白毛女）》
《一袋米》《夜店》等話劇。

民國時期中學校園演劇活動開展最早、持續時間最久、社
會影響最大的首推南開學校。南開的校園話劇活動影響大大超
出了一校一地的範疇，在二三十年代的平津地區、抗戰時期的
重慶都頗負盛名。南開學校的話劇編演活動主要是在該校創辦

---

61 洪波：《演出〈月夜〉》，郁林中學學生自治會編：《郁中霹靂（鬱中校刊）》
　　第 1 期，1943 年 11 月。
62 峰：《本學期我們的話劇活動》，廣東省立廣雅中學學生自治會編：《廣雅
　　學生》（復刊第 2 期），1947 年 6 月。

人和實際負責人張伯苓、張彭春兄弟的發起和指導下發展起來的。張伯苓早在 1909 年即率先垂範,在南開校園自編、自導、自演《用非所學》一劇,之後又規定學校凡在畢業典禮等重要節期都舉行演劇活動,為此還於 1914 年組織師生中的新劇愛好者成立學校新劇團。張伯苓提倡在校園裡演新劇的目的在於「藉演劇以練習演說,改良社會」[63],他認為:「從戲劇裡面可以得做人的經驗。會演戲的人將來在社會上必能做事,……」[64]他認為演劇活動能讓學生體悟團隊精神,養成合作能力,而「中國至深之病,實不在個人之沒有能力,而在個人之缺乏合作精神」[65]。南開學校演劇活動的另一有力推動者是張彭春。1922 年張彭春曾在其博士論文中這樣解釋開展演劇活動的目的:「劇本的目的是為使在其中經受鍛煉的演員們獲得兩樣東西:(1) 提高整體素質和領導才能的能力,(2) 以他們號稱能決定他們的生計為目的去體驗早期階段的職業。」[66]看來,張彭春也並非從文藝本位的立場來看待演劇活動的價值。儘管如此,其努力的客觀效果卻是在校內外傳播了新戲劇的價值,助推了中國現代話劇運動。據《南開話劇運動史料》記載,1923-1949 年間,南開學校(含天津南開中學、南開大學和重慶南開中學)

---

63 張伯苓:《四十年南開學校之回顧》,崔國良編:《張伯苓教育論著選》,第 308 頁。
64 張伯苓:《演劇與做人》,原載《怒潮季刊》周年紀念特輯(1938 年 10 月 1 日),據崔國良編:《張伯苓教育論著選》,第 287 頁。
65 張伯苓:《今後南開的新使命(1927 年 10 月 17 日)》,崔國良編:《張伯苓教育論著選》,第 169 頁。
66 張彭春:《論中國教育之現代化——鑒於國民生活的轉變對課程結構標準的研究,特別涉及中等教育》,崔國良、崔紅編:《張彭春論教育與戲劇藝術》,第 138 頁。

共演出話劇劇碼二百餘個[67]，為中國現代話劇運動和話劇文學發展做出了突出貢獻。其中，從 1923 年至 1937 年，天津南開學校先後演出了《一元錢》《少奶奶的扇子》《酒後》《壓迫》《獲虎之夜》《咖啡店之夜》《一片愛國心》《一隻螞蜂》《終身大事》《回家以後》《五奎橋》等眾多中國新文學的劇碼。抗戰時期內遷重慶的南開中學以及抗戰復員後的天津南開中學，也都演出了眾多的優秀新文學劇碼，包括《保衛盧溝橋》《當壯丁去》《放下你的鞭子》等優秀抗日劇，以及《雷雨》《日出》《上海屋簷下》《霧重慶》《屈原》《升官圖》等非抗日題材的名劇。[68]南開中學演劇活動最突出的貢獻就是培養出了曹禺這位話劇文學大師。在南開學校，曹禺在戲劇編演方面獲得了最有效的鍛鍊和提高，他除大量閱讀易卜生、莎士比亞、契訶夫、奧尼爾等外國名家的劇作外，還擔任《南開雙週刊》的戲劇編輯，在導師張彭春的熱情幫助和指導下多次參加演出丁西林的《壓迫》、田漢的《獲虎之夜》、陳大悲的《愛國賊》等新文學話劇[69]，也參演了《國民公敵》《織工》《爭強》《最前的與最後的》《娜拉》等外國名劇，並改編了其中的《爭強》《新村正》《最前的與最後的》等劇碼，還創作了《我倆》等劇。[70]這些經歷為他後來創作出《雷雨》《日出》《原野》《北京人》等眾多名劇，成長為

67 崔國良：《南開話劇運動再探》，崔國良、夏家善、李麗中編：《南開話劇運動史料（1923—1949）》，第 14 頁。

68 參見崔國良、夏家善、李麗中編：《南開話劇運動史料（1923-1949）》，第 251-260 頁。

69 崔國良編：《張彭春年譜》，崔國良、崔紅編：《張彭春論教育與戲劇藝術》，第 663 頁。

70 王興平、劉思久、陸文璧編：《曹禺傳略》，王興平、劉思久、陸文璧編：《中國當代文學研究資料‧曹禺專集》上冊，福州：海峽文藝出版社，1985年，第 4 頁。

一代話劇大師，奠定了堅實的基礎。

　　南開學校的話劇活動只是當時全國中學校園演劇活動的一個傑出代表，同時期全國其他城市的條件較好的中學也常常開展這樣的活動。曹禺即指出：「天津的話劇活動並不只是南開中學一家活躍，很多中學都在演戲，匯文中學，新學書院，還有一個外國的女子學校都在演。」[71]女作家蘇青回憶說，1928 年2 月她插班進入寧波市立女中初一年級學習，就開始頻頻參加學校的戲劇演出活動，「每年元旦演劇時總有我的份兒」：進中學後的第一個元旦，各年級所演的戲劇「多選富有反抗性者，如郭沫若之《卓文君》，王獨清之《楊貴妃之死》等」；到了 1930年的元旦演劇，則劇碼多是戀愛題材的，「計有《復活的玫瑰》、《青春的悲哀》、《孔雀東南飛》、《棄婦》等等」。1930 年秋，蘇青升入寧波省立第四中學，於 1931 年元旦演出由莊子休妻故事改編成的英文劇 A Fickle Widow；高二時適逢「九一八」事件，學校演劇便都「取材於激昂慷慨一類故事」；到 1933 年元旦時，「在校方檢定下，也只能演些《荊軻刺秦王》、《蘇武牧羊》等歷史劇」。[72]在河北省立正定中學，學校新劇團僅在 1933年 1 月和 1934 年 1 月就分別演出了話劇《脫了羈絆的女性》和《奶奶的主張》。[73]而杭州蕙蘭中學蕙蘭話劇社的徐毓生則描述了 1936 年前後杭州一地的校園話劇熱：「話劇社是一個演戲的

71 曹禺：《回憶在天津開始的戲劇生活》，夏家善、崔國良、李麗中編：《南開話劇運動史料（1909-1922）》，天津：南開大學出版社，1984 年，第64 頁。

72 蘇青：《元旦演劇記》，原載 1936 年 1 月 1 日《宇宙風》第 8 期，今據于青等編：《蘇青文集》，上海：上海書店出版社，1994 年，第 224-226 頁。

73 據《河北省省立正定中學校一覽》，正定中學校校刊編輯委員會編，1934年 3 月。

團體，仕話劇空氣濃厚的杭州，有不少這種團體。木社不過是其中的一個。本學期的社員竟多至六十多人，這都是同學們愛好劇藝的現象。」[74]「因為功課忙，運動忙，沒有時間可以常演」，杭州蕙蘭中學的話劇社在 1936 年秋至 1937 年春季學期只演出了兩次，一次是應校中發起的「基督教父母運動周遊藝會」之邀請而演出《父母的天職》（三幕劇），一次是參加杭州市中等學校「援綏募款遊藝會」活動，演出洪深的國防劇新作《走私》。

　　實際上，在民國時期的許多教會學校或有教會背景的學校中，學生演劇是普遍開展的一項教學活動，這也是教會學校的一種特殊傳統。出於教會學校的特性，學生的演劇多取材外國劇作，如演莎士比亞劇作或宗教劇，中國新文學的劇作在 20 年代一般地說還不太受重視。但經過收回教育權運動[75]以後，教會學校大都放棄了早前完全獨立於中國教育體制的辦學方向，逐漸接受中國政府教育部門的監管，洋化、宗教化的色彩日益消減，教會學校的學生演劇也開始較多選擇中國新文學劇碼了。三、四十年代的學校演劇雖也常常搬演外國劇，但對新文學中的劇作是更為重視的，這一是因為新文學話劇開始成熟，有了更多適合演出的舞臺劇，另一方面也是因為更合中國國情和現實。而且，當時中學校園裡的學生演劇常常是改編外國劇作，把外國故事換成中國故事和中國人物，所以也可以視作一種中國題材劇。

---

74 徐毓生：《蕙蘭話劇社動態》，蕙蘭中學校刊社編輯：《蕙蘭》第 8 期，1937 年 1 月。

75 收回教育權運動是 20 世紀 20 年代中國人民反對帝國主義文化侵略，迫使教會學校納入中國教育體制的群眾運動。這次運動於 1924 年發端，持續兩三年之久。

　　除了南開等極少數學校，中學校園演劇活動的整體水準不能高估，學生的話劇編創成績相較於職業劇作家的創作也遜色許多，但它們對於培養話劇人才卻是功莫大焉。許多後來的著名話劇界人士都是在民國時期的中學校園裡接受話劇啟蒙與薰陶的。曾任北京人民藝術劇院藝術委員會顧問的藍天野說：「我平生第一次看話劇，是曹禺的戲。1942 年，我 15 歲讀高中一年級時，在學校小禮堂看一個學生劇團演《北京人》。兩年後，1944 年，我 17 歲時第一次上臺演話劇，曹禺的《日出》，是我的同學蘇民拉我去演戲，也是學生演劇，只是憑著濃厚的興趣。誰料想，自此下水，畢生以此為業。」[76]

　　當時的校園話劇，無論是師生自編自導的劇碼還是搬演外國劇作或新文學家們的創作，都呈現出鮮明的題材或思想主題方面的選擇傾向。據《南開話劇運動史料（1909－1922）》，南開新劇團在 1909－1922 年間演出劇碼 46 台，從題材上可以分為三類：一類是現實題材，反映官僚制度、官場腐朽黑暗的，如《一念差》等；反映農村現實生活，表現進步勢力與封建勢力、帝國主義侵略勢力做鬥爭的，如《新村正》等；反映青少年立志救國的，如《五更鐘》等；反映個性解放、婦女解放的，如《華娥傳》等。一類是歷史題材，如從舊小說改編的《仇大娘》等。一類是改編外國劇本，如《巡按》等。在這三類劇作中，第一類占絕大多數。[77]南開新劇團從一開始就以關注社會現實，批判黑暗現象為主旨來編演劇碼，可以說是開創了民國

---

76 藍天野：《感悟曹禺（代序）》，曹禺：《曹禺自述——紀念曹禺先生誕辰百年》，北京：新華出版社，2010 年，第 1 頁。

77 編者：《南開早期話劇初探》，夏家善、崔國良、李麗中編：《南開話劇運動史料（1909-1922）》，第 9-10 頁。

時期校園演劇的優良傳統。從 20 到 40 年代，反映社會矛盾和人民困境，反映對於外國入侵者的義憤和不畏強暴的抗爭精神的劇碼成為校園話劇舞臺上的常客。中學師生們並沒有躲在象牙塔之中自娛自樂，也沒有只拿自己的那點生活內容作戲劇的材料，他們常常是放眼社會乃至天下，取材於校園之外的熱點社會問題。「革命」話劇（倫理革命、婚姻家庭革命、社會革命等）、「普羅」話劇、「國防戲劇」、抗日演劇、反黑暗、反內戰的演劇實際上構成了 20－40 年代校園演劇的一條主線。

三、小　結

在社團活動中，學生們交流情感，互通有無，互相砥礪，極大地提升了學習的效果。對於文學社團的這種良好氛圍，曹禺曾作過生動的描繪。他不止一次深情地回憶在南開新劇團的情景：「在這短短的，對我又似很長、很長的六年裡，新劇團擴大我的眼界，我決定一生從事話劇。我一生永遠不能忘記我們排戲的熱烈、認真、親切的氣氛。我的青年時間可以說在這個極可愛的團體裡度過。」[78]因此，中學生的新文學社團活動不僅是增加了其成員接觸和試作新文學的機會，更重要的是加深了他們對於新文學的情感和信仰。至於中學生的校園演劇活動，其對於中國現代話劇的傳播就更是意義重大。張彭春在 1933 年時即指出，「大、中學校的學生成為欣賞和支持新劇（翻譯或創作）的主力軍」「新劇仍然主要是由學生作為一種業餘活動而

---

78 曹禺：《序》，夏家善、崔國良、李麗中編：《南開話劇運動史料（1909-1922）》，「序言」，第 2 頁。

演出的，當然有時演出也很精彩，並對技巧方面十分重視」[79]。在抗戰之前，社會上的演劇基本還是以京劇和各種地方戲為主，話劇並不是社會大眾娛樂和欣賞的對象，而唯有大、中學校才是話劇這種西方舶來品的最佳歸宿。

顯然，文學社團活動、校園刊物出版活動、演劇活動等在教材與課堂之外加強了民國中學生們與新文學的接觸，這種接觸還不是一般性的被動接觸，也不只是「興趣」「娛樂」「消閒」性質，而是帶有某種以「事業」待之的嚴肅與虔誠性質——如以文學創作、研究、演劇為志業。當時的中學生文藝社團常常與社會上的新文學團體、作家保持著一定的聯繫：或是由學生社團邀請知名作家到校講演新文學或傳播文學技巧與寫作經驗，如魯迅、徐志摩、王統照、劉延陵等都曾應邀到中學校園裡為學生們演講文學問題；或是學生社團與知名作家們進行通信聯繫，與作家們辦的文學雜誌發生投稿上的往來；或是由文壇上的某些勢力（比如「左聯」）主動向中學校園裡滲透，以培植自己的勢力。這些或鬆散或緊密或直接或間接的關係，都大大增進了新文學之於中學生們的影響，使學生們的新文學閱讀、創作乃至相應形成的文學觀念，都與主流文壇亦步亦趨，如影相隨。

---

79 張彭春：《中國的新劇和舊戲》，崔國良、崔紅編：《張彭春論教育與戲劇藝術》，第 556 頁。

下　編

接受與轉化的向度

　　從民國時期中學生們的寫作活動及其成果，可以直觀地看到新文學對中學生個體和群體的精神影響及其深度。

　　20－40年代的中學作文教學，在作文命題上模仿新文學篇目的情形比較普遍，各種寫作教材和作文參考書也都熱衷於舉新文學作品為例，面向中學生講授新詩、小說、戲劇、小品文寫作的教材也特別多。新文學對於作文教學的影響已深入和細化到了思想、題材、情調、文筆、辭藻等不同的層面。

　　民國中學生普遍喜愛新文學，想成為作家的人也很多，到30年代就形成了中學生創作的熱潮。從20年代到30年代，中學生文學日益走出模仿某些新文學作家或作品的格局，全面抗戰以後便大體脫去了早期那種過於清淺、浪漫和個人主義的傾向。民國中學生文學的高端水準和主流類型明顯繼承了新文學「憂國憂民」的優良傳統，屬於緊密跟蹤、反映時代與社會問題的「社會文學」。

第七章　作文教學中的新文學傾向

　　通過前面的考察我們已發現，新文學無論是在國文教材、國文課堂還是課外閱讀、校園活動中都是一個重要的存在，可以說民國的中學生們經由教材、課堂與課外閱讀等多種途徑已廣泛地接觸到了中國新文學，對一些非常突出的文學時潮，如「革命文學」「普羅文學」「幽默文學」「國防文學」等等，非常瞭解。但這還不足以說明中學生們接受新文學的深度和效果。其實，民國時期的中學生們並不只限於「讀」和「演」新文學，而是更進一步邁入學習寫作的道路，從中學生們的寫作活動及其成果，可以直觀地看到新文學對他們的精神影響及其深度。

　　中學生的寫作主要有兩種情況：其一是作為一種教學任務的課內外作文情況，這是教師根據課程要求而設計的教學內容和佈置的作業，是中學生必須完成的一種強制性學習任務。這種情況下的作文有命題和自由選題等具體情形。其二是在教學任務和教師要求之外的自由寫作，是學生出於自己的興趣與抱負而寫，雖然也可能有國文教師的鼓勵和從旁指導，但不屬於國文課的學習任務之列。這一章我們先考察教學任務範圍之內的中學生作文情況，至於學生自由寫作（尤其是文學性創作）的情況則留待下一章再考察。

　　民國時期的中學國文課程標準對於作文教學有具體的要求或建議。如 1923 年頒佈的《高級中學公共必修的國語課程綱要》

規定：「作文應注重內容的實質和文學的技術。精讀名著的報告或研究，可代作文。」[1] 1936 年頒行的《初級中學國文課程標準》要求作文「題材須取有關於現實生活而偏重記敘描寫並與精讀文之文體有切實關聯者」，《高級中學國文課程標準》則專門提出「文學作品凡小說詩歌戲劇，皆可令學生試作」[2]。這些規定不僅暗示了作文練習時的文學趣味（「偏重記敘描寫」），而且還導向了與新文學題材的一致（「有關於現實生活」），甚至乾脆建議讓學生試作文學作品。課程綱要支援文學寫作，國文教材中又大量提供新文學的範文，國文教員裡也多是新文學家或新文學的愛好者，這就使得二十至四十年代出現了明顯新文學化的中學作文教學。這從當時國文教師、國文考試的作文命題、作文教材的編寫情況中都可以看出來。

一、作文命題的新文學化

作文教學與課本選文之間往往有著緊密的聯繫。隨著新文學作品從二十年代起大量進入教材並在課堂上被講授，新文學作品便日益成為作文教學的重要範本。阮真編著的《中學作文題目研究》（1930）調查統計了全國一些中學校的作文命題情況，他發現民國十年之前（第一期）各省中等學校及大學專門校預科（等同於高中）的作文命題全為文言文。「自民國十年以後，白話文之勢力漸及於中等學校」[3]，語體文的命題比重增加。

---

1 課程教材研究所編：《20 世紀中國中小學課程標準・教學大綱彙編・語文卷》，第 274-275、278 頁。
2 課程教材研究所編：《20 世紀中國中小學課程標準・教學大綱彙編・語文卷》，第 299、303 頁。
3 阮真：《中學作文題目研究》，上海：民智書局，1930 年，第 35-36 頁。

民國十四年以後（第三期），中學作文題目中文藝類占 20.85%，
比第一、二期高很多。察其題材，第一期有十分之八屬於舊文
藝之詩詞歌賦，十分之二為擬作、仿作；第二期仍有十分之八
的舊詩詞歌賦，而間有新詩，另外還有小說；第三期，詩歌只
占十分之四，且多屬新詩，小說占十分之三，小品亦占十分之
二，而戲劇也出現了。第三期文藝題目增多，「蓋因近年創作及
翻譯之新文藝作品驟增，而學生多從事於摹仿新文藝也」[4]。

　　胡懷琛 1924 年在其所著《作文研究》一書中稱，據他的觀
察，「講新文化的教員，有多數，只拿文學作品教學生；只教學
生做文學作品，而把實用文忽略過了。他們以為非文學的作品，
是枯燥無味的，是機械的；加他一句考語，叫做：『只是帳簿
式的一種輪廓，不能表出甚麼生活的內容或情調來⋯⋯』」[5]胡
懷琛所批評的這種教員，孫俍工就可算是一個。孫俍工自己就
有不少新文學作品發表和出版。他和沈仲九在上海吳淞中學教
國文時設計的「記載文」訓練題是：「於下列各題中任擇一題做
一篇純淨的記載文。題為《我底故鄉》、《黃浦江晚景》、《海邊》、
《軍人日記》、《病中記》、《獄中記》、《秋日的田野》等。」[6]這
些命題明顯是參照當時新文學中流行一時的篇目——如魯迅的
《故鄉》、冰心的《一個軍官的筆記》、郁達夫日記等等——而
設計的，甚至連《軍人日記》《獄中記》這類明顯脫離一般中學
生的生活經驗的純想像性命題也出現了。1923－1925 年，孫俍
工又一口氣編寫出版了《記敘文作法講義》《論說文作法講義》

4　同上，第 295 頁。
5　胡懷琛：《作文研究》，上海：商務印書館，1925 年，第 96 頁。
6　孫俍工：《文藝在中等教育中的位置與道爾頓制》，《教育雜誌》第 14 卷
　　第 12 號，1922 年 12 月。

《小說作法講義》《新詩作法講義》《戲劇作法講義》這五本中學教材，大力提倡新文學寫作。這幾本寫作教材的應用還是比較廣的，1931 年，地處魯西的山東省立第二中學初一年級使用的即孫俍工這本《記敘文作法講義》，初三年級也採用了孫俍工的《戲劇作法講義》《小說作法講義》作為教材[7]。從《記敘文作法講義》一書中所附的練習題即可看出某種新文學趣味：

一、關於寫景的

1.按照寫生的法子以《北極閣》為題，作一篇寫景文。

2.以雞鳴寺為中心，北極閣為近景，紫金山和清涼山為遠景，做成三百字以上，五百字以下的寫景文。

3.按照感覺、色彩和個性三種的描寫法，描寫下列各題。

（a）莫愁湖月夜。（b）鼓樓晚景。（c）黃昏。（d）晨光。（e）三台洞。（f）春日的田野。（g）海上的黃昏。

4.按照自然界底描寫法（二），寫出下列各題（詩文均可）。

（a）獅子山。（b）海邊。（c）玄武湖。（d）揚子江底波浪。（e）春水。（f）春樹。（g）松林中的一剎那。（h）秋林之聲。（i）公園底一角。（j）山村月色。（k）一個荒村。（l）麥田。（m）深夜。（n）朝暾。（o）夏天底雲。（p）雨後的夕陽。（q）微雨中的晚虹。

5.試把下列各題作成幾篇抒情小品。

---

7 山東省政府教育廳編：《山東省縣私立中等學校國文教學概況》，第 194、197、201 頁。

春月。夏雲。秋山。冬夜。

二、關於敘事的

1.試把《儒林外史》第一回，縮成一篇五百字以內的《王冕小傳》。

2.試以《李成虎小傳》為參考，作成一篇小說《李成虎之死》。

3.按照主觀的敘述法，作一篇《自傳》。

4.記某人底趣話一則（或二則以上）

5.記某晚上在演講廳觀劇（或詳述某劇底情節）

三、關於遊記的

1.燕子磯紀遊。

2.杭州旅行記。

3.旅行無錫的幾個雜感。

4.夢遊奇境記（小說）。[8]

上述命題屢屢標明「詩」「小說」「小品」，其文學化的寫作教學傾向十分鮮明。1924 年，孫俍工在談初級中學國文教授方略時提出：「第三年注重文藝，而且教文藝作法，所以作文以文藝為主……」[9]

國文教員的新文學趣味影響到中學生的作文訓練方向，這種情形並非個案，而是具有一定的普遍性。葉聖陶說：「民國十年暑假後開始教中學生。那被邀請的理由有點兒滑稽。我曾經寫些短篇小說刊載在雜誌上。人家以為能寫小說就是善於作文，

8　孫俍工：《記敘文作法講義》，上海：民智書局，1923 年，第 353-355 頁。

9　孫俍工：《初級中學國文教授大綱底說明》，《中等教育》第 2 卷第 5 期，1924 年。

善於作文當然也能教國文，於是我彷彿是頗為適宜的國文教師了。這情形到現在仍然不變，寫過一些小說之類的往往被聘為國文教師，兩者之間的距離似乎還不曾有人切實注意過。」[10]當時的中學喜歡聘請新文學家當國文教員，以致形成了一時的風氣，這當然也就為新文學在中學作文教學中發揮影響力奠定了基礎。

著名國文教育家阮真曾在 1929 年出版《中學作文教學研究》一書，將二十年代的中學作文教學按教師主張之不同而劃分為四派：古文派、新文藝派、新思潮派、國學派。對於「新文藝派」阮真有這樣的描述：

> 這派教師是研究新文藝的。他們教讀文全是白話的小說、劇本、新詩，教作文當然也是這樣。他們教作文是完全任憑學生自由，不加一些限制的。……（中略）這派教師把學生看作文學家……（中略）這樣一來，學生也以文學家自命了。所以學生的作文簿面上不寫「作文」，都寫得五花八門了。有的寫「浪花集」「秋雨集」「心田集」等等；有的寫「哀鳴」「苦淚」「意園」「我的花園」等等；有的寫「言論自由」「思想自由」「垃圾桶」「字紙簍」，等等；我還看見過一本最奇怪的作文，簿面上居然寫了「吊襪帶」三字。翻開一看，原來他第一篇新詩的題目是《吊襪帶》。……（中略）教師的改文，不但不仔細，便是錯字也不改正，甚至於不通的句子也加圈了。文後也是隨便寫些批語，如「寫得很有情趣」，「很有文學天

---

10 葉聖陶：《過去隨談》，《中學生》1930 年第 11 號。

才」，「再加用功，不難成文學家了」等等……[11]

　　阮真以上所述並非虛言，新文藝派國文教員確是常常放任學生仿作新文學。1931年，山東省平原縣立初級中學的國文教員鑒於初一年級學生中有年齡頗大者（十八九歲），在寫作訓練上也給學生較大的自由，由其「自行選題作文，或小說戲曲，不限定時間」，其第二學年的「作文練習」計畫中更是明確制訂了「詩歌的練習」這一項[12]。而據穆旦高中的同班同學趙清華回憶，當時（三十年代初）南開有一位教國文的張老師，他很喜歡穆旦的詩作，「每當上作文評選課的時候，他時時朗誦出來，讀得抑揚頓挫，鏗鏘和諧，節奏感很強，詩意盎然。每當這時，良錚不禁漲紅了臉，訥訥地說，『這……這……』」[13]看來，中學師生都青睞新詩，這並非個案。

　　新文藝派的教員不僅放任學生自由寫作，自己擬題給學生時也「多是模仿小說或時文的」，例如《一個青年的煩惱》《弱小者的悲鳴》等等，常常顯得「太文藝化了」[14]。阮真對民十四至民十八中學作文文題情況有過調查和分析，據此寫出了《中學作文題目研究》一書。他以1929年秋調查的全國十多所中學——安徽天長縣中學、浙江第五中學、湖南明德學校、嶺南大學附中、集美中學、集美農校、集美女中、集美師範、福建龍溪中學、揚州中學、中山大學附中、廣州市立中學——所提

11 阮真：《中學作文教學研究》，第22-25頁。
12 山東省政府教育廳編：《山東省縣私立中等學校國文教學概況》，第607、612頁。
13 趙清華：《懷念南開》，轉引自易彬：《穆旦的中學畢業紀念冊》，《新文學史料》2007年第2期。
14 阮真：《中學作文教學研究》，第62頁。

供的作文題，以及世界書局於 1928 年向全國中學校（以江蘇、浙江、上海學校為多）徵集出版之《國語文成績大觀》一書所收作文題為據，發現去掉重題，在總計 1405 道文題中，議論類151 題，陳說類 296 題，記敘類 377 題，應用文類 94 題，文藝文類 293 題，雜體文類 194 題。而「文藝文」類文題又可細分為五目：小說 83 題，戲劇 8 題，小品 66 題，詩歌 114 題，寓言及戲擬（詩詞仿作）22 題。可以看出，當時的中學作文命題有明顯的偏於文藝文的傾向：不僅文藝文類數量可觀，比例最重的記敘文類也大多具有文藝的性質，即便在陳說類文題中也頗多描寫性的如《我的苦悶》《春天的煩惱》《愉快》《無聊》等等。阮真將記敘類文題細分為十五目：遊覽及旅行 66 題，典禮及開會 23 題，參觀 8 題，名勝及建築 25 題，生活及日記 54題，風俗及民生狀況 16 題，時節及氣候 23 題，風景及欣賞 18題，人物及言語 31 題，故事及歌謠 9 題，學校及師友 9 題，家鄉及家庭 17 題，見聞、隨錄 24 題，記雜事 36 題，記雜物 18題。這些文題中許多都具有文學的意味或暗合了某些文學的技巧（如敘事、描寫等），比如《今年的中秋》《初冬》《冬天的早晨》《秋之夜》《清明》《近日的天氣》都「近於小說而非記敘矣」[15]。從阮真收集到的具體文題中我們不難推想當時中學作文偏於新文學趣味的程度：風景描寫文——《春之庭園》《海濱》《春天的田野》；人物記敘文——《舊婚制下的犧牲者》《一個被經濟壓迫的女子》《風流軍人》《一個可憐的人》《一個墮落的青年》《一個亡國民的自述》《一個老兵士的談話》《三個避難的農民》《催租人》《一個失戀的女子》《一個義勇的青年》《可

---

15 阮真：《中學作文題目研究》，第 205 頁。

憐的女兒》。由這些題目我們很容易聯想起許多新文學的篇目來。

　　阮真發現，相比較於此前兩個時期，民國十四至十八年作文選題中「小說」的數量明顯增多，比重明顯提升，而且還出現了「小品」這個新品種，「蓋小品文之提倡，為最近五、六年內事；而中學作文題目多模仿現代新文學作品」[16]。阮真對當時中學作文重視小品文類基本持肯定的態度：「小品文字，近乎散體詩歌，可說是含有詩意的散文；記敘描寫兼有，又類似乎紀事短篇，實則在記敘、詩歌、小說之間之一種隨意文體也。……故凡文藝化之記敘、書箚、筆記、隨錄，均可以小品目之。此種文字，宜於初學文藝者之短篇練習，此後在中學作文題目上，其勢或將增多。」但阮真也認為小品文「究太偏重文藝性質，在初年級學生尚不宜於學習也」。他舉例說，《落葉》《暮色》《桂花香裡》《給春之神》《雨絲風片》等題目，「描寫多而紀敘少；而描寫之中，複有主觀的感情與想像，非文人不易出色。高級學生之性近文藝者，固可練習；初級學生尚少文學的涵育者，恐不易學作。希望初中國文教師，勿強學生多模仿新文藝作品也。」阮真還對當時中學作文中詩歌選題較多的情況作了評述：「現在舊詩格律，已經破壞；新詩格律，尚無準則。中學生率意寫作，皆可為詩；即近人作品，經教科書選取者，亦多率意嘗試之作；故中學生多便其易，好多作詩歌，而教師亦以此宣導學生，投其所好。中學生所作詩歌，其已發表或未發表者，當有數倍於作文題目之所見者。」[17]從阮真所附錄的小說類83題中我們可感知中學作文模仿當時新文學作品的程度：《失戀後

16　同上，第209頁。
17　阮真：《中學作文題目研究》，第209-211頁。

的煩惱》《愛》《新婚之夕》《革命下的犧牲者》《嗚呼戰後》《槍聲》《我的母親》《尋常》《手套》《歸途》《沉思》《破曉》《月下》《四年前的故事》《冷寂的冬夜》《小毛》《劫》《我知道了》《一夜的悲》《我怕》《閒步》《前路》《應徵》《他的一生》《玫瑰酒》《憤恨》《到底為了什麼》《新人》《繡花枕》《傷兵》《貧農》《慈善家》《乾號》《兩個車水的農夫》《一個人力車夫》《深夜的更夫》《到光明的路》《這是對的嗎》《獵人與犬》《狂人》《遊移》《饑民》《初戀》《母親的愛》《可憐的青年》《割草婦》《沉痛》《她》《十字路中》《一個中秋的晚上》《女神的愛》《野火》《往事》《雙十節》《冬夜》《最後一課》《母親的安慰》《酒徒》《我的她》……看到這些題目，我們是不是常常會想起新文學中的某些篇目呢？

　　瞿世鎮的調查統計則可以進一步佐證阮真的發現。瞿世鎮主編的《模範作文讀本》（1936）中收錄了從全國一些中學搜集來的作文訓練題目[18]，其中不少就帶有鮮明的新文學烙印，如《秋夜的蟲聲》顯然是模仿葉紹鈞的《沒有秋蟲的地方》而設計，《可憐的一個漁翁》有模仿楊振聲的《漁家》（收入中學課本時又名《漁旗子稅》）之嫌，《可憐的小販》有模仿周作人《一個賣汽水的人》之嫌，其他如《冬天的窮人》《十字街頭》《烈日下的黃包車夫》《山中雜記》《春夜的歌聲》等也明顯與某些新文學篇名雷同。

　　1932 年，權伯華在《初中國文實驗教學法》（中華書局）中羅列了他 18 年的教學經歷中所出的作文題目，包括記敘類題目 200 個，論說類題目 74 個，詩歌題目 29 個，共計 303 個。

---

18 瞿世鎮：《附錄：作文練習題目三百個》，《模範作文讀本》，上海：春江書局，1936 年增訂第 7 版。

這些題目具有三個明顯的特點：其一，注意引導學生關注社會不同階層、不同職業和身份的人群，尤其是關注社會底層人物，如《校門前的零食攤》《一個被經濟壓迫的青年》《環境下的犧牲者》《一個畸零人的心理》《聞病人呻吟聲》《守財奴》《更夫》《乞丐》《童養媳》《人力車夫》《清道夫》《貧民淚》《窮途》《舊禮教下的犧牲者》《惡姑》《虐婢》《破產》等；其二，引導學生關注社會、時事，如《槍聲》《深夜聞犬吠聲》《聞乞丐號泣聲》《土劣殃民記》《富貴眼》《冤獄》《人間地獄》《劫後的餘燼》《一件殺人的慘案》《匪焚××鄉鎮紀聞》《貪官》《田主與佃戶》等題目；其三，偏重模仿早期新文學的感傷主義式的描寫和抒情作風，如《失望》《懺悔》《孤獨》《寂寞》等。關於新詩類的命題則有《落葉》《籠鳥》《月夜》《鴉鳴》《久別》《夕陽》《前途》《霜晨》《賣花聲》《春愁》《枯樹》《破曉》《燈下》《登樓遠眺××山》《古寺鐘聲》《失群的孤雁》《殘菊》等等[19]，明顯有模仿初期新詩的痕跡。

　　顯然，當時的國文教員在作文命題時模仿新文學的現象是比較普遍的。山東省立第十中學的初中國文教員給學生設計的課堂作文題目中就有《初春的……》，「由學生續以『庭院』『河畔』『清晨』『雨後』『傍晚』等」[20]。這明顯是模仿當時國文課本中常選的徐蔚南小品《初夏的庭院》。1933 年 10 月，杭州高級中學舉行校內徵文競賽，命題共十道，除時政類、教育類議論文題目，還包括文學類題目如《今後中國文學之轉向試探》

---

19 權伯華：《初中國文實驗教學法》，上海：中華書局，1932 年，第 41-53 頁。

20 山東省政府教育廳編：《山東省縣私立中等學校國文教學概況》，第 380 頁。

《保傲塔》《秋夜》。[21]杭州高級中學 1935 年下半年的校內作文比賽的題目則是《我的故鄉》[22]。這明顯模仿了胡適的《文學改良芻議》和魯迅的《秋夜》《故鄉》等文。

　　當時出版的許多國文教材、教參也常常根據所選新文學作品來設計相應的作文訓練題。如《初中國文讀本參考書》（1933）就特別注意以新文學作品為範例來命題作文。教材第一冊中選入了沈尹默的《生機》和《人力車夫》這兩首新詩，課後的「習題」中就設計了這樣兩道訓練題:「（一）將兩首詩都改為散文；（二）試用新詩的格調，做《新生命》、《農夫》這兩個題目。」[23]這就是要求學生現學現用，讀寫結合，模仿新文學作品的趣味來選材和設置主題。朱文叔、宋文翰編的《初中國文讀本（增注本）》（1935）第二冊在第六單元選錄了葉紹鈞的《糴米》和茅盾的《當鋪門前》，一反映穀賤傷農，一反映絲業蕭條和農民破產，在這兩篇課文之後佈置了這樣的作文練習題:「寫一則關於農民痛苦的情事」,「以《養蠶婦》為題作一篇短文」[24]。在魯迅的《一件小事》課文之後又佈置了這樣的作文習題:「記一個可憐的黃包車夫」[25]。盧冠六編的《國語精讀文選》（1936）在課文《學徒苦》（劉半農）之後佈置作文練習材料兩道:「1. 車夫苦至少可以做成兩首詩，一首說在嚴寒的冬天時，一首說在炎熱的夏天時車夫的苦況;2.賣油條可以用到下列幾個同韻

21　《徵文比賽辦法及題目》,《浙江省立杭州高級中學校刊》第 85 期,1933 年 11 月。
22　《舉行全校國文作文比賽》,《浙江省立杭州高級中學校刊》第 133 期, 1935 年 10 月。
23　張文治、喻守真、張慎伯編:《初中國文讀本參考書》第 1 冊,第 74 頁。
24　朱文叔、宋文翰編:《初中國文讀本（增注本）》第 2 冊,上海:中華書局,1935 年,第 194、200 頁。
25　同上,第 205 頁。

字：『條，跑，叫，飽。高，少，了，到，……』」[26]這是要讓學生模仿寫新詩。《初中國文讀本（增注本）》第四冊選了臧克家的《答客問》這首反映農村凋敝的新詩，並且佈置習題：「試以新詩描寫都市的不景氣。」[27]配套的《初中國文讀本參考書》則在綠漪的《秋色》課文後佈置習題：「描寫一個鄉村中的小地主或自耕農。」[28]而在李健吾的抗日話劇《從軍》課文後也佈置了兩道作文題：「（一）將本篇改作小說；（二）寫一篇從軍的白話詩。」[29]命題者們只有模仿新文學的熱情，卻不管學生們有無相應的生活經驗或社會閱歷。

民國時期的教材也好，作文命題也好，都表現出鼓勵模仿新文學的態度，這或許也是為了順應中學生的興趣和口味。據陳表在 1930 年對上海勞動中學 153 位學生的調查，曾經做過文章的 97 人中，寫評論的有 18 次，包括「人生問題」3 次、「社會問題」7 次、「時事評論」6 次、「專題研究」2 次；寫文藝作品的共 56 次，占到全部作文次數的 50.5%，其中包括小說 28 次、詩歌 12 次、戲劇 4 次、記事 12 次；寫雜俎的 40 次，包括日記 14 次、雜感 21 次、遊戲文 3 次、討論 2 次。[30]由這個調查看，中學生作文時的文學趣味十分鮮明。1935 年時朱自清說，一般中學生對於教材的興趣都在於白話文，尤其是偏重白話文中的文學，對於中學生來說，「欣賞文學和寫作文學似乎是一種

26 盧冠六編：《國語精讀文選》第 1 冊，上海：三民圖書公司，1936 年，第 63 頁。

27 朱文叔、宋文翰編：《初中國文讀本（增注本）》第 4 冊，上海：中華書局，1936 年，第 111 頁。

28 張文治、喻守真、張慎伯編：《初中國文讀本參考書》第 1 冊，第 191 頁。

29 朱文叔、宋文翰編：《初中國文讀本（增注本）》第 3 冊，第 147 頁。

30 陳表：《中學生讀物問題之實際探討》，李文海主編：《民國時期社會調查叢編（二編）·文教事業卷（四）》，第 281 頁。

驕傲，即使不是誇耀於人，也可以教自己滿意。至於說明文和議論文，他們覺得乾燥無味，多半忽略過去。」而且「現代文學還在開創時期，成名比較容易，青年人多半想嘗試一下。於是乎一般中學生的寫作不約而同的（地）走上創作的路。」[31]到了 1940 年，葉聖陶依然感慨：「國文教師大概有這樣的經驗，只要教學生自由寫作，他們交來的往往是一篇類似小說的東西或是一首新體詩。」[32]

中學生普遍喜歡文學寫作，而非普通文與應用文，這也逼使某些並不熱衷於新文藝的國文教員也要迎合學生而命題。20年代曾在多所學校擔任國文教員的阮真就有類似的經歷，他說：「我因為某班學生喜歡做小說，也曾出過兩次小說的題目：一次出了六題，因為漳州戰爭有幾個逃伕傷兵到了集美，我的題目就在此著想了。我的題目是：甲，一個傷兵的自述；乙，窮途的逃伕；丙，一個寡婦的悲哀；丁，一個孤兒的命運。還有兩個我記不清了。這些題目有的須根據事實，有的須運用想像描寫的，於是學生方才覺得小說不易做了。有一次我教學生寫『三個懶惰的學生』、『三個愚笨的農夫』，要把他們的懶法愚法寫得個個不同，各有一副面目，絕對不能類似。於是學生就覺得不易下筆了。我就說：『你們不能做這些題目，何以平時好做無價值的小說呢？』」[33]但這樣的斥責是不可能改變青年學生愛好文藝的天性的。

此外，高中和大學的招生考試作文命題也值得注意，它們

---

31 朱自清：《論教本與寫作》，朱喬森編：《朱自清全集》第 2 卷，南京：江蘇教育出版社，1988 年，第 41、43-44 頁。

32 葉聖陶：《國文教學的兩個基本觀念》，中央教育科學研究所編：《葉聖陶語文教育論集》上冊，第 61 頁。

33 阮真：《中學作文教學研究》，第 110-111 頁。

常常既反映了中學國文教學的實際狀態，又反過來對其具有一定的指揮和引導作用。高中的入學招考對於初級中學的國文教學顯然有較強的指引性，因為初中學校的教學不能不以升學率為檢驗其成績和水準的一個重要指標。而當時不少著名高中的國文招考試題常常帶有新文學趣味。如浙江省立杭州高中1935年度第一、二學期招生的國文試題，第一學期有三道題：《由初中升學高中應有之認識》《我學習國文的經歷和心得》《都市的晚上》，要求任選一題，語體文言皆可。第二學期也是三道題：《我過去印象最深的一個人》《都市的夜》《舊曆的歲尾年頭》，要求任選一題，且限作語體。[34]這幾個命題中《都市的晚上》和《都市的夜》《舊曆的歲尾年頭》都是文學性命題，不適合寫成普通文。

　　民國時期大學數量不多，大學招考時的國文命題往往很受中學教育界的關注，對於中學的國文教學和學生的課外自修會有一些指揮棒的作用。1922年北京高等師範學校招考的國文試題（各省區選送複試之部）共二道，其中作文題為：「試發表個人對於新文學之意見。」[35]這既是要考察高中生對於當時的文化熱點的知曉程度（即是否知道新舊文學之爭），也是要考察中學生閱讀新文學的情況。1930年國立河南中山大學招生的作文題是二選一，其中之一為「中國文學最近之趨勢」[36]，也明顯是要考察中學生對新文學的熟悉和瞭解程度，即對於新文學的潮流、運動、論爭等的瞭解程度。這對於民國時期大多數高中

34　參見《浙江省立杭州高級中學校刊》第150期，1936年6月。

35　《北京高等師範學校十一年度入學試題》，《學生雜誌》第10卷第6號，1923年6月。

36　《國內各大學十九年度入學試題調查·河南中山大學》，《學生雜誌》第18卷第7號，1931年7月。

國文教科書側重古文與學術文的國故傾向無疑是一當頭棒喝，對於死讀教科書而不注重課外新文學閱讀的高中生也是一當頭棒喝。1930年，國立同濟大學的招生考試國文科的作文題為六道選一：（一）現代青年之危機。（二）說科學的精神。（三）都市之夜。（四）離家的一天。（五）秋。（六）流螢。[37]其中後四道都是新文學意味濃郁的命題，而且《都市之夜》《秋》《流螢》似乎只能寫成文學文。同年，同濟大學高中預備班（中學插班生同）招考的作文試題為五選一，包括《敬告墮落青年》《夏夜》《三年中學生活的一斷片》《夢遊清涼世界記》《在考試場裡》，其中《夏夜》和《夢遊清涼世界記》也是文學趣味濃郁的命題；同年同濟招德文補習科生，作文試題為八選一，除三道議論文外，其餘五道也皆帶文學色彩：《鄉愁》《梧桐庭院》《炎威之下》《在旅途上》《過去學校生活之一斷片》。[38] 1932年夏季清華大學招考新生，其中一年級的作文題《夢遊清華園記》曾經引起過社會上的爭議，許多貧寒的學子認為此題反映了清華大學的「資產階級」屬性，是有意讓未到過清華的貧寒學子們落選。而命題者陳寅恪辯解說，《夢遊清華園記》這個題目並非想要「誇耀清華之風景與富麗」，也不是「敘事體遊記」，而是要「測驗考生之想像力及描寫力」；「所謂夢遊」，就是要描寫考生「理想中之清華大學」，是否實際到過清華園，關係並不大；正是為考生考慮才不出「夢遊清華大學」而出「夢遊清華園」，因為「寫景易而描寫學校組織、師生、課業狀況較難，美的描寫易而寫

---

37 參見中學生雜誌社編：《民國十九年各大學入學試題》，上海：開明書店，1931年。

38 《國內各大學十九年度入學試題調查·同濟大學》，《學生雜誌》第18卷第3號，1931年3月。

實較難」也。[39]《夢遊清華園記》的命題強調「想像力」和「描寫力」，實則是文學趣味極濃郁的作文命題。1933 年，清華大學的國文考試設置了五道作文題，供考生自選，這五道題是《苦熱》《曉行》《燈》《路》和《夜》。命題人朱自清解釋說：「這些題的用意在看看考生觀察與描寫的能力」，從前因出過些議論題而考生「總是許多照例的泛而不切的話」，覺得「高中畢業生所知道的也許還不夠發議論」，所以這回改為文學性命題。[40]大學招考命題的新文學趣味顯然也反映了新文學發展到 30 年代後所取得的社會影響力。

總之，民國時期中學作文教學中的新文學趣味是由多種因素共同促成的，既有教材影響的因素也有升學考試的引導因素，既有教師引導和放任的因素又有學生自願與興趣的原因，尤其是許多新文學出身的國文教育家和教員在其中所起到的作用。而這背後又有新文學日益發展壯大並且在社會上顯示了其價值（比如作為中學生課外讀物）這一重要背景。隨著新文學的發展和社會影響力的擴大，中學的作文教學所受到的影響也只會日益增強而非消減。到了 40 年代初，李廣田就主張以新文藝作為中學國文的主要教材，以便讓學生「學」和「作」合一，更快地提升寫作能力。他甚至主張中學作文應該以「能像一個『作家』似地那樣寫作」為最高目標，「而創作的實踐，正應當從青年時代——中學時代——開始」[41]。

---

39 《清華中國文學系教授陳寅恪談出「對對子」試題理由》，載 1932 年 8 月 15 日《世界日報》，收入《陳寅恪集·講義及雜稿》，北京：三聯書店，2001 年，第 447-449 頁。

40 朱自清：《高中畢業生國文程度一斑》，朱喬森編：《朱自清全集》第 8 卷，第 408 頁。

41 李廣田：《論中學國文應以文藝性的語體文為主要教材》，《國文月刊》第

二、寫作教材的新文學烙印

　　民國時期尤其是 30 年代，市場上出現了不少「文章作法」「文學作法」之類的出版物，它們多是應國文課堂上的作文教學之需和學生課外研究寫作之需而推出的。翻閱這些作文教材我們不難發現兩點：其一，文學類的作法教材（如「小說作法」「詩歌作法」「戲劇作法」「小品文作法」）的數量很多；其二，這些教材都大量地選錄了新文學的作品，即便是那些名為「文章作法」的教材也偏重於以新文學作品為範文，普通文和應用文是很少成為它們的範例的。

　　編寫這類寫作教材的既有普通國文教員又有新文學家，像孫俍工、葉紹鈞、夏丏尊、章衣萍、周樂山等新文學作家都熱衷於此道，這些作家想借編寫作文教材之機把新文學推介給中學生們，並為新文學培養後來人。據周樂山說，他早在1926—1927 年間就曾有寫一本「作文法」的計畫，總是因自己的怠惰與人事的忙迫而未能如願，然而心中常是有一件心願未了似的。[42]他後來編寫出來的《作文法精義》（廣益書局 1933年版）簡直應該更名為《新文學作法精義》才是。其實，早在陳望道所著的《作文法講義》（民智書局 1922 年 3 月初版）、高語罕著的《國文作法》（亞東圖書館 1922 年 8 月初版）等寫作教材中即已開始徵引新文學作品為例。陳望道的教材所涉新文學作品有郭沫若的《天狗》，魯迅的《故鄉》，郭沫若的譯詩《瞬間》《少年的悲哀》《黃昏》。高語罕則列舉了胡適的《終身大事》

31、32 期合刊，1944 年 12 月。
42 周樂山：《自序》，《作文法精義》，上海：廣益書局，1933 年。

《夢謁四烈士墓》，俞平伯的《菊》，康白情的《再見》，傅斯年的《深秋永定門晚景》，俞平伯的《春水船》，康白情的《日觀峰看浴日》等新文學作品。不過，陳望道和高語罕主要還是從文字的響亮與精氣神、比喻、描寫文這些具體的技巧、文體的層面上來徵引的，還沒有要求學生們學寫詩歌、戲劇之類文學文的意思。他們的做法在當時有開風氣之先的性質，當時主流的作文法教材主要還是以古代名作為範例。

　　1923 年 9 月，民智書局出版了孫俍工編著的《記敘文作法講義》，該書是孫俍工在東南大學附中教書時所編的教材，「供給初級中學一年級（或二年級）國文教授的需要」。孫俍工稱：「這部講義裡所舉的例子，大部分都是從各名家小說作品裡摘選出來的，從純粹的記敘文裡找出來的例很少⋯⋯」[43]這本書摘錄了不少新文學作品作為例證，如田漢《薔薇之路》和《白梅之園的內外》，瞿秋白《新俄國遊記》，王統照《警鐘寺》《黃昏》《月影》，俞平伯《遊皋亭山雜詩》《潮歌》《夜月》《牆頭》《冬夜之公園》，張資平《她悵望著祖國的天野》，冰心《遺書》《笑》，林宰平《歐行道中記》，許地山《命命鳥》，劉大白《紅樹》《看月》《霞底謳歌》，葉紹鈞《春遊》《旅路的伴侶》，魯迅《風波》，周太玄《初秋的巴黎》，郭沫若《天上的市街》，朱自清《湖上》，孫俍工《月和雨》《心和影》，玄廬《李成虎小傳》，周作人《遊日本雜感》《訪日本新村記》，等等。從徵引的篇次來看，新文學作品約占到四成的比重，次於外國文學作品（譯作），但已超越了《水滸》《紅樓夢》等古代文學。

　　1924 年 2 月，葉紹鈞出版《作文論》（商務印書館）一書。

43　孫俍工：《序》，《記敘文作法講義》，上海：民智書局，1923 年。

他在《引言》中特意申明這本書所謂的「文」既是指普通文也是指文學文。他辯解說，普通文與文學驟然看來似乎是兩件東西，「而究實細按，則覺得它們的疆域很不清楚，難以判然劃分。若論它們的原料，都是思想、情感。若論技術，普通文要把原料表達出來，而文學也不過把原料表達出來而已。……在一般的見解，寫作一篇文字，抒發一種情緒，描繪一種景物，往往稱之為文學。然而這類文字，在作者可以留跡象，取快慰，在讀者可以興觀感，供參考，何嘗不是實用？至於議論事情、發表意見的文字，人家往往認為應付實際的需要的。然而自古迄今，已有不少這類的文字被認為文學了。實用這個詞又怎能做得劃分的標準呢？」[44]葉紹鈞如此奮力抹平文學文與普通文的差別，一方面固然是為了讓這本書有更多的讀者，使「不論想討究普通文或文學的寫作，都可以從這裡得到一點益處」，另一方面則流露了他作為一個新文學家的身份意識和使命意識，他是有意地要為初創期的新文學爭取盡可能多的讀者和學徒。考慮到講解必須以學生熟悉的材料為依據，所以他這本書舉新文學的例子並不多，只舉了魯迅所譯的《燈檯守》、周作人譯的《月夜》和《金魚》以及周作人的《山居雜詩》、魯迅的《一件小事》這幾篇創作。但總體看，在他這本薄薄的小冊子（只有68頁）中所提到的新文學（包括翻譯文學）的比重還是高於中國古典文學的。

　　整體來看，20年代所出的各種作文教材主要還是以古代文學作品和翻譯的外國文學作品作為範例，新文學作品雖也陸續進入此類教材，但無論是被提及和引證的頻次，還是對其摘錄

---

44 葉紹鈞：《作文論》，上海：商務印書館，1924年，第5-7頁。

和分析的篇幅，都不如外國文學和中國古代文學。比如夏丏尊和劉薰宇合著的《文章作法》（1926）一書，大量列舉《紅樓夢》《儒林外史》《水滸》等古代文學名著和《復活》《父與子》《愛的教育》等西洋文學名著為例，新文學的範例並不多，只有葉紹鈞的《母》等寥寥幾篇，這是因為全書的撰寫主要完成於20年代初期[45]，而此時的新文學創作還不夠豐富，所以無法多選。直到20年代末30年代初，仍然有一些作文教材偏頗地只引古代作品為例而對新文學作品不屑一顧。這一方面跟新文學的成就還沒有得到普遍承認，還無法與古典文學和外國文學的地位相抗有關，另一方面也跟一些守舊的國文教員的作用有關。蘇州中學初中部國文教員周服（又名周侯于）上課使用的自編作文講義曾於1929年由商務印書館以《作文基礎》為書名出版，其中除徵引胡適、李大釗等少數幾個現代人的說理文章外，其餘全是古代作品。同是這個周侯于，又在1928年初撰成《作文述要》（商務印書館1930年版），也是通篇列舉古代文言文，不涉一篇新文學作品。上述《作文基礎》曾分別在1933、1935年重版，顯示出該書還有一定的市場。又比如胡懷琛出版的《一般作文法》（世界書局1931年版），基本上一篇新文學作品都沒引用過。當時中學校裡和社會上盡有一些知識老化（對新文學知之甚少）或立場保守（偏好古代文學）的人士，他們根本就不把新文學放在眼裡。

但情況在慢慢好轉，畢竟新文學在逐漸成熟，在社會上的

---

45 這本書是劉薰宇以夏丏尊在中學教國文時的講義稿為基礎增補修改而成，而據夏丏尊在此書《序》中自述，全書的前五章是1919年在長沙第一師範時編寫的，第六章小品文，是1922年在白馬湖春暉中學時編的。（據夏丏尊、劉薰宇：《文章作法》，上海：開明書店，1926年。）

傳播也越來越廣。1929 年，世界書局出版俆國楨編著的《記敘
文作法嚮導》一書，其中作為分析和舉例對象的，除了少量古
代文學和外國文學作品，主要的就是新文學創作了，計有葉紹
鈞的《悲哀的重載》《春遊》《被忘卻的》《曉行》，徐志摩的《哀
曼殊斐爾》，盧隱的《華嚴瀧下》，黎錦明的《復仇》，魯迅的《孔
乙己》，等等。到了 30 年代，作文法之類的出版物中新文學被
引證的頻率日益增長，趕超了古代文學作品的地位，甚至有的
作文教材專以新文學作講解的範例。黃潔如著的《文法與作文》
（開明書店 1930 年版）本來側重講語法，但也摘錄了不少新文
學作品作為語法講解的例證或練習的材料，如周作人的《兩個
掃雪的人》和《山居雜詩》、鄭振鐸的《荒蕪了的花園》、冰心
的《超人》《離家的一年》、歐陽予倩的《車夫之家》等。章衣
萍的《作文講話》（北新書局 1931 年版）的新文學趣味更加濃
厚，他乾脆宣稱：「我是一個愛文學的人。這本小書是為了有志
愛好文學的中學生們做的。」[46]作為新文學界中人的他自然熟
悉新文學作品，常常以之作例子來談論。比如他摘引魯迅小說
《故鄉》中對豆腐西施楊二嫂的「圓規」般的身材的描寫，對
閏土「松樹皮」似的手的描寫，來說明要靠觀察和想像「自鑄
新詞」；他舉魯迅《示眾》中「許多狗都拖出舌頭來」「連樹上
的烏老鴉也張著嘴喘氣」的描寫來稱讚魯迅描寫的有力。此外，
魏金枝的《留下鎮上的黃昏》，周作人的《死法》，冰心的《寄
小讀者》《友情》，魯迅的《風波》《社戲》《孔乙己》《明天》《藥》
《自敘傳略》《馬上日記》《小雜感》，廢名的《橋》，朱自清的
《綠》等眾多新文學作品也被摘引和分析。1933 年，高語罕所

---

46 章衣萍：《作文講話》，上海：北新書局，1931 年，第 12 頁。

著的《語體文作法》（黃華社出版）出版，書中所談及的新文學
作家和作品數量較他之前於 1922 年出版的《國文作法》已有了
極大的增長。

　　周樂山所著的《作文法精義》（廣益書局 1933 年）已大量
徵引新文學作品，如冰心的《去國》《到青龍橋去》《超人》《寄
小讀者》《煩悶》，魯迅的《社戲》《上海通信》，孫福熙的《紅
海上的一幕》，葉紹鈞的《春遊》《阿菊》，朱自清的《荷塘月色》，
徐志摩的《我所知道的康橋》《泰山日出》，盧隱的《蓬萊美景》，
郁達夫的《遲桂花》《考試前後》《蘇州煙雨記》，郭沫若的《黑
貓》《紅瓜》《行路難》等。對於郁達夫等新文學家的人生經歷
與創作的關係，周樂山多有解說。比如他說：「冰心女士早期的
作品，只有母愛，就因為她生活在美滿的充滿著慈愛和煦的家
庭中。郁達夫初期感傷的作品，不是憑空的，是由於他顛連的
生活背景出發的。——深入生活的內層，因為文藝是苦悶的象
徵；同時深入社會的內層，去發現社會的黑暗面，去體驗大眾
的階級苦悶；這是文學家成功的口訣！」[47]周樂山本人是一位
新文學作家，對新文學十分熟悉，所以盡可能地多向學生介紹
新文學的情況。如在該書的第五章「小品文」中，他詳細列舉
了我國現代的小品文作家：「第一，語絲派健將周氏兄弟。開發
小品文厥功最大的首推周作人，他的小品，無論閒話隨筆⋯⋯
著有《自己的園地》《雨天的書》《澤瀉集》等，極為文壇所推
崇。周樹人筆名魯迅⋯⋯著有《熱風》《華蓋集》《野草》等專
集。這一派還有江紹原、劉半農、佩弦等。第二，創造派。郭
沫若⋯⋯成仿吾、郁達夫、張資平等⋯⋯第三，文學研究會派。

47　周樂山：《作文法精義》，第三章「記事文」部分第 8 頁，上海：廣益書
　　局，1933 年。

這派人才較多，朱自清、謝冰心、俞平伯、葉紹鈞、鄭振鐸、綠漪、豐子愷等。第四，新月派。……」在這一章的第四節「小品文選」中周樂山收錄了魯迅、周作人、郭沫若、茅盾、朱自清、俞平伯、劉半農、落華生、陳西瀅、冰心、鄭振鐸、葉紹鈞等十多位作家的幾十篇小品文。周樂山的這本《作文法精義》實際應該命名為《新文學作法精義》才是！

　　寫作知識講解再加範文、作品選，這是當時寫作教材的通行體例。胡懷琛編著的《作文門徑》（上海中央書店 1933 年版）除了講解字詞句的用法、篇的結構法，還特意附錄了「小品文選讀」部分，收錄了周作人的《爆竹》《愚夫與英雄》《歷史》《老人政治》《長毛（夏夜夢）》《詩人（夏夜夢）》、孫福熙的《「愛國」自慰》、徐志摩的《我所知道的康橋》、魯迅的《從百草園到三味書屋》《論照相之類》《燈下漫筆》、朱自清的《背影》等14 篇小品文。胡雲翼和謝秋萍合著的《文章作法》（上海亞細亞書局 1933 年版）也可以算作一個選本性質的教材。它在「寫景文」這一節既節錄了徐志摩的《我所知道的康橋》，又全文收錄了朱自清的《荷塘月色》、落華生的《春底林野》等等「現代著名的寫景文」[48]，以供讀者觀摩參考；在「敘事文」這一節，編者節錄了周作人的《賣汽水的人》來講解「插敘」問題，選錄朱自清的《背影》來講解「追敘」問題；在為學生推薦閱讀書目時，編者說：我們要把寫景文敘事文做得好，則宜多讀現代含有文藝性的小品散文。如周作人的《澤瀉集》及《雨天的書》等，魯迅的《野草》及《華蓋集》等，徐志摩的《自剖》及《巴黎的鱗爪》，冰心的《寄小讀者》，陳西瀅的《西瀅閒

---

48 胡雲翼、謝秋萍：《文章作法》，上海：亞細亞書局，1933 年，第 88 頁。

話》，孫福熙的《山野掇拾》，川島的《月夜》，綠漪的《綠天》，朱自清的《背影》，俞平伯等的《我們的六月》《我們的七月》，以及徐蔚南、王世穎合著的《龍山夢痕》，這都是些很好的讀物。[49]這本《作文門徑》實在可以更名為《小品文門徑》。

　　1933 年，石葦出版了《作文與修辭》（上海光明書局），「其中大部分是在兩三年前當一個中學國文兼英文教師生活的時期內編定的，一部分是後來補入的；同時為了全書編制上的統一和讀者學習上的便利計，又特地把許多西洋的範例，盡可能地都改上了本國新文藝上比較名貴的文句」[50]。為了適應學生的需要和時代的風向，國文教員們此時既不敢「崇古」也不敢「媚外」，而是順應了「貴今」的潮流，重視起了「本國新文藝」。石葦還稱：「文學的領域，似乎常是少數作家所獨佔的王國，這部書將告訴青年應該衝入進去。誰要是有自信，有勇氣，有努力，有決心，誰都可以寫他們認為值得寫的作品，正不必以既成作家的成就自限……」[51]他殷切地鼓勵學生們搞文學創作。郭挹清編著的《中學作文法》（上海大公書局 1934 年版）也幾乎是一本專以新文學為例的書。顧鳳城在 1934 年出版了自己的《新文章作法》[52]，他自稱：「本書所引的範例，大都採取現代的語體文，古文或文言文一概不錄。」而他採用的語體文範例大部分是新文學。上述這類純以新文學為寫作教學範例的現象之出現，或許也傳達出這樣一個資訊：到了 30 年代，新文學已在社會上站穩腳跟，成為中學生們學習作文的主要材料，而過

49 參照胡雲翼、謝秋萍：《文章作法》，第 201 頁。
50 石葦：《序》，《作文與修辭》，上海：光明書局，1933 年。
51 同上引。
52 該書作為《讀書作文通》（世界書局 1934 年）一書的中編而出版，不知是否另外單獨成書。

去被特別高看的中國古典文學和西洋文學都失去了尊崇地位，
變得可有可無了。所以到了 1940 年，俞煥斗在《作文文法指導
合編》（商務印書館）一書出版之時，就連忙在《編輯例言》中
聲明：「本書全用語體文撰述，即書中所舉例子，亦不取乎文
言。」[53]

　　二、三十年代的作文法教材種類繁多，除了包含各種文體
的綜合性、概論性教材，更有記敘文、論辯文、日記文、書信
文、抒情文、寫景文等分門別類的分體作法教材。錢謙吾編著
的《語體寫景文作法》（上海南強書局 1931 年版）、湯增敫所著
《寫景文作法》（廣益書局 1933 年版），都大量選錄周作人、魯
迅、郭沫若等新文學家的作品。日記文體的寫作教材在二、三
十年代也出版了多種，這是因為人們都認識到了寫日記在中學
作文訓練中基礎性的地位。日記首先應該被視為一種實用文體，
藉以記錄瑣事以備忘，如魯迅的日記，但當時的日記文作法教
材基本都是從新文學家那裡選取範文，選的都是文學性較強的
篇目。如賀玉波的《日記文作法》（廣益書局 1933 年版）選取
的範文包括郁達夫的《窮冬日記》、周作人的《訪日本新村記》、
魯迅的《馬上日記》、郭沫若的《新生活日記》、胡適的《遊山
日記》、沈從文的《善鐘裡的生活》、冰心的《游歐日記》、許欽
文的《伏中日記》、謝冰瑩的《從軍日記》等，普遍文學性較強。
這種教材不是從學生的實際生活需要和寫作教學的內在規律
（從日記學習積累素材、養成運用文字的習慣）出發，而是從
文學趣味出發。即便是論辯文這種明顯與文學關係不太緊密的
文體，其寫作教材也習慣於從新文學家們的帶文學性的篇章中

選取範文。吳念慈所著《論辯文作法講話》（上海南強書局 1934
年版）還專門設立「論辯文的文學的側面」這一章，強調議論
文的文學性。該書具有偏重新文學的小品文、雜文的傾向。

　　當時，許多面向中學生的文學選本其實是作為寫作教學的
教輔讀物出版的，它們也都熱衷於從新文學中取材。戴叔清編
選的《模範日記文選》所收包括胡適的《遊山日記》、魯迅的《馬
上日記》、周作人的《訪日本新村記》、冰心的《旅美日記》、郭
沫若的《新生活日記》、郁達夫的《勞生日記》、張資平的《東
京紀游》、田漢的《日記》、周全平的《道上日記》、沈從文的《不
死日記》。沈仲文編選的《現代日記文傑作選》（上海青年書店
1932 年版）所收的也是魯迅、郁達夫、郭沫若、冰心、周作人、
趙景深、楊振聲、章衣萍、許欽文、周全平這些作家的日記。
朱益才編選的《現代日記文精選》（上海經緯書局 1937 年版）
「所選均為當代文豪之日記」[54]，包括胡適的《廬山日記》、魯
迅的《馬上日記》、周作人的《訪日本新村記》、郭沫若的《新
生活日記》、田漢的《薔薇之路》、郁達夫的《勞生日記》等等。
這些出版物是供中學生作文學習和參考的，其側重點卻並非「日
記」而是「文壇」和「文豪」。

　　在寫作類教材或教輔中還出現了一類特殊的「描寫辭典」。
它們選摘新文學作品（包括翻譯文學）中的精彩段落和文字，
按描寫對象分門別類彙編出版，以供中學生揣摩或模仿之用。
這類書出版了不少，在中學生中也很流行，如錢謙吾所編《新
文藝描寫辭典》[55]（南強書局 1930 年版）和《青年創作辭典》

---

54 朱益才：《例言》，《現代日記文精選》，上海：經緯書局，1937 年。
55 此書共摘錄世界文學名著中的片段描寫共 841 則，編者未注明各段文字
　　的出處，但筆者粗略的印象是多取自翻譯的外國文學作品。

⁵⁶（光明書局 1932 年版），馬兼善與姚工龍合編的《作文描寫
類典》（上海普益書局 1933 年 5 月版、世界書局 1934 年版），⁵⁷
李白英編的《作文描寫辭源》（中央書店 1935 年版），張盰編的
《作文描寫辭典》（上海教育書店 1937 年版），劉鐵冷編的《作
文描寫辭典》（桂林文潮書店 1943 年版），謝天申編的《景物描
寫辭典》（上海經緯書局 1948 年版）、《記敘文描寫辭典》（上海
經緯書局 1948 年版），等等。這類描寫辭典大量從中國新文學
作品中節錄片段文字，既是對新文學的一種資訊傳播，又是在
培養「新文學感覺」和「新文藝趣味」。如馬兼善、姚王龍編的
《作文描寫類典》在其《導言》中說：「深刻的記敘，就是描寫，
也就是新文藝的技術的特色。」在總述「寫景類」「寫人類」「寫
物類」時編者又分別說道：「文學上描寫最多的部分，要算自然
界的景色了。」「文學描寫中，人的描寫占著最重要的地位，而
描寫起來，也最複雜而細膩。」「風景的中間，人事的裡面，往
往夾雜物的描寫。所以物在文學描寫上，也有相當的位置。」⁵⁸
從這些說法不難看出編者編選這種作文類書是著眼於「文學」，
是要迎合中學生們的文學寫作趣味。

　　這種「描寫辭典」在三、四十年代一度有氾濫之勢，不僅

---

56 這本書共 10 卷，分為季節、天象、日與夜、河流與海洋、樹木花卉與動
　物、都會與村鎮、人物、對話與戲劇等類別，從小說、散文、戲劇、詩
　歌等文章中「舉其絕妙好例，指示文學的方法與描寫的技術」（出版
　廣告）。此書基本上選取的是外國文學的例子。
57 該書作為《讀書作文通》（世界書局，1934 年版）一書的下編而出版，
　全書《敘旨》中稱「系采自近代文學著作之精華，秀句雋語，凡善於狀
　物言情者，皆一一從類編入，其以豐富雅麗之詞藻，增加學者作文之語
　彙，而濟其文思枯澀之病焉」。
58 馬兼善、姚王龍編：《作文描寫類典》，上海：普益書局，1933 年，第 1、
　3、103、145 頁。

出版的種數較多，而且版次和印數也較多。如李白英編的《作文描寫辭源》不斷再版，至 1948 年已是第九版。「描寫辭典」氾濫的現象說明，新文學作品已成為中學生們作文的主要模仿對象，也因此而必然形塑了其下筆作文的新文學趣味。這種描寫辭典常常分「季節描寫」「天象描寫」「地象描寫」「園林花卉動物描寫」「都會城鎮鄉村屋宇描寫」「人物描寫」「群眾及戰爭描寫」「女性美描寫」「男子表情動作描寫」「心理感覺描寫」等部分，每部分下面又細分為各小類。比如「天象描寫」一部中就又細分出「天空」「太陽」「月亮」「星星」「早晨」「暮」「夜」「風」「雲霞」「雨」「霧」等小類，而其中「早晨」一小類又分出「早晨的一般」「夏的早晨」「秋晨」「冬的早晨」「都會的早晨」，可以說是備極精細，收錄的例文非常豐富。這種辭典其實是中國古代類書的一種現代變體，其功能正如類書，是在將新文學的趣味、風格和技巧（如選題眼光、描寫趣味、辭藻風格）歸類化、程式化和知識化。

　　但這類「辭典」也會帶來負面的影響，比如造成抄襲與模仿之風，形成華而不實的文風。對此，當時人常常譏之以「新文藝腔」。如望鼎在《新文藝腔醫治法》一文中說：「新文藝而有『腔』是怪事。『腔』絕不是『風格』：『風格』是個人的筆法，『腔』卻是一窩蜂的模仿。這才糟了！」[59]朱自清也曾經指出過當時青年人中這種「到處濫用文學的調子」的現象。而葉聖陶也說「曾經接到過幾個學生的白話信，景物的描繪與心情的抒寫全像小說，卻與寫信的目的全不相干」[60]。顯然，《描寫辭典》這種類書所提倡的細描風格和模擬之風，應當是造成上

---

59 載上海《雜誌》第 11 卷第 2 期，1943 年 5 月。
60 朱自清：《論教本與寫作》，朱喬森編：《朱自清全集》第 2 卷，第 44 頁。

述「新文藝腔」氾濫的原因之一。當代作家葉兆言曾說，朱自清前期散文的缺點很突出地表現在「造作」上，「譬如《匆匆》，譬如《荷塘月色》，都有堆砌詞藻追求華麗的毛病」，這種「新文藝腔是朱自清後來堅決要去掉的東西，這也是新文學的通病」[61]。實際上，朱自清這種堆砌辭藻追求華麗的散文恰恰是眾多描寫辭典特別青睞的材料庫。

當然，對於這類描寫辭典的積極作用也不能否認，它們對於學生白話文作文能力的提升是有明顯的幫助的。朱自清在1944年時指出，近十餘年來，中學生做白話文的能力，按一般的標準來說是大大的進步了，「對於寫景，抒情的能力，尤其非常的可觀」[62]。學生的白話文寫作範例，不外乎國文課本、課外文學書和學生用辭典類書。有學者在論述古代類書的功用時說，類書「把詩歌變成一門可學習的技術」「是促成詩歌技術化的工具之一」[63]。新文學的辭典類書顯然也是促成新文學技術化和普及化的工具之一。在古代，「完全依賴類書作詩的，主要是那些缺乏詩歌天賦的小詩人，但這些眾多的小詩人畢竟促成了詩國的繁榮，眾星拱月般地烘托出了真正的偉大詩人」[64]。同理，描寫辭典之類的新文學類書未必能造就出傑出的新文學家，但至少也會培養出一大批新文學的學徒與後備軍。

上述作文教材、作文辭典都是面向一般中學生的，屬於今天我們所謂的「基礎寫作」而非「文學寫作」的範疇，但這些

---

61 葉兆言：《狷者朱自清》，《中華活頁文選（高一年級）》2014年第1期。
62 朱自清：《怎樣學習國文》，《國文雜誌》第3卷第3期，1944年。
63 賈晉華：《隋唐五代類書與詩歌》，《廈門大學學報（哲學社會科學版）》1991年第3期。
64 賈晉華：《隋唐五代類書與詩歌》，《廈門大學學報（哲學社會科學版）》1991年第3期。

基礎寫作教材裡已經呈現出越來越濃郁的「新文學」趣味：不僅選作範例的文章中新文學作品出現的頻次越來越多，而且但凡談到記敘、描寫、抒情這類寫作技巧，談到語言技巧，談到記事文、敘述文、描寫文、抒情文等文體時幾乎都把新文學作品當作主要範例。更有甚者，順應著新文學界的「小品文」熱，當時出版的《作文法精義》（周樂山編著）、《作文門徑》（胡懷琛編著）、《新文章作法》（顧鳳城編著）、《實用作文法》（顧鳳城編著）、《作文法講話》（胡傑編著）等書中還專門闢出「小品文作法」一章，並且提供中國新文學中的小品文範例。在當時的語境中，「小品文」無疑是較偏於審美趣味性的文學作品，不是一般性的「篇幅短小的文章」之謂。這些細微之處足以顯示當時新文學界潮流對中學國文教育的影響力。

除了上述一般性的作文教材，二、三十年代的中國還出現了不少面向中學生的專門的文學作法書。這些書有的是由新文學界中人士（如孫俍工）所編，大有在中學生中培養新文學後備軍的企圖；有的則是由某些文學研究者或書商雇人所編，常常標以「中學國文補充教材」的字樣，大概是要迎合中學生對新文學的強烈興趣，也希望從中獲得豐厚的出版效益。這類文學寫作教材的紛紛出現也從一個側面印證了新文學創作的熱情在社會上蔓延的局面。另外，在當時的《學生雜誌》《中學生》等雜誌上也常常刊登《小說作法淺說──為學作小說的學生而作》[65]之類講授文學作法的文章，充分說明了中學生群體中的新文學創作熱。

孫俍工是 1920 年代頗有些名氣的新文學作家，也是著名的

---

65 柳絲：《小說作法淺說》，《學生雜誌》第 18 卷第 1 號，1931 年 1 月。

文學研究家。他在 1920 年代中期一舉編著出版了《小說作法》《新詩作法講義》《戲劇作法講義》這一整套新文學的寫作教材，熱心地向中學生們普及新文學的寫作知識和技巧。《小說作法》（中華書局 1926 年版）系「初中學生文庫」之一，按照西方傳播過來的文學理論體系來編寫，對與小說寫作相關的各要素都做了概述。它較多引用翻譯文學作品作為例證。《戲劇作法講義》（上海亞東圖書館 1925 年版）附錄了「名劇梗概十二篇」，也基本都是翻譯過來的外國劇作。《新詩作法講義》（商務印書館 1925 年版）所取例的主要是中國的新詩集，如朱自清等著《雪朝》，冰心的《春水》《繁星》，劉大白的《舊夢》，徐玉諾的《將來之花園》，郭沫若的《女神》，俞平伯的《冬夜》《西還》，汪靜之的《蕙的風》，康白情的《草兒在前》，OM（朱自清等）《我們底七月》《詩》（文學研究會編）、《星海》（文學研究會編）等。大概因為新文學的小說和戲劇在 1920 年代前半期還不如外國文學那樣鼎鼎大名，所以孫俍工很少引用新文學的小說和戲劇。但由於中國新文學實際上是從學習現代外國文學發展而來這一事實，孫俍工的這些文學作法教材雖然洋味十足，卻依然對促進新文學的寫作有效。

　　1931 年，上海光華書局的文藝編輯們說：「近年來，中國底青年對於文學的狂熱，為從來未有的現象；我們可以說，凡中等學校以上的學生，差不多沒有一個不看過小說的，也差不多沒有一個不想寫作的。不過，一般青年所看的差不多都是創作或翻譯底小說詩歌之類，而理論書籍很少閱讀，尤其是關於『怎樣寫作』的書籍閱讀得更少。這實在是一個不很好的現象，我們知道假如沒有理論做根柢，那寫作出來的東西一定是不會好的，比如做了一篇小說，而作小說者尚不知小說是什麼？更

不知小說的結構和描寫，雖然他有很好的情節和內容，但是對於讀者的感染，一定是不會強烈的，於此，可知理論指導的重要。」[66]為此，上海光華書局特刊行「文藝創作講座」系列叢刊，共出六卷，請專門人士執筆撰文，指導青年創作，或介紹創作經驗，最後集結成書出版。這個講座收錄了謝六逸的《小說創作論》、高明的《小說作法》、馬彥祥的《戲劇作法》、郁達夫的《關於小說的話》、傅東華的《談談創作》、森堡的《詩歌作法》等。這個講座的文章中較多聯繫新文學創作實際而談的是馬彥祥的《戲劇作法》。此文談到了侯曜的《山河淚》、張聞天的《青春的夢》、洪深的《趙閻王》、田漢的《火之跳舞》、洪深的《爸爸愛媽媽》（電影劇本）等。1934 年，石葦也編寫出版了《小說作法講話》（上海光明書局），其目的是「說明無數的中等學生以及一般的青年讀者解決他們在初學小說的過程中所發生的種種基本問題。」[67]在這本書中，魯迅、郁達夫、葉紹鈞、茅盾等人的作品和創作經驗談時時被徵引，儼然已成為一部中國現代小說史話。

在當時面向中學生們推出的各種文學作法教材中，「小品文」作法類最多，如李素伯的《小品文研究》（1932）、馮三昧的《小品文作法》（1932）和《小品文研究》（1933）、石葦的《小品文講話》（1933）、陳光虞的《小品文作法》（1934）等。小品文因為篇幅短小，取材自由，又富於文學意趣，很是受到國文教育界的重視。周樂山在其《作文法精義》一書中乾脆就說：「小品文是近代文學的嬌兒，她受一群文學者的歡愛，確實，她有可

---

66 光華書局：《編輯後記》，《文藝創作講座》第 1 卷，上海：光華書局，1931 年。
67 石葦：《序言》，《小說作法講話》，上海：光明書局，1934 年。

愛的內在力量的。尤其現在一般文學青年，都在學習小品文的
寫作，小品文的被重視，是無容疑義了。」[68]1941 年，女作家
陸晶清在編選出版《現代小品文精選》時也同樣強調了小品文
的寫作訓練價值：「凡是愛好文藝的朋友都喜歡讀小品文；高初
中學生最適宜於多讀小品文。因為，小品文是一種美的散文，
是用暢快輕鬆的筆調，表現作者的思想及情趣，生活與見聞。
所以多讀小品文不惟可以提高讀文章的興趣，並且還能啟發思
想，增進寫作的技巧。這是我幾年來教書的經驗。」[69]在這類
小品文作法書中，新文學的小品文是主要的範例。李素伯的《小
品文研究》一書在「小品文舉例」這一節中就分別選錄了冰心、
綠漪、王世穎、魯迅、周作人、郭沫若、朱自清、俞平伯、徐
志摩、許地山、葉紹鈞等人的作品。馮三昧編著的《小品文作
法》（上海大江書鋪 1932 年版）收錄了葉紹鈞、冰心、郭沫若、
魯迅、朱自清、周作人等的許多篇目，諸如《藕與蒓菜》《一個
鄉民的死》《苦雨齋》等等。此後，馮三昧又出版《小品文研究》
（上海世界書局 1933 年版）和《小品文三講》（上海光華書局
1934 年版），依然不脫新文學的趣味。石葦編的《小品文講話》
（上海光明書局 1933 年版）下編名為《小品文範例》，按題材
內容或文體分類選文，包括「寫景小品」「狀物小品」「敘事小
品」「抒情小品」「瞑想小品」「談論小品」「諷刺小品」共七類，
收錄的幾十篇作品幾乎全是新文學，如朱自清的《荷塘月色》
《綠》《匆匆》《背影》，魯迅的《臘葉》《風箏》，周作人的《故
鄉的野菜》《泥水匠》《一個鄉民的死》《賣汽水的人》《北京的
茶食》《自己的園地》，葉紹鈞的《沒有秋蟲的地方》《藕與蒓菜》，

68　周樂山：《作文法精義》，第 5 章第 1 頁，上海：廣益書局，1933 年。
69　陸晶清：《序》，《現代小品文精選》，上海：言行社出版，1941 年。

等等。賀玉波編的《小品文作法》（上海廣益書局 1933 年版）下卷名《小品文範》，以作家為單位編排，共收周作人、魯迅、俞平伯、朱自清、郭沫若、郁達夫、蘇綠漪、葉紹鈞、謝冰心、徐志摩等 11 家小品。陳光虞編著的《小品文作法》（上海啟智書局 1934 年版）也專設「現代小品文示例」一編，選錄大量新文學作品。

三、小　結

20－40 年代中學作文教學的新文學傾向至少表現在如下幾個方面：其一，作文命題上多向新文學靠攏，模仿新文學篇目的情形比較明顯和普遍，這主要是受當時國文教材中所收新文學篇目的影響所致。國文教員和大部分中學生的興趣都集中於教材中的新文學篇目上，這自然也造成了作文命題時的偏向。其二，寫作教材出版活躍，且不管是什麼樣的文體和文類的教學，包括普通文，都熱衷於舉新文學作品為例；專門講授新文學（新詩、小說、戲劇、小品）寫作的教材也特別多。其三，新文學對中學作文教學的影響已深入和細化到了其思想、題材、情調、文筆、辭藻等不同的層面，「描寫辭典」的出現就標誌著作文教學已具體和細化到了模仿新文學的描寫對象和語彙風格的層次。而在對於新文學的不同的模仿層次和維度中，最值得重視的是題材模仿，最值得肯定的則是思想傾向方面的模仿。

就題材上的模仿而言，新文學關注社會熱點和現實問題的傾向明顯反映到中學作文教學中來。阮真就發現，1920 年代的社會風氣是自由戀愛、自由結婚的口號甚囂塵上，於是婚姻戀愛問題成為新文學最熱門的題材。受此影響，「中學生多喜作小

說新詩，而題材多是婚姻問題、戀愛問題，教師要討學生的歡喜的，也就多出這類題目」[70]。而隨著時代的演變，「革命文學」和「普羅文學」又先後興起，也影響到了中學生們的作文。1933年，清華大學的國文招生考試設置了五道作文題供考生自選，這五道題是《苦熱》《曉行》《燈》《路》和《夜》。朱自清在閱卷時發現，考生們在作文中普遍表達出一種「恨富憐窮」的思想，而這正是受到 30 年代初期文壇「普羅文學」潮流影響所致。比如《苦熱》這一題，「北平考生做這個題，總是分兩面立論：『闊人』雖也熱得難受，但可以住洋房，用電扇，吃冰淇淋，還可以上青島、北戴河去。『窮人』的熱可『苦』了，洋車夫在烈日炎炎的時候還得拉著車跑；跑得氣喘汗流，坐車的還叫快走，於是乎倒地而死。這一回卷子裡，洋車夫可真死得不少。」「做《夜》的也常有分闊人的夜與窮人的夜的；做《曉行》的……（中略）也常將農人的窮苦與苛捐雜稅等等發揮一番。」[71]而抗日戰爭爆發以後，中學生作文的題材和思想主題上也更凸現時代性和社會性，如有寫戰爭禍亂的《掙扎》《除夕》，有寫故鄉淪陷的《我們的松花江》《故鄉淪陷記》，有寫妻離子散、失業煎熬的《流亡者》《爸爸失了業》等，有寫戰爭中各類人物的《八路軍》《老甲長》等。總之，「廣大學子們關心國家的前途命運，關心民眾疾苦，關心社會政治的變化，以赤子般的心靈敘寫時事多艱、救亡圖存的篇章」[72]。

中學作文教學尤其重視模仿新文學的「普羅」「反帝」等思

---

70 阮真：《中學作文教學研究》，第 72 頁。
71 朱自清：《高中畢業生國文程度一斑》，朱喬森編：《朱自清全集》第 8 卷，第 409 頁。
72 劉光成：《百年中學作文命題研究》，湖南師範大學博士學位論文，2010年，第 129-130 頁。

想傾向。我們從上述 1933 年清華大學國文招考時學生的作文傾向即已可見一斑。謝美雲編的《語體文選及其作法》（樂華圖書公司 1934 年版）一書認為「對於思想的訓練較之於文章的學習尤為重要，因為假如一個青年沒有健全的頭腦和清晰的思想，他雖有下筆千言的本領，但他的文章還是沒有骨幹的」[73]，為此這本《語體文選及其作法》圍繞「反映社會的黑暗」「反帝國主義和侵略主義」「反封建制度和宗法社會」等六個方面的思想主題來選文和講解。《開明國文講義》也告訴中學生，一般的記敘文並不等於小說，必須裡面含著「作者所見的人生的、社會的某種意義的」，方才是小說。[74]注意思想意義的寄託和傳達，這是新文學不同於純粹消閒趣味或自娛自樂性質的「舊文學」和通俗文學的根本特點之所在。文學研究會成立之時即明確宣言反對「將文藝當作高興時的遊戲或失意時的消遣」，提倡文學「為人生」，後來，這種「為人生」的文學態度又發展為「為社會」「為國家」「為人民」，代表了中國新文學的現實主義精神和指導人生、改造社會的價值訴求。像「普羅文學」「左翼文學」等代表新文學的主流思想傾向和價值觀的新文學類型有幸成為中學作文教學的範例，這無疑是有助於塑造民國中學生健康的國民精神的。

---

73 謝美雲編：《語體文選及其作法》，上海：樂華圖書公司，1934 年，第 1 頁。

74 夏丏尊、葉聖陶、宋雲彬、陳望道合編：《開明國文講義》第 1 冊，上海：開明書店，1934 年，第 212 頁。

第八章　中學生文藝與新文學精神

　　上一章我們考察了國文教員和寫作教材是如何教中學生寫作的，談論的是新文學如何經由作文教學而對中學生的作文及思想情感表達施加影響力的。接下來我們進一步考察民國中學生的寫作成果，看看這些寫作成果與新文學的契合表現在哪些方面，從學生的這些寫作成果我們又能看出其怎樣的思想道德素質。中學生寫作中體現出來的思想道德素質正是新文學的國民素質教育功能及其效果的一種體現。我們的論述主要依據當時的一些公開出版物，如面向中學生的雜誌、中學生作文的出版物以及一些著名中學的校園刊物。通過考察這些出版物，不僅可以大體呈現當時中學生寫作的一般情況，還可以具體考察一篇篇的學生作品，從中窺探學生的思想言行和心志，看出新文學的精神薰陶作用。

一、新文學影響下的中學生文學熱

　　1934 年，涂公遂在討論國文教學問題時感歎說：「自文學革命之口號倡行以後，舉國青年，不究其是非，但惑其新穎。……（中略）蓋為學生者，外受報紙、雜誌、小說之誘掖，內受教員、同學、同志之薰陶，覺前代文學已為死骸，當無誦讀之必要，而白話文學，既易為，又易讀。且舉世風從，胡能獨異。

久而久之，遂亦安於其易而奉為金科玉律矣，就余所知，中學生之以文豪自命者，頗不乏人。其所著之詩集小說，常盈箱滿篋，方之哥德、雪萊，殆亦不遜也。惟社會之能以小說詩集為生活者，究亦有限。況其所謂小說與詩集者，實去魯迅郭沫若尚幾千萬裡也。」[1]此說透露了當時中學生因廣泛接觸新文學而受其影響，紛紛從事文學創作的現象。朱自清在 1935 年時也說，中學生們「讀著譯的小說，讀各種雜誌，文藝的，非文藝的；他們寫作小說、散文、論文，登在校內或校外的刊物上。他們表現了自己，有了讀者，甚至於還有了傾慕的人；這些鼓勵他們那樣作（做）……」[2]可見中學生從事文藝創作在當時確實成了氣候。

　　中學生愛作新文學，這其實是從新文學誕生之初就已開始的現象。20 年代初，當新文學挾新文化運動的巨大聲勢而向社會上流播的時候，思想活躍、精神需求旺盛的中學生群體便已關注到新文學並同時開始學習。當時教育發達和交通便利之地如江浙、上海、北京、天津、湖北、湖南等地就有非常活躍的中學生文藝活動。如浙江一師，據曹聚仁回憶，隨著俞平伯、朱自清、劉延陵這幾位新詩人來校任教，「忽然，國文教室中的空氣大變，湖上詩人的時代便到來了……我們的同學，如汪靜之、馮雪峰、張維琪、陳乃棠、應修人都是新詩人。」[3]他所說的就是浙江一師的一個喚作「湖畔派」的學生詩人群體。到了

---

1 涂公遂：《國文教學之商榷》，《河南大學學報》第 1 卷第 1 期（創刊號），1934 年 4 月。

2 朱自清：《中學生的國文程度》，朱喬森編：《朱自清全集》第 2 卷，第 25 頁。

3 曹聚仁：《文壇五十年》，北京：生活·讀書·新知三聯書店，2011 年，第 144 頁。

20 年代中後期，隨著新文學的發展和中學教育的逐漸擴張，更多的中學生接觸到了更多的新文學作品，於是仿作新文學的現象就在全國的中等學校裡蔓延開來。1926 年 4 月，上海青年會高級中學的學生黃隱岩撰文《中國文藝界的現象》說：「年來中國的青年對於文藝方面的趨向，的確可以添出盈千累萬的新進作家來，怕無論記憶力怎樣強的人，總記不清他們的名字吧？如蟲蛆般產生的出版物，一天一天地增加起來，連數都數不清。……犯文藝狂的青年，每苦於不能把新出版的書籍一一瀏覽。」[4]這「連數都數不清」的出版物中就有相當部分是出自中學生之手。

　　隨著國民黨南京政權的建立及形式上統一全國，國家秩序大體上穩定下來，教育事業也得到加快發展，中學生的人數上升很快。這些背景自然也促成了中學生文藝的繁榮。可以說，全面抗戰之前的 30 年代是民國中學教育的黃金時代，也是中學生文藝的黃金時代。這一時段內的中學生創作不僅量大而且品質提高很明顯。這可以從 30 年代初創刊的《中學生》雜誌的「學生文藝」欄目的情形中看出來。這個欄目一直穩定開設，學生投稿日趨活躍，品質也穩步上升。因為創作來稿頗豐，一本《中學生》雜誌容納不下，開明書店乾脆從 1930 年度起按年推出《中學生文藝》專集，後來又變成半年刊和季刊，直到抗戰爆發才終刊。民國中學生的文藝創作或是發表於校園內部刊物上，或是由學校彙集出版，或是投稿並發表於《中學生》《學生雜誌》這樣的全國發行雜誌，或是由某些出版商以徵文的形式出版作品集。在全面抗戰之前出版的中學校園刊物數不勝數，成為中

4 見《學生文藝叢刊第三卷彙編》「文乙」部，上海：大東書局，1926 年。

學生文藝的主要園地，再加上坊間銷售的中學生文藝作品集，總數量著實不少。按作家陳福熙的說法：「戰前坊間所出的中學生文選，車載斗量」[5]。

抗戰時期，因為戰爭環境和印刷物資的匱乏，中學生數量的萎縮，全國範圍的中學生文藝運動有所衰落，中學生文藝成果的出版量也遠不如戰前，但這並不意味著中學生文藝創作的消歇和創作品質的下降。抗戰勝利，中學教育很快恢復，出版條件也有很大改善，於是中學生文藝又繁榮起來。1946 年，《中學生》雜誌發起「中學生與文藝」筆談會，雜誌主編交代開這次筆談會的緣故是：「從讀者諸君的來稿和來信中，我們知道文藝這東西盤踞了諸君大部分的心靈；不但現在如此，從本志創辦到現在將近二十年間一直如此。除開讀者諸君，我們經常會面的青年朋友也不在少數，他們大多是喜愛文藝的，有的甚至說願把文藝作為終身事業。」[6]當時呂叔湘也在《中學生》上撰文說：「根據我的經驗，十個中學生裡大概有六七個愛好文藝讀物，其中又有一兩個喜歡自己寫寫。」[7]十個中學生裡面大概有一兩個喜歡自己寫，這種判斷並不算誇大。

談論民國中學生的文藝創作熱情不能不注意到這個學生群體的年齡特徵。民國時期由於貧窮、戰亂和教育不發達等原因，學生普遍入學較晚，再加上留級和中途輟學等原因，中學生的平均年齡是顯著大於我們今天的中學生的。當時的初中生平均年齡在十五、六歲，高中生則在 20 歲左右。學生年齡偏大，社

5 陳福熙：《付印記》，《戰時中學生創作選》，永嘉：杭州增智書局，1941年。
6 葉聖陶：《關於本期的「筆談會」》，《中學生》第 186 期，1947 年 4 月。
7 呂叔湘：《關於中學生與文藝》，《中學生》第 186 期，1947 年 4 月。

會閱歷較豐，心智也成熟些，所以很多人早早就確立了人生目標和追求，或者是在功利性思想的影響下，想通過文學寫作來出名獲利。當時中學畢業生在社會上的出路很狹窄，很難謀到事情做。初中畢業生且不說，高中畢業生要是考不上大學，就業也會很成問題。而如果在校期間能夠發表一些文學作品或其他文章，畢業時就有了敲門磚，有望謀取到相對較好的職位。比較理想的話，比如在學期間發表了許多文章，寫作能力完全顯現了出來，那麼畢業後就可徑直以寫作為職業來養活自己。這就是當時中學生熱衷於文藝創作，不惜在這上面花費巨大精力的一個重要原因。

　　中學生的文學創作熱情還得到了當時的出版界的鼓動與支持。當時中國最大的出版機構商務印書館就一直很重視出版中學生文藝讀物，它主辦的《學生雜誌》自民國初年起就開設有「文苑」「學生文壇」「小說」「劇本」等欄目，自 20 年代起又長期開設「青年文藝」「學生文藝」等欄目，大量發表中學生習作。上海大東書局也主辦有《學生文藝叢刊》，以叢書的形式大量徵集和連續出版中學生作品。[8]上海的中學生書局作為一家以賺中學生的錢為目標的出版機構，在 30 年代初期也想方設法地刺激中學生的文學興趣和創作熱情，先後出版了「中學生叢書」「中學生創作叢書」和「中學生小說叢刊」。「中學生叢書」約

8　《學生文藝叢刊》由上海大東書局編譯所編輯出版，1923 年 8 月創刊，1937 年 12 月終刊，共出 8 卷，每卷 10 集。《學生文藝叢刊》每集篇幅多達二百餘頁，登載學生的語體或文言詩文、繪畫、書法、金石篆刻等作品，其中詩文部分是主體，包括舊體詩詞、一般議論文和新詩、小說、戲劇等新文學體裁。總體看，這份刊物收錄的學生作品比較蕪雜，是迎合學生發表欲的商業化出版模式，一些核心作者一而再再而三地在該刊上大量發表作品。這份《學生文藝叢刊》除按期出版外，還常常再版或出版彙編本，顯示了其行銷熱度。這也從一個側面說明了學生創作欲和發表欲的旺盛。

30 種，其中包括《中學生文學》《中學生日記》《中學生遊記》《中學生小品》《中學生隨筆》《中學生小說》《中學生戲劇》《中學生詩歌》等等，供給中學生觀摩學習。「中學生小說叢刊」則是學生創作，包括《剎那》《風波》《秋蟬》《落葉》《悲戀》《童年》《重逢》《幻滅》《深情》《信稿》《溪邊》《離愁》共 12 種（冊）。「中學生創作叢書」由許壽民、洪超主編，「是精選全國中學生作家的精心力作而編成的，可稱為中學生的模範文集。內容有小說、詩歌、小品、戲劇等。共出 20 冊。每冊六萬字」[9]。這 20 冊的書名是：《雲倩》《追求》《微笑》《湖邊》《失蹤》《心痕》《離家》《回家》《往事》《雨天》《燈光》《塞外》《月夜》《故鄉》《林中》《榮歸》《母親》《野宴》《密約》《血跡》。這些大多是多人合集，所收錄的學生作品數量是不少的。如第一冊《雲倩（小說集）》收短篇小說 9 篇，第三冊《微笑（小說集）》收 9 人 9 篇，第四冊《湖邊（小說集）》收 13 人 13 篇，第六冊《心痕（小說集）》收 12 人 12 篇，第十一冊《燈光（新詩集）》收北平、江蘇、浙江、上海、福建、廣東、遼寧、湖北等省 47 位中學生的 80 首新詩，第十七冊《母親（小說集）》收 9 人 10 篇，第十九冊《密約（小說戲劇集）》收 13 人 13 篇，第二十冊《血跡（九一八記念集）》收 9 人 9 篇。《中學生創作叢書》的編輯策劃者不僅給出「中學生作家」這樣的尊稱，還熱情洋溢地說：「……世界上惟青年們的創作，才是無邪的，不雜渣滓的，無所欲求的真文學。」我們為探取全國青年同學們的人生意義，採集全國青年界前半期的主力軍——中學生的熱情表現，並鼓起全國各界的文學興趣起見，所以發刊這《中學生創作叢書》，

---

9 見許壽民主編《中學生創作叢書第十九冊・密約》（上海中學生書局 1932 年版）一書的版權頁廣告。

作為全國中學生中有文學嗜好的自由領域。我們更願把這領域普遍地散佈開去，給全國各界共同享受……」「所以特地號召了在中學生時代感到文學興趣的處女作家們，不分地域，不設界限，集合一起，站在一線，大家共同來向前奮鬥，向未來努力！只有中學生是中國文學界未來的主人翁，只有中學生是中國新生命的新源泉！」[10]這套叢書應該很受學生歡迎，比如其中的《密約（小說戲劇集）》於 1932 年 5 月初版，當年 9 月即出第三版，很有市場。

中學生書局不僅大搞中學生文藝出版，還曾創辦《中學生文藝月刊》，試圖扶持中學生文藝創作。1934 年，新文學作家施蟄存與朱雯應邀一起為中學生書局編這本《中學生文藝月刊》，計畫每年出十期。現在僅見三期，出版日期分別是 1934 年 3 月 10 日，4 月 10 日，5 月 10 日。該刊前兩期的常設欄目有：「文藝講座」（請成名作家講解文學問題）、「中學生園地」（刊發各地中學生的小說詩歌散文等）、「名著節略」、「每月名作選注」或「每月名作選評」（如選評老舍的《鐵牛與病鴨》）、「文化·出版·文壇·作者」（報導國內外文壇消息）等。刊物第三號略做調整，設「文學講座」「習作拔萃」「名著節略」「範作注釋」等欄目。《中學生文藝月刊》雖是一份短命的刊物，但它著意於扶持中學生文學創作這一點卻是代表了當時的潮流和風氣的。施蟄存、朱雯這兩位新文學家身份的編輯者試圖借助書局提供的這次編刊機會來為新文學的發展做點貢獻，即希望通過這個刊物來發現新人提拔新人，重振「一蹶不振」的文藝（見

---

10 許壽民：《寫在卷頭》，《中學生創作叢書第一冊·雲倩》，上海：中學生書局，1931 年。

第 2 號《編者的話》）。[11]

　　談到扶助中學生文藝的出版機構就不能不提開明書店。這是一家以中小學教材出版、教育類雜誌和文學類圖書出版為主的機構，它最著名的出版物就是《中學生》雜誌。《中學生》1930 年創刊，其創刊號上倡議說：「各校同學如有詩文書繪愜心貴當之作亦希檢錄見惠本志極願擇尤（優）登載藉資觀摩」。其《發刊辭》中又說：「本志的使命是：替中學生諸君補校課的不足；供給多方的趣味與知識；指導前途；解答疑問；且作便利的發表機關。」[12]「發表機關」之說已表明了重視學生創作的態度。《中學生》第一號登載了新詩人盧冀野的《詩及詩趣》一文，顯系為愛好詩歌的中學生現身說法。盧冀野在文章中稱作詩並不難，只要能切實地寫出自己的情緒和感覺即可。[13]這不啻是引誘中學生們說：寫詩很容易，大家都來寫吧！《中學生》雜誌在 30 年代設置有「讀者園地」欄目，40 年代又曾添設「青年文藝」欄目，刊登了不少中學生文學。由於投稿給雜誌的文藝作品太多，《中學生》雜誌容納不下，於是又按年陸續編輯出版了《中學生文藝》專輯，選錄中學生投稿的文藝作品（以小說、詩歌、散文居多）。《中學生文藝》計有 1930、1931、1932、1933、1934 年卷，每卷載文量較大，平均都在七、八十篇。《中學生文藝》的目的是「一方面可以鼓勵作者的勇氣，一方面也可以引起別人的發表欲」[14]。編者還希望「各地中學校的教師能鼓勵學生多寫作」[15]。隨著《中學生》雜誌的發展和

11 管冠生：《介紹〈中學生文藝月刊〉》，《新文學史料》2011 年第 3 期。
12 《全國教育界均鑒》，《中學生》創刊號，1930 年 1 月。
13 盧冀野：《詩及詩趣》，《中學生》創刊號，1930 年 1 月。
14 中學生雜誌社編：《1930 年中學生文藝·序》，上海：開明書店，1930 年。
15 中學生雜誌社編：《1933 年中學生文藝·序》，上海：開明書店，1933 年。

讀者的增加,《中學生文藝》的投稿量也有很大增加,以致 1934
年卷擴充篇幅為半年刊上下兩冊,「所收作品的題材範圍,比以
前的來得寬廣」,顯示出「青年學子寫作鍛鍊的進步」[16]。由於
投稿量劇增,1935 年又改名為《中學生文藝季刊》,季刊總共
出版 10 期,出完 1937 年夏季號後因日軍全面侵華而停刊。

　　總之,由於個人的興趣和社會各方面的促進,中學生中喜
歡文學寫作的人越來越多,在抗戰前的 30 年代形成了一個中學
生文藝的高潮。從歷史的眼光來看,民國時期的中學生文學是
一件特別值得注意的事情。在新文學沒有產生的民國初期,甚
至更早之前的科舉時代,中學生和相當於其年齡的青年們大概
只知道學習四書五經之類的經典和國粹,即使學習寫文章也是
為了應付考試,大多是沒有閒心和雄心去搞與考試無關的文學
寫作的。而在民國之後的新中國初期,文學寫作因其政治意識
形態載體身份和高稿酬而一度成為名利雙收的最佳事業,引得
廣大知識青年(包括中學生)趨之若鶩。但黨和政府更希望青
年們投身於工農業生產而並不支持其不切實際的作家夢。趙樹
理發表於 1964 年初的中篇小說(或故事)《賣煙葉》就諷刺了
一個叫賈鴻年的不愛勞動而整天幻想當作家的高中畢業生。但
總體來看,新中國前三十年的中學校園裡並沒有出現普遍的文
學社團和文學創作的熱潮。這大概與當時比較嚴密的出版管控
和學校管控也有關。而民國時期的中學生們是可以到處向商家
募捐、拉贊助、拉廣告,甚至是得到校方的資助來從事校園出
版的。到了「新時期」,在「文學熱」的大背景下才再次出現校
園文學的熱潮,各種文學社團、文學講座和文學徵文、自費印

---

16 中學生雜誌社編:《1934 年中學生文藝·序》,上海:開明書店,1934 年。

行才在大、中學校裡復興。但好景不長，自 80 年代後期起，由於中國社會的市場經濟轉型，文學日益邊緣化，校園文學也被市場經濟衝擊得七零八落不成氣候了。

　　談到校園文學尤其是中學生水準的校園文學時，人們總是傾向於認定其「習作」和「模仿」的性質。一般情況下，這種判斷是正確的，對於人生閱歷有限、寫作經驗和技巧不足的中學生來說，最初的文學創作只能是從模仿起步。陳白塵回憶自己 20 年代前期讀中學時的情況說，當時寫作和發表了不少新詩，「至於內容呢，大概不外乎寫些人力車夫之類痛苦生活和空洞而廉價的同情而已！如果再進一步追問：『你是受了誰的作品影響呢？』……要說是受了《嘗試集》的影響呢，這倒有些根據。」[17] 1932 年，江蘇省立南通中學學生對本校學生文藝的評論是：「在質的方面大概有一種重狹小感情的傾向，這是文藝革新時代的社會意識還沒有把握住的緣故。……也沒有抓住時代的核心而作『時代先驅』的呼喊。」[18]南昌省立一中學生羅家琅 1935 年在《談學校文藝》中說：「在學校中，廣泛地產生一種賦有情感而缺乏實際生活為骨幹的，以較天真而不免稚氣的姿態而出現的文藝作品。無疑的，這因為作者都是朝氣蓬勃的青年人，蘊藏著多量的熱情而富於進取的心理；他們在創作欲衝動的時候，便勇敢地提起筆來，踏進了文學的領域，廣泛地作各部門的嘗試。這種情況下產生出來的作品，題材的範圍是很狹小的，除了身邊瑣事的個人描寫與抒情的作品外，很少

17 陳白塵：《初中生》，鄧九平主編：《文化名人憶學生時代》上冊，第 467 頁。
18 金丹：《對於過去通中出版界的總檢討》：《江蘇省立南通中學校刊》21 年度第四期，1932 年。

發現有社會性的創作。」但作者也認為:「可是,我們不應對學校文藝的作者表示失望。現在的學校文藝作者,就是文壇上的青年後備軍,生活的磨煉與時代的刺激,都會使他們老練起來,充實起來。他們不是永遠天真的……」[19] 40 年代,讀初中的錢夢龍迷上了詩,甚至因為讀詩著迷影響了其他功課而在初二那年留級。後來由讀詩而寫詩,「發表欲」又驅使他和另一位愛好寫作的同學「合資」辦起了一個叫作《爝火》的壁報,兩周出一期,主要發表兩人的「創作」。而「所謂『創作』,其實不過是把讀到的東西東拼西湊、改頭換面地化為己有」[20]。「東拼西湊、改頭換面」大概可以概括一部分中下水準的中學生的文藝創作情況。當然,少數傑出的中學生也確實既有豐厚的閱讀積累,又有文學的天賦,他們的創作已開始脫離這種模仿和學習的階段。關於這一點,我們留待下一節再予以證明。

　　如前所述,新文學通過教材、課堂、課外閱讀、寫作教學等多種管道在影響著民國中學生。其中,魯迅、郁達夫、郭沫若、朱自清、冰心、巴金這樣的名作家的影響又特別廣泛,是中學生們寫作時最愛模仿的對象,而像魯迅、茅盾這樣的代表新文學主流的重視反映社會現實和批判社會黑暗的新文學家對於中學生的精神影響又最為深刻,從學生們的作品中常常可以看到這些新文學家的思想烙印或精神傳染。

　　魯迅作為當時最著名的新文學家,曾被廣大青年尊為「思想導師」,他所給予中學生們的影響也極大,學習魯迅的筆法尤其是他的社會批評和文明批評立場的中學生比比皆是。且看 30 年代初北京四中的一位學生的雜文《質問諸葛亮》:

---

19 羅家琅:《談學校文藝》,《中學生文藝季刊》1935 年夏季號。
20 錢夢龍:《碧波深處有珍奇》,劉國正主編:《我和語文教學》,第 352 頁。

在請願潮「方興未艾」的當兒，辭職潮居然也抬起頭來，再接再厲了。一般老諸葛、小諸葛、大號諸葛、二號諸葛的秘書，大忙而特忙地在寫通電和辭呈，什麼「守土無狀」「萬不容己」「生死以之」……充滿了整篇，好不討厭人也！

我們試拿《三國演義》和現在的情形比一比，那時阿斗獨處深宮，坐享安樂；諸葛亮鞠躬鞠到九十度，盡瘁盡到一萬分，去討賊，六出祁山，七擒孟獲，始終不曾說出回臥龍岡去納福的話。現在的阿斗就大大的不然了，土匪的蹂躪，大兵的踐踏，外國的欺侮，稅捐的橫征，藤棍的毒打，一一的（地）受盡了；可是，諸葛亮們始終不曾放出一個屁來，反倒責備阿斗不聽教訓！老諸葛把阿斗監在冷宮，監了三日；小諸葛把阿斗打得頭破血出；此外大號二號三號……的諸葛亮趁此收兵，摟著姨太太，裝上五天病，虧他還有臉說：「我善唱《請宋靈》及串《岳武穆》。」我請你趕快用尺量一量長城，再摩（摸）你自己的臉皮有多們（麼）厚！真個不要鼻子！

現在閒話少說，書歸正傳。諸葛亮們說：「……阿斗要聽相父的話，不要違背我的命令……」這幾句就不通。相父們為國盡忠，為阿斗謀幸福；那末，他們的命令，不必說，阿斗是服從的，假設相父為錢盡忠，為自己為小舅子謀幸福，那阿斗豈能受他的傳染？所以諸葛亮們要想想！為什麼阿斗早也服從，晚也服從，卻在這時候不聽教訓。

……（略）[21]

21　瞿彭：《質問諸葛亮》，北平市立第四中學學生自治會學術部編輯：《四中》，1932 年 1 月。

這篇寫於「九一八」之後的時論不僅精神立意上而且筆法
（以古諷今）、措辭上（冷嘲熱諷）都有魯迅之風，對於不抗戰
而只顧欺壓百姓和自己發財的軍閥政客進行了辛辣的諷刺和入
骨三分的白描。

廣雅中學校刊《廣雅的一日》（1937）上發表的一篇題為
《夢——逃生》（署名：蔭）的文章就分明有魯迅《野草》中
《失掉的好地獄》的意味：

夢——逃生

　　　彷彿我還沒有死去；整個的（地）死去，然而我心
頭上，時代鞭子底撻痕，任是把我化為輕煙薄霧，焚作
紅爐餘爐，永難湮滅，瀛海裡一切的一切；貧，富，罪，
欲……還活生生的（地），展顯途前。

　　　佃農底嚎咷，失業者底顛沛、流離，弱怯者的怨
號……響徹了荒漠底原野。

　　　血在流，氣在喘，勞苦的大眾，那（哪）個不在給
金錢輾壓著他們勞苦底生命，魂靈。

　　　「是權勢與金錢混溶的世界了！」

　　　…………

　　　這是昨夜底深宵，說起來我還有些害怕，忐忑，毛
管也會悚豎，那是一個從沒得到的畸形惡夢——

　　　歐洲來了一個資本家的使者，無辜地把我——和許
多像我那麼年青力健的兄弟——誘到了一個陰森的大陸，
那裡，一切都對我陌生，陌生得使我悚慄。

　　　我開始彷徨，悽愴，見不到父母兄妹了，見不到可

愛的國鄉了，只帶來同一命運的弟兄，一樣地和我流淚，頓足——心裡迷惘著，逃到那（哪）兒去？

五年，一千八百二十五天，我被囚到了煤礦底深窖，和那些兄弟，癟著肚，咽著氣，再見不到半絲兒天日，在洞裡踱著我們底悲途。

有一個人，他拿著皮制的鞭子。澹慘的豆油燈光下，我工作怠了，正想放下鐵鍬休息一會，於是我的背脊立刻便感到，一陣熱刺，透到心裡，淌下了淤紅的液體，忍痛著便要拿鐵鍬，往堅黑的壁上鋤，鋤……

……（中略）

我們終於逃出來了，天上沒有月，黑魆魆的，只星星在閃爍。

「往那（哪）兒去？」我想到這裡是一個絕無人跡的荒島，沒船怎渡得過對岸去？不禁哭了起來。

…………

「……」鐘聲響了，晨興之號吹起，翻開被頭，我眼睛有些兒潮濕。…………

一九三七，四，廿二，脫稿於甘泉樓宿舍

又比如 1947 年廣雅學生勛靈的一則散文詩《碎語》就有點魯迅《這樣的戰士》的影子：

路，後面的一段，輝映著先行者火炬的偉跡，光芒萬丈，在血光中燦射，鬥士的勇姿閃耀在豪光裡，看那炯炯的目光，對有勇氣向陰暗的前面摸索的開拓者，他將給與（予）銳利的長矛，對畏縮不敢前者，他將毫不

顧盼，讓他哀憐他（地）無聲幻滅 —— 一點人生的恩惠，也得不到地沉沒。

　　路，前面的一段，每一步都能潛伏著毒物，每一步都是峭崖險地，為了要做一個「人」，必得有克服底勇志，向前走吧！不要停留在陰暗的角落，讓潮濕的冷氣剝蝕你的生命，為了做一個真正的「人」，必得要勇往直前，追尋明朗的陽光去！[22]

　　一個名叫雷震霏的學生寫的小說《趙老夫子》也像魯迅的《高老夫子》，具有同樣的諷刺意味與諷刺技巧。這個趙老夫子不合時宜的空論，保守落後的「國粹」思想，以及講臺下女學生們對他的空論的「吃吃地笑」，以及看到女學生們「小小的櫻桃般的紅嘴唇內露出兩排白牙齒」而勾起趙老夫子「丁香笑吐嬌無限，軟語低聲，道我何曾慣，雲雨未偕，早被東風吹散」的淫詞聯想……[23]這許多有趣的細節正像是對《高老夫子》的模仿。

　　又如一位叫黃用誥的廣雅學生寫的短篇小說《喪鐘》[24]，小說的開頭寫道：

　　　　太陽被黃昏驅下去了，黑夜之魔張開巨大的口，把大地漸漸吞噬，烏黑的雲彌漫了天空，月亮不知躲到那（哪）裡。在誰家的屋頂上，掛上了之（三）數顆寒星，

---

22 勘靈：《碎語》，廣東省立廣雅中學學生自治會編：《廣雅學生》復刊第2期，1947年6月。
23 參見《廣雅學生》復刊第2期，1947年6月。
24 同上。

一閃一閃的（地）眨著眼，像冷笑著慘澹的人間。

　　在黯淡路燈的掩映下，那可以隱隱約約看出是一條馬路。路面破爛得像山地，到處都生著荒草，大概很久沒有車輛通過了。路的兩旁排列著的是東歪西斜的破舊木屋。在一處屋與屋的間隙中，現出了一條黑暗的小道。在這裡伸手不見五指，簡直是鬼的世界，行過了二三十步，可以看出在一所小破木屋板縫透出來的昏暗的燈光，在北風蕭索的寒夜裡，伴著微弱的呻吟。

　　「咿啞」一聲，破爛的柴門推開了一半，露出一個人頭，隱約看到了蓬亂的頭髮。那人看了一回，把門關了，回過頭來。燈光下看出了是一個婦人，大約近五十歲了，好些頭髮已白，臉上和額上現出了深深的皺紋，這足以告訴給人們是飽經憂患的。她看見屋子角落的破藥爐子熄了，便蹲下去生火，一會兒燃著了，火光落在她臉上，現出一個深愁的面孔。

　　屋子的另一邊，擺著一張床，床上臥著一個老頭子，看來有五十多歲，鬍子長得像荒草；本來是白的，因為弄汙了，顯得半黑不白。面頰瘦削得不像人形，他擁著一張補釘（丁）汙黑的被子，兩眼沒神地看著油燈，嘴裡哼出無力的呻吟。

　　他看著燈光，竭力的（地）想：幕子慢慢地開啟了，這正是三年前的一個景像。他那時正是一個機關的職員，在抗戰時的大後方工作，月薪倒也能維持生活。他有個兒子，在小學念書。……

開頭寫景，這是學魯迅的小說（比如《藥》《故鄉》），接下

來插入回憶，也是學魯迅（如《故鄉》）的筆法。小說的最後是：

> 屋子裡的油燈在搖晃，藥爐的火光照著了兩個流淚的面孔。除了爐裡的草必必剝剝地響外甚麼都像死的靜寂，只有外面的朔風，呼呼地刮過屋脊，刮過平地，刮過草原，絲毫不同情人世的苦楚。
>
> 這對他們，無疑是造物者的喪鐘。

這結尾也大有魯迅《藥》的結尾描寫墳場上「死一般靜」的氣味。

從上面不同時段的幾個例子我們可以看出，魯迅的影響在民國中學生文藝中是彌漫性的存在，從 20 到 40 年代，從未消失過。而且，僅僅一個廣雅中學的校園刊物上，就有這麼多學生的作品染上了鮮明的魯迅烙印，這充分說明了魯迅在當時中學生們心目中的地位和魯迅對他們的精神影響。

中學生寫作在短篇小說、散文詩、議論文（雜感文）方面最受魯迅影響，在散文、小品、詩歌方面則最易受郭沫若、郁達夫、徐志摩、冰心、卞之琳、戴望舒等作家的影響。1924 年，卞之琳入海門中學初中一年級，這時候他買了第一本白話詩集——冰心的《繁星》，並且學習冰心寫了幾首小詩，其中四首在初中二年級時投稿到大東書局出版的《學生文藝叢刊》發表。[25]九江四中甘棠文藝社的學生社團刊物《甘棠》創刊號上就發表了周育珠的《甘棠湖之秋——小詩十三首》[26]，分明都是學冰心的小詩。1926 年春，南開中學學生文學社團「玄背社」成

---

25 陳越：《卞之琳的新詩處女作及其他》，《現代中文學刊》2011 年第 6 期。
26 參見九江四中甘棠文藝社編：《甘棠》創刊號，1929 年 11 月。

員創作並發表在《庸報·玄背》上的許多作品「在藝術風格上受到郁達夫作品的影響，感傷、浪漫的情調比較濃郁」[27]。當時萬家寶（曹禺）在《玄背》副刊發表《今宵酒醒何處》，就是受了郁達夫小說《春風沉醉的晚上》的影響才寫出來的。[28] 1936年，湖北省立實驗學校編輯出版了一部集錄該校學生創作成績的《中學生文藝習作集（實校週報周年紀念）》，該書所收的作品有《離散》《負擔》《稅吏》《傷痕》《孩子的悲哀》《一個兵士的日記》《殘殺》《掙扎》《一個朋友的故事》《由屈原談到端午節》《我的故鄉》《農村的早晨》，共 12 篇，從體裁上看有 9 篇是小說。僅僅從這些題目來看，其受新文學的影響痕跡就頗深——「離散」「悲哀」「殘殺」「掙扎」這類標題明顯是新文學化的修辭習慣，看到這些題目我們很容易就想起新文學中的某些類似篇目，如《或人的悲哀》（盧隱）、《一個軍官的筆記》（冰心）等。而《傷痕》一篇則明顯近於郁達夫、郭沫若的感傷小說。

郭沫若的詩歌是很多中學生的模仿對象。丁玲回憶自己中學時代說，「那時《女神》也曾在中學裡哄（轟）動」[29]。臧克家則說：「當我在中學時代，剛剛學著寫點新詩的時候，對郭沫若同志備極崇拜，使我的思想感情受到他的《女神》極大的震動，不懂技巧，只學他的豪放，手下的筆像一匹野馬，任意馳

---

27 徐宗琿：《作家的搖籃——中國現代史上的中學生文學社團（中）》，《語文學習》1993 年第 5 期。

28 參見曹禺：《學生時代拾零》，《曹禺自述——紀念曹禺先生誕辰百年》，第 20—21 頁。

29 山東師範學院中文系文藝理論教研室編：《中國現代作家談創作經驗》上冊，濟南：山東人民出版社，1980 年，第 391 頁。

騁。」[30]1936 年河北正定中學的淡文曾講述過他是如何模仿郭
沫若的詩的。他早年曾讀過《沫若詩集》中《雨後》篇，裡面
的幾句——「雨後的宇宙，／好似淚洗過的良心，／寂然幽靜。」
——他記得最清晰，深深的（地）印在腦裡。後來有一年冬季，
一場大雪之後，世界被這潔白的雪遮蓋著，他忽然想起郭沫若
的那幾句詩，心靈受到觸動，立即寫了一篇《雪後》，其中就包
含模仿郭沫若那三句而成的句子：「雪後的宇宙，／好似兒童的
赤心／聖潔可愛。」淡文將這篇《雪後》投寄到《大公報》的
《小公園》副刊，居然被刊登了出來。後來，他又在作文課上
模仿郭沫若的詩句寫月色，造出這樣的句子來：「月色溶溶的宇
宙，／好似少女的凝脂。」[31] 1941 年出版的北京明德中學校刊，
其「文藝」欄中即收有高三學生于森的《狂歌》一詩：

> 幻想帶我看見了上帝，／他說／世界是狂人的世界，／
> 他教給我怎樣做狂人，／ 他拍著大手祝我勝利。
>
> 我坐在西馬拉亞高峰，／讓流星穿進了我的袖子。／
> 靜聽著人們的哀訴，／ 感動得流了淚——／ 像龐大的瀑
> 布。
>
> 我朦朧的（地）走進了世界，／浮在面前的是千萬張
> 臉——／ 不同的帶著虛偽，奸詐，自私，蠻不講理；／
> 我願意給這些劈頭一掌，／ 立刻隨像火花一閃。
>
> 幻想跑到了不可知之處，／ 我憤恨起來世界，／ 我
> 的手捏碎了地球！／ 我連稱快哉！快哉！

---

30 臧克家：《學詩紀程》（北京：人民文學出版社，1985 年），第 417 頁。
31 淡文：《談模仿——給初步創作的朋友》，《中學生文藝季刊》1935 年冬
　　季號。

　　灰色的霧，迷了我的視線，／ 立刻好像到了真空。／ 聽不見了任何聲響，／ 完了！這是宇宙的毀滅，萬有皆空！

　　星斗睒（眨）著眼睛，／ 他說我瘋顛（癲），／ 活潑的（地）跳躍；／ 嘲笑我是傻了，／ 我揪著了春風，它給我舒適的安慰，／ 世界只有這還使我留戀。

　　我再跑到亞當那裡，／ 夏娃她正在雕塑人型，／我咆哮大喊／「你們犯了罪惡！／ 你們犯了罪惡！你們吃下了智慧之果。」

　　我仍舊遇到了上帝，／ 我說世界不是人類的世界，／我怎會是狂人！？／ 狂人是偉大的喲！／ 偉大得世界不能容納。[32]

　　這首詩不僅在思想感情和風格氣勢上與郭沫若《女神》頗為接近，而且還兼有魯迅的《狂人日記》和《這樣的戰士》的思想主題。另一明德中學高三學生周卓民的散文《彷徨》開篇即說：「道邊上又發現了一個流亡者！」接下來「他想起來在家鄉幫長工們插秧的光景，那牧羊少女的笑容，再也看不見了。家，毀滅了！『我已經是沒家的人了』！今夜在何處歇宿呢？！」[33]其中情調分明是受了創造社郭沫若、郁達夫、成仿吾等人感傷的自敘傳小說、散文的影響。

　　也有中學生愛模仿徐志摩的詩歌風格。如《愛·恨》（見零）一詩：「你那明媚的眼光，／怎不常常向我盼著，／我希望！／你也願意！／我知道——／ 我恨極——／ 他們的刻薄的眼光，／ 對我

---

32 明德中學校編：《民國三十年北京明德中學校刊》，1941 年，第 86-87 頁。
33 同上，第 87 頁。

倆針著──不停，/妨礙了我倆的──！/ 為什麼你老是詛罵著，/說我是比紅焰焰的大火爐還烈，/──凶極一切的宇宙物，/把人們生生地煎！殺害！/ 可是轉眼兒間，/又用極度的希望，/希望我底影子光臨，/說我是如何寶貴的東西，/說我是溫暖的唯一可愛物！」[34]

　　還有模仿卞之琳詩風的如《小詩五首》（王天佑）:「晚風輕吻著浮雲，/ 夕陽羞得臉紅了，/ 默默地躲向青山背後。// 風號燈昏的當兒，/ 聽鄰家牛在曼聲哭了，/ 我欲低泣呵！// 誰能夠數清我心之傷痕呵，/ 新的重重襲來，/ 舊的那麼深刻，// 人生的戰場上，/ 有幾個高唱凱歌的勝利者呢？/ 莫擊吧，你深宵之寒柝，/ 人們都在夢中喲！」[35]

　　模仿戴望舒詩風的如《霞飛路上》（蔣曉光）:「點點街燈迷茫，/在這深長的深長的霞飛路上；/歡悅從腳步聲裡消逝，/悲哀爬入了創痛的心房！/女郎底一雙灼熱的媚眼，/隨著我孤獨的背影彷徨！落葉發出低低的歎息，/在這幽靜的幽靜的霞飛路上。」[36]

　　又如廣州市第一中學學生詩作《秋之憂鬱》（兆雄）:「八月的風把火熱的夏帶走，/ 鳴殘了的蟬隱在林梢，/ 故園的葡萄早經熟透了，/ 這時候，悄悄飄來一個憂鬱的秋。// 斂了漫山的青翠；/ 溪流也減退了聲音。/ 跟著早凋的梧桐病了，/ 一顆寂寞的心。// 一顆寂寞的心和一些愁；/ 不能描寫的也不能啟口，/ 只如曇花一現，一陣煙。/ 待抓著時卻又輕輕的（地）

34 參見廣州市立第一中學學生自治會學術部編輯委員會編:《市一中學生叢刊》第 6 期，1937 年。

35 中學生雜誌社編選:《1933 年中學生文藝》，上海:開明書店，1933 年，第 320-321 頁。

36 同上，第 316-317 頁。

溜走。……」[27]如果將這首詩置於何其芳、戴望舒等詩人的詩歌之中恐怕可以亂真吧！

　　民國中學生不只是模仿和學習他們喜愛的作家，也愛追隨某些新文學的思潮和觀念。湖北省立實驗學校學生創作集《中學生文藝習作集》（1936）中的篇目如《離散》《負擔》《稅吏》《一個兵士的日記》《殘殺》《掙扎》《一個朋友的故事》等，在題材、主題、寫法上都與鄉土寫實派的小說和普羅文學的小說很相似。廣雅中學的校園刊物《文藝行列》（1937）中曾刊有這樣一首學生詩作：「……/像滔滔的江流；/ 流，流不盡的熱血，/ 勇敢的健兒啊！/ 總有一天，會怒吼著。/ ……/ 請認清——/ 敵人的臉孔；/ 請細聽——/ 吵嘎的喉嚨/舉起刺刀/洞穿敵人的心胸 /……/ 不怕死的英雄。」[38]這又分明染上了「民族主義文藝」或「國防文學」的色彩。河北大名師範學生冰夷撰文評論臧克家的詩集《罪惡的黑手》，稱其特點是「含蓄著深刻的健全的寫實主義的風格」「作者以樸素的藝術的文筆，來暴露了帝國主義的獰惡臉孔，國內農村經濟沒落的悲哀」「他不但描繪了一切不幸的景象，而且很大膽赤裸的（地）指出了一條路。」[39]這明顯是在模仿左翼文藝理論中的「寫實主義」「帝國主義」「農村經濟沒落」等話語。在 1935 年的《中學生文藝季刊》上，北平大同中學的耶菲一口氣發表了《文學底真實性》和《「現實」和「典型」》兩篇論文，顯示出對馬克思主義文學理論的熟練掌握。[40]實際上，大同中學當時設立有左聯小組，耶菲正是該小

---

37 廣州市立第一中學學生自治會學術部編輯委員會編：《市一中學生叢刊》
　　第 6 期，1937 年 1 月。
38 廣東省立廣雅中學學生自治會編：《廣雅的一日》，第 25 頁。
39 冰夷：《臧克家的〈罪惡的黑手〉》，《中學生文藝季刊》1935 年秋季號。
40 參見《中學生文藝季刊》1935 年夏季號。

組的組長。[41]中學生耶菲正是在以左聯的聲音說話。

　　經受過抗戰時代洗禮，見識了紛紜複雜的社會矛盾和問題的中學生們更自覺地吸收了有助於闡釋和解決這類問題的現實主義文藝理論和左翼文化思想。1947 的《廣雅學生》上刊登了一篇書評，評論賽珍珠的《大地》說：「在作者眼光下，中國是一個老弱的國家，落後的國家，所以作品中所表現的都是古老的、落後的一切一切；如《大地》主人公──代表中國百姓們的──王龍的聽天安命的思想，崇拜偶像的舉動，沒有知識以及傳統舊道德觀念，保守性──等等，都是中國農村的典型的社會現象和文化特質。不過，正因為她是美國的作家，對於中國的農村社會理解得不夠徹底，戴起優秀民族的有色的眼鏡去觀察中國人，對窮苦的人類的生活不夠同情，故而有些地方是寫得很過分的，如王龍的妻子阿蘭對她的丈夫的馴服得如羔羊，簡直可以說她對於中國婦女看得太過於愚蠢，作者是有意於企圖表露出中國婦女對於家庭只有馴服和義務，一些也得不到權利，比牛馬還不如的，但我們不能承認這是中國婦女的特性，……」「賽珍珠曾生長在中國的農村社會，但不曾生活在中國農民們的靈魂深處，這是無可否認的。」[42]這位中學生的評論顯然是很準確的，也明顯體現了左翼文學的階級立場，反對貶低底層民眾。其實，就像魯迅筆下的農村婦女中有七斤嫂、阿金、楊二嫂、愛姑這樣的潑婦一樣，中國農村的婦女不會都像阿蘭這般，如馴服的羔羊。

---

41 據馬俊江：《革命文學在中學校園的興起與展開──北方左聯與 1930 年代中學生文藝的歷史考察》，《中國現代文學研究叢刊》2012 年第 1 期。
42 江重池：《「美」女筆下的中國農村──閱賽珍珠的〈大地〉後》，《廣雅學生》復刊第 2 期，1947 年 6 月。

　　這期《廣雅學生》上的另一篇文學評論更具左翼文藝理論色彩。在《〈春蠶〉中所反映的中國農村社會》這篇評論中，作者熟練地使用了左翼的民族主義話語和階級話語：「……帝國主義的惡勢力……使……整個中國成為帝國主義的商品推銷場和原料食糧採集地了，帝國主義者仗著他們政治上經濟上軍事上優越的力量，用不等價交換的方式來剝削中國農村……他們的毒辣政策，則是與封建殘餘勢力相勾結，即是說他們和農村的封建地主商業資本、官僚資本相勾結……」作者又分析《春蠶》中的幾個人物說，老通寶是封建社會統治者長期的「愚民政策」所造成的「樂天知命」的「奴隸」，「多多頭是農村中新生的一代，他熱情、純潔，有著青春的活力，生活的災難的磨煉，使他明白不能再這樣生活下去。但他幼稚，認識不清，摸不到應走的路……」而荷花「這樣的人物，活著總比老通寶阿四阿四嫂甚而六寶有意義得多，如果得到好的教養，她會變成一個很有作為的女性的。」[43]這期《廣雅學生》上的另一篇文學書評──鄭嘉銳的《介紹戰時兩篇成熟的作品》也熟練地運用「典型環境」「典型性格」「意識」等馬克思主義文藝理論分析了張天翼的《華威先生》和姚雪垠的《差半車麥秸》。作者還認為《差半車麥秸》「有一點是作者不忠實的地方，那就是他竟把小資產階級的思想套在農民差半車麥秸的身上了」小說結尾寫差半車麥秸走到村邊，在一棵小樹的下面，皺著眉毛，眼睛茫然地望著原野，嚼著他的小煙袋，隔很長的時間，把兩片嘴唇心不在焉地吧嗒一匝，隨即有兩縷輕煙從鼻孔裡呼出來……書評者認為這段描寫「太富於詩意了」，「這種過於誇張

---

43 雷震霖：《〈春蠶〉中所反映的中國農村社會》，《廣雅學生》復刊第 2 期，1947 年 6 月。

的地方根本不像是一個農民所做的事」[44]。

　　彭小若的論文《文學的戰鬥性》就更是明顯的左翼文藝理論了。彭小若在論文的一開頭即說：

> 　　文學在社會活動和社會鬥爭的過程中產生，同時給予這過程以反作用。因此一個文學工作者，不僅是一個「靈魂的技師」，而且是一個戰鬥者，正因為作者借形象反映現實，向現實投槍，所以我說：文學就是戰鬥本身，缺乏戰鬥性的文學，是對現實妥協，這種我們稱之為死文學。
>
> 　　我們知道，配稱得上是一本有價值的文學作品，他首先在描寫方面具備強烈的戰鬥性，影響讀者的行為，使讀者明瞭社會的黑暗面，而參加了改革社會的鬥爭，這才達到了文學的最終目的……

　　彭小若還以高爾基的小說《母親》為例，說「這種戰鬥性是強烈的，包含著無比的力量，雖然一本文學作品不是鋼鐵製造出來的槍，但他（它）卻隱藏著比槍炮還大的戰鬥力量，多少人是受了文學作品的影響，而才敢『直面慘澹人生』的。」作者還說：「『五四』以後，新思潮使中國一切作品都沿著戰鬥的路向走。魯迅先生的雜文，與抗戰期間許多描寫對日戰爭情形的作品，都是一種壓迫者與被壓迫者鬥爭（的）聲音。就是從這個時候起，中國文學正式參加了戰鬥行列，它可以同世界

---

44 鄭嘉銳：《介紹戰時兩篇成熟的作品》，《廣雅學生》復刊第 2 期，1947年 6 月。

有名的文學作品相輝映，與日月共存．」[45]

　　從上述中學生的文章和措辭，我們可以看到左翼文藝理論和思潮在民國中學生精神心理上的深深烙印。當然，除了左翼文學和其文藝理論的強力影響外，唯美主義和浪漫主義的文學也影響著中學生們，比如朱自清、冰心、徐志摩、綠漪、徐蔚南等人清淺、流麗的散文小品也曾是許多中學生模仿的對象。這類風格的散文小品因為比較日常生活化，與中學生的生活和情感經驗並沒有太大的距離，所以學生們喜愛並模仿它們是很正常的事情。當時許多校園刊物和中學生出版物上出現的中學生新詩、散文（如遊記）、小品大都屬於這種風格。據筆者觀察，低年級或年齡較小的中學生（比如初中生）以及女生比較喜歡模仿冰心、朱自清那種表達親情和描寫美麗自然風景的散文小品，但普遍寫得清淺，只能代表中學生文藝的中下等水準。而模仿魯迅、郭沫若、郁達夫、卞之琳等新文學家相對來說要難一些，因為這些作家的書寫題材和思想情感離中學生的生活距離遠一些，所以大多是高中生在模仿。這後一種模仿不僅水準更高，積極意義也更為突出，這至少表現為三個方面：其一，擴大了中學生的觀察視野和生活經驗範圍，促使他們迅速越過自身狹隘的生活空間而放眼社會和整個世界。其二，改變和形塑了中學生們的思想感情，使他們迅速從習慣成自然的親情、友情、愛情和愛美之類的較單純的思想情感中超越出來，養成社會性和成人化的思想立場和情感表達方式。其三，迅速養成新文學的專業意識，按照比較專業的文學眼光和尺度來評論和寫作新詩與小說、戲劇。一般地說，郭沫若、卞之琳的詩和魯

---

45 彭小若：《文學的戰鬥性》，《廣雅學生》復刊第 2 期，1947 年 6 月。

迅的小說、散文詩、雜文比朱自清、冰心、徐志摩等人的散文
小品和詩更能體現新文學的成熟傾向，而中學生們樂於取法這
種成熟的新文學傾向可以獲得「取法乎上」的成效，儘快地縮
小中學生文藝與主流新文學的差距。

二、「社會文學」傾向與憂國憂民情懷

　　中學生文學最初難免模仿，但這種模仿不會永遠止步不前。
從上面引述的某些學生作品其實已經可以看到其並不止於模仿
的水準。所以，上一節曾提到過的涂公遂貶低中學生創作，稱
其「去魯迅郭沫若尚幾千萬里也」[46]，這種判斷並不完全合乎
事實。一般人容易想當然地認為，中學生層次的校園文藝在題
材與主題等方面必然是普遍局限於學生狹隘的生活內容和幼稚、
膚淺的思想情感。而實際上這樣的判斷和想當然並不適用於民
國的中學生。一方面，民國中學生普遍年齡較大，社會生活經
驗較豐富，社會觀察、認知和思考能力都不容輕視；另一方面，
民國時期的社會現實與氛圍也使得廣大中學生並不能安心地居
於象牙塔之內過純粹的書本生活，他們時常是自覺或被迫地走
出書本和校園，置身於紛亂複雜的社會和人群之中的。因此，
他們的作品中的相當部分都可以視為一種緊密跟蹤並反映時代
與社會的「社會文學」，它們在題材內容、思想主題等方面與新
文學的主流是同調的，甚至是亦步亦趨的，是可以納入中國新
文學的範疇中來談論的。

　　當時許多中學生（尤其是高中生）年齡已大，生活經驗和

---

46 涂公遂：《國文教學之商榷》，《河南大學學報》第 1 卷第 1 期（創刊
　　號），1934 年 4 月。

閱讀經驗已經算得上豐富，比如他們常常經歷過從偏僻的鄉村和小城鎮長途跋涉來到外省的大中城市讀書、生活的過程，既具有「行萬里路」般的見聞，又能夠觀察和體會到地域風土的差異和社會階級的差異。在民國社會亂象之下，他們也同普通中國人一樣有機會見識人力車夫、兵、匪、地痞流氓、娼妓等各式人物，可能遭遇或見識過軍閥戰爭、農工暴動、土匪搶劫等社會現象。總之，民國社會的種種亂象和錯綜複雜性本身就會將中學生捲入其中並豐富他們的人生經驗和引導其思考。1931 年，山東省平原縣縣立初中的某國文教員給初二年級學生命題作文，題目為《春假雜感》。結果，有個學生寫的是自己家鄉「幾齣無頭的冤枉悲劇」，別的學生「有感到土匪之擾民的。有感到家境困苦的。有感到自己以往錯誤的。形形色色、尚不乾枯」[47]。這些初中生們都是根據自己的親歷和見聞作文的，他們的這些見聞和親歷本身就「形形色色」、並不乾枯。另外，我們也不應忘記自五四以後全國中學校園裡屢屢發生的各種學潮事件，不應忽略中學生屢屢參與的各種愛國政治運動，中學生們早已在這樣的運動中受到了洗禮，增長了見識，成熟了思想。自五四起，中學生參與社會政治運動（如五卅運動、抵制日貨運動等等）幾乎已成為潮流和傳統，中學校園尤其是居於大中城市的中學校園已不是與世隔絕的象牙塔，大部分的中學生也已不是只知死讀書和讀死書的書呆子，而毋寧說是家事國事天下事事事關心且常常介入其中的「社會人」了。1929 年 10 月底成立的九江四中甘棠文藝社一開始就把社團的文學取向定位於社會性文學，該社的刊物《甘棠》創刊號開宗明義：「社會上的黑幕，民眾的痛苦，自革命後還是一層一層的（地）增

---

47 山東省政府教育廳編：《山東省縣私立中等學校國文教學概況》，第 616 頁。

加。……（中略）希望把民眾的痛苦盡情地暴露於一般大人先
生們的面前，加以解放加以憐惜，……」「我們又感覺到時代的
不幸給與（予）我們強烈的刺激」……因此他們主張「民眾的
文學」和「有時代性的」文學，聲稱「我們要把民眾的隱痛
民眾的憂鬱和一般貪污土劣的黑幕揭開出來，引導民眾的生
活」[48]。

　　如果說 20 年代的中學生文藝還較多局限於個人生活的狹
小空間而較少社會性的話，那麼到了 30 年代，由於「九一八」
「一二八」等重大事件的影響，中學生們便紛紛投目於社會現
實和國家命運。1931 年 12 月，廣東省立二中學生自治會出版
的《省立二中學生》第一卷第二期一下子登載了《警鐘》、《給
我底同學們——為日本強佔東北殘殺我同胞而作》、《我們對於
日本帝國主義者應有的認識和努力》、《倭奴不滅誓不生還！》
（獨幕劇）、《殺到東京去！》（新詩）等眾多抗日主題的作品，
以作為對「九一八事變」的回應。1932 年 12 月，安徽省立第
四中學校校刊創刊號的「文藝」欄目中刊登了《詠義勇軍》（舊
體詩）、《滿江紅·南樓晚眺》（詞）、《秋日感懷》（舊體詩）、《贈
東北義勇軍》（舊體詩）、《國難中的青年》（新詩）等關於「九
一八事變」的文藝作品；第二期「學生文藝」欄目又一口氣刊
登了多篇關於「九一八」「一二八」事變的文章：《我有大刀行》
（舊體詩並序）、《時事雜感》（舊體詩）、《哀遼東》（舊體詩）、
《附李師時事雜感原韻》（舊體詩）、《國難志感》（舊體詩）、《悼
國殤》（新詩）。[49] 1934 年 1 月，河北省立第二中學校學生自治
會出版的《心聲月刊》又刊載「遊戲雜劇」《國事恨》，作者在

48　《我們的話》，《甘棠》創刊號，1929 年 11 月。
49　參見《安徽省立第四中學校校刊》第 1、2 期，宣城：安徽省立第四中學
　　校，1932 年 12 月。

「小序」中歷數「九一八」之後國難種種，如滿洲國成立、滬戰協定、熱河淪亡、喜峰口與古北口戰事、塘沽協定等等，感慨萬千：「念自『九一八』後，朝野上下，莫不聲聲抗日救國，發奮自強，乃至今數年之久，國事江河日下，弱點盡露，政府忍辱苟安，似忘喪地之恥；人民偷懶享樂，不知亡國之痛，前年情形如此，今日仍亦如此……」故發表此劇作，「俾國人見之，有所警惕，知所覺悟」[50]。1936 年 12 月，江西省立南昌一中校刊專門推出厚厚的一期「國防專號」，包括「時事論壇」、「國防問題」專論、「國防文學」專輯等，論說文不算，僅僅抗日愛國題材和主題的小說、詩歌、小品文就多達三十餘篇（首），包括小說《老婦人》《黃昏》，新詩《聆訓》《吊今戰場》《送征夫》《祈戰死》《總有一天》《吊無名英雄墓》《復仇》《朋友！我要開炮了》《關山月》《遙寄給綏北的勇士》《大戰的夜──寄給母親》《黃昏》《從軍行》《戰士之歌》等。[51]上述種種，足見中學生們關心國事之殷。

再者，當時的許多中學生已意識到了寫作的社會屬性，形成了反映社會和現實的文學觀念。如河北省立滄縣中學校的某學生撰寫《現在需要怎樣的文學》，認為在內有軍閥土匪的蹂躪與貪污土劣的剝削，外有帝國主義者的交相侵略和壓迫，一般民眾家破人亡、流離失所，餓殍載道，災民遍野，社會已近日暮途窮的情形下，必須排斥頹廢文學、有閑文藝、口號文藝和亡國文藝，而提倡「暴露社會的罪惡，揭穿社會的黑幕」的文學；這種時代和社會，需要的是「能深入民眾的內心，引起民

---

50 沖霄：《國事恨（獨出遊戲雜劇）》，河北省立滄縣中學校學生自治會出版股編印：《心聲月刊》第 3 期，1934 年 1 月。
51 參見江西省立南昌一中校刊委員會編《一中校刊（國防專號）》第 4 卷第 2 期，1936 年 12 月。

眾的同情，提高民眾的革命精神，堅強民眾奮鬥的意識」的文學，需要的是「代表被剝削階級吶喊的文學，是表示被壓迫民族反抗精神的文學」[52]。汕頭市立一中的某學生也撰文《我們現在需要的文學》，主張「（應）當破滅那花月戀愛肉感浪漫的小說和散文」，應當「鄙視那觀察膚淺，認識不深的身邊瑣事的描寫」，應當「不屑做那荒誕滑稽無勇氣的幽默文」；需要的應是「以現社會的動亂和矛盾，暴力的壓迫和榨取，大眾的痛苦和流離，經濟的恐慌和枯竭為題材」，「去指示大眾應走的出路，應發憤奮鬥抵抗的方針」[53]的文學。北平育英中學的學生們則說「時代是進步的，我們創造出來的文學，或科學也是如此，都應當是有改進性的而適應於社會的」，「對於國家社會是有幫助的」[54]，或是主張「在現代的中國，可憐的中國，農村破產的中國，應當提倡農村文學，……不應當寫些什麼三角戀愛的愛情小說……總要於農村有利益」[55]。在 1935 年 4 月的《育英半月刊》校刊上，一名叫君蕪的中學生就寫了一篇文藝時評，批評某些人在編雜誌和刊物時「寫幾篇《文藝獨白》以指『雜文』要不得」，或是「弄得個《文飯小品》的經紀做做」，這其實是要「把現代注意到社會上去的青年中學生拉回，來討論『性欲』『吸煙』，其實也夠下流的了」[56]。這其實是對林語堂提倡

---

52 登岑：《現在需要怎樣的文學》，河北省立滄縣中學校學生自治會出版股編印：《心聲月刊》第 2 期，1933 年 11 月。

53 沈茂彰：《我們現在需要的文學》，汕頭市立第一中學校校刊編輯處編：《一中週刊》第 2 卷第 26、27 期合刊，1934 年 5 月。

54 槐：《關於文學創作》，《育英半月刊》第 3 卷第 3 期（總第 32 號），1934 年 12 月。

55 寒辰：《我們需要甚麼文藝？》，《育英半月刊》第 3 卷第 3 期（總第 32 號），1934 年 12 月。

56 君蕪：《「歪曲」新說》，北京育英中學學生自治會半月刊委員會編輯：《育英半月刊》第 3 卷第 7 期，1935 年 4 月。

的閒適幽默小品文潮流的否定和對魯迅式的社會批評性質的雜文的擁護。就連提倡「民族文藝」、反對「普羅文藝」的思想明顯右傾的學生也強調，文藝創作要貼近時代和社會：「太平洋的風雲一天天地緊急了，國土一天天的（地）被敵人侵略了」，「你還忍心去躺在象牙之塔藝術之宮裡歌詠神聖的愛情，坐在汽車裡過著那樣情語娓娓的生活嗎？」[57]一位叫蔡金聲的中學生在談到文學寫作的題材問題時說：「所應當選擇的題材該是現實生活裡的事件，不需要的是作家個人的私生活。換句話說，作家所寫作的題材應該是與大眾有關係的，而非毫不相關的不痛不癢的東西。」[58]另一位叫艾光的鄉村師範生在談寫作時則說：「在未寫作以前，須具有充足的材料……我們搜集材料的對象，宜深入下層社會，如貧民窟、工廠、車夫、農村等。最好能親自體驗勞苦大眾的生活，嘗試他們的痛苦。然後寫出來的文字，才會生動、深刻、真摯，切不可『閉門造車』，捏造幻想，與現實隔離、懸殊。」[59]另一位中學生則撰寫《寫作與時代性》並宣稱：「我們不僅要暴露社會的黑暗，以激動群眾的反抗意識，更其要做建設工作，顯示社會的黎明，指導群眾正確的新途徑，這才能推動社會的進步，這才能完成有時代性的偉大傑作。」[60]從這些言論看，民國的中學生們已從思想意識的深處確立了社會本位的文學觀並以此來指引自己的寫作。

　　開明書店主辦的《中學生》雜誌是三、四十年代較具影響

---

57 景慈：《給青年談文藝創作》，北京育英中學學生自治會半月刊委員會編
　　輯：《育英半月刊》第 3 卷第 4 期，1935 年 1 月。
58 蔡金聲：《漫談選擇題材》，《中學生文藝季刊》1936 年冬季號。
59 艾光：《怎樣寫作》，《中學生文藝季刊》1936 年冬季號。
60 陳榮光：《寫作與時代性》，《中學生文藝季刊》1936 年冬季號。

力的刊物，它上面專門闢有「青年論壇」「青年文藝」等學生園地，選發學生創作。《中學生》的發展便可以清晰地呈現中學生文藝逐漸由個人性走向社會性的趨勢。30 年代初，該雜誌的編輯和讀者都感到，眾多學生來稿及所發表的學生作品中「顯然有兩類很強烈的思想的流露，一類是寫愛的，一類是寫鄉村困苦的」[61]。這兩種傾向恰好代表了中學生創作的低端與高端這兩極：年齡小的初中生（尤其是女生）容易受朱自清、冰心、葉聖陶這一派散文作家影響，愛寫親情、友情這種「愛」的主題，而一部分年齡較大而志趣不高的中學生又偏好寫戀愛文學。這兩類寫「愛」的情形都屬於中學生文學的低端，因為其取材和思想都不脫離中學生自己有限的生活經驗範圍。而後一類寫鄉村困苦的，則應劃入中學生文學的高端，它們表明部分中學生已能夠跳出自己狹小的生活圈子和情感空間，超越個人性而抵達社會性的空間。這後一種選題傾向和思想傾向既可能是源於中學生對當時農村現實的切身觀察和體驗，也可能是受新文學的主潮影響所致。有讀者在翻閱了 1935 年全年《中學生》雜誌的「青年文藝」欄目後評論說：「小說都是寫農村破產、都市衰落及社會不幸的情形。」[62]這與茅盾的《春蠶》《子夜》等作品的輻射影響可能有關。

　　開明書店出版的《中學生文藝》也是一套較大規模的中學生作品集，它所收作品大體上顯示了當時比較高端的中學生寫作的一般傾向和特點。其中《1931 年中學生文藝》的編者稱：「編校完畢，覺得全集中深深留著時代的烙印；社會的變動，

61　《寫愛和寫鄉村困難》，中學生社編：《給中學青年》，上海：開明書店，1935 年，第 41 頁。
62　吳炳慶：《一九三五年的〈中學生〉》，《中學生文藝季刊》1936 年春季號。

青年的苦悶，大半的文篇講的就是這些。書題加上『一九三一年』五字豈止紀年而已，我們以為還有更深的意義在。」[63]下面不妨對此書所收各文的題材、主題情況作一簡介：

文章題目	作者身份信息	文章題材、內容或主題
關於讀書的博約問題	太原，師範生	閱讀對象、範圍等問題
嗚呼我們對於本國地理的認識	浦東，中學生	國土意識與國家建設問題
文學鑒賞上的同情的重要	勞動大學附中	文學鑒賞問題
我所希望於國語科者	浙江，高中生	中學生的國語學力、教師等問題
生活中的一點體驗：哲思路	天津，中學生	中學生的精神修養經驗
聰明與愚笨	廣東，高二	人格、氣質、處世方法等問題
中學「職業談話」問題的研究	南京，高中生	中學生失業、自殺等問題
理想的中學	浦東中學	中學課程、訓育等問題
送寒衣	蘇州女中高一	親情、教師生活的艱辛
暑假生活中的一幕	高中畢業生	親情，母親病逝的慘事
深創	高中畢業生	懷念亡母，感歎「這污濁的世界」
離家	杭州宗文中學	親情、青年外出求學
永不忘掉的話	北平，高二	親情、離別

---

63 中學生雜誌社編：《1931 年中學生文藝·序》，上海：開明書店，1931 年。

姐姐的出嫁（小說）	上海，初中生	父母雙亡、寄人籬下、姐弟情深
彝	高中畢業生	悼念亡弟
投身鐵工廠的洪宗賢	浙江臨海，初中	貧窮學生輟學做工
周年	不詳	悼亡友，青年對社會環境不滿
青萍	蘇州振華女中	記念同學友誼
珍珍	蘇州振華女中	悼兒時玩伴
恩愛	勞動大學附中	小動物、親情
貓兒	勞動大學附中	小動物，「詛咒這人間」
陰夜	唐山，中學生	夜宿鄉村，避土匪
迷亂	不詳	山東軍閥混戰，百姓遭殃
小摺扇	勞動大學附中	友誼、貧富
紅茶（小說）	不詳	初戀、「經濟的壓迫」
褪了色的信封	湖北省立六中	初戀回憶
溪邊	杭州鹽務中學	青年的失戀
楊柳與桃花	浙江臨海學生	植物說明、抒情性說明
書的廣告	鄉村師範生	窮學生買不起書，批判政府
陸家浜之一瞥	上海，高一	百姓艱辛與戰爭、帝國主義禍害
我唯一的武器：口琴	不詳	批判惡俗的歌曲與「壞社會」
黑暗中	不詳	抒懷：渴望光明
病中	不詳	感嘆青年志向、求職不易
回想到從前	蘇州中學	回憶小學生活
骷髏	南洋中學	一節自然課引出的人生結局感嘆
雨	不詳	下雨感懷

死的原因	不詳	軍閥打仗禍民，窮學生活活餓死
命運與蝦圓	不詳	窮學生的遭遇，欠學費、無出路
初當	勞動中學	窮學生上當鋪當衣服
星期六的晚上	河北正定，初三	農家子借債上學，貧富分化
鞋	不詳	窮學生買鞋，貧困問題
課上	不詳	不學無術的學生之胡思亂想
中學生生活的片斷	不詳	中學生混日子等不良狀態
五分鐘的熱度	蘇州中學，高中	中學生們立志戒煙均不成功
報復	不詳	窮學生生存艱辛，文憑無用
堂役	吉林五中	學生暴動、軍警彈壓、帝國主義
一學期	滬江中學	「匪徒猖獗的家鄉」，學生各相
懦弱	不詳	男女同座引起的心理不適
課堂上	不詳	課堂混亂，學生不好學
顯微鏡	不詳	課堂師生糾紛
辜負	上海光華附中	青年意志薄弱，環境惡劣
暑假	南洋中學	學生貧窮
過去的學校生活	上海中學，高一	中小學生活經歷，實幹精神
夜半的火	不詳	一次住房失火、救火經歷
心上的襲擊	不詳	學生宣傳抗日，百姓愚昧自私
招兵委員	南京成美中學	招兵委員魚肉鄉民
村長	不詳	一個鄉村惡棍的醜行
宰活人	不詳	小軍閥殺人如麻
借谷	浙江省立高中	一場農民搶富戶案件的了結

失學	上海青年中學	「萬惡的社會，窮人就永遠沒有讀書的緣分了嗎？」
X君的一生	寧波第四中學	愚昧父母阻學子前途，抑鬱而死
拾麥人	如皋中學初三	寡婦孤兒被家族親戚掠奪
販私煙的女人	太倉中學高二	農婦為生存販私煙，被軍警掠奪
賣燒餅的	不詳	孤兒苦，地主、丘八、養母作惡
他	不詳	青年農人的命運：妻病、欠債
水災聲中	上海民立中學	農村學子憂懼水災毀滅收成
重逢之夕	不詳	青年夫妻重逢後的心理隔閡
香爐	不詳	敗家子的醜陋心理與遭遇
月下	青島崇德中學	農村青年男女的秘密戀愛
天齊廟會	東北學生，高中	批評廟會上的愚昧、迷信、浪費
鍾山之遊	南京中學初三	遊記，不怕野獸而怕土匪的心理
重遊崢嶸山	浙江八中	遊山及外國侵佔、國民性等議論
寫於佛山歸來之後	廣東省立二中	旅遊、參觀學校、工廠
暑假日記	南京皖中	瑣事
星期日所見	立達學園初一	勞工苦，乞丐，士兵欺壓百姓
星期一的日記	武昌荊南中學	學生立志勤奮
給同學的一封信	不詳	舉債讀書、任小學教員的苦楚
出了學校以後	不詳	批評壞社會：土豪、墮落的教員

給流浪的朋友	無錫中學	學校環境黑暗，學生反抗失敗
失學以後	勞動大學附中	軍警關閉學校、階級、社會黑暗
公開的一封信	勞動大學附中	青年改造「醜惡的社會」之理想
我罵你：給同伴（詩）	蘇州女師初三	批評不覺醒的同伴，鼓勵反抗
月夜：給弟弟（詩）	蘇州女師初三	批判「那廝殺著的人海」
夜曲（詩）	不詳	寫景詩
在暮色蒼然裡（詩）	不詳	孤兒無歸處
冷清的除夕（詩）	廣東省立一中	孤獨思親
寄給父親（詩）	高中	思親
遙想（詩）	勞動中學	思鄉思親
尋找（詩）	青島崇德中學	苦惱中尋找幸福，無望
階前拾落花（詩）	湖北省立六中	愛情詩
課後（詩）	東吳二中	課後學生在教室裡胡鬧
給我的 V. L（詩）	不詳	勵志詩，鼓勵對方勇敢前進

　　《1931 年中學生文藝》中的許多文章都體現了中學生關心社會和憂國憂民的情懷。以《嗚呼我們對於本國地理的認識》為例。文章一開頭就舉了這樣一個實例：江蘇某中學地理考試，許多同學都不知鎮江在哪一省，有答在杭州的，還有答在湖北、湖南的。其實，鎮江正是當時江蘇省的省會。作者由此聯想到許多國人都不知道中國有幾個省區的事實，感歎說：「國人的地理觀念之薄弱，一般大中學生地理觀念之薄弱，簡直有令人不可思議……」希望我們受教育的學生同一般國民都不要醉生夢死，以至於忘記了自己國家的省數。要曉得地理知識的重要，直具有左右國家的能力。一般人地理知識不充足，對於一地一

省的物產、交通、地勢等不明了，所謂發展實業，發展經濟，那簡直是笑話！」[64]這篇文章所顯示的見解和觀察力都是很了不起的。《陸家浜之一瞥》這篇文章則歷數戰爭、帝國主義侵略等原因導致的中國百姓的生存狀態（信佛、乞討、人力車夫、窮學生），並控訴到：「這是誰的罪惡呀？連年戰爭，到處都是盜匪，帝國主義的侵略，一天一天地加重，才造成了中國現在這局面。」《黑暗中》這篇寫景抒情文則有意以黑夜象徵社會：「我心裡禁不住要這樣地吶喊──『朋友們！試張張眼看看這目前包圍著我們的沉沉的黑暗！』」《心上的襲擊》一文描寫了這樣的情形：學生們上街遊行宣傳抗日，街上的小販卻索要抗日傳單拿去包花生米賣；鄉下農民聽說日本侵略中國，不思愛國反倒感歎說皇帝沒有了，「真命天子不出世，天下再不會太平！」這般愚昧自私的國民讓作者無語。

《1931 年中學生文藝》中收錄的許多作品在題材選取和主題表達上都明顯脫離了學生生活的狹窄範圍，寫法和文筆上也極少學生氣，而且有些作品的文學水準頗為可觀。試錄《招兵委員》（南京成美中學，夏仁麟）一文以作例證：

招兵委員

一

「哼，好大的膽！你敢淆亂人心，破壞我們的工作嗎？」所謂委員的發話了。「哼……反革命！非帶到司令部把你嚴辦不可！」接著右手的食指把香煙狠命的（地）擊了一下，一段灰便散開地落下了。又端起茶杯呷了口

---

64 張廷錚：《嗚呼我們對於本國地理的認識》，中學生雜誌社編：《1931 年中學生文藝》，第 9—16 頁。

茶，像不勝憤怒的樣子，呼吸很急促。

原來縣裡的招兵委員又和四個衛兵二次來到沛橋了，而且一腳便走向福興茶園來。「唔，我們此地有人當兵？決沒！上次已經被你騙去幾個吃炮子去了！」晚上賣餛飩的老陳不識趣地這麼說。誰知道這幾句並不怎樣惹氣的話卻正觸怒了上次只募到三人因不足數要再來而覺得煩惱的招兵委員了。只聽得雷霆似的一聲猛喝：「抓他來！混蛋！」震動了滿堂吃茶人的耳鼓。兩個衛兵馬上應聲而出，趕上去，從狹長的凳子上把老陳拖下來。老陳嚇得話亦說不出了，大家亦都意外的（地）驚呆著。

撲的，老陳跪下了，用顫動的聲音說了「老爺！小的自知……不是，言語冒犯你……你老人家，死罪！望……千萬開恩饒了……我吧！」一段話；然後又像有所覺悟似的說：「只是我這張臭嘴壞，讓我掌它兩下，老爺，老總們，開恩吧！」他真的用手在自己頰上左右開弓地打了兩下。

「不行！不行！混蛋！……豈有此理！非帶到司令部去不可！」那個委員連正眼亦不看的（地）說。

茶園內的主顧和後來的觀眾怕連累到他們自己，已走了許多。「老總！還是饒饒他吧？」在尚未走開的人中有一個對於陌生人稍為大膽一點的說了，「想你老人家是在三十三天上替玉皇大帝蓋瓦的，他是在九十九地下跟閻王老子挖煤的，又何能相比呢？老總倒不必拿他看在眼裡。」

聽了這話的委員似乎已息了點怒，因為他不再狠命的（地）喝茶敲香煙灰了。一則是剛才那人捧他到三十

三天之上，覺得身子真飄飄然有點舒服；二則他已顧慮到「過於認真會決裂，遇到可以放鬆的機會，不妨就此轉圓（圓）」這一段做官的格言了。於是叫人請來鎮上的紳董和陳姓大公祠內的幾位先生，說這是你們地方上人，所以交把你們，明朝一早來帶人，於是很放心的（地）揚長而去了。

　　紳董先生們都沒妥當的意見，但又卻不掉趕著只是磕頭的老陳底娘和妻；只得胡亂的（地）商議著。自然，這事是非錢不辦。但大家想到如果要罰幾十元的話，老陳是死也拿不出的，除掉房子是別人的不算，攏統把傢伙變賣亦不上十塊錢，少不的又要耗祠堂裡的公款了。恨得只指著罵老陳口臭、不識趣，闖了禍連累別人！而老陳卻很喪氣的（地）盡低頭不語。

二

　　「我們是不愛錢的，請趕快商議妥當，怎樣好讓帶人。」聽完了先生和紳董代老陳哀求的話的委員接著發話了，他知道起初非硬點不行，所以盡回答得冠冕堂皇。

　　這時老陳的娘和妻便很識趣的（地）上來像對菩薩一般恭敬地磕了頭。

　　「這件事本來無論如何要照軍法辦的，但三位先生既這樣的（地）替他哀求，說他怎樣可憐，那我亦不得不發點慈悲」睜眼望著眼淚未幹的兩個女人的委員沉吟有頃，才很勉強的（地）說：「好，看三位紳董的面子，特別從輕處罰：叫他趕緊製十套軍衣，軍帽，二十雙線襪，唔，另外四枝木殼槍吧！」很輕鬆的（地）說後，

卻把眼斜睨著對面的三位，面上的神氣表示著這是再輕
沒有的處罰了。

　　這出乎意外的條件使對方十二分的（地）驚愕了，
四枝木殼槍，多少錢，天知道！於是又是女人搗蒜式的
（地）叩頭和紳董小心翼翼低聲下氣的請求。

　　全室都靜默著等他開口，但被稱為老爺的他只不發
話，似乎不願意擾亂這和平的空氣。……

　　「我的天呀！白米現在十五六元一石。十石該多少。
殺我的頭吧！那（哪）……有！……唉……」老陳的娘
聽到委員說繳十石米了結時，驚懼和不平之氣衝動著她，
竟不顧死活的（地）喊出來了。但馬上被旁人喝住了，
向上努努嘴，又狠命的（地）指她一下。那時還沒懂得
土話的委員正瞪眼望著。

　　最後，經了女人第三次的哭著跪著，紳董再三低聲
的哀求，而委員自己亦想意外的獲得總是便宜，才答應
了二十元的條件。

　　當招兵委員把除去賞弟兄們外還餘下的十四塊白發
發（花花）的袁頭塞進大衣袋裡的時候，一絲笑容飛上
他的臉了。

　　此篇描寫人物非常老練，稍稍勾勒幾筆就讓人物活靈活現
出來。除了寫作技巧的老練，作者觀察生活的功底也很深。

　　開明書店出版的《1932 年中學生文藝》《1933 年中學生文
藝》《1934 年中學生文藝》反映時代和社會現實的力度更大。
《1932 年中學生文藝》的《序》中說：「去年選輯《中學生文
藝》，曾在序文裡這樣說：『編校完畢，覺得全集中深深留著時

代的烙印；社會的變動，青年的苦悶，大半的文篇講的就是這些。』今年編輯這一集，覺得這一句話還是適用的。」[65]這一本《中學生文藝》中反映社會現實的題材占相當比重，比如反映「一・二八」抗戰和抗日情緒的就有《亡國史的封面畫》《北征雜記》《江灣憑弔記》《戰後的上海》《募捐》《異鄉人》《別》，反映軍閥作惡的有《清鄉》，反映底層人民處境和災難的有《賣大餅的老人》《死了一匹驢》《決口》《榮歸》《死》《死了的王君》《瘟疫》《王妹的死》《K村的偉人》等等。因為「九一八」「一二八」，1931年和1932年度的《中學生文藝》比1930年度《中學生文藝》明顯增加了反帝和抗日題材的作品。國家的危難喚起了中學生們，他們更多地把筆觸由身邊事情和校園空間轉向社會和國家。《1933年中學生文藝》徵稿和出版時間已在「九一八」和「一・二八」之後一年多，抗日的熱情和氛圍有所消退，所以抗日題材的作品少了，但學生關心社會現實的良好意識卻繼承了下來，依然出現了《流散》《輟學》《林俊之死》《畢業》《乞兒》《傷兵》《一個兵士的自述》《獄中朋友的信》《一封關於失學的信》《動搖》《當》《小乞丐》《返鄉記》《出了地獄》《喜兒姑娘的一生》《學徒》《這是誰的罪過》《臨死前的一封信》《送朋友從軍》《出獄者之歌》《給奴隸們》《向何處去》等憂時憂國憂民的作品。寫底層人民困境的作品特別多，是這個集子的重要特點。《1934年中學生文藝》反映了1934年這個大體平和的年份的氛圍，有許多寫親情和紀游的文章，但關注底層人民命運的作品數量依然可觀，如《老金的職業》《佃農》《更夫》《縫衣婦》《挑水夫》《理髮匠》《盲歌者》《大車夫》《討食女》

---

65 中學生雜誌社編：《1932年中學生文藝·序》，上海：開明書店，1933年。

《風雨中的難民》《黃河碼頭》《秋收》《賣春婦的心》等，此外還有《九一八的陽光》《華哥》等抗日情緒的作品和《旱象剪影》《災》《瘟災》等反映農村困境的作品。

《中學生文藝》在 1935 年改版為《中學生文藝季刊》，季刊依然體現了同情底層疾苦和表達愛國情懷的主流，出現了《學徒》《抵債》《待賑》《逃亡》《黃災獎券》《出獄》《勞工安集所的故事》《催租》《逃荒人》《小攤》《漁》《賣柴者》《彈花人》《拉唱的女孩》《背縴夫》《失業》《採桑女》《織布歌》《車水》《完糧》《探獄》《流浪人》《拾荒的孩子》《露宿的一群》《偷煤的孩子》《災民墓畔》《受賑》等等「很有社會的意義」[66]的作品。1936 和 1937 年的《中學生文藝季刊》上也有《窮人的厄運》《國防前線》《寄給綏戰的將士》《赴戰》《東北一村莊》《軍隊生活剪影》《水災》《一個災民的日記》《歌女》《一個苦學生》《老乞丐》《舵工》《賣花女》《撿垃圾的孩子》《一幅流民圖》《荒城》《絕糧》《放工》《失業者》《劫後》《搜糧》《窮人》等眾多關注抗戰情勢和同情底層人群的作品。根據上面詳細的列舉我們不難得出結論：隨著帝國主義侵略的日益加重和國內貧富分化等社會問題的日益嚴重，中學生們也感知到了國家所面臨的內憂外患的緊張形勢，紛紛予以表現和傳達，他們很少再關心個人的命運和小得失，憂國憂民的情懷日漸增長。

上面所述的《中學生文藝》是彙集和反映全國中學生高端文學成績的平臺，下面我們再考察幾個不同地域的重點中學的校園刊物，探究其發表的中學生作品所反映的中學生的思想意識情況。我們這裡考察的只是辦學條件較好、辦學水準較高的

66　《卷頭語》，《中學生文藝季刊》1935 年秋季號。

中學的情況，其原因主要有二：其一，只有這種條件較好的中學才有各種資源辦起各種校園刊物來，而且因為它們的辦學品質和聲響，其校史、校刊等資料才受到重視並保存下來；其二，辦學條件較差、水準不高的中學校的學生文藝整體水準通常不高，研究這種低端水準的學生文藝情況就沒有多少價值和意義，而研究高水準學校的學生寫作則可以反映出中學生這個群體在接受新文學影響和形成相應的素質上所能達到的最好狀態。鑒於上述理由，下文所敘錄的中學生作品便是從各種較高水準的校園刊物上選擇出來的優秀作品，這些校刊上當然還有不少幼稚、平庸的學生作品，這裡我們就不再提及了。

　　談到中學生文藝，著名的南開中學的情況是不能或缺的。南開中學學生作家的傑出代表穆旦無疑代表了當時中學生創作所能達到的較高水準，也能夠反映高水準的中學生文藝的基本特質。穆旦在高中三年級（1934－1935年）時便經常在校刊《南開高中生》上發表詩文。穆旦在該雜誌發表詩歌《前夕》《冬夜》《流浪人》《神秘》《夏夜》《兩個世界》《哀國難》，又在《南開高中三十周年記念特刊》上發表詩《一個老木匠》。有學者在研究了穆旦的上述作品後做出結論：「這些詩文，不僅開始顯示這位文學青年的非凡才能，更難能可貴的是，當時還是一個中學生的穆旦，已經在殷切地關注國事，正視社會現實。在這些憤世憂時的作品裡，深刻地反映出他對人民的疾苦、國家的災難與民族危亡的切膚之痛，對世界的積極探究，以及認真的態度與進取精神。」[67]還有研究者認為：「穆旦中學時期的新詩創作，不僅思想傾向進步，而且在藝術上也頗顯功力。」[68]

---

67 陳伯良：《穆旦傳》，第15頁。
68 殷之、夏家善：《詩人穆旦早年在天津的新詩創作》，杜運燮、袁可嘉、

北平大同中學學生自治會於 1936 年 4 月出版了一期《大同週刊‧春之專號》，發表同學們有關春天的感想的文章和文藝創作，其中收錄的許多學生作品都體現了中學生們對於時局和社會問題的關注，體現了中學生們鮮明的憂國憂民情懷。例如《春天帶來的》一文：

> 春天來到了，它帶著許多的慰快和幸福，同時也帶著許多的痛苦和悲傷。在碧玉似的嫩柳和粉紅的桃花裡，夾著嚶嚶的鳥鳴。為著那些闊少爺小姐、闊老爺太太們來享受春的快樂，同時在另一個世界裡，卻只有吃樹皮，吃人肉和觀音土。春天給我們帶來的只是更無情的饑餓和受苦！
>
> 近幾天來在大公報申報上都常見到許多關於各地悲慘的災況：「皖西春荒，災情慘重，人食貓犬或煮人肉……」「魯省災民數百萬，食糧已絕……」「四川各地饑民多食觀音土，死亡者甚眾……」「鄂省饑民千萬，搶糧之風日盛，當局救濟無術，派軍清剿。」當我們聽到這種消息以後，是多麼難過和憤怒呵！
>
> 近年來，在這帝國主義和他的走狗加緊剝削榨取之下，大眾們已經受夠了非人類的生活。再加上了天災，大眾們更無法再繼續生活下去，事實告訴我們，只是湖北一省，就有饑民千萬之多。這是個什麼世界呵？！
>
> 正在中國的內外敵人猖獗的時候，天災不落到世界任何地方，偏偏落到了可憐的中國大眾頭上，但是終年

周與良編：《一個民族已經起來——懷念詩人翻譯家穆旦》，南京：江蘇人民出版社，1987 年，第 106 頁。

忙於內戰的中國，對於帝國主義無恥的侵略還只是忍耐，那（哪）裡管到防止天災，減輕民眾的痛苦呢，這幾千萬的饑民是天災，還是人禍所造成的呢。

中國的大眾太可憐了，他們整天不閒的（地）勞苦工作，把自己的血汗送給人家去享樂，被帝國主義剝削去，自己反倒吃不到飽飯，這還是在太平的豐年時候，可是近年的天災一起，勞苦的民眾們就是連半碗不飽的粗飯也都吃不上了，過著非牛馬，更非人類的生活，吃貓犬，吃死人的肉，吃樹皮，這還算是較好的，有的連樹皮、人肉貓犬都吃不著，他們只能吃觀音土，明知道吃了就要死，但是為了要解一時的痛苦維持他暫時的生存，他也顧不到以後的生死了，可是有的連觀音土也找不到，只等著餓死！

但是任何一個人，他總有求生的欲望，這是誰也不能否認的，為了維持他們的生命，他們決定不惜犧牲一切，不顧一切的（地）來掙扎，於是壯者鋌而走險，搶糧、暴動等事情就一天天的（地）多起來。直到現在，各地農村裡，土匪……無地不有，他們都是為了生而掙扎的戰士，因為他們除了這樣只有等待著死亡，可是他們決不甘心白白的（地）等死。

在這為生而掙扎中，許多黨派就產生了，但是無論是任何黨派，如果它能夠解決大眾的生活，大眾們就要擁護它，甘心來受他「利用」，反過來，不論它是天黨天派，如果它只能給大眾們「光榮」，或者連「光榮」都沒有，而毫不能解決大眾的生活，大眾們就不能擁護它，決不（甘）心來受他的「利用」。……[69]

---

69 大同中學學生自治會編：《大同週刊》第 2 卷第 6、7 期合刊，1936 年 4

當時《大同週刊》上發表的學生文章中有許多關於國內外時政和國內外文壇情況的介紹、評論,如《一周來的國際時事》、《非常時期教育的諸問題》、《國際情勢的回顧與展望》、《從防共協定說到走私問題》、《國防文藝和文學商人——中國文壇的回顧與展望》、《俄國文學的過去現在與其將來》、《值得推薦的兩種文學叢書》[70]、《讀〈生死場〉》[71]、《讀〈南國之夜〉以後》[72],等等。校刊上的這些學生文章足以顯示他們的知識視野之開闊。

湖北省立實驗學校於 1936 年編輯出版了一部集錄該校學生創作成績的《中學生文藝習作集》,其中幾篇優秀作品也顯示了同樣的憂國憂民素質。如《稅吏》的故事:稅吏下鄉,農民貧窮交不起稅,只能借錢賄賂稅吏以拖延日期。《負擔》則是寫城市貧民家庭,寫女工辛苦掙錢養家。《一個兵士的日記》則借士兵的口吻寫軍閥混戰及農村土匪橫行等現象。《殘殺》寫軍閥混戰導致同村好友相殘。《掙扎》則寫小店員們的境遇。《離散》寫貧窮餓肚子的一家農民忍痛將幼小的孩子賣給城裡的老爺,還要被中人克扣價錢。小說通過一個十二三歲的少年的角度來寫,寫他饑餓的感覺,寫他父母的無奈,敘述描寫頗生動,風景描寫方面也顯示了不錯的功底。今試錄《離散》(作者:陳一漸)一文:

月,第 134-135 頁。

70 劉啟撰寫的這篇文章介紹了文化生活出版社的「譯文叢書」和容光書店出版的「奴隸叢書」,包括魯迅譯的《死魂靈》、茅盾譯的《校園》、葉紫的《豐收》、蕭軍的《八月的鄉村》、蕭紅的《生死場》。參見《大同週刊》第 2 卷第 1 期,1936 年 3 月。

71 《大同週刊》第 2 卷第 2 期,1936 年 3 月。

72 《南國之夜》系艾蕪的短篇小說集。以上篇目參見大同中學學生自治會編:《大同週刊》第 2 卷第 10 期,1936 年 5 月。

離　散

血紅的太陽，剛從濃厚的雲霧裡懶洋洋地探出頭來，放射著鮮紅耀目的晨光，把大地灑上赤色。把貧苦的人們從睡夢中喚醒過來，慢慢的（地）離開溫暖的被窩，同怒號著的西北風開始搏鬥，準備集中全身體力，跳過年關的險阻，希望新年的好運降臨。

一所差不多要傾塌的土牆砌的茅屋，斜倚著後面山麓，屋前朝南的小柴門有條小徑直通往城裡的大路；路旁一望無際的田野。屋內南北邊零亂地陳列著農耕器具和缺腳的桌椅，破床靠在東面土牆，西面牆角擺著上面滿布塵埃的飯鍋和爐灶，好像幾天沒有用過似的。

門限上坐著的是一個三十歲左右面黃肌瘦還只穿夾衣的婦人，懷裡抱著剛出世才幾個月用破棉絮包著的小孩在哺乳，受不住寒氣在晨光下顫抖，不耐煩的（地）等著什麼，菜色的臉上眼淚一顆顆落在小孩桃紅的面頰上，更顯得淚珠的晶瑩。

「媽！」屋後轉出一個眼眶陷落顴骨高挺出的十二三歲的孩子，破的棉衣抵不住西北風的寒氣，紅的手瑟縮地抱了一捆枯枝黃草，一步一顛的（地）向門口走來，放下柴就說：「媽！你哭什麼？爹一回來，我們不是就可以吃飽嗎！」那婦人連忙拿衣角揩了揩眼淚答道：「沒有什麼，寶！你爹大概就要回來罷？你先把柴搬進去。」阿寶應了一聲搬柴進去。一會兒出來坐在他媽旁邊，逗他的小弟弟玩耍。一邊咕嚕著說：「爹怎麼還不回來呢？」然他媽指著那從大路轉灣（彎）正向這裡來的四十歲以

下的男子，很興奮地站起米說：「寶，你爹回來了！」阿寶不管他媽是否在哭，野兔般的（地）竄過去接他的爹；他爹肩上背著米袋，手裡提著一些蔬菜和包裹。阿寶接過蔬菜，幫他爹提著，當他走到門前時，猛回頭看見他爹望著小弟弟，瘦削的臉上流下淚水，他媽也這樣。他很奇怪，但他不敢問，也許是忘記了問，他一心只顧得肚餓去了。

一陣忙亂，飯菜也煮好了，阿寶吃得飽飽的，穿上他爹新贖回的棉衣。他爹哽咽著對他媽說：「下午……四點鐘他們就要來把……」他媽連忙使眼色，阿寶驚疑的（地）正要問，他媽忍淚向他說：「寶！沒有什麼人來，不過是你舅舅又要來借米。乖點吧，出去玩一會。」阿寶很不願意的（地）暗地說：「真討厭，總是來借米，借去又不還！」跑出門，心想今天非找幾個兄弟把狗兒打一頓不可，早上為什麼欺我劫我的柴。……

四點鐘了，門上來了兩個衣服整潔身體肥胖的人，阿寶爹趕緊請進來看坐，獻茶，恭維了好些話；那兩人不受用的（地）坐下來，幾次狠狠的（地）催促著說：「快點把小孩子抱來給我帶回城裡去好回話！免得王老爺等得焦急！」阿寶爹滿臉堆下笑，泡著滿眼淚水說：「是，是，大叔，還有十塊錢呢？王老爺可曾給大叔帶來嗎？」一人聽了這話，登時滿面通紅惡狠狠的（地）說：「呸！我們看這小孩子可憐，當初不知在王老爺面上幫你說了幾多好話，王老爺才答應下來，沒有我們兩人，你一家不是活活的（地）餓死，那（哪）裡有飯裝你們的狗肚子，有衣服上身；還害得你老子老遠從城裡跑來，你們

連感謝都不感謝一下子，有臉向我們要這十塊錢，老實跟你說，這錢須孝敬你老子！我們是不白替你說情跑路的。」阿寶爹央求說：「大叔，你說的何嘗不是，但是當初賣契上注明二位中銀由王老爹那邊付出，二位千萬可憐可憐我們窮人，高抬高抬貴手吧！」那人聽了正要發作，虧得另一位從中作好作歹，才肯拿出五塊錢；站起來從躺在床上哭的阿寶媽懷裡奪去小寶，就沖出門去了。他媽那（哪）裡肯捨得，爬起來歪歪跌跌的（地）就追過去，猛不防另一人從旁一推，他媽被推倒在門內打滾，他爹忍淚過來相扶。這人也揚長出門去了，遠遠地似乎還可聽到小寶的哭聲。

這時阿寶剛恰從後山帶著勝利的微笑回來，一到門前把他駭住了，連問：「怎麼？怎麼小弟弟被人抱走了。」他一看他爹媽在哭做（作）一團，他喊道：「爹！媽！不要哭，我們趕快追上去，他們鳥強盜還沒轉灣（彎）呢！快點追，爹！媽！」說著他便要追，不料他媽他爹揪住他不放他走，他急得暴跳起來，大聲說：「啊！爹，媽真狠，難道不要小弟弟了！我一定要把他給追回來，……強盜！」他媽揩著淚撫慰他說：「不是的，寶！是我們把小寶賣給城裡的王老爺！小寶在那裡有好的吃，好的穿，比我們這裡好幾百倍，也免得小寶在這裡受活罪！」阿寶給呆住了，他不懂得為什麼要賣小寶，咱家不是也有吃的嗎？「爹、媽，不，我家也有稀粥吃啊，小弟弟也有棉衣穿，誰教他受罪呢？我很愛小弟弟，天天抱他，從來沒有打他一下啦？」……爹、媽都沒回答，只含淚看著大路上消去的人影，靜聽遠處傳來的哭聲，阿寶不

敢再問了……

　　夕陽的晚霞射成血雨，四野都變赤色，西北風刮得
屋頂的茅草沙沙地響。阿寶頹喪的（地）低著頭像唱歌
般的（地）說：「媽，我餓啦。誰教小弟弟受罪？我很愛
他啊！為什麼要賣掉他……」

　　半夜裡他媽告訴他，她明年正月初四就要去城裡人
家當奶媽，他正想問「為什麼媽也要到城裡去？」可是
他媽已睡著了！

　　廣州市第一中學的學生文藝活動很活躍，水準也很高。我
們可以 1937 年 1 月出版的《市一中學生叢刊》第六期上刊登的
學生詩歌為例，看看其主要風貌。如《秋夜》（子瑜）：「一個無
邊冷靜的秋夜，/ 孤單的我步出了庭野；/ 天際高掛著明媚的
月亮，/映照著我們玫瑰的故鄉。// 在高聳如龍的林邊，/微風
送了幾聲慘切與淒清的心弦，/我傾耳聽了不覺悠然！/ 呵！慘
切與淒清！使我不約而同情。/問他究有何不可解的悲哀，/ 要
訴之於這沉痛的琴音？// 一個瞎丐坐在高聳如龍的林邊，/ 手
把破琴俯首奏，/ 旁人近身傾耳聞，/他更弄了愈入於無底的哀
沉，/ 正如病者將死時的呻吟。// 啊！瞎丐的悲琴！/ 令人不
忍睹與聞！/ 他的悲音浸透了我的心，/ 不覺淚珠兒雙流，/直
流到我的衣襟。// 映照著我們玫瑰的故鄉，/天際高掛著明媚的
月亮，/孤單的我步出了庭野，/ 一個無邊冷靜的秋夜。」這首
詩也是對新詩中描寫底層人物的人道主義傳統的繼承。《盲女》
（馬華）則敘寫了一個鄉村盲女的苦難一生：「天生她一雙什麼
也不能看見的眼」，「一雙盲眼看不見鄉村的貧窮」，她的父親
將她賣給妓院，從此「打罵是六月天的淫雨，/時常狂暴地突然

來去。」「白天她（鴇母）要你含淚賣唱，/夜間更是一段醜的時光！/（把人肉當豬肉似的買賣）」「除了她還有許多姊妹，/都受著人間地獄的活罪！/ 她們都不幸盲了雙眼，/便永遠被關在幸福的門邊！」這首詩從選材、立意到修辭都很優秀，「一雙盲眼看不見鄉村的貧窮」更是極佳的詩句。又如《寒邊火線》（安富）這首抗戰詩，開頭即是「朔風箭一般刮過去，/邊原起了陣浮煙──/ 原來一些腥寒的血點，/ 刺激著每一個戰士的熱情。」然後是：「炮彈的寒光和刺刀的閃動，/ 照耀寒邊一切，/宣視著無畏的精靈，/ 正在聚著一條光明的坦道；/ 去需要更多的熱情和熱血，/灌溉我們戰士的頭顱。」

　　廣州市一中的這本《學生從刊》第六期上也發表了不少具有社會性的小說、散文。短篇小說《戰士》寫雲和明這兩位大學同學在國難當頭的時候毅然一起參加抗日戰鬥的前線工作，雖然落下殘疾的軀體，但他們依然愛國熱情不減，鬥志昂揚，決心繼續以殘缺之軀對日鬥爭。短篇小說《前途》則寫兩個中學生朋友為前途渺茫而憂心：他們感歎「中國究竟是讓外來資本主義的罪惡滲透了，可是人們還是為著自己的飯碗，去向那資本主義搖尾乞憐，不肯跟它作戰」，他們抱怨「有財有勢的，什麼也得到滿足。可是那些窮人家，整天都是受壓榨和威脅，像是命定似的」，他們也自勵：「我們且不管社會什麼黑暗，我們只要鍛煉我們的體魄，發奮我們的精神，去充實我們自己，憑著青春的朝氣，吹滅了那迷人的煙霧。仗著我們堅強的意志，斫碎那障在我們進程的荊棘。」小說《不幸運的人》寫中學生克達家庭的貧困與悲哀。在這個家庭裡，母親「忘命」去為兒子打算未來幸福，「顧不著她殘年的身體」，「所有的血力去放在禾田上，希望禾田的收穫，來供給她兒子念書所用款，她以為

學業有成總找得一差半職。她並未想到失業的一回事」。而「近年商業這般凋頹，沒有半點生氣」。最後，母親死掉了，妹妹生病了，克達也重病，但無錢進醫院，終於不治身亡了。

　　作家陳福熙曾說，戰前坊間所出版的中學生文藝「車載斗量」，但品質並不算高，存在「取捨不嚴」的問題。這主要是就書賈們所炮製的濫竽充數的徵文作品集之類而言，實際上，從泥沙俱下的中學生文藝出版物中我們還是可以淘得一些金子的。尤其是從某些高水準的中學校刊上我們不難見到學生的佳作。更重要的是，即便是在抗戰這樣的特殊條件下，中學生的文學創作熱情也並沒有消歇：「抗戰將近四載，在烽火中生長的中學生，用他們的血和淚寫下了許多好文章，雖然那些作品並不十分成熟，但內容的真摯、生動，已夠寶貴的了。」[73]為此，陳福熙在 1941 年搜集出版了兩種中學生戰時創作選集，主要收入詩歌、遊記、小品、書簡、小說等。由於經歷了戰亂的顛沛流離和國破家亡的慘痛，中學生們的心智迅速地成熟起來，寫作上也普遍風格大變，抗戰之前那種熱衷寫親子和男女之「愛」，寫詩情畫意的寫景抒情「美文」的情形也越來越少，越來越無人喝彩了。相反，中學生的文字中普遍地流露出了憂國憂民的情思。由上述陳福熙在 1941 年時的評述當可推知，「血和淚」的題材、主題已成為抗戰時期中學生創作的主流。不能不說，這也是他們長期受中國新文學這種「血和淚的文學」薰陶和影響，而如今又與時代情境和個人體驗結合得更加自然的必然結果。

　　因為國勢日危，人民生活日益艱難，抗戰時期和國共內戰

---

73 陳福熙：《付印記》，陳福熙編：《戰時中學生創作選》，永嘉：杭州增智書局，1941 年。

時期的中學生作品也反映了更多現實社會的負面問題，底層關懷和「感時憂國」的新文學傳統更得以凸顯。北京明德中學校1941年的校刊上便多是反映社會問題和底層苦難的作品。如一篇題為《彷徨》的散文提到了「道邊上又發現了一個流亡者！」「家，毀滅了！」「我已經是沒家的人了」[74]。另一篇《過去的一幕》則直涉中國社會的黑暗：「正月家裡鬧土匪，所以不得已逃進了北京，我們的房子成了土匪的宿舍，我們的存糧就是他們的食物，一切一切都在不得已中拋棄了。更可傷心的是母親不知在什麼時候走失了，剩下了我和多病的父親，我們投奔那（哪）裡去呢？」[75]高二學生馮基祥則在《糾紛》中借幾家的小孩遊戲時鬧矛盾，各自抬出自己的父親來威嚇對方的故事，反映階級差別和巡警、監獄對人的迫害。[76]高二學生姚國賓的小說《張老太太的壽誕》是品質較高的一篇作品，它借張老太太過生日這一天的諸場景批評了舊習俗和舊國民性：愛熱鬧、愛爭著說閒話、拜壽時磕頭的繁文縟節、敬神以祈求升官發財、入席就餐的規矩和輩分、打麻將……[77]作者於不動聲色的場景白描中暗寓褒貶，實在是有大手筆的風範。高中生們的寫作已是手筆不凡，而初中生們的水準也不壞。一位叫王章琦的初三學生寫作《憶亡母》一文，寓個人命運於時代大勢之中，絕無一般初中生的幼稚筆調。他的文章回憶起四五年前盧溝橋事變的情景：「當盧溝事變的炮火給故都帶來了恐怖憂鬱的氣氛，人們的恐懼佈滿了古城。母親正在患著沉重的肺病，三年多的病

74　明德中學校編：《民國三十年北京明德中學校刊》，第 87 頁。

75　同上，第 88 頁。

76　參見《民國三十年北京明德中學校刊》第 94-95 頁。

77　明德中學校編：《民國三十年北京明德中學校刊》，第 95-96 頁。

魔始終未見遁去，其中有過幾次危險的轉變，但終為了不忍拋棄一群弱小的子女,而忍受著病魔的殘蝕,苟延著短促的一息。」[78]初一學生張克明的《瘋子》以第一人稱敘述「我」眼中的一個青年瘋子的言行舉止，並巧妙地借瘋子的瘋話帶出其苦難的原因:「你們燒了我的房屋財產，你們搶了我的東西，你們又殺死了我的父母、妻、子，我要打……我一定要報復……」[79]初一學生吳可權的小說《困難》寫一戶城市貧民家庭的淒慘：催房租的人上門搶走錢和米麵，導致風雪之夜妻兒只能挨餓，結果妻子氣病，丈夫街道上撞車而亡……[80]在屬於淪陷區的北平，這群中學生敢於在文章中揭露社會黑暗和人民苦難，這是需要一定的勇氣的。這也反映了他們所受新文學的傳統——一種揭露、批判和抗爭的「社會文學」傳統——的影響之深。

1947 年 6 月，廣東省立廣雅中學出版《廣雅學生》復刊第二期，其中除有學生論文外，大量的篇幅為文藝創作。其中施金波所寫的《悲愴的奏鳴樂》之一《忿恨》:

> 我很久很久沙啞了喉嚨，叫不出憎恨、同情，也叫不出「仁義」「道德」。
>
> 誰願意去偏愛那些幻想與享樂的意識，正如冰雪的枯枝，應該克（刻）苦地期待春天苞放的再生。
>
> 讓慘笑、哭泣、軟弱都離開自己吧，除非我對黑暗和罪惡淡視，除非我對無恥與姦污寬容，除非我否定人間的光和熱，否則就不知道重累的生活常常教導我們。

---

78 同上，第 106 頁。
79 同上，第 116 頁。
80 參見《民國三十年北京明德中學校刊》，第 118-119 頁。

　　我們前一代──用堅粗的雙手去耕耘自由的土地，為子孫們培植幸福果子的老人已經一個個倒下。倘若你問「他們艱勞的生命活該如此嗎？」──呵！這是罪惡在人間上行使的霸道！

　　我們這一代──用生命去冒險，用頭顱去搏取一切的文明與和平的青年，在風雨沙石的摧殘下苟延。倘若你問「他們智慧的生命活該如此嗎？」──呵！這是罪惡在人間上行使的霸道！

　　我們下一代──「未來的主人翁」，「未來的國家柱石」，「未來的……」的孩子，在冷酷孤苦的遺棄下垂亡。倘若你問「他們有未來的一切生命活該如此嗎？」──呵！這是罪惡在人間上行使的霸道！

　　你看：朱門的臭肉，路邊的死骨！

　　你聽：舞池的淫樂，街頭的呼愴！

　　呵！你們吸血鬼，魔王以及代表一切罪惡的履行者，死了的人也要拿骨頭來撲擊你。

　　「一條狗在被人迫殺得沒有去路的時候是會發出絕望的咆哮，會露出了牙齒而現出豺狼般獰惡的臉孔的。」

　　數不盡的憤怒！

　　盜、竊、搶、劫、扒……是誰造成的？

　　勒索、舞弊、貪污……是誰造成的？

　　失業、失學、饑餓、死亡是誰造成的？

　　……

再看高一學生陳伯達的散文《變》：

　　……

　　到處都是哭泣，到處都是死亡，到處都是瘟疫，到處都是人間不堪聞問的地獄裡的情形。

　　一天而至每天，一個進到萬千，被自己人、外來人殘殺。那些主動者決不會停止，正在倡狂大屠殺，似乎停止了這勾當，它們是活不下去的！

　　沒有飯吃，沒有地方住，他們的田屋、村舍被那魔鬼在拼命的（地）焚燒！

　　他們沒有犯罪，沒有違法，相反的，他們這八年中吃盡了無限的苦楚，受盡了無限的恥辱，替國家盡了責任，活到如今為的是什麼？

　　為的是甚麼？

　　為的是現在挨餓，受凍，為的是自己的園舍被人燒去，為的是自己的父親或哥哥被人打死……

　　而在這種情景裡，你可看到還有戲劇院、跳舞場。那些胖子、財閥、風騷的女人，那些殺人不見血的鬼東西們，他們在享樂，他們在痛快，他們在幸福……

　　……

　　這一期《廣雅學生》上所載徐奕的詩《妓女》也繼承了新文學的底層關懷傳統：「在燈紅酒綠下 / 在『騎樓』下 / 或者在街巷拐角的地方/常常會看到她們的影子/她們穿著惹人注目則卻並不美麗的衣服/頭上也燙了髮 / 面上塗上了 / 厚厚的粉 / 紅的胭脂/嘴唇活像血盆 / 但 / 卻掩不過她的/浮脹的臉 /失神的眼睛/只要你是走過她們的跟前/她可會釘看著你/對你笑 / 是苦笑/是求乞的笑/是可憐的笑 / 她們在這裡做什麼 / 天知道（？）/ 如若有人誠懇地問她/為什麼蹬在這裡 / 她可會紅著

眼睛 / 告訴你的（這）一切/為了—— /『生活』（！）」[81]廣雅
的學生「大部分都是中下之家的子弟，在這國家社會多災多難
之秋，他們對於現實問題是非常敏感的，他們一方面要讀書，
一方面要為國家社會分憂。因此，他們的作品，關於小我者少，
關於大我者多。」[82]

　　《廣雅學生》（復刊第三期）在《卷頭語》中即指出：「這
是一個學生團體的刊物，但內容卻頗像綜合式的雜誌——其中
文字涉及學生本身者少，關於一般社會問題者多。這裡透露出
一點消息：今日中國青年的視線，已不只局限在他們自身的小
小範圍內，而且擴展到更大的客觀環境——社會、國家民族以
至全世界。……現實的一切，把他們從象牙之塔帶到了十字街
頭，他們不得不向周圍的環境多看幾看，不得不把周圍的問題
多想一想，從而他們體味到『小我』和『大我』間互相關係的
道理，因此他們不特要關心他們自己，更要關心到自己以外的
事物……」[83]廣雅學生文藝的這種風貌絕不是孤立現象，而是當
時中學生文學的普遍現象。就在 1946 年左右的福州某著名私立
中學，學生們愛讀也愛寫新文學，「他們寫得真實，有感情，對
當時社會的黑暗，也敢諷刺抨擊……1948 年秋，他們編輯出版
《天亮》油印本……」[84]這種揭露黑暗和期盼「天亮」的批判現
實主義精神成為四十年代後期中學生文藝的主基調，而這又與
二、三十年代和抗戰時期中學生文藝的現實主義精神和「平民
文學」「社會文學」取向是一脈相承的。

---

81 參見《廣雅學生》復刊第 2 期，1947 年 6 月。
82 王興瑞：《序》，《廣雅學生》復刊第 2 期，1947 年 6 月。
83 王興瑞：《卷頭語》，《廣雅學生》復刊第 3 期，1948 年 6 月。
84 程力夫：《回顧與探索》，劉國正主編：《我和語文教學》，第 366 頁。

三、小　結

　　民國時期的中學生們普遍顯示出對於新文學的熱愛，許多人因此走向了學習寫作的道路，形成了從二十至四十年代持續不衰的中學生文學創作熱潮。如果說 20 年代中學生的文學創作還多屬於追逐某些新文學潮流或者模仿某位作家風格的較低層次，那麼進入 30 年代以後，中學生的文藝創作水準則明顯有了很大提升，已經不再像此前時代那樣熱衷描寫個人生活空間中的親情、友情、愛情等清淺主題，也不再追求詩情畫意、浪漫唯美的文學風格（如詩和散文小品中），其模仿和學習的對象大體已從冰心、朱自清、郁達夫等轉向了魯迅、茅盾這類左翼風格的作家。30 年代初，伊卡以青年學生的閱讀和寫作趣味為例，縱向梳理了從民國初年到大革命失敗以後近二十年間中國學生的思想和行為特徵的演變：五四運動時代，「一般的青年，差不多都傾向於文學的研究，幾乎盡成了小說家詩人。赤裸裸地想像——其實是寫實——肉感的人生，歌詠失戀、苦悶、喜悅、快意的生活，以及一切感情上的符節。」而到了大革命時代，「一般的興趣，從玩味文學與沉迷戀愛轉向血和淚的社會。」[85]當時人的這種描述顯然印證了我們上面關於二、三十年代中學生文藝轉型的結論。在抗戰前的 30 年代，由於中學教育的擴張、中學生自身的興趣及眾多出版機構的推波助瀾，全國中學生的文學創作達到了繁榮的頂峰。抗戰時期和國共內戰時期，由於

85　伊卡：《二十年來的中國學生》，《學生雜誌》第 18 卷第 1 號，1931 年 1月。

社會動亂和出版條件的限制，抗戰前那種中學生文學創作與出版的盛況不再，但中學生的文學創作水準仍在穩步提升。

由於民國社會的混亂局面，中學生們被動地捲入其中，很早就親歷或見聞了種種社會的矛盾和問題，並從中豐富了閱歷，增長了見識；加之當時中學生年齡普遍較大，心智成熟較快，所以他們常常能夠超出個人的家庭生活範圍和校園生活範圍而擴展到關注和思考社會上的種種現象、問題。而日本的步步侵略所導致的國家危難狀態又進一步地喚起了廣大中學生的憂國憂民情懷。抗戰和內戰又將廣大中學生捲入社會的洪流之中，促使他們放棄最後一絲對於象牙塔生活的依戀。可以說，民國時期中學生文學的高端和主流都是屬於「社會文學」的類型，都表現了中學生們關心社會、人民和國家的「憂國憂民」情懷。而這除了時代政治和社會環境的影響外，新文學關心底層人民命運的「平民文學」傳統，書寫時代和社會現實的創作主潮，側重於暴露、批判的現實主義立場，「血和淚」的書寫傳統等等也都是中學生文學的精神資源和思想資源。總之，從大量優秀的中學生作品中我們不難見出中國新文學的積極影響，同時也可以看出新文學對民國中學生們的思想和精神方面的強力塑造。

結　語

　　通過前面各章節的論述可以發現，經由國文教材、課堂、課外閱讀和校園文藝活動、作文教學等多種管道和途徑，民國的中學生們已廣泛地接觸到了各式各樣的新文學作品。[1]從第五章中對於中學生課外閱讀書目情況的瞭解即可看出，當時市面上能見到的新文學出版物幾乎都曾進入中學生的閱讀視野。其新文學閱讀的活躍狀況還可以從「中學國語補充讀本」「中學文學讀本」之類名目的新文學選集的出版盛況中窺見一斑。如果沒有銷場，是不會有那麼多書局和書商去出版、翻印甚至盜版這類選本的。尤需注意的是，以中學生為銷售對象的新文學選集不僅僅只有《語體文學讀本》《中學文學讀本》《中學生文學讀本》這類大路貨，更有大量的分體裁選本，如《現代中國散文選》《模範小說選》《當代創作小說選》《詩選》《現代小品文選》《現代戲劇》《模範戲劇讀本》《話劇選》《創作獨幕劇選》等。品種的豐富和分類的細化足以反映新文學在中學生課外閱讀中所佔有的分量。

　　新文學不僅是民國中學生們最主要的閱讀對象，還是其重要的知識和思想資源之一。他們大多將新文學作品當作瞭解社

1　無論是在國文教材中還是在課外閱讀、校園文藝活動與作文教學中，民國時期中學生們接觸到中國新文學的機會都要比後來時代的中學生們多得多。

會、認識人生和獲取知識、真理的主要來源，很少有人純粹視新文學為消閒和娛樂之物。1934年底，針對有些人士（如汪懋祖）一邊大搞中小學文言文運動一邊大肆渲染所謂「中學生國文程度低落」的論調，葉聖陶嚴正地指出：「雖然現在很有些人在那裡嚷著說，中學生的國文程度低落了，但那是指文言文的寫作以及對所謂『國學』知識而言的，是另一回事。在一般常識方面，尤其在關心時事，瞭解世界大勢方面，現在的中學生比二十多年前的中學生是有過之無不及的。」[2]而新文學正是民國中學生們獲取一般常識、瞭解世界大勢方面的途徑之一。汪懋祖等人掀起的中學文言文復辟運動也引起了中學生的抗議，一位名叫吳大琨的中學生在《中學生》雜誌上說：「青年是究竟與老年人有些不同的。尤其是處在現時代現中國的青年。我們的頭腦比較熱烈，我們的血液比較沸騰，我們需要知道一切，我們尤其需要知道現社會的一切；因為只有現社會才是和我們發生直接關係。」[3]而新文學正好是和民國中學生們生活於其間的「現社會」發生直接關係的文學品種，所以很好地滿足了他們的心靈需要，成為他們瞭解社會和人民、國家的重要管道。所以吳天石在回憶自己的中學生活時說：「抗日戰爭前，文藝作品教育我認識了社會。抗日戰爭後，文藝作品教育我如何改造社會。」「魯迅的《為了忘卻的記念》，使我認識了國民黨如何屠殺青年」，「丁玲的《水》，葉紫的《豐收》，茅盾的《春蠶》《子夜》，洪深的《五奎橋》《香稻米》，使我明白了在蔣介石統

---

2 葉聖陶：《時勢教育著我們》，劉國正主編：《葉聖陶教育文集》第1卷，北京：人民教育出版社，1994年，第597頁。
3 吳大琨：《誰使得我們國文程度低落的》，《中學生》第49號，1934年11月。

治下，災荒是那（哪）裡來的，人民是怎樣活不下去了。」[4]

　　民國中學生們不僅廣泛接觸了新文學，還對新文學持嚴肅的接受態度，所以 1937 年時施蟄存說：「一般新文學書的讀者可以說十之五六是學生，十之一二是由學生出身的職業者，其餘十之一二才是刻苦用功的小市民。他們都把看新文學書認為是一件嚴肅的事情，沒有一個人敢說他看新文學是為了消遣，也沒有一個人敢說他看文學書是由於偶然的機緣。……新文學書對於這些讀者，無形中已取得了聖經、公民教科書，或者政治學教科書的地位。在這樣的趨勢之下，新文學遂真的儼然成為一種專門學問……」[5]中學生把新文學當作一種專門學問來認真研究的現象在當時確實並不少見，不少中學生刊物中都登載有中學生們撰寫的評論某些新文學作品或是評述某一新文學體裁（如新詩），或是暢論新文學思潮、論爭（如「普羅文學」「國防文學」[6]），總結新文學發展經驗的文章，它們所顯示的新文學知識的豐富程度、對新文學歷史發展過程和現狀的瞭解、關注程度和對於新文學作品的理解能力都令人歎為觀止。就筆者有限的觀感，有的民國中學生——主要是高中生，他們除了有較長時間的閱讀積累，還在選修課程中學習過專門的新文學史、文學概論等課程——對新文學的熟悉程度、理解能力和研究水準絲毫不亞於今天大學中文系本科畢業生的水準。

　　通過一些問卷調查，一些人的回憶，通過當時中學生們的

4　吳天石：《文藝作品給我的教育》，吳天石：《漫談國文教學》，第 44-45 頁。
5　施蟄存：《「文」而不「學」》，陳子善、徐如麒編選：《施蟄存七十年文選》，上海：上海文藝出版社，1996 年，第 381-382 頁。
6　如南昌第一中學的學生「木吾」就撰寫了《國防文學論》（江西省立南昌一中校刊委員會編《一中校刊（國防專號）》第 4 卷第 2 期，1936 年 12 月），參與了左翼文壇的兩個口號之爭。

文章和作品，我們大致可以瞭解有哪些新文學的篇目和哪些新文學的作家與新文學的品種、類型受到了民國中學生的關注和喜愛，並且對中學生們的精神和心理產生了較大的影響和衝擊。大體可以說，那些關注和同情底層人民命運的、關注社會問題與社會矛盾的、關心時局與國家民族命運的、體現了憂國憂民情懷的新文學作品類型較受民國中學生關注，也給他們留下了較深的精神烙印。而就作家來說，以魯迅、茅盾、巴金、老舍等為代表的左翼作家因其暴露社會問題和憂國憂民的精神而受到民國中學生們的普遍愛戴，也深深地影響了他們。以魯迅為例，他既是中學教材和課堂上的常客，又是中學生課外閱讀中的常客，他的作品常常成為中學生們寫作模仿和學習的對象。經由這種種管道和方式，魯迅的文章風格和價值立場，魯迅的思想和氣質，都深深地烙印在了民國中學生們的心靈中。魯迅逝世不久，南昌省立第一中學校的一位學生即在校刊上撰文悼念，他稱魯迅逝世的消息宛如晴天霹靂一樣地刺痛了他，他稱讚魯迅是「偉大的導師」，「是我們現時環境下的民族戰士」，「多少有熱血的青年，受了他真誠的感動，而會有了清晰的覺悟」，並且宣稱「我們該抓住現實的機輪，踏著先生遺留下的痕跡，向前做去，以完成他未竟的工作！」[7] 同月，廣州市第一中學的校刊第六期也刊發了一組記念魯迅的文章 [8]，還專門配有魯迅遺像。這期魯迅記念專號生動地呈現了民國中學生們對於魯迅的愛戴和對於魯迅精神的理解深度。比如一首名《悼

---

7 張國樞：《悼魯迅先生》，江西省立南昌一中校刊委員會編：《一中校刊》第 4 卷第 2 期，1936 年 12 月。

8 見廣州市立第一中學學生自治會學術部編輯委員會編：《市一中學生叢刊》第 6 期，1936 年 12 月。

魯迅先生》(李廣泰)的詩,其中稱魯迅逝世的消息「像一根根的針兒刺痛他們(人民大眾)底心!/ 因為他們要失掉一個抗戰的領導者;/ ——還有無數的勞苦大眾在重壓下呻吟!」同刊另一首《悼魯迅先生》(幽航)則這樣寫道:「你是個舊思想的叛徒,/你也是個國防線上的戰兵,/ 這封建思想雖然黑暗,/ 可是給你的投刀似的尖刻筆中,換了光明;/ 這帝國主義多麼野蠻,/可是給你的激動後波濤似的言論,仰著頭兒把敵人嚇奔!/ 呀!魯迅先生!/ 你真的具有永生精神!//……/ 呀!魯迅先生!/ 你才是中國新青年的首領!」這些中學生對於魯迅的評價,如「國防線上的戰兵」「中國新青年的首領」「抗戰的領導者」之類,都是無比崇高的。另一篇題為《最大的損失》的文章說:「雖然死神纏擾了六個月把魯迅先生的軀殼占去了,但他底靈魂,他底尖銳的呼聲永久印在人們的腦海裡。」「他以清醒的頭腦,站在十字街頭尖銳地觀察在這世界上奔逐的人群,不論汝是女性的尊嚴,學者官僚的高貴,流氓的鄙劣……他同樣以極尖辣的筆端把你的假面具勾兩筆。說話上也是一樣。處處令你發笑,尋味,被激勵,你以為他是幽默,善於譏諷;其實不然,因為他所寫的和說的,太過真實和露骨,所以令你發笑,但這不是快愉的笑,而是人類的悲劇潛力的冷笑,這冷笑教你前進、自新。這深刻的印象永久烙印在人們的心裡。」[9] 1938 年,湖南私立廣益中學的一位學生也寫了一首《悼魯迅》:「戰雲佈滿整個宇宙,/ 中國正為世界和平而奮鬥,/ 然而勇敢的鬥士啊!/ 你卻悄然獨自走了,/ 你能忍心拋棄你偉大的工作?// 你獨自走了!/ 走到那麼遙遠遙遠的境地

---

9 古月:《最大的損失》,廣州《市一中學生叢刊》第 6 期,1936 年 12 月。

裡，/ 但總該嗅到血和火藥氣，/會聽到大炮和巨彈的響聲，/
你！魯迅先生！/ 我知道：你不會合眼/你的內心在憤怒。//
你！魯迅先生！/ 筆是你一架猛勇的大炮，/敵人會被駭破了
膽，在求饒 / 是你一把銳利的尖刀，/ 賣國者曾被刺穿了胸，
/……」[10]從這些學生的措辭我們不難感到，他們對於魯迅是充
滿感情的，對於魯迅作品和魯迅精神的解讀是十分準確和深入
的，這充分說明了民國時期的中學生們在新文學接受上的深度。

　　具體作家也好，具體作品也好，文學類型和品種也好，新
文學對於中學生的影響效果最終還是要體現在塑造中學生的思
想觀念與精神人格方面。就如某位民國中學生所說：「一個人愛
讀的書，不但對於他的文字有關係，就是對於他的性情、胸襟、
識見也有很大的關係，這因為文學是一種精神食糧，他不知不
覺地可以變化人的性情，改換人的胸襟，影響人的識見……」[11]
沈仲九早在 1925 年即說：「這幾年來國語文對於學生的影響，
國語文本身還是其次，最重要的是思想問題。因為國語文雖然
能載舊思想，但近年的作品卻是新思想的居多數。因此，學生
思想的轉變，得力於國文科很不少……」[12]沈仲九並沒有具體點
出新文學，但其所謂「國語文」中自然是包括新文學的。民國
中學生所受新文學的精神、情感薰陶表現在思想、言行等等方
面，而這些中學生們的精神成果——一般性文章和文學作
品——則是我們藉以窺視這種精神影響的最好視窗。本書前面

---

10 吼也：《悼魯迅》，廣益中學校刊編輯會員會編：《廣益校刊》第 14 卷第
　　2 期，1938 年 6 月。
11 天游：《我愛好的作家》，《學生雜誌》第 23 卷第 9、10 期合刊，1946 年
　　10 月。
12 沈仲九：《初中國文教科書問題》，《教育雜誌》第 17 卷第 10 號，1925
　　年 10 月。

章節的敘述已大體呈現了民國中學生們在作文、考試和課外創作時一般性的選題、選材特點和思想觀念，我們不難看出其與五四以來中國新文學的內在聯繫，即一種「感時憂國」精神和「憂國憂民」情懷的傳承與呼應。夏志清在評論始於 1917 年的文學革命而終於 1949 年的中國「新文學」時說，那個時代的新文學的一個突出特點就是「作品所表現的道義上的使命感，那種感時憂國的精神」[13]。我們從當時大量中學生的作品中也常常能看到這種特點。這可以說是中國新文學對於民國中學生的精神塑造的一個顯著體現。

　　如今留下來的大量關於民國時期國文課本、課堂和教師、課外閱讀、校園活動等等的回憶資料大都證明了民國時期中學新文學教育的美好的一面。這些回憶者常常談到自己從新文學篇目中經受了思想的洗禮和精神的薰陶，而這對於他們後來一生的成長都是至關重要的。如前述的吳天石就說，魯迅的《為了忘卻的記念》，丁玲的《水》，葉紫的《豐收》，茅盾的《春蠶》《子夜》，洪深的《五奎橋》《香稻米》等新文藝作品教育他「認識了社會」，也教育他「如何改造社會」，並聲稱：「我的走向革命，這些書給我的影響是很大的。」[14]詩人臧克家也曾在 1947 年時說：「我個人在中學時代，就是因為讀了郭沫若先生的一篇革命文學論，才決心冒著生命的危險跑到『武漢』革命去的。今天，像我當年的青年朋友們更多，這可以看出文藝的力量實在比想像的要大得多多。」[15]

---

13 夏志清：《現代中國文學感時憂國的精神》，夏志清：《中國現代小說史》，桂林：廣西師範大學出版社，2014 年，第 376 頁。
14 吳天石：《文藝作品給我的教育》，吳天石：《漫談國文教學》，第 44-45 頁。
15 臧克家：《不一定正確的答案》，《中學生》第 186 期，1947 年 4 月。

　　質而言之，新文學塑造了民國中學生們的思想觀念、道德信仰和人格情操，涵養了那一代學生憂國憂民的情懷。而反過來，民國中學生們又以極大的熱情和努力反哺了新文學，通過他們的閱讀和習作，為新文學提供了廣闊的生存空間，為新文學的發展提供了強勁的動力，準備了後備軍，還使得新文學的核心精神後繼有人、發揚光大、形成傳統。

參 考 文 獻

（按作品發表及圖書出版時間先後排序）

一、外文資料

1. 唐澤富太郎：『世界の道徳教育──各國の教科書に見る理想の人間像』，『唐澤富太郎著作集（第 8—9 卷）』[M].東京：株式會社ぎょうせい，1989.
2. 唐澤富太郎：『教科書の歷史──教科書と日本人の形成（上）』，『唐澤富太郎著作集（第 6 卷）』[M].東京：株式會社ぎょうせい，1989.
3. 唐澤富太郎：『教科書の歷史──教科書と日本人の形成（下）』，『唐澤富太郎著作集（第 7 卷）』[M].東京：株式會社ぎょうせい，1990.
4. 王智新：『日本の植民地教育·中國からの視點』[M].東京：（株式會社）社會評論社，2000.
5. 並木賴壽，大裡浩秋，砂山幸雄：『近代中國·教科書と日本』[C].東京：研文出版，2010.
6. Andrew Hall、金珽實：『満洲及び朝鮮教育史──國際的なアプローチ』 [C].福岡：（有限會社）花書院，2016.

二、教材、教參、選本

1. 洪北平，何仲英：白話文範 [M].上海：商務印書館，1920.
2. 朱毓魁：國語文類選 [M].上海：中華書局，1920.
3. 仲九，俍工：初級中學國語文讀本 [M].上海：民智書局，1922－1923.
4. 范祥善，吳研因，周予同，等：新學制初中國語教科書 [M].上海：商務印書館，1923.
5. 秦同培：中學國語文讀本 [M].上海：世界書局，1924.
6. 沈星一：新中學教科書·初級國語讀本 [M].上海：中華書局，1924.
7. 吳遁生，鄭次川：新學制高級中學國語讀本·近人白話文選 [M].上海：商務印書館，1924.
8. 國立北京師範大學附屬中學校：初級中學用·國文讀本 [M].北京：北京師範大學附屬中學校，1925.
9. 秦同培：高級國文讀本 [M].上海：世界書局，1925.
10. 胡懷琛：作文研究 [M].上海：商務印書館，1925.
11. 穆濟波：新中學教科書·高級國語讀本 [M].上海：中華書局，1926.
12. 孔德學校：北京孔德學校初中國文選讀 [M].北京：孔德學校，1926.
13. 張振鏞：新師範講習科國文參考書 [M].上海：中華書局，1927.
14. 胡懷琛，陳彬龢，湯彬華：新時代國語教科書（初級中學用） [M].上海：商務印書館，1928.

15. 朱文叔：初級中學用新中華教科書·國語與國文　[M].上海：新國民圖書社，1928.

16. 江恒源：新學制高級中學教科書·國文讀本　[M].上海：商務印書館，1928.

17. 朱劍芒：初中國文　[M].上海：世界書局，1929.

18. 葉紹鈞：作文論[M].上海：商務印書館，1929.

19. 莊適：現代初中教科書·國語[M].上海：商務印書館，1930.

20. 張弓：初中國文教本　[M].上海：大東書局，1930.

21. 南開中學：南開中學初中國文教本　[M].天津：南開中學，1930.

22. 趙景深：初級中學混合國語教科書　[M].上海：北新書局，1930－1932.

23. 朱劍芒：初中國文指導書　[M].上海：世界書局，1931.

24. 姜亮夫，趙景深：初級中學北新文選　[M].上海：北新書局，1931.

25. 江蘇省立中學國文學科會議聯合會：新學制中學國文教科書·初中國文　[M].南京：南京書店，1931.

26. 馬仲殊：中學生小說作法　[M].上海：中學生書局，1931.

27. 戴叔清：語體文學讀本　[M].上海：文藝書局，1931.

28. 傅東華，陳望道：初級中學用基本教科書·國文　[M].上海：商務印書館，1931－1933.

29. 北新書局：北新文選　[M].上海：北新書局，1931－1934.

30. 開明書店：開明語體文選類編　[M].上海：開明書店，1931－1934.

31. 北平師大附中：初中國文讀本　[M].北平：北平文化學社，1931.

32. 洪趨：中學生文學讀本 [M].上海：中學生書局，1932.

33. 李素伯：小品文研究 [M].上海：新中國書局，1932.

34. 王靈皋：國文評選 [M].上海：亞東圖書館，1932.

35. 孫俍工：初中國文教科書 [M].上海：神州國光社，1932.

36. 商務印書館函授學校國文科：高級國文讀本 [M].上海：商務印書館，1932.

37. 張鴻來，盧懷琦，汪震，等：初級中學國文讀本 [M].北平：北平師大附中國文叢刊社，1932.

38. 陳椿年：新亞教本·初中國文 [M].上海：新亞書店，1932.

39. 周頤甫：基本教科書國文教本（初級中學用） [M].上海：商務印書館，1932.

40. 高中一年級國文讀本 [M].北平：北平文化學社，1932.

41. 初中一年級國文讀本 [M].北平：北平文化學社，1932.

42. 初中二年級國文讀本 [M].北平：北平文化學社，1932.

43. 初中三年級國文讀本 [M].北平：北平文化學社，1932.

44. 徐蔚南：創造國文讀本 [M].上海：世界書局，1932－1933.

45. 王伯祥：開明國文讀本 [M].上海：開明書店，1932－1933.

46. 王伯祥：開明國文讀本參考書 [M].上海：開明書店，1932－1933.

47. 石泉：師範教科書·初中國文 [M].北平：北平文化學社，1932－1933.

48. 羅根澤，高遠公：高中國文 [M].北平：北平文化學社，1932－1933.

49. 羅根澤，高遠公：高中國文選本 [M].北平：立達書局，1933.

50. 羅根澤，高遠公：初中國文選本 [M].北平：立達書局，

1933.

51. 戴叔清：初級中學國語教科書　[M].上海：文藝書局，1933.

52. 史本直：國文研究讀本　[M].上海：大眾書局，1933.

53. 杜天縻，韓楚原：杜韓兩氏高中國文　[M].上海：世界書局，1933.

54. 杜天縻：國語與國文（師範用）　[M].上海：大華書局，1933.

55. 高語罕：語體文作法　[M].上海：黃華社出版部，1933.

56. 周倩絲：現代國文講話　[M].北平：現代文化出版部，1933.

57. 瞿世鎮，盧冠六：中學國文讀本　[M].上海：春江書局，1933.

58. 傅東華：復興初級中學教科書·國文　[M].上海：商務印書館，1933.

59. 馬厚文：初中國文教科書　[M].上海：光華書局，1933.

60. 孫俍工：中學國文特種讀本　[M].上海：國立編譯館，1933.

61. 朱文叔：初中國文讀本　[M].上海：中華書局，1933.

62. 朱劍芒：朱氏初中國文　[M].上海：世界書局，1933－1934.

63. 開明書店：開明活頁文選注釋　[M].上海：開明書店，1933－1943.

64. 孫怒潮：初級中學國文教科書　[M].上海：中華書局，1934.

65. 江蘇省立蘇州中學初中部國文教學研究會：實驗初中國文讀本　[M].上海：大華書局，1934.

66. 施蟄存，等：初中當代國文　[M].上海：中學生書局，1934.

67. 施蟄存，等：高中當代國文　[M].上海：中學生書局，1934.

68. 江蘇省教育廳修訂國文科教學進度表委員會：高中標準國文　[M].上海：中學生書局，1934.

69. 江蘇省教育廳修訂國文科教學進度表委員會：初中標準國文　[M].上海：中學生書局，1934－1935.

70. 南開中學：南開中學高一國文教本 [M].天津：南開中學，1934.

71. 劉勁秋，朱文叔：高中國文讀本 [M].上海：中華書局，1934.

72. 張文治，喻守真，張慎伯：初中國文讀本參考書 [M].上海：中華書局，1934.

73. 謝美雲：語體文選及其作法 [M].上海：樂華圖書公司，1934.

74. 趙景深：初中混合國語 [M].上海：青光書局，1934.

75. 葉聖陶，夏丏尊，宋雲彬，等：開明國文講義 [M].上海：開明函授學校，1934.

76. 崇慈女子中學校：初級中學教科書·國文 [M].北平：崇慈女子中學校，1934.

77. 葉楚傖：初級中學國文 [M].南京：正中書局，1934.

78. 葉楚傖：初級中學教科書·國文 [M].南京：正中書局，1934－1935.

79. 葉楚傖：國文（師範用） [M].南京：正中書局，1935.

80. 葉楚傖：簡易師範學校及簡易鄉村師範學校國文 [M].南京：正中書局，1935－1936.

81. 何炳松，孫俍工：師範學校教科書甲種國文 [M].上海：商務印書館，1935.

82. 顏友松：新課程標準初中國文教科書 [M].上海：大華書局，1935.

83. 顧名：基本國文 [M].上海：教育編譯館，1935.

84. 潘尊行：初中精讀國文范程 [M].上海：國立編譯館，1935.

85. 國立北京師範大學附屬中學：國文讀本 [M].北平：北平文化學社，1935.

86. 南開中學：南開中學初一國文教本（上冊） [M].天津：南

開中學，1935.

87. 南開中學：南開中學初二國文教本（上冊）　[M].天津：南開中學，1935.

88. 廣東全省第四次教育大會：高中精讀國文課本. [M].上海：民智書局，1935.

89. 王梅痕：注釋現代小說選. [M].上海：中華書局，1935.

90. 盧冠六：國語模範讀本. [M].上海：三民圖書公司，1935.

91. 志成中學國文學科編輯委員會：國文讀本（高級中學用）[M].北平：震東印書館，1935－1936.

92. 夏丏尊，葉聖陶：國文百八課　[M].上海：開明書店，1935－1936.

93. 宋文翰：國文讀本（新課程標準師範鄉村師範學校適用）[M].上海：中華書局，1935—1936.

94. 文叔，宋文翰：初中國文讀本（增注本）　[M].上海：中華書局，1935－1936.

95. 盧冠六：國語精讀文選　[M].上海：三民圖書公司，1936.

96. 陳介白：.初中國文教本　[M].北京：貝滿女子中學，1936.

97. 朱劍芒：初中新國文　[M].上海：世界書局，1936.

98. 吳拯寰：中學適用標準文選　[M].上海：三民圖書公司，1936.

99. 馮三昧：小品文三講　[M].南京：大光書局，1936.

100.宋文翰：新編初中國文　[M].上海：中華書局，1937.

101.宋文翰，張文治：新編高中國文　[M].上海：中華書局，1937.

102.鄭育青，湯際亨：修正標準新式初中國文　[M].出版地點不詳，1937.

103.夏丏尊，葉紹鈞：初中國文教本　[M].上海：開明書店，1937.

104.大東書局編輯所：分組編制自修國文講座 [M].上海：大東書局，1937.

105.徐邃軒：女子國文讀本 [M].上海：大華書局，1937.

106.楊蔭深：職業學校教科書·初級國文 [M].長沙:商務印書館，1938.

107.蔣伯潛：蔣氏初中新國文 [M].上海：世界書局，1938.

108.孫俍工：抗戰時期中學國文選 [M].成都：自印，1938.

109.中等教育研究會：初中國文 [M].天津：華北書局，1938.

110.教育總署編審會：初中國文 [M].北京：新民印書館，1938.

111.教育總署編審會：高中國文 [M].北京：新民印書館，1939.

112.王季思，趙建新，等：初中國文講義 [M].南平：國民出版社，1940.

113.國立編譯館:初級中學國文甲編 [M].重慶:正中書局，1941.

114.初中國語讀本：[M].山東省第十四行政督察區中等學校教材編審委員會翻印，1942.

115.盧冠六：初級國文精讀文選 [M].上海：春江書局，1942.

116.葉聖陶，郭紹虞，周予同，等:開明新編國文讀本（甲種）[M].上海：開明書店，1943，1946，1947.

117.譚正璧：國文入門 [M].上海：世界書局，1944.

118.譚正璧：國文進修 [M].上海：世界書局，1944.

119.范文瀾等：中級國文選 [M].新華書店，1944.

120.陝甘寧邊區教育廳：中等國文 [M].新華書店，1946.

121.中學活葉國文選：[M].東北書店，1946.

122.膠東中學教材編委會：初中國語 [M].煙臺：膠東新華書店，1946.

123.合江省政府教育廳編審委員會：高中文選 [M].佳木斯：

東北書店，1946.

124.合江省政府教育廳編審委員會：初中文選（第 2 輯）　[M].
佳木斯：東北書店，1946.

125.瞿世鎮，盧冠六：中學國文讀本　[M].上海：三民圖書公
司，1946.

126.朱廷珪，朱翔，等：初中國文選讀　[M].上海：土山灣印書
館，1946.

127.東北政委會編審委員會：國文（初級中學用）　[M].新華書
店東北總分店，1947.

128.汪懋祖：初中適用國文精選　[M].上海：正中書局，1948.

129.朱自清，呂叔湘，葉聖陶，等：開明新編高級國文讀本　[M].
上海：開明書店，1948.

130.關東公署教育廳：中學國文選　[M].大連：大眾書店，1948.

131.于敏，李光家，陳光祖，等：國語文選（中學課本及青年
自學讀物）　[M].華東新華書店，1948.

132.于敏，李光家，陳光祖，等：國語文選（初級中學適用）[M].
合肥：皖北新華書店，1949.

133.王食三，韓書田，李光增，等：中等國文　[M].晉察冀：新
華書店，1948.

134.王食三，韓書田，李光增，等：初中國文　[M].北平：新華
書店，1949.

135.東北行政委員會教育部.初中臨時教材·國文　[M].瀋陽：東
北新華書店，1949.

136.東北行政委員會教育部：高中臨時教材·國文　[M].瀋陽：東
北書店，1949.

137.東北行政委員會教育部：高中臨時教材·國文（專科學校適

用）［M］.瀋陽：東北書店，1949.

138.萬曼，劉永之：高級中學試用課本·語文 ［M］.開封：開封新華書店，1949.

139.萬曼，杜子勁，劉永之，等：高級中學適用課本·國語 ［M］.北京：新華書店，1949.

140.韓啟晨：高中活頁文選 ［M］.西安：西北新華書店，1949.

141.周靜，張山，王樸：高中國文 ［M］.北京：新華書店，1949.

142.華北人民政府教育部教科書編審委員會：高級中學適用臨時課本·高中國文 ［M］.北京：華北聯合出版社，1949.

143.上海聯合出版社臨時課本編輯委員會：初級中學適用臨時課本·初中國文 ［M］.上海：上海聯合出版社，1949.

144.臨時課本編輯委員會：初中國文 ［M］.上海：上海聯合出版社，1949.

145.王任叔，宋雲彬，等：新編初中精讀文選（語體文） ［M］.上海：文化供應社，1949.

146.新時代編譯社：新國語文選（初級中學適用） ［M］.上海：世界書局，1949.

三、國文刊物、校園刊物、學生創作

1. 商務印書館：學生雜誌 ［J］.上海：商務印書館，1914－1931，1946－1947.

2. 大東書局：學生文藝叢刊 ［J］.上海：大東書局，1923－1937.

3. 吉林省立第三中學校自治會月刊部：三中月刊 ［J］.雙城：吉林省立第三中學校，1923－1926.

4. 浙江省立第一中學校高中部：高鐘月刊 ［J］.杭州：浙江省立

第一中學校，1924.

5. 蘇州私立晏成兩級中學校：晏成校刊 [J].蘇州：晏成兩級中學校，1925－1927.

6. 吉林省立第三中學校自治會：三中季刊 [J].雙城：吉林省立第三中學校，1926－1928.

7. 江蘇省立南通中學.通中月刊：[J].南通：南通中學，1929.

8. 九江四中甘棠文藝社：甘棠 [J].九江：九江四中，1929－1930.

9. 杭州私立蕙蘭中學校學生會：蕙蘭校刊 [J].杭州：蕙蘭中學校，1929.

10. 廣東省立第四中學校：四中週刊 [J].潮安：廣東省立第四中學校，1930—1931.

11. 北平市立第一中學校出版委員會：北平一中 [J].北平：北平市立第一中學校，1930.

12. 河北省立第一中學校出版委員會：一中文藝 [J].天津：河北省立第一中學校，1930.

13. 河北省立第四中學校校刊社：河北省立第四中學校校刊（唐山號） [J].唐山：河北省立第四中學校，1930.

14. 山東省立第一中學一中旬刊社：山東一中旬刊 [J].濟南：山東省立第一中學校，1930－1931.

15. 開明書店：中學生 [J].1930－1949.

16. 中學生雜誌社：1930 年中學生文藝 [M].上海：開明書店，1930.

17. 中學生雜誌社：1931 年中學生文藝 [M].上海：開明書店，1931.

18. 中學生雜誌社：1932 年中學生文藝 [M].上海：開明書店，

1933.

19. 中學生雜誌社：1933 年中學生文藝 [M].上海：開明書店，
1933.

20. 中學生雜誌社：1934 年中學生文藝 [M].上海：開明書店，
1934.

21. 中學生雜誌社：中學生文藝季刊 [J].上海：開明書店，1935
－1937.

22. 湖南明德中學校校長辦公室：湖南私立明德中學校一覽
[M].長沙：明德中學校，1930 年.

23. 廣東省立二中學生自治會：省立二中學生 [J].廣州：廣東
省立第二中學，1931.

24. 廣東省立第二中學校思社：思絮 [J].廣州：廣東省立第二
中學，1931.

25. 私立北平大同中學校學生會：大同半月刊 [J].北平：大同
中學校，1931－1934.

26. 私立北平大同中學校抗日救國會宣傳科：反日專刊 [J].北
平：大同中學校，1931.

27. 山東省立第三中學學生自治會編輯委員會：三中 [J].泰安：
山東省立第三中學校，1931.

28. 許壽民：雲倩（中學生創作叢書第一冊） [M].上海：中學
生書局，1931.

29. 許壽民：密約（中學生創作叢書第十九冊） [M].上海：中
學生書局，1932.

30. 北平市立第四中學學生自治會學術部：四中 [J].北平：市
立第四中學校，1932.

31. 廣州真光中學學生自治會：真光 [J].廣州：真光中學，1932.

32. 廣東省立第一中學校二十年度初一甲班：一年生活（廣東省立一中二十年度初一甲班刊）[J].廣州：廣東省立一中，1932.

33. 河北省立第一中學校學生自治會：鈴鐺 [J].天津：河北省立第一中學校，1932－1937.

34. 安徽省立第四中學校：安徽省立第四中學校校刊 [J].宣城：安徽省立第四中學校，1932.

35. 貴州省立第一中學校學生自治會校刊社：一中校刊 [J].貴陽：貴州省立第一中學校，1932.

36. 江蘇省立南通中學：江蘇省立南通中學校刊：[J].南通：南通中學，1932－1934.

37. 山東省立第八中學出版部：山東省立第八中學校刊 [J].煙臺：山東省立第八中學，1933.

38. 河北省立第二（滄縣）中學校學生自治會出版股：心聲月刊 [J].滄縣：河北省立滄縣中學校，1933－1934.

39. 江西省立第一中學校刊委員會：一中校刊 [J].南昌：江西省立第一中學校，1933－1937.

40. 浙江省立第十一中學校：浙江省立第十一中學月刊 [J].麗水：浙江省立第十一中學校，1932－1933.

41. 浙江省立第四中學學生自治會出版股：四中學生 [J].寧波：浙江省立第四中學，1933.

42. 浙江省立杭州高級中學校：浙江省立杭州高級中學校刊 [J].1933－1937.

43. 汕頭市立第一中學校校刊編輯處：一中週刊 [J].汕頭：汕頭市立第一中學校，1933－1934.

44. 廣州市一中學生自治會：市一中學生叢刊 [J].廣州：廣州

市一中，1933.

45. 北平市市立二中學生自治會.二中學：〔J〕.北平：市立第二中學校，1934.

46. 北平市市立第三中學學生刊物委員會：三中學生〔J〕.北平：市立第三中學校，1934.

47. 正定中學校校刊編輯委員會：河北省省立正定中學校一覽〔M〕.正定：正定中學校，1934.

48. 陳訪先：中學生國文成績〔M〕.作者自印，1934.

49. 北平育英中學學生自治會半月刊委員會：育英半月刊〔J〕.北平：育英中學，1934－1935.

50. 北平大同中學校學生自治會學術股：大同月刊〔J〕.北平：大同中學校，1935.

51. 北平大同中學學生自治會：大同週刊〔J〕.北平：大同中學校，1936.

52. 湖北省立實驗學校研究部：中學生文藝習作集〔M〕.武漢：湖北省立實驗學校，1936.

53. 杭州私立蕙蘭中學校刊社：蕙蘭〔J〕.杭州：蕙蘭中學校，1937.

54. 廣東省立廣雅中學學生自治會：廣雅的一日〔M〕.廣州：廣雅中學，1937.

55. 廣州市立第一中學學生自治會學術部編輯委員會：市一中學生叢刊〔J〕.廣州：廣州市第一中學，1937.

56. 青海省立西寧第一中學校校刊編輯室：青海一中校刊〔J〕.西寧：青海省立第一中學校，1937.

57. 湖南廣益中學校刊編輯會員會：廣益校刊〔J〕.長沙：廣益中學，1938.

58. 戰時中學生月刊社.戰時中學生：[J].麗水：杭州正中書局，1939－1940.

59. 北京育英中學校育英年刊編輯部：育英年刊（1939年）[J].北京：育英中學，1940.

60. 國文月刊社.國文月刊：[J].1940－1949.

61. 北京明德中學校.民國三十年北京明德中學校刊：[J].北京：明德學校，1941.

62. 陳福熙.戰時中學生創作選：[M].杭州：增智書局，1941.

63. 廣西郁林中學學生自治會：郁中霹靂（鬱中校刊）[J].郁林：郁林中學校，1943.

64. 國立第二十一中學校刊編輯委員會：國立二十一中學校刊[J].太和：國立第二十一中學校，1944.

65. 廣東省立廣雅中學學生自治會：廣雅學生[J].廣州：廣雅中學，1947－1948.

四、編著、論著

1. 張震南，等：中學國文述教[M].上海：商務印書館，1925.

2. 廖世承：東大附中道爾頓制實驗報告[M].上海：商務印書館，1925.

3. 教育雜誌社：國文科試行道爾頓制的說明[M].上海：商務印書館，1925.

4. 銘三，馮順伯：中學國語教學法[M].上海：商務印書館，1926.

5. 光華大學教育系，國文系：中學國文教學論叢[C].上海：商務印書館，1927.

6. 阮真：中學國文校外閱讀研究 [M].上海：民智書局，1929.

7. 中學生讀書會：中學讀書指導 [M].上海：開華書局，1930.

8. 中學生雜誌社：民國十九年各大學入學試題 [G].上海：開明書店，1931.

9. 山東省政府教育廳：山東省縣私立中等學校國文教學概況 [G].濟南：山東省政府教育廳，1931.

10. 山東省政府教育廳：山東省地方教育討論會會議記錄 [G].濟南：山東省政府教育廳，1932.

11. 張官廉：中國中學生心理態度之研究 [M].北平：燕京大學，1932.

12. 黃人影：文壇印象記 [M].上海：樂華圖書公司，1932.

13. 國聯教育考察團：中國教育之改進 [M].國立編譯館譯，南京：國立編譯館，1932.

14. 權伯華：初中國文實驗教學法 [M].上海：中華書局，1932.

15. 藝文中學校：北平藝文中學校道爾頓制實施概況 [M].北平：藝文中學校，1933.

16. 黎錦熙，王恩華：中等學校國文選本書目提要 [M].北平：國立北平師範大學文學院，1937.

17. 葉聖陶：文章例話 [M].上海：開明書店，1937.

18. 鍾魯齋：中學各科教學法 [M].上海：商務印書館，1938.

19. 俞煥鬥：作文文法指導合編 [M].上海：商務印書館，1940.

20. 蔣伯潛：中學國文教學法 [M].上海：中華書局，1941.

21. 吳天石：漫談國文教學 [M].北京：中華書局，1954.

22. 舒新城：中國近代教育史資料 [G].北京：人民教育出版社，1961.

23. 中央教育科學研究所：葉聖陶語文教育論集 [G].北京：教

育科學出版社，1980.

24. 葉聖陶：文章例話 [M].北京：三聯書店，1983.

25. 劉國正：我和語文教學 [M].北京：人民教育出版社，1984.

26. 夏家善，崔國良，李麗中：南開話劇運動史料（1909－1922）
　　[G].天津：南開大學出版社，1984.

27. 王興平，劉思久，陸文璧：中國當代文學研究資料·曹禺專
　　集 [G].福州：海峽文藝出版社，1985.

28. 杜運燮，周與良：一個民族已經起來——懷念詩人翻譯家
　　穆旦 [C].南京：江蘇人民出版社，1987.

29. 高平叔：蔡元培教育論集 [G].長沙：湖南教育出版社，
　　1987.

30. 朱喬森：朱自清全集 [M].南京：江蘇教育出版社，1988，
　　1993.

31. 黎錦熙：國語運動史綱 [M].上海：上海書店，1990.

32. 葉至善，葉至美，葉至誠：葉聖陶集（第九卷） [G].南京：
　　江蘇教育出版社，1990.

33. 高平叔：蔡元培教育論著選 [M].北京：人民教育出版社，
　　1991.

34. 顧黃初，李杏保：二十世紀前期中國語文教育論集 [G].
　　成都：四川教育出版社，1991.

35. 崔國良，夏家善，李麗中：南開話劇運動史料（1923－1949）
　　[G].天津：南開大學出版社，1993.

36.劉國正：葉聖陶教育文集 [G].北京：人民教育出版社，1994.

37. 白吉庵，劉燕雲：胡適教育論著選 [G].北京：人民教育出
　　版社，1994.

38. 中國第二歷史檔案館：中華民國史檔案資料彙編·第五輯·

第一編·政治（二）[G].南京：江蘇古籍出版社，1994.

39. 曲士培：蔣夢麟教育論著選 [G].北京：人民教育出版社，1995.

40. 北京圖書館，人民教育出版社圖書館：.民國時期總書目（1911－1949）·中小學教材 [G].北京：書目文獻出版社，1995.

41. 王建軍：中國近代教科書發展研究 [M].廣州：廣東教育出版社，1996.

42. 黎澤渝，馬嘯風，李樂毅：黎錦熙語文教育論著選 [G].北京：人民教育出版社，1996.

43. 朱紹禹：中學語文教材概觀 [M].北京：人民文學出版社，1997.

44. 中國第二歷史檔案館編：中華民國史檔案資料彙編·第五輯·第二編·教育（一）[G].南京：江蘇古籍出版社，1997.

45. 周谷平，趙衛平：孟憲承教育論著選 [G].北京：人民教育出版社，1997.

46. 崔國良：張伯苓教育論著選 [G].北京：人民教育出版社，1997.

47. 梁吉生：南開逸事 [G].瀋陽：遼海出版社，1998.

48. 高增德，丁東：世紀學人自述（第四卷）[G].北京：十月文藝出版社，2000.

49. 于漪：于漪文集（第 6 卷）[M].濟南：山東教育出版社，2001.

50. 顧黃初：中國現代語文教育百年事典 [M].上海：上海教育出版社，2001.

51. 課程教材研究所：20 世紀中國中小學課程標準·教學大綱彙

編·語文卷　[G].北京：人民教育出版社，2001.

52. 邁克爾·W.阿普爾：意識形態與課程　[M].黃忠敬,譯.上海：華東師範大學出版社，2001.

53. 王倫信：清末民國時期中學教育研究　[M].上海：華東師範大學出版社，2002.

54. 王麗：我們怎樣學語文　[G].北京：作家出版社，2002.

55. 崔國良，崔紅：張彭春論教育與戲劇藝術　[G].天津：南開大學出版社，2003.

56. 李杏保，顧黃初：中國現代語文教育史　[M].成都：四川教育出版社，2004.

57. 黃開發：文學之用——從啟蒙到革命　[M].北京：十月文藝出版社，2004.

58. 鄧九平：文化名人：憶學生時代　[G].北京：同心出版社，2004.

59. 呂達，劉立德：舒新城教育論著選　[G].北京：人民教育出版社，2004.

60. 李文海：民國時期社會調查叢編·文教事業卷　[C].福州：福建教育出版社，2004.

61. 羅崗：危機時刻的文化想像——文學·文學史·文學教育　[M].南昌：江西教育出版社，2005.

62. M.阿普爾，克麗斯蒂安·史密斯：教科書政治學　[M].侯定凱譯，上海：華東師範大學出版社，2005.

63. 邁克爾·W.阿普爾：文化政治與教育　[M].閻光才等譯，北京：教育科學出版社，2005.

64. 李宗剛：新式教育與五四文學的發生　[M].濟南：齊魯書社，2006.

65. 陳平原：教育、知識生產與文學傳播　[M].合肥：安徽教育出版社，2007.

66. 趙志偉：舊文重讀——大家談語文教育　[G].上海：華東師範大學出版社，2007.

67. 張君勱，等：科學與人生觀　[C].合肥：黃山書社，2008.

68. 黃耀紅：百年中小學文學教育史論　[M].長沙：湖南師範大學出版社，2008.

69. 張伯苓教育思想研究會：中國話劇先行者張伯苓張彭春　[C].北京：人民出版社，2009.

70. 曹聚仁：文壇五十年　[M].北京：生活‧讀書‧新知三聯書店，2011.

71. 陳平原：現代中國的文學、教育與都市想像　[M].北京：北京師範大學出版社，2011.

72. 王彬彬：中國現代大學與中國現代文學　[M].上海：上海人民出版社，2011.

73. 季劍青：北平的大學教育與文學生產　[M].北京：北京大學出版社，2011.

74. 藤井省三：魯迅〈故鄉〉閱讀史——現代中國的文學空間　[M].董炳月,譯.南京：南京大學出版社，2013.

75. 陳漱渝：教材中的魯迅　[M].福州：福建教育出版社，2013.

76. 劉興育，雷文彬，孫曉明：李廣田論教育　[C].昆明：雲南人民出版社，2013.

77. 李文海：民國時期社會調查叢編（二編）‧文教事業卷　[G].福州：福建教育出版社，2014.

五、學位論文

1. 李亞：陝甘寧邊區語文教育研究　[D].蘭州：西北師範大學，2002.

2. 王林：論現代文學與晚清民國語文教育的互動關係　[D].北京：北京師範大學，2004.

3. 沈晴：民國時期著名中學的辦學實踐　[D].上海：華東師範大學，2004.

4. 張偉忠：現代中國文學話語變遷與中學語文教育　[D].濟南：山東師範大學，2005.

5. 蔡可：現代中學語文課程與文學教育的演變　[D].北京：北京大學，2005.

6. 劉浪：新國文·新文學·新國民──以民國時期葉聖陶國文教育思想為例　[D].上海：華東師範大學，2006.

7. 林喜傑：群體性解讀與想像──新詩教育研究　[D].北京：首都師範大學，2007.

8. 黃耀紅：演變與反思：百年中小學文學教育研究　[D].長沙：湖南師範大學，2008.

9. 劉光成：百年中學作文命題研究　[D].長沙：湖南師範大學，2010.

10. 蕭志：1930 年代雅禮中學國文教學的歷史鉤沉與現實啟示　[D].長沙：湖南師範大學，2010.

11. 李斌：民國時期中學國文教科書研究　[D].北京：北京大學，2011.

12. 劉緒才：1920－1937：中學國文教育中的新文學　[D].天津：南開大學，2013.

六、期刊論文

1. 徐宗堃：作家的搖籃——中國現代史上的中學生文學社團 [J].語文學習，1993（4-6）.

2. 藤井省三：魯迅《故鄉》的閱讀史與中華民國公共圈的成熟 [J].中國現代文學研究叢刊，2000（1）.

3. 錢理群：五四新文化運動與中小學國文教育改革 [J].中國現代文學研究叢刊，2003（3）.

4. 姚丹：二十世紀二、三十年代中小學新文學教育——以教材為考察對象 [J].魯迅研究月刊，2008（4）.

5. 武明春：論早期新詩在中學的傳播 [J].山西師大學報（社會科學版），2009（3）.

6. 蔡可：「五四」之後中學文學教育的形態發展 [J].教育理論與實踐，2011（1）.

7. 馬俊江：革命文學在中學校園的興起與展開——北方左聯與1930 年代中學生文藝的歷史考察 [J].中國現代文學研究叢刊，2012（1）.

8. 馬俊江：中學生與現代中國的文學運動 [J].文學評論，2013（4）.

後　記

　　這本書的寫作起意於 2012 年秋季。彼時我進入四川大學中國語言文學博士後流動站，準備開題。最先提交的一個研究計畫是「民國時期的新文學選本研究」。但在開題報告會上專家們認為這個選題有些大，因為所涉及的研究對象太過龐雜，在短短的兩三年時間裡很難完成。我虛心接受了這個意見，想方設法以縮小課題。在重新構思選題的過程中，我的注意力集中到了民國時期的中學國文課本，意識到了這是民國時期多如牛毛的各色新文學選本中最具影響力也從而最具研究價值的一類。於是我初步定下這個研究對象，並圍繞它去廣泛搜集資料。

　　隨著資料搜集和閱讀的進展，我發現關於民國國文課本的研究已有不少，好幾篇博士論文以及更多的碩士論文都研究或涉及了國文課本與新文學的關係問題。雖然從研究的全面性和細緻深入性的角度看，對民國時期國文課本與新文學關係的研究都還有深化與開拓的空間，但我不想簡單地重複同類選題，於是幾經思考後把選題調整為研究民國時期中學生接受新文學的情況。我的初衷是不僅談國文課本問題，還要全面考察民國中學生的課外閱讀、校園活動、文藝寫作等情況，從中探測他們接受新文學和受其影響的情況。

　　確定了選題之後我便按部就班地展開研究，並在 2013 年上半年以相關題目「新文學與現代國民素質培育——以民國中

學教育為中心的考察」申請並獲得了中國博士後科學基金的資助。隨後我便一邊研究資料一邊分析、思考，初步形成了全書的框架。到了 2014 年底形成了約 20 萬字的論文初稿。但我覺得佔有的原始資料還很不夠，比如民國時期中學生辦的大量校園刊物和其上的作品我根本沒有時間全部涉獵。這些方面的困難讓我越來越不自信，於是就暫時放下了，又轉頭以《民國社會場域中的新文學選本活動》為題完成博士後工作。之後幾年間，我繼續搜集和閱讀民國中學校園刊物等方面的資料，斷斷續續地改寫和增補，最後就形成了現在的這個樣子。

這本書的初版由廣東花城出版社收入《民國文學史論》叢書第二輯於 2019 年付梓，如今又由台灣的出版社再版，以廣流播，感到無尚榮幸。為此，特別感謝花城出版社的張瑛副編審以及叢書的主編李怡教授、張堂錡教授，還有文史哲出版社的同仁們。感謝他們為此學術出版專案所付出的努力和辛勞。

羅執廷於暨南大學

2020 年 10 月 20 日